黑屋中的小美人

Pretty Girls

Karin Slaughter

[美] 卡琳 · 斯劳特——著

张春敏——译

東方出版中心

图书在版编目(CIP)数据

黑屋中的小美人 / (美) 卡琳·斯劳特著; 张春敏译. —上海: 东方出版中心, 2019.5

ISBN 978-7-5473-1434-0

Ⅰ.①黑… Ⅱ.①卡… ②张… Ⅲ.①长篇小说—美国—现代 Ⅳ.①I712.45

中国版本图书馆 CIP 数据核字(2019)第 037423 号

上海市版权局著作权合同登记: 图字: 09-2019-197

黑屋中的小美人

出版发行: 东方出版中心
地　　址: 上海市仙霞路 345 号
电　　话: (021)62417400
邮政编码: 200336
经　　销: 全国新华书店
印　　刷: 杭州日报报业集团盛元印务有限公司
开　　本: 890mm×1240mm　1/32
字　　数: 351 千字
印　　张: 15.75
版　　次: 2019 年 5 月第 1 版第 1 次印刷
ISBN 978-7-5473-1434-0
定　　价: 49.80 元

绝色美人常会招灾惹祸……

——卡尔·荣格

i.

你失踪后，你妈妈警告我，与其知道到底发生了什么，还不如什么都不知道。我们因为这在一起就吵，可也只有争吵还能让我们聚在一起。

“知道细节又能怎么样，”她警告道，“知道越多你越崩溃。”

我是学理工科的，我需要知道事实。不管我愿意不愿意，我总忍不住想：绑架？强奸？猥亵？

还是叛逆？

治安官觉得你失踪的原因就是叛逆，或者这是他回答不了我们的质问而找的托词。原来我和你妈妈还真为你满是固执和激情的小叛逆而暗暗高兴。在你离开后，我们明白，叛逆于男孩是聪明和抱负，而对于女孩只有麻烦。

“小姑娘嘛，经常会离家出走的。”治安官耸了耸肩说道，他觉得你和其他女孩一样，一周、一个月，或是一年之后就会回来，不以为然地道个歉，说自己跟着某个男孩跑了，或者漂洋过海远行了一趟。

你十九岁了。从法律层面上说，我们已经无权管你。你已经是个独立的人了，想去哪里去哪里。

但我们还是组织了搜查队，一直给医院、警局、救济中心打电话，满城发传单，挨家挨户地问，联系你的朋友们，去城里治安不好的区域查看那些废弃的大楼和失火后被遗弃的房子。我们几乎花光了所有的钱，一半用来雇私家侦探，而另一半用来请了一位灵媒。我们也尝试过寻求媒体的帮助，但看我们提供不了令人浮想联翩的细节，写不出什么猛料，他们便失去了兴趣。

我们只知道：你去了酒吧，喝了点酒，和朋友说自己不舒服，打算走路回家，之后便再没有人见过你。

这些年，关于你的消息都那么不真实。甚至有些虐待狂告诉我们，他们知道你的去向，他们提供一堆线索和细节，可是最后发现都是假的。但至少他们被揭穿时还是很真诚的。而那些灵媒们总是责备我不够努力。

可是我从未停止寻找你啊。

我能理解为什么你妈妈放弃了寻找你。或者她至少表面上放弃了。她必须重建生活——不仅仅是为了她自己，也是为了这个家。你小妹妹还待在家里。她偷偷摸摸、神神秘秘地和那些女孩子混在一起，她们总是怂恿她去做她本不该做的事情，就像去酒吧听歌，然后也离家出走。

签离婚协议书那天，你妈妈对我说，她只求有一天我们能找到你的遗体。这是她唯一坚持的，然后我们能亲自将你安葬。

我告诉她，也许有一天我们会在你去过的那些地方找到你，芝加哥、圣达菲、波特兰，或者其他艺术公社，因为你是那么地向往自由。

她也知道我会这么说。那个时候，希望就像钟摆一样在我们之间摇晃。有时候她悲痛得彻夜难眠，有时候则会去商场买衬衣、毛衣或者几条牛仔裤，说留给你回来后穿。

我清楚地记得我放弃希望的那天。当时我在市中心的兽医诊所上班，有人抱来了一条流浪狗，那小家伙可怜极了，一看就是被虐待过的。虽然它的毛发因掉得厉害而有些变灰，但还是能看出它是一条黄毛拉布拉多。它腰上粘着很多倒刺，光秃秃的皮肤上到处是红斑，应该是它自己抓得太多或者舔得太多，或者是被遗弃时试着抚慰自己而留下的疤痕。

为了让它有安全感，我陪了它一阵，让它舔我手背，习惯我的气味。见它渐渐平静，我开始给它做检查。它虽然是条老狗，但看得出它的牙齿是最近才掉的。从膝盖上的手术创伤可以看出，它曾经接受过非常精密而昂贵的膝盖修复手术。它所受的虐待还没有让它的肌肉产生应激反应。只要我把手放到它脸旁，它就会把头搭在我手掌上。

看着它忧伤的眼神，它一生中的种种细节便浮现在我脑海里。我无法知道真相，但我相信它肯定没有被人遗弃，一定是自己走丢了，主人外出购物或度假时挣脱了狗绳——家里大门没有关好、从栅栏上跳了出去、从“好心”的看房人虚掩的门里溜出去——本来备受宠爱的它从此只能在街上游荡，再也无家可归。

随后，一群熊孩子的恶作剧、混蛋的欺凌，或是他们的轮番蹂躏，让曾被主人捧在手心的它，沦为四处逃窜的猎物。

我和我父亲一样当了一辈子兽医，但在那之前我从未想过，如果人能对动物下此狠手，他们就可能对其他人做出更加恐怖的事。

看着这条小狗，这里被铁链抽得皮开肉绽，那里因拳打脚踢遍体鳞伤，我想这就是一个人流浪在外，无人珍惜怜爱，无家可归的下场。

你妈说得对。

知道越多我越崩溃。

第一章

亚特兰大市中心的这家餐厅十分冷清，除了一副调情高手模样的酒保，只有一个高个儿商人坐在角落的卡座里。晚餐前的准备工作即将收尾。厨房里刀叉和瓷器乒乓作响。主厨在一旁大声喊叫。服务员戏谑地笑着。吧台上方的电视播放着一连串的坏消息。

克莱尔·斯科特试着不去理会这些烦人的噪声，她在吧台坐下，喝完了她点的第二杯苏打水。十分钟前保罗就应该到这儿了，他从不迟到，通常都会早到十分钟。克莱尔虽经常以此调侃他，但确实需要他早来。

“再来一杯?”

“嗯。”克莱尔礼貌地对酒保微微一笑。自克莱尔坐下，酒保就一直试着跟她搭话。这酒保年轻帅气，这样的搭讪本应该讨得克莱尔欢心，但却让她觉得自己上了年纪——她也不是真的老了，只是越靠近四十岁，她越讨厌二十出头的人。在这些人面前，她想说的每句话都是以“我二十几岁的时候”开头。

“第三杯了哦。”酒保一边给她倒苏打水，一边用轻佻的语气说，“喝得挺快啊。”

“是吗?”

他对克莱尔使了个眼色，说："如果需要的话我可以送你回家。"

克莱尔本想让他赶紧把挡住眼睛的那撮头发梳好，乖乖滚回学校去，但又不想多费口舌，便笑着不搭话。她又掏出手机看了看时间，保罗已经迟到十二分钟了。她开始胡思乱想：开车时被劫持了？被公交车撞了？被坠落的飞机砸死了？还是被疯子绑架了？

这时餐厅前门开了，但进来的不是保罗，而是一群穿着商务便装的人，看起来应该是从周围的写字楼里下来的，打算先喝上一杯再回自己郊区的家里或是父母家的地下室里。

"你看了这个新闻吗？"酒保对着电视机抬了抬下巴。

"没看。"克莱尔虽然这样说，但她一直都在关注这个事件。现在打开电视就能看到关于这个失踪女孩的报道：十六岁，白人，中产家庭，很漂亮。失踪的如果是个丑女人，才不会引起这么大的轰动。

"可惜了，"酒保说，"她可真美。"

克莱尔又看了看手机。保罗迟到十三分钟了。他以前从不迟到，唯独今天。他是个建筑师，又不是脑外科医生。不至于有什么事情紧急到连抽两秒钟发个消息或者打个电话都不行。

她转动着手指上的婚戒，只要她一紧张就会这样，要不是保罗之前提醒过，她都没意识到自己有这个习惯。他俩之前一直因为一件克莱尔非常在意的事情吵架，但现在她都不记得两人在吵什么，以及何时开始争吵的。上周？上个月？她和保罗认识十八年了，差不多刚认识就结了婚，两人之间也没什么非吵不可的事情。

"给你来点带劲儿的提提神？"酒保拿起一瓶红牌伏特加对她说

道，他的意图非常明显。

克莱尔强挤出一丝微笑。她这半辈子都在和这类男人打交道，他们身材高挑，皮肤黝黑，帅气的脸上眼睛闪闪发光，嘴巴甜得像蜜饯似的。十二岁时，她会在数学作业本上写满这种男生的名字；十六岁时，她会让男生把手伸进她毛衣里；二十岁时，男人想要什么，她便毫无保留。但现在她三十八了，只想让这小子滚远点。

她对酒保说："不了，谢谢。我从监狱里保释出来的时候，警官劝我再不要在外面喝酒了。"

酒保没听懂克莱尔的玩笑，对着她笑了笑说："你挺野的啊，我喜欢。"

"你是没见过我蹲监狱的样子，"她对他眨了眨眼，"姐穿起囚服来也是很时尚的。"

这时前门又开了。保罗走了进来。看到保罗朝她走来，克莱尔才松了一口气。

她责备道："你迟到了。"

保罗亲了亲她的脸颊："对不起，是我不好，应该给你打个电话或者发个消息的。"

"就是呀！"

保罗转向酒保："来杯纯的格兰菲迪，淡一点。"

克莱尔看着酒保，他给保罗倒酒时可正经了，与之前判若两人。她的婚戒、她委婉或直接的拒绝，在酒保看来都不是什么难题，直到看到保罗吻了克莱尔的脸颊，他这才死了心。

"先生，您的酒。"他把酒放在保罗跟前，便跑到吧台的另一端去了。

克莱尔低声对保罗说："人家可是想送我回家的哟。"

保罗进门后都没正眼看过酒保，这才第一次看向他："要不要我去教训他一下？"

"去吧。"

"那他要是还手你会送我去医院吗？"

"会的。"

见克莱尔笑了，保罗也附和着笑了一下："终于出狱了，感觉怎么样？"

克莱尔低下头，想看看被黑色的脚环监控器勒出的淤青还在不在。按照法院的要求，出狱六个月以来，她都戴着脚踝监控器，这是她第一次穿裙子出门。"感觉重获自由了。"

保罗把她苏打水旁的吸管放好，跟纸巾摆成一条直线。"出来以后你还不是要被手机和车上的定位系统盯着？"

"警察又不会因为我丢下手机离开车就来抓我。"

保罗不屑地耸耸肩，克莱尔倒是觉得自己的回答很机智。"你不是还有宵禁吗？"

"早就取消了，只要我明年不惹事他们就会清除我的案底，就像什么都没发生过。"

"真神奇。"

"我可是花了一大笔律师费啊。"

保罗笑着说："反正也比你之前想买的卡地亚手镯便宜。"

"再加一对耳环就差不多了。"他们本不该这样说，但与其太过严肃地对待克莱尔坐牢这件事，还不如拿来调侃调侃，"很奇怪，明明监控器已经取掉了，但我脚踝上还是有感觉。"

“这就是所谓的信号检测理论。”他又摆弄了一下吸管，“你的知觉系统还习惯于戴着监控器的感觉，更常见的一种现象就是人们总觉得自己的手机在震动。”

嫁给一个书呆子大概就是这样吧。

保罗看着电视：“你觉得他们能找到这女孩吗?”

克莱尔没有理他，直勾勾地看着保罗手里的酒杯。她一直不喜欢苏格兰威士忌的味道，但现在不能喝酒了，她又想一周七天都买醉。

今天下午，接受法院指定的心理医生治疗时，克莱尔没有忍住，告诉医生自己很讨厌被人管着。“谁他妈不是呢?”眼前这个有点邋遢的女医生反问道，似乎觉得克莱尔的反应有点不可思议。她的脸唰地一下就变红了，但她知道，最好别告诉医生自己特别讨厌这，而且自己正是因为这样才被法院赶来接受治疗。她可不想让医生找到突破口。

早在警察把她的手铐住那一刹那，她就已经自己明白了这一点。

“我真蠢。”她一边嘟囔着，一边被警察带去警车的后座。

“这一点我要记下来。”那个女医生刻薄地告诉她。

被抓那天，看守她的是一群女警，她们的水桶腰上都系着大小形状各异的皮带，上面挂着各种武器。克莱尔想，但凡有一个男警察在场，情况都不会那么糟糕，但是现实并非如此。她被关在闷热的警车后座，网球裙的裙边都卷到大腿上了，而这一切都是拜女性主义所赐。

来到监狱后，克莱尔的婚戒、手表、网球鞋的鞋带都被一个壮硕的女警没收，那人眉毛浓密，眉心长了一颗大黑痣，整个人跟只臭虫似的。她的黑痣上没有毛，克莱尔很想问她，既然都把黑痣上的毛拔了，为什么不把眉毛也修剪一下呢？还没来得及问，她就被另一个女警带到下一个房间了，这人个头不小，声音刺耳，好像一只螳螂。

监狱里采集指纹可不像电视里演的那样要蘸印泥，警察叫她用手指在一块脏兮兮的玻璃上按一下，指纹便被电脑记录下来。她按出的印子很淡，试了好几次都没成功。

“还好我不是因为抢银行才被抓的！”克莱尔说完还“哈哈”笑了几声，想玩笑一下。

“按平了！”那只“母螳螂”仿佛一边嚼断苍蝇翅膀一边对她说。

拍入狱照时，克莱尔空着手来到一块白色背景板前，上面量身高的尺子显然短了一英寸，她觉得很奇怪，问警官，为什么不用拿着写了她名字和编号的板子拍照。

“那是后期合成上去的。”“母螳螂”懒散无神地回答道，看来她不是第一个问这问题的人。

对克莱尔来说，这还是头一次拍照时没人让她保持微笑。

随后，第三个女警走了过来，她与前面两人的面相截然不同，鼻孔朝天，长得像只野鸭，她把克莱尔带进了牢房。巧了，里面还有一个穿着网球裙的女人。

“你犯了什么事？”另外那个穿网球裙的女人问道，她面容憔悴，一副犯了毒瘾的样子，一看就是个身着异装的站街女。

“谋杀！”克莱尔本就不打算把这当回事，便这样回答了她。

“嘿!”保罗喝完了杯中的酒，示意酒保过来续杯，“想什么呢?”

克莱尔长叹一口气:“我在想你又要了一杯酒，看来今天过得比我还糟糕呢。”保罗和她一样，都很少喝酒，他们都不喜欢无法自控的感觉，所以这次被关进监狱让克莱尔很痛苦，哈哈。

她问:“你没事吧?”

“现在没事了。”他用手抚摸着克莱尔的后背，“心理医生怎么说?”

克莱尔没有马上回答，看到酒保回到自己的角落后才说:“她说我隐瞒了自己的情绪。”

“你可不是这样的人。”

他们相视一笑，这也是两人曾经争论过的问题。

“我不喜欢别人分析我。”克莱尔说到这里，脑海里浮现出那个心理医生夸张地耸耸肩说“谁他妈不是呢?”的样子。

“你知道我今天一直在想什么吗?”保罗握住克莱尔的手，他整个周末都在车库里忙活，手掌有些粗糙，“我在想，我是多么爱你啊。”

“都老夫老妻了，说这些真肉麻。”

“我说真的，”保罗吻着她的手说，“没法想象如果没有你我会过成什么样子。”

“肯定会井井有条。”克莱尔说，她常把鞋子和衣服胡乱扔到浴室的水池边，保罗则会帮她收好放进洗衣篮里。

保罗说:“现在事情有些麻烦，尤其是……”说到这里，他把头转向电视机，上面放出了那个失踪的十六岁少女的照片。

克莱尔也看向电视机，那女孩确实漂亮，身材纤瘦健美，留着一头深色的卷发。

保罗接着说："我只想告诉你，不管发生什么，我都会在你身边。"

克莱尔突然喉头一紧。她有时觉得保罗对她的好是理所当然的。结婚这么久还能这样觉得其实非常难得。但她知道自己是爱保罗的，她需要他，保罗就像她的船锚，让她免受漂流之苦。

"你知道吗，我这辈子就只爱过你一个。"保罗说。

克莱尔想起了保罗大学时的女朋友："阿娃·吉福特听到你这么说怕是会发飙的。"

"别开玩笑，我认真的。"他靠向克莱尔，两人额头凑到了一起，"克莱尔·斯科特，你是我一生最爱的人，是我的全部。"

"就算我有犯罪前科？"

他吻了她，深深地吻了她。克莱尔尝到了他嘴里威士忌和薄荷混在一起的味道，保罗用手抚摸着她的大腿，让她感到一阵愉悦。

两人分开身喘口气时，克莱尔说："回家吧。"

保罗把杯里的酒一口喝光，扔了几张钞票在吧台上，两人走出餐厅时保罗的手仍扶着克莱尔的背。一阵寒风吹起了克莱尔的裙摆，保罗抚摸着克莱尔的手臂，好让她暖和些。两人走得很近，克莱尔能感觉到保罗呼出的气喷在她脖子上。"你把车停哪儿了？"

"停车场。"克莱尔告诉他。

"我的车停在街边。"保罗把钥匙递给她，"开我的吧。"

"我们一起过去。"

"来这边。"牵着克莱尔走进一条小巷之后，保罗一把将克莱尔按到墙上。

克莱尔刚想问他怎么了，保罗就亲了上来，手伸到她的裙下。克莱尔急促地喘息着，保罗看小巷不是很黑，街上还有行人，便马上堵住了她的嘴。街上来来往往穿着西服的男人都扭着头看向小巷，走过了巷口都还意犹未尽，原来网上的那些偷拍照片就是这么来的。

“保罗，”克莱尔用手抵着保罗的胸膛，她不明白为什么保罗会突然这么做，他平时是个保守的人，连在客厅里亲热一下都不愿意，“别人会看到的。”

“来后面。”保罗牵起她的手，带着她走到小巷深处。

小巷是个丁字形，尽头处连着餐厅和商店后面的走道。克莱尔跟着他，踩着地上堆积如山的烟头，走到小巷尽头，没有比这里更隐蔽的位置了。她不禁想到，旁边敞开的门后可能站着几个厨师，一边抽着烟一边拿着手机偷拍。就算没人偷看，她也不该和保罗在这里亲热。

但话又说回来，没人喜欢被管着。

保罗拉着她走到转角处，克莱尔大致扫视了一下，确定四下无人，随后又被保罗推到墙边吻了起来。保罗用手托着她的屁股，见保罗兴致勃勃，克莱尔也欲罢不能了，她闭上双眼，打算就这么顺其自然。两人越吻越深情，克莱尔帮着保罗脱掉了内衣。寒冷的天气和刺激的感觉让她战栗不已，但她已经按捺不住，便什么都不管了。

“克莱尔……”保罗在她耳边轻声说道，“告诉我你想要。”

“我想要。”

“再说一遍。”

“我要。”

保罗推着克莱尔转过身去，动作太过突然，克莱尔的脸颊在墙上蹭破了皮。他把她紧紧按在墙上，克莱尔用手抵着墙背对着他。保罗以为克莱尔兴致高涨，发出一声低沉的呻吟，但克莱尔已经快要不能呼吸。

“保罗……”

“别动。”

克莱尔虽听清了这句话，但她隔了几秒才反应过来这句话不是他老公说的。

“转过来。”

保罗慢慢转过身去。

“妈的，说的不是你。”

克莱尔，那人说的是克莱尔。她身体不听使唤，双腿颤抖不已，站都站不稳了。

“我叫你他妈的转过来。”

保罗轻轻搂住克莱尔，她颤颤巍巍地慢慢转过身。

只见说话那人站在保罗身后。他穿着一件黑色卫衣，领口拉链上方露出粗壮的脖子。喉结处文着一条凶神恶煞、亮出獠牙的响尾蛇。

“举起手来。”他说话时脖子上的毒蛇也张开了血盆大口。

“你想要什么？”保罗举起了手，身体一动不动。见克莱尔看着自己，保罗点了点头，即使情况危急，也还是安慰她说没事。“我的钱包装在裤子后兜里。”

男子单手掏出保罗的钱包。克莱尔不禁想，他另一只手里肯定握着一支亮黑色的枪，抵着保罗的背。

“还有这些。”保罗取下手上的婚戒、毕业戒指，以及克莱尔五年前给他买的百达翡丽手表，表盘背面还刻着他名字的缩写。

“克莱尔，”保罗喉头一紧，“把你钱包给他。”

她眼睛盯着保罗，明显能感觉到自己颈动脉剧烈地跳动着。此时此刻，千真万确，有人用枪顶着她老公的背，他们被抢劫了！她惊慌失措，缓慢地低下头看着自己的手。从接过保罗的车钥匙后，她便一直紧紧地握着。手都没松开，他俩又怎么可能亲热呢？

“克莱尔，”保罗又朝她喊，“把钱包拿出来。”

她把车钥匙藏到手包里，并从里面掏出了钱包，递给那个男人。

歹徒接过钱包塞到兜里，然后又伸出手说：“还有手机。”

克莱尔把自己的苹果手机交给了他，里面存了她所有的联系人、前几年去各地度假的照片：圣马丁、伦敦、巴黎、慕尼黑。

“戒指也交出来！”歹徒环视着周围。克莱尔也悄悄四下观察。周围没人，就连旁边的小路也没人。她仍背靠着墙，而这个角落离人来人往的大街仅有一步之遥。

歹徒似乎看出了克莱尔的想法：“别干蠢事啊，快把戒指取下来。”

克莱尔取下了婚戒，心想给他也无所谓，反正婚戒买了保险，而且这一只也不是两人的结婚戒指。它是几年前保罗做完实习，考过了建筑师注册考试之后才买的。

“还有耳环，”歹徒命令道，“臭婆娘，动作快点！”

克莱尔用她颤抖的手摸着耳垂，她不记得今天早晨是否戴上了这对钻石耳环，但此刻她却回忆起了站在珠宝盒前的情景。

这是否就是人生一幕幕如走马灯般重现的感觉？

“赶紧的。”那抢劫犯招了招伸出的手，催促她快一点。

克莱尔笨拙地在耳后鼓捣着耳环，她的手指颤抖得无法自控。她回忆起在蒂芙尼专柜购买这副耳环时的场景，当时是她三十二岁生日。柜台小姐带着她和保罗来到隐蔽的高额商品交易室，保罗看向她的眼神仿佛在说“这一切是真的吗？”

她把耳环放到了男子摊开的掌心里，浑身发抖，心里像是打鼓一样。

“没了，”保罗举着手转过身，后背紧贴着克莱尔，把她挡住保护着她，“全都给你了。”

越过保罗的肩膀，克莱尔看到那人手上拿着的不是枪，而是一把刀尖带着弯钩的长锯齿刀，十分锋利，看上去像是猎人给猎物开膛破肚时用的。

保罗说：“东西都给你了，快走吧。”

但那歹徒没有走，他上下打量着克莱尔，好像发现了比这对价值三万六千美元的耳环更值钱的东西。他咧开嘴笑了起来，露出的门牙上有一颗镀了金，克莱尔这才发现他脖子上的响尾蛇也有一颗金色的毒牙。

紧接着，她意识到这人不只想劫财。

保罗和她想到一起了，便说：“我还有钱。”

“少废话。”抢劫犯一拳捶向保罗胸口。即便隔着保罗，克莱尔也感觉胸口一闷，保罗的肩胛骨正好卡到她锁骨的位置。她的脸被保罗的头狠狠撞了一下，后脑勺猛地砸在身后的砖墙上。

克莱尔顿时晕头转向，眼冒金星，嘴里鲜血直流。她眨了眨眼睛，低头定睛一看，发现保罗痛苦倒地。

“保罗!”正当克莱尔想扑向保罗时，她突然感觉头皮一阵火辣，抢劫犯一把抓住她的头发，拖着她走向巷子深处。克莱尔步履蹒跚，膝盖在人行道上摩擦着，一只鞋的鞋跟也断了，但那男人只顾着往前走，越走越快。她头疼得厉害，不得不弯下腰以减轻头发被拉拽的痛苦。她努力转过头，看见保罗紧抓着自己的手臂，就像心脏病发作一样。

“不要，”她想尖叫，但却只能微弱地呻吟，“不要……不要……不要……”

歹徒拽着她向前走去。克莱尔被沙子呛到了，耳边充斥着自己的喘息声。男子朝着旁边的小路走去，克莱尔之前没注意到，那边停着一辆黑色货车。她用指甲狠狠掐着歹徒的手腕，歹徒吃痛，用力拉扯她的头发，她便被拽倒在地，男子随后又猛拽了她一下。她头皮痛得难以忍受，但更难忍受的却是心中的恐惧。她想大声呼救，她也必须大声呼救，但一想到接下来会发生什么便失了声。那男的要把她带上货车，带去某个隐蔽的地方，一去可能这辈子她都逃不出来了。

“别……”她乞求道，“求你了，别这样。”

这时，男子放开了克莱尔，不是因为克莱尔苦苦哀求，而是他要转身拿刀。保罗从地上爬起，朝着男子冲了过来，他从咽喉深处发出一声怒号，空气猛地灌进了他的肺里。

一切尽在电光石火之间，克莱尔还没来得及看清，她丈夫的殊死一搏便已结束。

要比身体，保罗在跑步机上肯定比这歹徒跑得快；要比智力，保罗可以在他削完铅笔之前就把题目解出来。但是这个歹徒所擅长的持刀搏斗，保罗·斯科特在大学里可没学过。

克莱尔本以为刀尖的弯钩刺破保罗肚子，锯齿摩擦他的肋骨，肌腱和软骨被切开时都会有声音，但她唯一听到的，是刀锋划破空气的呼啸。

保罗双手捂着肚子，手指间露着刀子的珍珠柄。他倒退了几步，双目圆瞪，靠着墙壁张大了嘴。他今天穿着那件肩部紧绷的汤姆·福特牌海军蓝外套，克莱尔之前还想着要帮他改松一点，但现在为时已晚，鲜血已经浸湿了他的外套。

保罗低头看着自己的手，刀子几乎从肚脐一直插到他的心脏，只有刀柄还留在外面，他的蓝衬衣上满是鲜血。保罗被吓得不轻，他俩都被吓得不轻，今晚本来应该早点吃个晚饭，庆祝克莱尔成功熬过牢狱之苦，而不是在这个阴冷潮湿的巷子里血流成河。

克莱尔听到一阵脚步声，那个响尾蛇文身的男子慌忙逃走了，兜里抢来的戒指和珠宝叮咚作响。

“救命！”克莱尔开始呼救，但是声音小得连自己都听不清，“救……救命！”她开始结巴了。但谁能来救他们呢？以前都是保罗去寻求帮助，都是保罗摆平一切事情。

但现在不行了。

保罗贴着墙壁下滑，重重地坐在地上，克莱尔则跪在他身旁。她伸出双手想抚摸保罗，却不知把手放在何处。十八年来，两人同床共枕。保罗发烧时克莱尔会用手摸他脑门，帮他擦脸，亲吻他的嘴唇、他的脸颊、他的眼皮，甚至有次生气时还打了他一耳光，但现在，她的手却不知该放在哪里。

“克莱尔。”

这是保罗的声音，她再熟悉不过了，她走到保罗身边抱住他，让保罗躺在她的胸口。她亲吻着保罗的鬓角，似乎能感觉到他的体温正在慢慢散去。“保罗，求你了，振作点，你要好好的啊。”

“我没事……”保罗说得好像真的没事一样。但他的腿却开始颤抖，渐渐地，整个身体也越抖越剧烈，牙齿打颤，眼皮猛跳。

保罗接着说：“我爱你。”

“不要……”克莱尔在他耳边呢喃着，脸贴着他的脖子。她闻到了他须后水的味道，还被早上没有刮干净的胡茬刺了一下。克莱尔用手在保罗身上抚摸着，所到之处都是一阵冰凉。“求你了，别留我一个人，保罗。求你了。”

“我不走。”保罗向她保证。

但他食言了。

第二章

望着体育场上的啦啦队，莉迪亚·德尔加多暗自庆幸，她的女儿不是其中一员。倒不是她对啦啦队有什么成见，她都四十一岁了，早已过了讨厌啦啦队成员的年纪，现在，她讨厌的是这些女孩的妈妈们。

“莉迪亚·德尔加多！”明迪·帕克总是连名带姓地称呼别人，结尾时还要得意地把音调抬高，显得自己很聪明，记得大家的名和姓。

“明迪·帕克。”与她相比，莉迪亚的声音则低了几个八度。她说话就是这样，正好和明迪·帕克相反。

“今天是赛季揭幕战啊！我觉得咱们队今年很有希望啊。”

“我也觉得。”莉迪亚虽然附和着她，但大家都知道她们会被打得落花流水。

“嗯，”明迪把左腿伸直，双手举过头顶，弯下腰去够脚尖，“明天记得把签了字的家长回执单交给我。”

莉迪亚问都没问她说的是什么回执，便对她说：“明天我就交过来。”

“太好啦！”明迪舒展完毕，长长地呼出一口气，露着地包天的龅牙，嘴都合不上，莉迪亚总觉得她像一只垂头丧气的法国斗牛犬，“我们不想让小狄觉得被冷落了。她这样拿奖学金的孩子是我们学校的骄傲。”

“谢谢你，明迪，”莉迪亚皮笑肉不笑地说，“我们家没钱，在韦斯特利学校她就只能靠她自己。”

明迪也挤出一丝微笑：“很好，明早记得把回执交过来。”说罢，她捏了捏莉迪亚的肩膀，朝着其他……妈妈们走去，莉迪亚本想说那些“死不要脸的”，但她努力地克制住了自己，不要再这样骂人。

莉迪亚环视着篮球场，想看看女儿在哪里。她心头一阵慌乱，突然，莉迪亚看到站在角落里的小狄，她和她最好的朋友贝拉·威尔森正在一边击地传球，一边聊天。

这个年轻姑娘真的是她女儿吗？仿佛两秒之前，莉迪亚还在帮她换尿布，一转眼的工夫，十七岁的她，再有不到十个月就该去读大学了。让莉迪亚害怕的是，小狄已经开始收拾行李，衣柜里放着她的行李箱，打包的东西太多，拉链都拉不上。

莉迪亚使劲眨了眨眼，作为一个成熟的女人，不该一想到女儿的行李箱就痛哭流涕。忘了行李箱，她又想起了那张家长回执，女儿根本没跟她提过。可能球队要去哪里聚餐，而小狄担心莉迪亚囊中羞涩便没告诉她。其实她并不知道家里也没那么困难。确实，前些年莉迪亚忙着经营她的宠物店时，家里是比较穷，但她们现在绝对算是中产阶级了，大多数人眼红都来不及呢。

不过她们还是比不过韦斯特利学校里的其他家庭。这所私立学校每年三万美元的学费对于大多数家长来说都不值一提，那些富人们圣诞节会去塔霍湖滑雪，会包私人飞机去加勒比海。虽然莉迪亚没法让小狄去享受这些，但是去餐馆吃他妈的一顿牛排还是吃得起的吧。

当然了，她不会这样对女儿说，会试着用温柔的方式，把家庭情况告诉她。

莉迪亚从手包里掏出一包薯片吃了起来，薯片上浓重的油盐味让她倍感惬意，就像含着一片赞安诺一样。今天早上，她穿上运动裤，提醒自己要去一趟体育馆，不过只是为了到旁边停车场的星巴克买杯咖啡。感恩节快到了，天气很冷，她难得有天休假，一大早当然得买杯南瓜焦糖拿铁犒劳自己，而且她也需要靠咖啡因来提神。在去看小狄的比赛之前，她还得处理一堆破事：去杂货店、宠物店、塔吉特百货、药房，还要去一趟银行，回家把东西放了然后去做头发，她这个岁数简单的洗剪吹已经不够了，还得把白头发染回金色，而且新接的头发也要护理，不然她看起来就要跟迪士尼动画里的库伊拉巫婆成姐俩了。

莉迪亚的手指不小心戳到了上嘴唇，嘴唇上破了皮的地方被薯片的盐弄得生疼。

“妈的！”她忘了今天早些时候去做了上嘴唇除毛，做除毛的小妹给她涂了一种新的收敛水，涂完以后她的上嘴唇就开始长红疹子，原本她只有几根绒毛，现在就像长出了一条红色的八字胡。

想想都知道，明迪·帕克肯定在跟其他八婆说：“快看莉迪亚·德尔加多！满嘴的疹子，像长了八字胡！”

她又抓起一把薯片塞进嘴里，大声地咀嚼着，任由薯片渣落在衬衣上，也不在乎其他妈妈是否看到她正在疯狂摄入碳水化合物。

四十岁以前，她比现在吃得更厉害。

她尝试过很多减肥方法：果汁食谱、无果汁食谱、果汁节食法、水果减肥法、鸡蛋减肥法、曲线塑造训练营、五分钟有氧运动、三分钟有氧运动、南海岸食谱、阿氏食谱、原始人饮食法、爵士健美操等等。她衣柜里全是一堆从易趣网买来就没用过的东西：尊巴舞鞋、交叉训练器、登山靴、跳肚皮舞用的镲钹，还有一条丁字裤，那是为了她客户极力推荐的钢管舞课买的。

莉迪亚知道自己是有点发福了，但她真的算肥胖吗？或者说"韦斯特利人"都是这种体形？反正她知道自己不瘦就是了，她这一生都奉献给了减肥大业，除了青春期快结束、二十岁出头的时候没有为此烦恼过。

莉迪亚如此痛恨其他妈妈们，其实是因为她正在变得和她们一样。她喜欢吃薯片、吃面包，最爱的就是纸杯蛋糕，有时一口气能吃三个。她是个单亲妈妈，还要照料生意，和男朋友的关系偶尔还得维系一下，所以没空去请健身教练，没空天天去上普拉提课。不仅如此，她的工作就是和动物打交道，任谁都没法在闻了一条脏兮兮的腊肠犬的屁眼儿之后还光彩照人。

当一袋薯片见底之后，莉迪亚郁闷了起来。她根本不想吃那么多薯片的。吃过第一片之后就觉得食之无味了。

这时，球场上的一个女孩连翻了几个筋斗，妈妈们突然欢呼了起来。女孩行云流水的动作让人眼前一亮，当她做完动作举手致意，莉迪亚才看清，原来她不是啦啦队队员，而是某个啦啦队女孩的妈妈。

那女的是个妈妈。

“佩内洛普·沃德!”明迪·帕克高呼着她的名字，“妹子，太棒了!”

莉迪亚不屑地哼了一声，翻着她的手包，看还有没有吃的。这时，佩内洛普正朝她走来，她急忙拍掉衣服上的薯片渣，思索着除了骂人的话还能对她说什么。

还好，亨利教练拦住了佩内洛普。

莉迪亚松了一口气，从包里掏出手机。学校发了十六封邮件给她，主要都是提醒家长要注意最近小学部的头虱爆发。莉迪亚一条一条地读着通知，突然校长又发来一条新的消息，说校方无法追溯到“瘟疫”爆发的源头，请各位家长不要再追问把虱子带进学校的罪魁祸首是谁了。

莉迪亚清空了消息，只回复了几条客户的预约。她点开了垃圾邮件栏，看看小狄的回执单会不会被扔到垃圾邮件里了。也没有。她给宠物店的文秘小妹发了封邮件，催她把考勤卡交过来，好给她结工资，这本来是件不用提醒的事，但这小姑娘从小就被妈妈宠坏了，她妈妈得在她的鞋子上贴张画着笑脸的便签，写上“记得绑鞋带哟！妈妈爱你，我的小宝贝”，她才能想起来要系鞋带。

不过这样说好像有点刻薄。莉迪亚也常给小狄写便签，比如写着“自己把垃圾扔了去，否则等着妈妈好好‘爱’你”这样的话。但从她的角度来说，她只是想确保小狄能够生活自理。不过她没想到的是，教会女儿独立却带来了一些问题，比如女儿还有十个月才去大学报到，但她早早就把塞满东西的行李箱藏在衣柜里了。

莉迪亚把手机放回包里，看到小狄把球传给了蕾贝卡·西斯尔怀特，这个英国女孩脸色苍白，根本不会打球，就算把篮筐凑到她面前她都投不进。看到女儿无私地传球，莉迪亚露出了笑容，她在小狄那么大的时候带着一群女孩搞了一个成天闯祸的乐队，常常叫嚣着要辍学。而小狄参加的则是辩论队，还去青年会做志愿者。她温和大方，头脑精明，把握细节的能力超乎常人，和她吵架你会被她烦死。甚至是在牙牙学语的时候，她就已经很会模仿别人说话了，尤其是模仿莉迪亚说的话。所以，虽然莉迪亚在她的出生证明上给她取了个好名字，但最后还是叫她小狄。

"'狄'你妈啊!"幼儿时期的小狄坐在儿童椅上手舞足蹈地叫喊着，"'狄'你老妈!'狄'你老妈!"

现在回想起来，莉迪亚倒是觉得自己给她做了个不好的榜样。

"莉迪亚?"佩内洛普·沃德举手示意让莉迪亚等一等。突然，莉迪亚看向体育馆大门，听到身后的妈妈们正在窃笑，她便知道自己被包围了。

佩内洛普算是韦斯特利学校的风云人物了，她老公名叫布兰奇·沃德，是个律师，这在韦斯特利家庭的父亲中司空见惯，不过他还是州参议员，最近宣称要去竞选联邦众议院的席位。他可能是学校所有孩子的父亲中最帅的了，但这很大程度是因为他还不到六十，还没有长出巨大的啤酒肚。

对于一个政客来说，有个佩内洛普这样的老婆简直完美。在布兰奇的每部广告里，她总是像一条忠实的牧羊犬似的，目不转睛地深情凝视着她老公。她生得漂亮但不烦人，身材纤瘦却不骨感，她放弃了和一家顶级律所合作的机会，给布兰奇生了五个可爱的雅利安孩子。她是韦斯特利学校"家长教师协会"的主席，这个"协会"其实就是一个家校联系组织，只是被他们做作地冠上了一个莫须有的名字而已。她在这个组织里作风强硬，备忘录里下达的任务总是精简到极致，就连那些妈妈团的蠢货们也能看懂。她说话也是铿锵有力。“好了，姐妹们，”她拍了拍手，这些妈妈们都喜欢拍手，“快去准备饮料！小礼品！气球！桌上的装饰物！还有餐具！”

“啊，莉迪亚。”佩内洛普朝着莉迪亚小跑过来，从露天看台上跳下，来到她身边。“看起来真好吃，”她指了指薯片的包装袋，“我真想来点。”

“现在就给你找！”

“哎，莉迪亚，你咋这么没有幽默感！”她转到莉迪亚身前，两眼直勾勾地看着她，好像一只紧张的波斯猫，“你又做生意又顾家，女儿还那么优秀，真不知道你怎么做到的。”她摸着胸口说，“你真是我的榜样。”

莉迪亚已经开始咬牙切齿了。

“小狄真是个优秀的女孩啊，”说到这里，佩内洛普的声音突然降了一个八度，“她以前和那个失踪女孩上的同一个初中，对吧？”

“我不知道。”莉迪亚撒了个谎，安娜·基尔帕特瑞克比小狄低一届，两人还一起上过体育课，不过她们倒是没什么交集。

“真是可怜。”佩内洛普说。

“能找到的，这才失踪了一周呢。”

“一周可以发生很多事呀，”佩内洛普刻意地抖了一下，“想都不敢想。”

“那你别想啊。”

“好像有点道理，”她似乎松了一口气，却还是那么高高在上，“对了，瑞克哪儿去了？他不在这儿怎么行，他就是队员的强心针啊。”

“他在停车场呢。”其实莉迪亚自己也不知道瑞克去哪里了，他俩今早大吵了一架，感觉瑞克再也不想见她了。

不，瑞克还是会来的。他要来看小狄。不过他可能会因为不想看到莉迪亚，坐到球场的另一边。

“抢篮板！篮板！”虽然女孩们都还在热身，佩内洛普就开始大吼着了，“天啊，我之前都没注意，小狄长得和你真像。”

莉迪亚勉强地笑了一下，这话她已经听过无数次了。两人脸型简直一模一样，白皮肤、紫蓝色眼睛，微笑时的嘴巴，还有那天生的金发，是在场所有金发女郎里最好看的。小狄也是沙漏形身材，可以预见将来她也会穿着运动裤，大把大把地吃薯片。莉迪亚在小狄这么大时也是又美又瘦，可惜现在她估计得吸毒才能瘦成原来的样子。

“对了，”佩内洛普用手拍了拍腿，转过身对莉迪亚说，“能帮我个忙吗？”

“怎……怎么了？”莉迪亚话语中透露着隐忧，因为佩内洛普就爱这样托人办事，不直接说要你去做什么，而是问你能不能帮忙。

“下个月有个国际节。”

“国际节？”莉迪亚装作没听说过似的。其实她知道这个国际节就是一场为期一周的募资会，届时会邀请来自北大西洋两岸的男女名流，在杜嘉班纳店里试吃各种饺子和学校家长们做的瑞典肉丸。

“我再把全部相关邮件给你发一次，”佩内洛普对她说，“我想能不能麻烦你做点儿西班牙特色菜，海鲜饭、土豆饼、炸物拼盘之类的，”她用西语报着菜名，自以为发音非常标准，可能是跟家里那个泳池救生员学的，“去年在加泰罗尼亚的时候，我和我老公还吃了点烤蔬菜沙拉，特好吃。”

“我不是西班牙人。”莉迪亚等了四年，总算是把这句话说出来了。

“真的吗？”佩内洛普还是不依不饶地说着，“那就弄点儿墨西哥菜，炸玉米饼、墨西哥卷，或者鸡肉饭、特色羊肉什么的。”

“我也不是墨西哥人。”

“好吧，我知道瑞克不是你老公，但我想你既然姓德尔加多，那小狄的爸爸应该就是西班牙人……”

“佩内洛普，你觉得小狄看起来像西班牙人吗？”

她突然大笑起来，声音尖得可以把玻璃震碎。“你在说些什么啊，哈哈哈，什么叫看起来像西班牙人？”

莉迪亚也笑了起来，不过她俩的笑点明显不同。

“笑死我了，”佩内洛普装模作样地擦了擦眼泪，“不过说真的，到底怎么回事？”

“什么怎么回事？”

“别装傻了！你从没怎么说过小狄的爸爸，大家也都不太了解你，”她突然靠过来贴着莉迪亚，“悄悄告诉我，我保证不和别人说。”

莉迪亚很快地权衡了利弊：要是承认小狄是西班牙裔，这些妈妈们以后说到有种族歧视意味的东西时就会有所忌惮，但她就得去参加这次募资会了。

她很难取舍，这些妈妈们的种族歧视可犀利了。

“说嘛说嘛！”佩内洛普好像发现了莉迪亚的弱点，催促她赶紧说出来。

“嗯……”莉迪亚深吸一口气，准备编个自己的血泪史给她听，真真假假，假假真真，加点修饰的成分。

“我老家在佐治亚的雅典小镇，”虽然我上嘴唇的八字胡看起来确实神似西班牙人，“小狄的爸爸叫劳埃德，是南达科他人，”也可能是密西西比人，不过达科他听起来好听一点，“他从小被他继父带大，”他继父是为了避免他妈不得不作证指控他才和他妈结了婚，“劳埃德的生父去世了，”其实在蹲监狱，“劳埃德要赶去墨西哥把这个噩耗告诉他的爷爷奶奶。”其实是去买了二十克可卡因，“路上他被一辆大卡车撞了，”他把带回来的可卡因吸了一半，死在车站里，“一转眼人就没了，”他是被自己的呕吐物噎死的，“小狄从没见过他。”这可能是我为小狄做的最正确的一件事，“故事就是这样。”

“莉迪亚……”佩内洛普捂住了嘴，“我不知道该怎么说了。”

莉迪亚不禁想，这个故事什么时候会在妈妈团里传开。“莉迪亚·德尔加多原来是个悲情寡妇!”

“那劳埃德的妈妈呢?”

“得癌症死了。”其实是被皮条客一枪爆头的，“他爸爸那边已经不剩什么人了。”除了蹲监狱的那几个。

“真可怜。”佩内洛普用手捂住胸口说，“小狄从没说过这些。”

“她什么都知道!”除了这些会让她做噩梦的情节。

佩内洛普看向篮球场：“难怪你那么‘宝贝’她，她是劳埃德唯一留给你的。”

“是的。”除了小狄他还把疱疹留给了我，“我怀着小狄的时候他就死了，”当时如果被查出来我体内有毒品残留，警察会把小狄带走，所以怀着她的时候我在努力地排毒，“能有小狄我很欣慰。”她救了我一命。

“噢，亲爱的！”佩内洛普握住了她的手，她意识到整个故事都白编了，虽然这个故事让佩内洛普很感动，至少是很感兴趣，但她今天是带着任务来的，不可能空手而归，“但你想啊，小狄也还是有墨西哥渊源的，对不？我是说，爸爸的继父家也算小狄家。而且学校里有三十一个孩子都是被领养的，但他们也没被孤立呀！”

莉迪亚被她这番话惊到了：“三十一个？你是说，正好三十一个？”

“我知道，”佩内洛普以为莉迪亚是因为这个数字而震惊，“哈里斯家的双胞胎也开始上学前班了，他们也是孤儿，”她突然压低声音，“如果传言没错，头虱就是这俩小孤儿带进来的。”

莉迪亚刚张口想说什么，又止住了。

“不管了，”佩内洛普站了起来，面带微笑地说，“菜谱弄好了先给我看看，好吗？我知道你想让小狄多做些锻炼能力的事。你真幸运，母女俩一起做饭，肯定很有意思啊。”

莉迪亚没有说话。她和小狄一起在厨房里做的事，无非就是争论剩着的蛋黄酱还要不要。

“那就辛苦你啦。”佩内洛普纵身一跃，跳上了露天看台，像奥运会冠军一样挥着手。

莉迪亚不禁想，佩内洛普什么时候会去把劳埃德·德尔加多惨死的故事告诉其他妈妈们。她爸爸经常教导她，八卦别人的同时别人也会八卦你。她希望父亲仍然健在，她就能跟他吐槽这些妈妈们，肯定会让她爸爸笑出眼泪。

这时，亨利教练吹响了口哨，催促场上的女孩们结束热身运动。莉迪亚还在不断想着刚才佩内洛普说的“锻炼能力的事”，她既然这么说，就意味着别的妈妈已经发现了什么。

她从没有后悔送女儿去学过汽车修理，学换车胎；夏天送小狄去学自卫术而放弃了篮球夏令营；教小狄在害怕时要大声呼救，因为她在受惊时总是习惯性地呆住，而当一个男人站在你面前想要伤害你时，绝不能保持沉默。

莉迪亚敢说安娜·基尔帕特瑞克的妈妈肯定希望女儿学过怎么换备胎。警察在商场的停车场里找到了她的车，前轮被钉子扎破了。显然是绑匪开着她的车碾到钉子上的。

亨利教练短促地吹了两声口哨，敦促队员们上场。韦斯特利女子篮球队的各位慢步走到场内围成半圆，妈妈们则站在露天看台上又叫又跳，为这场平淡乏味的比赛造势。而她们的对手连热身运动都懒得做，她们最矮的一个球员都有六英尺高，有一对碗口大的拳头。

这时，体育馆的门开了。莉迪亚发现瑞克正扫视着观众席，突然，瑞克看到了她，又看向对面空荡荡的露天看台，思考要坐哪里。莉迪亚紧张得屏住呼吸，见瑞克朝她走来，她才算松了一口气。他慢慢地爬上露天看台，努力讨生活的人都不会急着“往上爬”。

他哼了一声，在莉迪亚旁边坐下。

“嘿。”莉迪亚说。

瑞克捡起了地上的薯片袋，脑袋往后一仰，把薯片渣往嘴里倒，但全都从领口倒进衬衣里去了。

莉迪亚大笑了起来，毕竟伸手不打笑脸人嘛。

瑞克看透了她的小心思，狐疑地看了她一眼。

他和韦斯特利学校里的其他父亲都不一样。他靠劳动赚钱，在加油站做技工，有时要用油泵为年老的顾客加油，结实的手臂和壮硕的胸肌都是搬轮胎时练出来的；他留着一条马尾辫，前两任女友都很嫌弃这，想让他剪掉。他心情好时是个嬉皮士，心情不好就是个乡巴佬，但不管怎样，他让莉迪亚·德尔加多的生活多了惊奇，让她深深爱上他。

他放下了那包薯片，大胡子上还沾着一些碎渣。“小胡子不错啊。”他对莉迪亚说。

莉迪亚摸了摸破皮的上嘴唇，说：“还要吵吗？”

“你还生气呢？”

“还没消气，”莉迪亚承认，“但我不喜欢我们吵架，感觉我整个人都不好了。”

开场哨响起，比赛开始了，两人不约而同地抽搐了一下，只希望女儿不要被虐得太惨。然而奇迹出现了，韦斯特利女篮竟然赢得了跳球，更神奇的是，小狄拿到了球正向前推进。

显然，小狄发现身后有三个高大的女孩在防守她，周围没有队友接应，只能随手朝着篮筐的方向把球抛出。只见球击中篮板，弹到莉迪亚对面一侧的露天看台上。

瑞克用小指轻轻戳了一下她的小指，问道：“你怎么把小狄培养得那么好的？”

“多给她吃小麦制品呗。”莉迪亚见他那么喜欢自己的女儿，心一下就软了，感动得连话都说不出来，单凭这一点，她就不会去计较瑞克留不留马尾辫。“对不起，我最近像个泼妇似的，”她想了想又说，“应该是认识你这十年都像泼妇……”

“你以前肯定比现在还泼辣。”

“哪有，我以前很好相处的。”

他惊讶地挑了挑眉毛，两人是十三年前在互助会上认识的，都不是什么好相处的人。

“那……我那个时候还瘦点。”她继续说道。

“那是那是，这是重点。”瑞克转过头看着比赛，“你最近怎么了，宝贝？我只要一开口说话，你就像条疯狗一样吼我。”

“那你是不是该庆幸我们没搬到一起？”

“又要接着吵吗？”

莉迪亚本想说“我们都门对门住着了，干吗非要搬到一起？”，最后还是忍住了。

瑞克看出了她的欲言又止。“挺好的，看来只要你想闭嘴也是可以憋住的。”看到小狄投出三分球，他吹了吹口哨。虽然没进，但小狄看向他时他还是竖起了大拇指。

莉迪亚想告诉他如果他们住到一起，小狄就不会觉得他的这种鼓励有什么稀奇的了，但还是决定留到下次两人对骂时再对他说。

球落到了对手手中，瑞克叹了口气说：“我的天，完蛋了。”

拳头有碗口大的那个女孩负责盯防小狄，她连手都懒得抬起来。

瑞克背靠着露天看台，把脚搭到前排的座椅上，他开裂的棕色靴子上还有牛仔裤上油迹斑斑，整个人散发着一股汽车尾气的味道。他长着一双温柔的眼睛，很疼莉迪亚的女儿，喜欢小动物，哪怕是对一只小麻雀也很有爱心。他在戒毒所时迷上了丹尼尔·斯蒂尔的书，就把她所有的作品都读了。他也不在乎莉迪亚衣服上都沾满了狗毛，也接受莉迪亚疯狂的欲求。她唯一的遗憾就是在床上的时候不能穿着罩袍。

她问道：“你想要我怎样？”

“告诉我你到底发什么疯。”

“我告诉你的话就得把你杀了灭口。”

他思考了片刻，说：“行吧，别打脸就行。”

莉迪亚看着计分板，上面显示十比零，一眨眼又变成了十二比零。“我……”到了要跟别人倾诉的时候，她反而不知道怎么开口了，“只是以前没有了结的事而已。”

“这话说得，像首乡村音乐的名字似的。”他看着她的眼睛，“是安娜·基尔帕特瑞克吧。”

莉迪亚紧咬着嘴唇。他没有问，直接说出了答案。他见过莉迪亚整理的关于安娜·基尔帕特瑞克消失的新闻，只要看到女孩的父母出镜，她就会泪眼汪汪。

他说：“我听说警察有新的线索了。”

“她父母现在只希望能找到她的尸体。”

“她可能还活着呀。”

“你真是很傻很天真。”

“这又是哪首歌里的词？”

“我爸常这么说。”

他看着她露出了微笑，莉迪亚很喜欢他笑时眼角的皱纹：“宝贝，我之前虽然叫你别去理那些新闻，不过我想有些事还是要告诉你。”

这时瑞克严肃了起来，莉迪亚的心都跳到嗓子眼了。

“她……死了？”莉迪亚用手捂着喉咙说，“找到安娜了吗？”

“没有没有，如果找到我肯定早告诉你了。”

莉迪亚自己也知道，但她的心还是突突地跳着。

“今早我看了《犯罪记事簿》，”瑞克有些迟疑，但还是接着说下去，“三天前，克莱尔·斯科特的老公，那个叫保罗·斯科特的建筑师死了。夫妻俩进城的时候被抢了，保罗被捅了一刀，送医院之前就断气了，明天举办葬礼。”

场边的妈妈们欢欣鼓舞着，小狄不知怎么抢下了球。莉迪亚看着她一路运着球冲向对方半场，拳头有碗口大的那个女孩把她球断了，但小狄没有放弃，追着那女孩跑去。小狄总是无所畏惧，天不怕地不怕，不过她有什么好怕的呢？她还没有遭受过什么挫折，没被命运作弄过，从没有失去过重要的人，没体会过失去至亲的痛苦。

瑞克问她：“你怎么看？”

莉迪亚百感交集。但她不想把自己愤怒、残忍的一面给瑞克看。她一直用可卡因麻痹着自己，有时吸得太多，就和着食物一起吞下去。

“小莉？”

她摇了摇头，泪水从她脸颊上滑落。“我只希望他死得惨一点。”

ii.

又到了你的生日，你失踪已经有四年了。和往常一样，我都要翻一翻我们家的照片，重温那些回忆。我克制着自己，每年只去翻一次相簿，因为我就是靠着这些宝贵的回忆才熬过了一个个没有你的日子。

我最喜欢你一岁生日时的那张照片，你总是个乐呵呵的小宝宝，但那天你妈妈和我比你还要开心。对那时的你来说，生日不过是普普通通的一天，只是比平时多了个蛋糕而已，那蛋糕也被你挥舞着拳头搞得一塌糊涂。那天只有我俩给你庆生，你妈说你以后都不会记得这天，干吗要大操大办。我完全同意，因为我自私地觉得，与你们母女俩独处是多么快乐呀。

我一边翻着相簿，一边记着时间。两个小时整，不多不少。然后我就得把照片都放回盒子里，盖上盖子放回书架，等明年这个时候再翻出来。

翻完照片，我又该去拜访治安官了，这也是我日常必做的事情。很久以前治安官就不回我电话了，每次透过玻璃窗我都能感觉到他很怕见到我。

面对我，他就必须面对质疑，面对失败，面对我这个怎么都不愿意接受女儿离家出走的事实的烦人鬼。

你失踪后的第一个生日，我去了治安官的办公室，平静地请他带我去看关于你这个案子的所有文件。但他拒绝了我的要求，我威胁他说如果不给我看我就打电话给报社，他让我自便，我就去大厅用公用电话，刚投了币他就过来把电话挂断了，让我跟他去警卫室。

这样的剧情自那以后每年都会上演，直到今年，他已经不想和我争执了。一个警员直接把我带进一间小小的审讯室里，桌上放着关于你这个案子的所有文件的复印件。他给我倒了杯水，我指了指我的午餐盒还有保温杯，让他别忙活了。

这些报案记录里没有一份把事情说清楚的。你的文件也都没头没尾。其中有一些证词的总结（大多证人的名字都被抹去了），还有一些警探们手写的纸条，上面的文字我根本读不懂，警察已经确定了有些证词是虚假的，有些还在验证当中（证人的名字也被抹去了），还有一些的确属实的证词（但每个证人在被警察调查时都或多或少地撒了谎），以及一些访问记录，和一串毫无意义的嫌犯名单（当然，嫌犯的名字也被抹去了）。

他们把两块完全不同的地图贴到了一起，一块是市中心的，一块是校园里的，也就是说你消失的地方有可能在这个城市的任何角落。

那里也有些你寝室的照片：你最喜欢的衣服不见了，化妆用品也不见了，满地都是课本，写了一半的报告，一辆丢失的自行车（后来找到了）。

无论是你刚失踪那年的生日，还是第二年、第三年，以及今年，关于你的文件的第一页都没变样。

此案为悬案，需再一步采集线索。

你妈要是看到这句话一定会用红笔把“再一步”改成“进一步”，但我却发现这些文件的内容从第一页就错了。

1991 年 3 月 4 日星期一，那天的天气是这样的：

最高气温 10.6 摄氏度，最低气温 2.8 摄氏度，无云，没有降雨，露点温度为 1.1 摄氏度，西北风 4 级，白昼时长为 12 小时 33 分。

那一周有这样的一些新闻：

帕米拉·斯玛特谋杀案开始审判。

罗德尼·金遭洛杉矶警局人员殴打。

一架美航飞机于科罗拉多瀑布附近坠机。

布什总统宣布伊拉克战争结束。

以及你消失了。

治安官对你离家出走的原因也作出了解释：

你因为我们不让你住校外而跟我们赌气。

你因为我们不让你开车去亚特兰大看音乐会而怀恨在心。

你和你妹妹就草帽的起源起了争执。

奶奶说你长胖了，你就再不理她了。

治安官自己没有孩子，不知道这些看似激动的情绪只是一个十九岁少女生活的日常。这些争执在我们家里也不值一提，所以在刚开始调查时，我们完全没想起来提及其中的哪怕一件。

但在他们眼里，倒成了我们想隐瞒事实。

不过话说回来，你也是警察那儿的常客了。在失踪之前你被拘留过两次，第一次是因为你在大学的安全实验室里抗议转基因生物研究，第二次则是因为你在你朋友萨利打工的那家唱片店后面抽大麻。

治安官为了自圆其说，也给出了一些所谓的“线索”：

现场没有找到你的牙刷和梳子（可能是你不小心落在了公共浴室呢）。

你室友放在衣柜里的一个皮腰包不见了（难说不是她春假时借给她朋友了）。

你的一些衣服疑似丢失（可能是谁擅自借去穿了）。

更糟糕的是，你的书桌上有一封写了一半的情书：*我想在巴黎吻你，在罗马街头与你牵手漫步，在暴雨中裸奔，在翻山越岭的火车里做爱。*

在“软蛋”看来，这就是你打算离家出走的证据。

在你妹妹看来，这只是你在听了麦当娜的《证明我的爱》之后写的乐评。

肯定是因为那个小子。换做任何女孩的父亲都会把问题归咎于那个小子，他头发高高竖起，抽自己手卷的烟，总是会跟你讲他的感受，我这个当爹的根本听不下去。你只是对他有好感，你们还没开始谈恋爱，只是互相传字条，晚上煲电话粥，他会精心制作混音磁带送给你。少男少女间一旦擦出火花，要么就一发不可收拾，要么就不了了之。

至于这事和他有没有关系，答案显而易见。他告诉警察案发当天他和家人出去露营了。他的不在场证明无懈可击，一个公园管理员路过他们家营地时，看到过他和他的家人在一块，还提醒了他们最近有野狼出没，然后在火堆旁坐下。那小子不是球迷，他便和他爸爸聊起橄榄球。

在这个案子里，这个管理员还做出了其他的“贡献”，他给出了一个合理的推断，治安官后来一口咬定事实就是他说的这样。

就在你失踪的那周，这个管理员在树林里见到一群露营的流浪汉，他们居无定所，在全国各地流浪有一阵子了。他们穿着黑色衣服，直接在明火上做饭，总是背着手低着头沿着乡间小路走。他们肯定还吸毒，因为这号人一般都和毒品有染。

有人说他们是邪教徒，有人说他们只是流浪汉，不少人还说他们是逃犯，绝大多数人都觉得他们很碍眼。而你呢，我的小宝贝，朋友们都说以前听你说过觉得他们自由不羁，治安官单凭这一点就断定你跟着他们跑了。

你在救济站做过义工，还未成年就开始喝酒，还因为抽大麻被抓过，所以这样推断也不是没有道理。

不管他们是流浪汉、邪教徒，还是自由不羁的人，当治安官觉得这个推理成立时，他们已经走远了。最后警察在北卡罗莱纳找到了他们，但他们早散伙了，剩下的几个烂醉如泥，根本不知道原来有哪些人。

“这女孩有点眼熟，”那群人中的一个在证词中说道，“但大家不都长着眼睛鼻子嘴吗，那岂不是所有人看起来都很眼熟？”

我们觉得你是被绑架了，因为：

妈妈虽然惹你生了气，但失踪前一天你还是回家了，她在厨房里，你一边洗衣服一边和她聊天。

妹妹虽然惹你生了气，但你还是把你的黄围巾借她戴。

奶奶虽然惹你生了气，但你还是写了生日贺卡准备在她下周过生日时寄给她。

虽然不排除你真的跑去树林里找这群无所事事、游手好闲的流浪汉，但你绝不会不说一声就走。

据我们所知，你失踪的那天是三月四日，早上7:30，你和几个朋友去“温暖角落”救济站分发食物和毛毯。根据利普斯科姆宿舍楼的宿管卡琳·洛佩的记录，你在9:48回到了寝室。你的室友南希·格里格斯10:15出门去上陶艺课。她说你很累，直接上床休息了。你的英语老师也说你参加了中午的工作坊。他还就你那篇关于斯宾塞的论文给了些修改建议，你们还激烈地讨论了一番（随后我们排除了他的嫌疑，那天晚上他在学校的另一头上课）。

下午1点左右，你和维罗妮卡·沃尔希在塔特学生中心一起吃饭，点了一份烤芝士三明治、一份沙拉分着吃。

接下来的记录就没那么具体了，但根据访问内容，治安官大致列出了你做过的事。你去了《红黑报》报社，递交关于佐治亚大学欲将餐饮供应私有化的报告。之后你回到学生中心，和一个叫伊齐基尔·曼恩的男生打了一局台球。然后你坐在大厅的沙发上时，一个叫达维·康福德的男生坐到你旁边，告诉你“快转眼球”乐队的主唱迈克尔·斯泰普今晚会去曼哈顿酒吧。当时在你周围的朋友都说听到达维邀请你晚上一起去看，但是他坚持说没有约你出去。

“我们只是朋友。”他在证词中说，但访问他的警员却在笔记上写道这个男生明显不甘心和你只做朋友。（有证人称当晚曼恩和康福德都待在学生中心。）

下午4:30或其前后，你离开了塔特学生中心，打算走路回家，把单车停在学生中心外面。大概是因为天气转冷，骑车穿过巴克斯特山会非常难受。（两周后，警方在学生中心外找到了你的单车，用锁拴在停车架上。）

宿管说你下午 5 点回了寝室。室友南希称你非常激动，因为听说迈克尔·斯泰普在曼哈顿，你俩打算一起去看。你们都还未到法定允许饮酒的年龄，但你认识一个叫约翰·麦卡里斯特的小混混，你俩上的同一所高中，现在他在曼哈顿酒吧当门卫，可以放你进去。南希给几个朋友打了电话，约好了晚上 9:30 一起去玩。

你们的心理学老师把考试安排在春假之前，所以你和南希一起去北图书馆自习了一会儿。晚上 8:30 左右，在主校区入口铁门的斜对面，有人看见你在墨西哥玉米饼店买了吃的，带回利普斯科姆寝室楼。但你是从撬开的后门进去的，所以当晚的宿管阿姨贝丝·廷德尔那里没有你回寝室的记录。

你和南希上楼之后洗了澡，换了衣服。你穿了一双休闲凉拖，黑色牛仔裤，一件男款纽扣衬衣，外面搭了件金银镶边的背心，戴着你的银手镯和你妹妹的那条项链。

之后，南希也不记得你有没有把你用来装化妆品的吊篮从公共浴室拿回来（在你的寝室里没有找到）。在南希的证词中，她说遗留在浴室的东西一般都会被别人偷走，或是直接被扔掉。

晚上 9:30，你和你的朋友们在曼哈顿酒吧碰了头。约翰把你们放进酒吧里，但你得知迈克尔·斯泰普要来表演的传言是假的。有人说他们乐队正在亚洲巡演，有人说他们在加州。

对此大家都很失望，但还是决定留下来喝几杯。当天是周一。除了你，第二天大家都有课，这就让第二天陷入不利的局面，因为南希以为你回家洗衣服了，而我们以为你在学校。

一开始你们喝的是一美元一杯的蓝带啤酒。喝了一会儿，有人说看到你拿着一杯莫斯科骡子，这种鸡尾酒在他们店里卖四块五一杯，用伏特加兑布伦海姆姜汁啤酒和酸橙汁调制。南希推测那杯酒肯定是某个男人给你买的，因为任何女孩只要有男人给她买单，一定会点比较贵的鸡尾酒。

这时点唱机里响起了一首你喜欢的歌，你便跟着跳起舞来。有人说那首歌是 C+C 音乐工厂的，有人说是“丽萨丽萨”的。不管是谁的，你跳舞的热情感染了大家，不久以后，人们就在酒吧狭窄的空间里舞动起来。

那天晚上，没有哪个男孩让你特别喜欢。你的朋友都跟治安官说你跳舞只是因为你喜欢而已，不是想勾引谁。（也就是说你没有什么企图，但治安官一直试图证明你是为了勾引男人。）

晚上 10:38，你告诉南希你头疼，想回寝室休息。南希当时看了看手表，所以知道确切的时间。她想叫你留到 11 点，这样可以一起回寝室。但你说你等不了那么久，让她回来的时候安静些。

治安官一定问了南希你醉成什么样子，因为他在笔记中记下南希说你没有喝得太多，但你一直在打哈欠，看起来神情恍惚。

南希签字的证词中最后一句话是：晚上 10:38 之后，我再也没见到过她。

在那之后就没人见过你了。除了那些想要伤害你的人。

南希的证词写在关于你的文件的最后一页。我们就只知道那么多。就像治安官所说，还需“再一步”调查。

其实还有一件事情治安官不知道，你妈妈都不敢相信：我记得那晚我也看了表。那时大概 11 点不到，差不多就是你被绑架的时候。

我们当时在百老汇街的哈里·比塞特烧烤店吃夜宵，和曼哈顿酒吧大概仅隔了五个街区。你妈妈下楼去上厕所，服务员把账单拿了过来，我就是在那时看的表。你妹妹在家里和她的朋友一起学习，不过她自己会收拾睡觉，我就想再给你妈妈点个她最爱吃的甜点。

我记得你妈妈走上楼时的场景。那晚她太美了，我看着她笑个不停。她把头发梳到身后，穿着一条白色的棉质裙子，臀部曲线凹凸有致，皮肤充满光泽，两眼炯炯有神。她一对我笑，我就觉得心花怒放。那一刻，我想我对她的爱无以复加：她是我的妻子，我的好友，是为我生下如此善良、懂事、漂亮的女孩的女人。

她在我对面坐下，我握住了她的手。

“你在笑什么？”她问我。

我吻了她的手腕，对她说：“因为一切都太完美了。”在那一刻，我真的是那么觉得的。

现在我可知道了，我就是个傻瓜。

第三章

她刚刚埋了她的丈夫。

这句话在克莱尔脑海中不断重复着，就好像她在讲述一段现实生活中的经历一样：

克莱尔·斯科特刚刚埋了她的丈夫。

整个葬礼很长，克莱尔在用旁白的视角回忆着葬礼中那些悲痛的片段。

他被装在铜灰色的棺材里，盖板上洒满了白百合。随着机器把他放入土中，潮湿的泥土散发出刺鼻的气味。克莱尔双膝颤抖，奶奶抚摸着她的背，妈妈把她抱入怀中。她摇着头，脑袋里盘旋着：钢、铁、保罗。直到她们坐上黑色加长轿车的后座，克莱尔才真正地意识到，这辈子她再也见不到她丈夫了。

她正在回家，回两人共同生活过的家。其他人已经到那边了，沿着弯曲的车道把车停好，在街边准备接她，他们会为保罗举杯，会讲各种故事。按照保罗的遗愿，他死后的那晚，大家为他“守夜”①。虽然只有克莱尔在仔细琢磨：这个词的意思是“守夜”还是

① 此处原作者用词为“wake”，在英文中有“守夜”“醒来”“尾流”的含义。

“醒着”，难道保罗还真的会“醒来”？抑或这个词是“尾流”的意思，就像船过激起千层浪？

克莱尔觉得“尾流”这个意思更加准确，因为保罗的离开确实打碎了她平静的生活。她仿佛被困在湍急的水流中，在悲伤的巨浪里挣扎，就要被他人的同情淹没。

一时间，慰问电话、卡片、花束蜂拥而至。还有来自人道建筑组织、仁人家园的捐款，甚至美国癌症学会也捐了钱，即便保罗不是死于癌症。

社会上有没有为被害者设立的慈善机构？克莱尔得好好查查。但现在是不是为时已晚？毕竟那噩梦般的一晚已经过去四天了。葬礼也告一段落。那些近几年没有和克莱尔联系过的人也纷纷表示哀悼，说一直惦记着她，说保罗是个好人，日后需要帮助可以找他们。

她在警局、在医院、在殡仪馆、在保罗的坟前都听到人们这么对她说，她也一直点头——但她却不知道，需要帮助时他们在哪里。

“你还好吧？”人们问她，“感觉怎么样？”

魂不附体。

用这个词描述克莱尔的感受再贴切不过了，昨晚她还查了这个词的定义，生怕用得不恰当。

灵魂脱离肉体而存在着。

无依无靠，没有肉体支撑。

关于这，还是第二个定义更符合一些，因为保罗就是她的现实依靠。她本来放荡不羁，好像生命中所有事都与她无关，是保罗让她感到踏实。

过去的四天里，自那个有蛇形文身的男人叫他们转过身去，她就一直魂不附体。葬礼上，警察和殡仪馆工作人员问她要不要最后看一眼保罗的遗体，她一听到“遗体”这个词脸色就变得惨白，像个孩子一样啜泣着，自警察把保罗从她怀中夺走之后，每分每秒她都在逼自己忘记他遇难后毫无生气的样子。

克莱尔·斯科特还想看她老公一眼。

但她想看的不是他的“遗体”。

克莱尔看向窗外。车子正在亚特兰大拥挤的车流中缓慢前行。她所坐的加长轿车开在前头，送葬队伍的其他车辆堵在很后面。这里不是乡村，那儿路人看到送葬队伍都会让路。这里的人对骑摩托开路的警察、对送葬车上插的小黄旗都视而不见。他们唯独关注克莱尔，都望向轿车的后座，窥视着克莱尔的悲伤。

她努力回忆着上次坐这种加长轿车是什么时候。上次她和母亲、奶奶同坐一辆车已经是数年前了。所以应该是和保罗去机场那次。租车行给他们租的轿车升了一个档次。

“我们像不像是要去毕业晚会？”保罗问她。

他们那次是去慕尼黑出席一个建筑师峰会。保罗在凯宾斯基酒店订了房，接下来的六天里，克莱尔过得非常滋润，在酒店里游泳、做按摩、做面部保养、点客房服务，和东欧富婆们一起逛街，她们的老公都是在德国从事医疗行业的。晚上，保罗会和她一起吃晚饭，去马克西姆大街吃夜宵。

她努力回忆着，想起晚上所有店铺打烊之后，保罗牵着她的手，从黑漆漆的窗户前走过时的感觉。

她再也牵不到他的手了。再也不能在床上翻个身靠在他胸口。再也看不到他穿着难看的丝绸内裤下楼吃早饭。再也不能和他一起在沙发上度过周六，他看橄榄球她读书，再也不能和他一起去公司组织的晚宴、品酒会、高尔夫球赛，没有保罗在身边和她一起吐槽，去了又有什么意义？

克莱尔张大嘴喘着气，感觉轿车里闷得快要窒息。她摇下了窗户，大口大口呼吸着冷空气。

“马上就到了！”她妈妈说。她坐在克莱尔对面。旁边小桌上的醒酒器随着车的颠簸嘎嘎作响，她用手握住醒酒器，这声音就像用指甲划黑板一样刺耳。

金妮奶奶似乎觉得有点冷，扣上了大衣的纽扣，但什么也没说。

克莱尔把车窗摇了起来，她浑身是汗，感觉自己的肺在颤抖，不敢去想接下来几个小时将要发生的事。家里怕是要来一百个人。保罗公司的合伙人亚当·奎因把为保罗守夜定为“奎因+斯科特”公司的集体活动。还有一个国会议员，几个业界大牛和他们的花瓶老婆，几个对冲基金经理、银行家、餐饮房产开发商，无数个克莱尔从没见过的话痨都要来，说实话，她根本不想让那么多人来他们家。

她和保罗的家。

他们住在亚特兰大郊区一个叫邓伍迪的地方。房子位于一个小坡上，原来坡顶的位置有所农舍，农舍的后院里放了一个轮胎秋千，房子施工的第一天推土机就把后院给推了。整套房子都是保罗设计的，他熟悉房子里的每一颗钉子和螺丝，知道每条线路连到哪里，功能是什么。

保罗喜欢对物品标记整理，克莱尔便送了他一台标签机。自那之后，他就像拿着紫色蜡笔的哈罗德那样①痴迷地在所有东西上做标签。光猫上写着“光猫”，路由器上写着“路由器”，在自来水阀上也挂了醒目的吊牌，每样家用电器上都有记录安装日期的标签。他还用镀膜纸制作了待办事宜清单，为户外的水龙头加防冻液，修理家里复杂的视听系统，那套系统看起来更像是美国宇航局的控制主板。

当然，保罗也不是专业的家政人员。所以每年一月，保罗都会把几个包工头的联系方式给克莱尔，让她来安排每年的家政维护工作，要叫人来检查发电机、地热系统、车库门、排水铜管、复合吊顶、灌溉系统、接有灌溉系统的井、屋外的照明设备、电梯、健身设备、泳池系统以及安保系统等。

还有不到两个月，就又是一月了，而克莱尔只记得这几个项目。她该打电话给谁来弄呢？每次维修人员一走，她就把包工头的联系方式扔了。保罗会不会把这些文件放在哪里？自己又能不能找到呢？

她的手开始颤抖，眼眶里充满泪水。想到一堆自己没法处理但又必须做的事，她就无所适从。

妈妈问她：“怎么了？”

克莱尔擦掉眼泪，试着用理性战胜恐惧。毕竟到了新年才是一

---

① 出自影片《哈罗德与他的紫色蜡笔》（*Harold and the Purple Crayon*），其中哈罗德被称为“世界上最富想象力的小男孩”，在他天马行空的世界里，他用一支彩色笔画出了自己的无数梦想，是一个类似神笔马良的故事。

月，眼前的事是要给保罗守夜，组织聚会克莱尔还是会的。宴席承办商一小时前就到了，酒水饮料今早也已经送到，在克莱尔更衣准备出席葬礼时，园丁早已拿着扫帚在院子里打扫，泳池昨晚也打扫干净了，酒席用的桌椅都搬了过去。雇了两个酒保、六个服务员。菜肴的话准备了豇豆虾仁蛋糕、西葫芦玉米馅的油炸饼、香菜牛肉馅饼、勃艮第甜菜烩饭蛋挞、柠檬鸡、腌黄瓜，还有大家喜欢的小热狗，克莱尔总是把这道菜戏称为“猪肉卷饼蘸芥末”，但每次都被大家吃个精光。

一想到吃的，克莱尔的肚子就叫了起来。她呆滞地看着车上那个醒酒器，只见妈妈轻轻把手放在瓶塞上，手上还戴着克莱尔的继父送的蓝宝石戒指。继父是个和蔼可亲的人，可惜在刚刚从牙医诊所退休两天之后，他便心脏病发作，安详地走了。她妈妈名叫海伦·里德，今年六十二岁，但看上去却和克莱尔差不多大。她总说自己皮肤那么好，就是因为干了四十年的图书管理员，晒不着太阳。但年纪轻轻的克莱尔却很不喜欢别人把她们两个人认作姐妹。

“想喝点吗？”海伦问她。

出于条件反射，克莱尔本想说不，但又突然改口说：“好吧。”

海伦拿出一瓶苏格兰威士忌：“金妮，你呢？”

奶奶微笑着说：“不用啦，谢谢亲爱的。”

海伦给她倒了一大杯，接过酒杯时克莱尔的手不禁发抖。今早她吃了一片安定，但感觉没什么用，便又从牙根管注射了一些剩下的曲马多止痛药。吃了药不应该再喝酒，但这个星期，她已经做了不少本不该做的事了。

她把头一仰，一口喝光了酒，脑海里浮现着四天前，保罗把杯中的威士忌一饮而尽的画面。酒灌进她胃里，她不禁用手捂住了嘴，喉咙被烧得火热。

“天啊，”金妮奶奶拍了拍她的后背，“没事吧，宝贝？”

那天在小巷里，她的脸在砖墙上擦破了皮。她把酒咽下去时感到一阵尖锐的疼痛，脸颊突然抽搐了一下。大家都以为她是在被抢劫时受的伤，却不知是在之前那会儿。

金妮奶奶对她说：“你小的时候一咳嗽我就用威士忌和着糖喂你吃，记得吗？”

“嗯，记得呢。”

看到奶奶露出了发自内心的笑容，克莱尔很不习惯。去年，奶奶被诊断出患有一种痴呆症，这倒是让周围的人轻松不少，因为她忘了以前所有根深蒂固的偏见和神经质的执念，不再像过去八十年里那样尖酸刻薄。她这突然的转变让所有人都变成了惊弓之鸟，生怕原来的那个金妮奶奶又卷土重来，再把他们折磨一遍。

海伦对克莱尔说：“挺好的，你网球队的队友都来了。”

“是的。”看到她们出席了葬礼，克莱尔感觉非常震惊，毕竟上次见面时自己被警察带走了。

“她们还穿得有模有样，”金妮奶奶说，“你朋友真不错。”

“谢谢您。”克莱尔回答道。但她却不知道这些人为什么会来参加保罗的葬礼，是因为她们还把克莱尔当朋友，还是只是不想错过每个社交的机会，看她们在葬礼上的表现也看不出是为什么。她们都抱了抱克莱尔，亲了她的脸颊，让克莱尔节哀，等克莱尔去招呼其他宾客的时候她们又开始到处乱逛。虽然听不到她们在说什么，但克莱尔知道她们肯定是在对别人的穿着指指点点，大肆八卦着某人出轨被自己对象发现了，离婚要花多少钱之类的事。

克莱尔此刻仿佛灵魂出窍，飘在那群人头顶，听着她们窃窃私语："我听说那时候保罗在喝酒啊，怎么跑巷子里去了？他们难道不知道那附近很混乱吗？"然后总会有个人开那种老掉牙的玩笑："你们猜，穿一身黑色网球裙的女人叫什么？叫邓伍迪寡妇！"

克莱尔前半生中，都是与这种嘴巴恶毒的女孩为伍。论长相而言，她完全可以当这些女孩的头头，但是要领导这样一群女孩，还需要对这个小团体死心塌地。而她一直扮演着那个不常说话，说笑话时跟着别人笑的角色，逛商场时跟在最后，坐车时被挤在后座的中间，而且悄悄地把她们的男朋友都睡了个遍。

金妮问她："你是袭击了她们中的哪一个才被告的？"

克莱尔摇了摇头，向奶奶澄清道："那人没来。我的罪名也不是袭击，是妨碍治安行为。在法律上区别很大的。"

金妮奶奶愉快地笑着："好吧，我想那人也会给保罗写哀悼信的。大家都很喜欢保罗。"

这时，克莱尔和妈妈对视了一下。

金妮很讨厌保罗，更讨厌克莱尔和保罗在一起。她年纪轻轻便成了寡妇，靠一份秘书的工作赚取微薄的薪水来养活克莱尔的爸爸，所以她把自己过往的伤痛看作荣誉的勋章。她经历了经济大萧条，一场世界大战，失去了老公和两个孩子，受过无数苦难，而克莱尔的名牌衣服、珠宝、豪宅、豪车以及各种奢侈的假期，对她来说就是赤裸裸的侮辱。

克莱尔还清楚地记得，有次她穿着一双鲁布托牌的红鞋子去看奶奶。

“穿红鞋子的，要么是小孩，要么就是荡妇!”奶奶这样嘲讽她。

之后，克莱尔把这件事告诉了保罗，他玩笑道：“不管你是小孩还是荡妇我都喜欢，这么说会不会有点变态?”

克莱尔把空酒杯放回小桌上，望着窗外。一时间，她竟觉得自己脱离了所处的时空，眼前的一切看起来都如此陌生。片刻过后，她才反应过来马上就要到家了。

家。

这个词显得那么的突兀。失去保罗之后，这个家算什么？出狱后的第一天晚上，她突然发现要是一个人住这里，这房子未免显得太大太空了。

保罗希望家里有更多人，自打他们第二次约会起，每次约会保罗都会念叨要生几个孩子。他和克莱尔聊起了他的父母，说他们人很好，说他们去世的时候他有多伤心。保罗十六岁时，斯科特一家在一次巨大的冰暴中遭遇车祸。他是独生子，家里唯一的亲戚——他的叔叔，也在保罗读高中时去世了。

她老公的意图很明确，想要一个大家庭，多生几个孩子以防不测。克莱尔也一直努力配合着他，直到克莱尔答应去生殖科看医生，医生说她在子宫内放了避孕器，还一直在服用避孕药，所以没怀上。

当然了，她没有如实告诉保罗，只说医生的诊断结果为“子宫不宜受孕”。其实她也没说谎，还有什么比在子宫里插了根杀精管更不宜受孕的呢?

“就快到了，”海伦说着，伸出手抚摸着克莱尔的膝盖，“乖，一切都会过去的。”

克莱尔一把握住了妈妈的手，两人泪眼汪汪，但都把头扭开，假装没有流泪。

“你还能去坟前看看保罗，挺好的，”金妮奶奶望向窗外，脸上带着愉快的笑容，看不出她在想什么，“我还记得你爸爸走的时候，我站在他坟前想，我可以把我的悲伤留在这里。当然也不是说丢就丢的，但至少有个地方可以让我发泄。果然，每次扫完墓回到我车上的时候，我都会觉得悲伤减少了一些。”

海伦用手捋了捋裙子，假装在扯线头。

克莱尔努力回想着关于父亲的美好回忆。她在读大学的某一天，海伦打电话来告诉她父亲去世了。临走前的那段时间，她父亲一直非常悲伤，非常阴郁，选择自杀也不算出人意料。

金妮问道：“那个失踪的女孩叫什么来着？”

“安娜·基尔帕特里克。”

轿车的速度慢了下来，左转之后开进了家门前的车道。海伦坐直了起来，望着前挡风玻璃外说：“怎么大门还关着？”

“可能是承办商……”克莱尔话还没说完，便看到承办商的货车后面停着三辆警车，“我的天，怎么了？”

只见一个女警示意司机把加长轿车停到主屋前的停车坪。

海伦转向克莱尔：“你又犯什么事了？”

“什么？”克莱尔对这个问题很诧异，但她想起自己吃了安定和曲马多又喝了威士忌，又想起保释官无情地对她说如果管不住嘴的话她迟早还要惹麻烦，当时克莱尔还嘴硬，对保释官说不会有那一天了，不然现在也不会有人来保释她。

难道保释官真会在她丈夫的葬礼这天对她进行药物检测?

“求求你了克莱尔,”海伦靠向车门,“控制下你的表情,你这样一看就是犯了事的。”

“我什么都没干呀!”克莱尔说这话的时候非常烦躁,自九年级以后她就再没这样说过话。

“我去跟他们说,”海伦打开车门,“警官,怎么了吗?”她用平时在图书馆上班的声音说道,低沉而短促,听上去非常恼火。

警察举起了手:“女士,请你站在原地。”

“这是我家的私有房产,这是我的权利。”

“对不起,”克莱尔马上冲到母亲身前,难怪她与权力部门搞不来,“我是克莱尔·斯科特,是这里的户主。”

“请出示身份证。”

海伦气得跺脚。“我的天,难道你们开着三辆警车过来,要在我女儿亲手埋葬她丈夫的这天逮捕她吗?”她用手指着克莱尔,“她看起来像个犯人吗?”

“妈妈,没事的!”克莱尔没有提醒妈妈,严格意义说,她以前确实是个犯人,根据保释条例,警察有权随意进入她的私有领地。她打开手包,找着自己的钱夹,才想起来那个有蛇形文身的男人抢走了她的钱包。

她眼前又浮现出那条长着金色獠牙的蛇。在警局向警探还原现场时,克莱尔突然想起了一个令她震惊的细节,那抢劫犯皮肤很白。她一直预设富有的白人只会被黑人或是西班牙裔的黑社会抢劫,这样是不是有点种族歧视?还是因为她在室内单车课堂上听了太多的说唱?同样的事情之前也发生过,案发当时,她不由自主地认为犯人是用一把闪闪发亮的黑色手枪抵住保罗的背，其实只是一把小刀，一把看起来都不太像那么回事的小刀，但最后还是把保罗捅死了。

这时，地面似乎开始震动，震感从克莱尔的脚掌传到她的腿上。

“克莱尔？”海伦叫她。

几年前，她和保罗去纳帕谷的时候遭遇了地震。当时震得克莱尔滚下了床，保罗还压在她身上，两人顾不上穿衣服，套上鞋子就跨过爆裂的水管和碎玻璃往外冲。

两人一路跑到满是断垣残壁的街上，在人潮中站定，保罗穿着睡衣和内裤说：“抗剪加固做得太弱了，像这种稍微新一点的楼房本该装上底层隔震支座，或是窗台抗震系统的，可以起到缓冲地震拉力的作用。”

似乎只有听到保罗碎碎念着地震荷载的相关知识，她才能安定下来。

“克莱尔？”

克莱尔睁开眼看着妈妈，还在想怎么周围的人都挤在她身边。

“你晕倒了。”

“我没有！”她反驳道，但事实就是如此。她平躺在行车道上，女警站在她身边，克莱尔还在想这个女警长得像什么昆虫，但想了半天也没想出来，不过说实话，这位女警看起来已经工作太久，很疲劳了。

警察说：“女士，请您躺着别动，救护车还有十分钟就到了。”

克莱尔试着不去想起案发当天医护人员赶来的情景，当时他们拖着轮床，沿着小道跑来，只用了不到一分钟检查保罗的情况，便对克莱尔摇了摇头。

“他不行了……”她已经不记得这句话到底是某个医生说的，还是她自己对自己说的。只知道她确实听到，也感觉到保罗不行了，眼睁睁地看着他从一个活生生的人，变成一具尸体。

克莱尔对妈妈说：“扶我起来可以吗？”

“女士，不要坐起来。”警察命令道。

海伦一边把她扶起，一边说：“你没听到警察刚说的话吗？”

“是你扶我起来的啊。”

“不是，她刚才说家里好像进贼了。”

“进贼了？”克莱尔重复道，这话听起来没头没脑的，“怎么回事？”

“估计是想偷东西吧。”虽然海伦听起来很镇定，但克莱尔感觉到她还是因此有些不安，“承办商来的时候正好撞上了那几个小毛贼。”

小毛贼。妈妈竟然用了这么个老土的词。

海伦接着说：“他们打了起来，酒保伤得很重。”

“蒂姆吗？”克莱尔问道，她想知道些细节，好让她相信确实发生了这么件事。

海伦摇了摇头说：“我不知道他叫什么。”

克莱尔抬头望向自家房子，又有了那种魂不附体的感觉，仿佛察觉到保罗若有若无的气息。

突然，她想起了文身男，灵魂又回到了她体内。

克莱尔问警察：“是有一群小偷吗？”

女警说："三个非裔男子，中等身材，二十来岁，都戴着面罩和手套。"

海伦此前从未如此相信过警察："有那么详尽的描述，我相信你们肯定很快就会抓到他们。"

"妈妈！"克莱尔试着打断他们，但似乎没什么用。

"他们开的是一辆银色的新款四门轿车，"说到这里，警察握住了腰带上的警棍，大概是迫不及待想要大显身手，"我们已经对那辆车发出'全令'了。"

"小姑娘，我听不懂什么叫'全令'，"海伦又摆出了图书管理员的模样，今天她不能对克莱尔发火，便把气都撒到这个女警身上，"能麻烦你好好说话吗？"

金妮奶奶解释道："是叫'全州通缉令'吧？"她笑眯眯地看着女警。"我家客厅里有台彩色电视，我经常看呢。"

克莱尔说："我不能就这样坐在行车道上啊。"海伦握住她的手臂，扶她站起来。如果是保罗，这时他会怎么做？他会掌控好局势，但克莱尔做不到，她连站都站不稳了。"贼偷走什么东西没？"

警察说："女士，应该没有，但我们希望您能跟警探一起进屋里检查一下。"说罢，她指向一群站在玄关外的男人，他们穿着神探可伦坡的同款风衣，其中一个还叼着一根雪茄。"他们会帮你列个清单，清点一下家里的东西，您之后还得把这份详细的报告交给保险公司。"

克莱尔差点没笑出来，这女警怎么不让她去给史密森尼博物馆的藏品做个目录呢？"一会儿还有客人要来，我要去看看桌子布置好没有，承办人呢……"

“女士，”女警打断了她，“在犯罪现场清点完成前，任何人都不准入内。”

克莱尔差点没忍住，叫那警察别再他妈的叫她“女士”了，但还好她用拳头捂住了嘴。

“女士？”警察又叫了她一次。

克莱尔放下了拳头，这时，一辆灰色的奔驰轿车在行车道的入口处停住，开着大灯，窗户上插着葬礼用的小黄旗。随着另一辆奔驰轿车慢慢停在其后，葬礼车队总算跟了上来。现在，克莱尔要怎么办？再次晕倒在地似乎是最简单的办法了，然后呢？上救护车，送到医院，打镇静剂，最后还不是要被送回家，还不是得回到这里，刑侦人员、物品清单、保险公司，一大堆屁事等着她去办。都怪保罗，他怎么能不在呢，本来应该是他来解决这些事情的。

克莱尔·斯科特竟然对自己去世的丈夫心生怨恨，怪他没有出现，帮她解决问题。

“宝贝？”海伦叫她。

“我没事。”克莱尔很早就明白一个道理，说谎时只要足够坚定，自己都会信以为真。现在她只需要列一份待办事宜清单就可以了，保罗就是这么办事的，他总说只要把待办事宜写在单子上，一切都会迎刃而解，把握住细节你就解决了问题。“我这就和警探们去家里，今天就不给保罗守夜了。”她转向小心翼翼站在一旁的轿车司机，“麻烦您把我奶奶送回家，可以吗？”她又对警察说：“请让救护车不用来了，我没事。一百多个人正在往这儿赶来，你们得安排个人去行车道入口处拦一下，不然一会儿他们就都往房子里跑了。”

“好的。”那女警好像也不想和她们再啰嗦，一路小跑着去行车道上了。

克莱尔似乎觉得底气没那么足，看向她妈妈：“你觉得我能行吗？”

“你这不已经在做了吗？”海伦挽着她的手，朝那几个穿风衣的警探走去，“你晕倒时没摔到头吧？”

“没有。”克莱尔感觉后脑勺还有些疼痛，上次在小巷里擦伤的地方还没好，就算再摔出一个鼓包也没什么大不了，“我以前晕倒过吗？”

“我印象中是没有，下次你要晕的话最好是在草坪上，我怕你把脑袋摔开花了。”

克莱尔掐了妈妈一下：“你不用在这儿陪我啦。”

“我要知道你没事才能放心走。”

克莱尔紧闭双唇，想起了以前也有这样的时候，妈妈除了陪着她其他什么都干不了：“听我说，我知道你不喜欢警察，但你还是要收敛一些。”

“一群‘软蛋’，”海伦碎碎念着，她经常这样说那些无能的警察，“你知道吗，我突然意识到，我们家里只有我没蹲过监狱。”

“是看守所，妈妈，定罪以后才会被关监狱。”

“那还好我在读书会的时候没讲错词。”

“斯科特夫人？”一个穿着风衣的男子手上拿着警徽向她们走来，他身上散发着雪茄的味道，可能是他觉得穿风衣还不够酷炫，“我是邓伍迪警局的梅休警监。”

“警监？”克莱尔问道，在保罗被杀害后，前来调查的还只是个小警探，难道现在这桩小偷小摸的案件比杀人案还重要吗？还是说在亚特兰大杀人案已经不足为奇，都交由小警探来办了？

“对于您先生的事，还请您节哀顺变，”梅休把警徽放回大衣口袋里，他留着一撮浓密又杂乱的小胡子，鼻毛都从鼻孔里露出来了，“议员先生私底下交代我要把这个案子办好。”

克莱尔知道他所说的“议员先生”就是乔尼·杰克逊，这人一直都是保罗的贵人，托他的福保罗才拿到了很多政府的工程，这些工程按说应该交给更有经验的建筑师来做。而他早期对保罗的投资也给了他不少回馈，每次“奎因+斯科特”公司拿到一个政府项目，保罗的运通卡上总会谜一般地多出几笔支出，比如订了私人包机，但他却没坐过，订了五星级酒店的房间，但他也从没住过。

克莱尔深吸一口气，问道：“对不起，警监，我有点糊涂了，麻烦您把这件事从头给我捋一下好吗？”

“好的，我能理解。您刚办完葬礼，肯定很不想管这个案子了，还请节哀顺变。”梅休也深吸一口气，但动静比克莱尔大多了，“案子已经大体查清楚了，但还有些不清楚的地方要调查，你这个案子不是镇上的第一起。警方怀疑犯罪分子是一群年轻男子，只要他们看到有人发出讣告，他们就会查出葬礼举行的地点，然后用谷歌地图来看看这户人家值不值得偷。”

“我的天，”海伦叹道，“真不是人干的事。”

梅休似乎和她一样愤怒。“我们推测，这群小偷进家后不到一分钟，宴席承办人就开着货车来了，发现了侧门附近的碎玻璃。”说到这里，他指了指青石板上四散的碎玻璃，“之后酒保走进家里，其实他不该这么做的，结果进家之后就被暴打了一顿，但因为他，您家才没有被搬空。”

克莱尔又抬起头看着自家房子。保罗从上学时候就开始画各种设计图，唯一改变了的，就是他能用来建房子的资金。这两口子以前都不是什么有钱人，克莱尔的爸爸是大学教授，保罗的父母靠自家农场为生。他喜欢赚钱，因为有钱他才有安全感，克莱尔也不例外，她认为只要是你花钱买的东西，就没人拿得走。

难道是因为她没有给保罗钱，难道是因为她工作不够努力，不够爱保罗，没有常陪伴他，所以他才要这样一走了之？

“斯科特夫人？”

“不好意思！”克莱尔也不知自己为什么老道歉。这事儿如果发生在保罗身上，他肯定更加上心，他是个疾恶如仇的人。他家的窗户被砸了！小偷要来偷自家东西了！自己请来的工人被揍了！克莱尔应该站在他旁边，跟他一样愤怒。但保罗不在了，她无法逼自己像他一样做。

海伦问道：“那您知道那位酒保现在还好吗？他是叫蒂姆，是吧？”

“对，蒂姆。”梅休点点头，同时耸了耸肩，“大多都是皮肉伤，现在已经在医院缝针了。”

克莱尔突然感到一阵后怕，蒂姆为他家做了很多年酒保，他的小儿子患了自闭症，离婚之后他也一直在努力让前妻回心转意，而现在因为自己家发生了这种可怕的事，害得蒂姆去医院缝针。

海伦又问：“那克莱尔还是得跟你一起去看看有没有什么东西被偷了，是吗？”

“是的，我们最后再去清点。虽然我知道有点强人所难，但现在我们很需要斯科特夫人带我们去调监控。”他指了指房子角落处那个黑漆漆的摄像头，“那个摄像头绝对拍到了罪犯进屋和逃跑的过程。”

“好的，我带你们去。”克莱尔嘴上说着，却还站在原地。两人都在看着她，等她行动。还有其他的事等着她去做，太多太多的事等着她去做。

“待办清单！”想到这里，她脑袋里的小马达又转了起来。

克莱尔转向母亲：“妈，你让承办商把准备的食物都送到救济站吧。然后告诉蒂姆，医药费我们全包了。签合同时在业主责任里应该写了这条。”合同放在哪儿了？克莱尔连他们找的中介是谁都不知道。

“斯科特夫人？”梅休身旁还站着一个男人，那人比梅休稍高几英寸，穿得比那群警探稍微好看点。他的风衣更得体些，西装更合身，胡子也刮得干干净净。他随和的气场本应该让克莱尔安心一些，但她却感到非常不安，可能是因为他眼睛周围的一圈淤青让人不忍直视。

那男子笑着解释了黑眼圈的由来：“我老婆不太喜欢我顶嘴，打了我一顿。”

海伦说：“家暴最有意思了。”她见克莱尔神情凝重，便说：“我去厨房了，有事叫我。”

那个眼圈乌青的男子接着说：“对不起，斯科特夫人，我叫弗雷德·诺兰，我们先去调监控吧，边走边说。”

他靠得太近，克莱尔不禁往后退了一步：“这边请。”她朝着车库走去。

"等等。"诺兰抓住她手臂，拇指扣住她柔软的手腕内侧，"安保系统的控制中心在车库里？"

克莱尔突然对他心生厌恶，以前还没有人让她如此讨厌过。她低头看着诺兰的手，被他握住的地方很不自在，真希望皮肤缩到骨头里去。

诺兰感受到了她的厌恶，便放开了她的手。

"我说了，请这边走。"

克莱尔继续往前走，努力克制自己不要发抖。梅休和她并排走着，诺兰紧紧跟在她身后，跟得太近了。这男的不仅是让人发毛，简直就是个变态，看起来不那么像个警察，倒更像个黑帮成员。但显然，他很好地完成了本职工作，因为即便克莱尔没犯什么事，至少最近没有，克莱尔也一看到他就想低头认罪。

诺兰说道："通常整套安保系统都会放在家里比较重要的地方啊。"

"哦哦，真了不起啊！"克莱尔嘟囔着，她感觉太阳穴处头疼得厉害。可能这几个小贼来得正是时候，不然接下来的四个小时她还得去接待前来哀悼的客人。现在，她只需要花半个小时，把这个混球对付过去，撵走他以后吃一把安定就睡觉。

出于非常复杂的原因，保罗把安保系统的主机装在车库里，那车库是一个两层的独立建筑，和房子的设计风格相同。保罗的办公室就在车库顶楼，上面有个小厨房，两个简便厕所和一个大浴室。他俩曾经开玩笑说，如果哪天克莱尔把他从家里赶出去，住车库可比住宾馆舒服多了。

"斯科特夫人，能麻烦您解释一下为什么警报没有开吗？"梅休一边问，一边掏出纸笔，他垂着肩膀，好像在模仿雷蒙德·钱德勒小说里的某个人物。

克莱尔回答道：“通常承办商要来我就会关掉警报，而且前门是关着的啊。”

他的小胡子抖动着：“也就是说，承办商知道前门的密码？”

“嗯，还有主屋的钥匙他们也有。”

“还有谁有钥匙吗？”

听到这个问题她十分讶异，有可能是因为弗雷德·诺兰呼气时把气都吹到她脖子上，让她很烦躁。“如果那些贼有钥匙，他们干吗要砸玻璃？”

梅休停下了手中的笔，看了看她：“只是常规问题而已，我们要去调查每个能进入房子的人。”

克莱尔突然感觉喉咙深处有点痒痒的，她又不知所措了，谁有钥匙这种事只有保罗知道啊。她尽量回想着：“家里的保洁人员、杂务工、保罗的助手、生意伙伴、我妈妈，我给你找找他们的名字和电话吧。”

“你妈妈，”诺兰说，“她脾气挺爆啊。”

车库内有四间房。克莱尔来到门前，在键盘上输入密码之后，重重的木门沿着轨道滑开，克莱尔注意到两个警察正盯着屋内用花钢板装饰的储物柜看。车库地板好像赛车场一样，用黑白相间的碎砖贴成。支架上什么都有，手工工具、延长线路、网球拍、高尔夫球棒、篮球、墨镜、鞋子……保罗的工作台占了房间的一侧，上面放着他的充电设备、小冰箱、平板电视和夏天用的空调。

再往里走就可以看到克莱尔的宝马车，保罗的保时捷卡雷拉，和特斯拉电动汽车。

“我靠！”诺兰羡慕地大叫着，克莱尔知道，在男人眼里保罗的车库比什么美女都有魅力。

“在楼下。”克莱尔在另一个密码锁上输入了四位密码，带着他们走下楼梯，往地下室走去。她很高兴看到保罗如此喜欢这个车库，他常在这里捣鼓模型，一弄就是几个小时。克莱尔以前笑话他说，之所以他不把这些玩意儿弄到公司去，就是因为在家里他弄完还可以清洗他的这些“宝贝”。

“他有点洁癖吧。”诺兰似乎能读懂克莱尔的想法。

“我挺幸运的。”克莱尔对他说。保罗轻微的强迫症并没有影响他们的生活，他也没有做出一些奇怪的举动，比如每天要把门把手擦上十二次。反倒是因为他的强迫症，克莱尔过上了所有女人都羡慕的生活：每天晚上都有人帮你把马桶垫放好，衣服叠好，厨房收拾好。

下了楼梯，克莱尔又在另一道门上输入四位密码，门锁咔的一声就开了。

梅休说：“我从没见过车库下面还有这样的地下室。”

诺兰则说：“有点《沉默的羔羊》的意思啊。”

克莱尔打开了房间的灯，眼前这个混凝土砌成的小屋倒是与之前所见完全不同。根据保罗的设计，这个地下室还可以当作龙卷风来袭时的安全屋，旁边的铁架上屯着食物和日用品。屋里放着一台小电视，一个天气收音机，两张露营的小床，还有一堆垃圾食品，因为克莱尔之前说过，如果地球真的要毁灭了，她要吃好多好多巧克力和奇多。

还好克莱尔之前没有脱掉外套，因为屋里有很多电脑，所以温度调得很低。这里是所有系统的主控室，不仅摄像头，还有视听系统、窗帘和固定装置的自动操作等魔术一样的功能都由这里控制。房间里闪烁的小灯列成几排，一张小桌上放着四台监控器的平面屏幕，下面还安装了扩音设备。

诺兰打趣地问道："你老公是不是国安局的秘密特工？"

"是啊。"克莱尔本来就被他问烦了，他那毫无起伏的中西部口音更是刺耳，最省事的办法就是说他想听的话，让他赶紧闭嘴。

她拉开桌子的抽屉，从里面拿出一张镀膜纸做的清单，上面写着怎么使用安保摄像头。保罗已经写得非常详尽，但克莱尔看得眼睛发花，感觉自己怕是要得癫痫了。

她打开电脑，在键盘上输入安保系统的密码。

"你要记的密码真不少。"诺兰贴着克莱尔站着，克莱尔都能感觉到他体表的温度。

克莱尔从诺兰身边走开，把说明书交给梅休："剩下的就交给你啦。"

诺兰问道："你家每套房子都是这样的吗？"

"我家就只有这套房子。"

"只有这套？哈哈！"诺兰大笑起来。

克莱尔已经忍无可忍："我老公走了，现在家里还进了贼，你觉得这样很好笑吗？"

"哇。"诺兰举起双手，好像怕克莱尔把他眼睛挖出来似的，"女士，我没有冒犯您的意思。"

梅休又抖了抖小胡子："你把你那臭嘴闭上，就谁都不得罪了。”

克莱尔白了诺兰一眼，转过身背对着他。她很擅长拒绝男人。虽然诺兰没有离开，但还是往后退了几步，表示他明白克莱尔的意思了。

梅休一步一步照着保罗写的步骤操作着。克莱尔盯着屏幕看，每个屏幕被分成四块，分别对应一个摄像头，四台电脑上显示了十六个摄像头采集的图像，每个入口，每排窗户，泳池附近以及行车道的几个部分都在监控之下。克莱尔看到承办商的人在停车坪倒车，看到海伦那辆停在车库对面的银色福特，看到她站在门厅外和一个警探说话，她当时用手捂着嘴，幸好摄像头采集不到声音。

梅休草草地翻完了保罗的笔记本：“好了，根据承办人报警的时间，我们大概知道窃贼入室的时间范围。”他敲了几个按键，海伦便消失在屏幕上了，他又把录像往回倒了一点，终于，他找到了他想要的：三个人影出现在行车道的入口，距离太远还无法辨识身份，但看到这三个模糊的黑影朝着房子走来，就知道来者不善。

克莱尔感觉脖子后面的绒毛都立起来了，这一幕确实发生过，就发生在她的家里。

她看了一眼视频中的时间，当窃贼穿过房子前面的停车坪时，克莱尔还站在那个无教派礼拜堂外的墓地里，想着当时还不如跟保罗一起死在巷子里算了。

“就是这里。”梅休说。

当那几个黑影变成人形时，克莱尔突然感觉胸口一阵剧痛。看得越清楚说明越真实，克莱尔必须要面对。情况就和之前的报告一样：三个非裔男子戴着滑雪面罩和手套在行车道上跑着，他们穿着一身黑衣，十分默契地左右打探着，一人手握撬棍，另一人拿着一把枪。

诺兰说："还挺专业啊。"

梅休赞同道："一看就知道是惯犯。"

克莱尔看着那三个男人昂首挺胸地走向门厅。家里的门窗都是保罗从比利时订的。用料都是很结实的桃心木，装的锁也都是四点锁，但只要用撬棍敲碎旁边的铅条玻璃就很容易弄开，一个盗贼从窗户伸手进去就打开了门栓。

她突然口干舌燥，泪水涌入眼眶。那可是她家的门厅，那可是她家的门啊，她每天要用无数次的门，保罗每天下班回家都会穿过的门。

他曾经穿过的门。

克莱尔对两人说："我先上去了，有事叫我。"

她爬上楼梯，擦去眼泪，张大嘴巴用力地吸气、呼气，来抑制内心深处歇斯底里的情绪。

保罗搭的楼梯，保罗用的工作台，保罗开的车……

她穿过车库，一路顺着楼梯尽可能快地往上爬，她都不知道自己要去哪里，抬起头才发现，她来到了保罗的办公室。

放眼望去，这里有他打盹的沙发。他读书或看电视时坐的椅子。他们结婚三周年纪念日时她送给保罗的画。他的绘图桌。他亲手设计的办公桌，桌面干干净净，一根线都看不到。还没用过的记事簿。发信匣里的信件整整齐齐地放着，上面有保罗苍劲有力的字迹。他的电脑。他的铅笔套装。他的相框，里面装着一张克莱尔的老照片，那是保罗用他妈妈的尼康相机拍的，克莱尔都不记得是什么时候的事了。

克莱尔拿起相框端详着，照片里他们在看橄榄球赛，她披着保罗的外套，那时的温暖似乎现在都还记得，多么让人安心。镜头记录下了她张着嘴仰头大笑，笑得是那么灿烂，那么开心。

他们当时都在亚拉巴马的奥本大学读书。保罗是因为奥本大学有全国顶尖的建筑专业才去的，而克莱尔则是觉得读大学就是要离家远远的才有意义。但保罗家就在克莱尔儿时的家旁边二十英里的地方，可见无论你走了多远，最后还是会回到原点。

和克莱尔大学时期的其他男友比起来，保罗简直就是一股清流。他很了解自己，很清楚自己未来想做什么，想去哪里。他靠着全额奖学金读完了本科；靠父母去世时留下的遗产读完了研究生；凭着一张小小的人寿保险单，出售农场所得的利润，撞死斯科特一家的拖车公司给的庭外赔偿，付完了他的学费和生活费还绰绰有余。

但在校期间保罗还是一直在打工。他出生在一个辛勤劳作的农场，每天天一亮就要起来干活。九年级时，他获得了一笔奖学金，去亚拉巴马西南部的一所寄宿军校读书。这两段生活经历帮他养成了勤快的习惯，就是闲不住。他在大学期间的一份工作是在学校的泰格拉格斯书店打工，另一份是在数学实验室里做助教。

克莱尔读的是艺术史专业，数学一直让她头疼，或者说她就没好好学过，不管怎样总之就是不好。她还清清楚楚地记得第一次坐在保罗身旁，保罗辅导她做作业。

“大家都知道你是大美女，”保罗对她说，“但没谁知道你这么机灵吧？”

机灵。

“聪明”可以用来形容任何人，但“机灵”只能形容特别的人。

克莱尔把相片放回原处，在保罗的书桌旁坐下，学保罗的样子把手臂搭在上面休息着。她闭上眼睛，试图寻找保罗残留的气息，她深吸一口气，吸得肺生疼，然后长舒一口气。她就快四十了，还没有孩子就成了寡妇，最好的朋友估计正在街边的酒吧喝着玛格丽特，嘲笑葬礼上的她有多狼狈。

她甩了甩头。她可以用后半生来思考有多孤独，但现在不行。现在她要做的，就是撑过这一天，至少撑过接下来的一个小时。

她拿起电话，打给亚当·奎因。他在克莱尔之前就认识了保罗，他俩是大一时的室友，一起从奥本大学建筑系毕业，结婚时他是保罗的伴郎。更重要的是，他俩的人寿保险是在同一家公司买的。

电话才响了一声他便接了：“克莱尔？你还好吗？”

“我没事。”她虽然这么回答，但也只有手头有事的时候她才这么觉得，“不好意思打扰了，是这样的，你知道我们保险公司的经理人是谁吗？”

“噢，知道啊，”他好像有点摸不着头脑，今天是她丈夫的葬礼，他实在没料到克莱尔会问他这个问题，“是一个叫皮娅·洛里特的人。”他还拼读了一次这个名字，“她的联系方式我用短信发给你吧。”

“我没手机，”克莱尔反应过来，“被那个蛇形文身的男人抢走了，就是那个……”

“那我邮件发给你吧。”

克莱尔刚要告诉他没办法收邮件，她突然想起来还可以用iPad。她的iPad是老机型，保罗总说要给她换台新的笔记本电脑，她却说还能用不用换，现在她可以把iPad装进包里，过个三十年后带去养老院。

“克莱尔？”亚当的声音突然变模糊了，克莱尔估计他这时应该去了另一个房间。他们打电话时这种情况发生了多少次？大概有个五六次吧。

有什么用呢，真傻。

他说：“克莱尔，保罗走了我也很难过。”

“谢谢你。”她感觉泪水在眼眶里打转，恨自己不争气。她最不想在亚当面前哭。

“如果有什么能帮上忙的……”他的声音越来越弱，克莱尔听到一阵摩擦的声音，估计是他在用手搓脸。亚当脸上总是有胡茬，就算刚刮完也是这样，克莱尔虽不觉得有胡子的男人很性感，但不知为何却还是和亚当睡了。

这是很久以前的事了，但克莱尔也没感到丝毫慰藉。

“克莱尔？”

“我在。”

“保罗电脑上应该存了一份文件，里面是公司正在做的项目。我知道现在不该说这些，但还是想麻烦你用邮件发给我，可以吗？我也不想提的，但是星期一一大早就要做演示，要弄懂保罗的东西还得花几个小时。”

“没事，我理解。”她拉开键盘，“我用他的邮箱发给你。”

“你有他邮箱密码？”

“嗯，他很信任我。”但她和亚当都知道，保罗不该信任她。

他和亚当就是一个毫无意义的错误。

她说：“好了，过几分钟给你发。”

克莱尔挂了电话，回想起了和亚当·奎因在一起的时候，而她本应该用这些时间来陪保罗的。现在她愿意付出任何代价，把这些时间换回来。

但时间不回头，她也只能往前走。

保罗的苹果电脑桌面只有空空的一片蓝色，底部有一排工具栏，在应用程序图标旁边有三个文件夹：工作、个人、家庭。她点开了“家庭”文件夹，很快就找到了一月的待办事宜清单，她还看到一份名为“保险”的文件，里面不仅有保险经理人的姓名，还有一份 PDF 文件，里面有关于她家的描述、照片，还有所有物品的序列号。克莱尔把 508 页文件全都打印了出来。

接着，她打开了“工作”文件夹。但要找到那个文件就很麻烦了，没有哪个文件夹写着“公司正在做的项目”，只有一长串以数字命名的文件。克莱尔猜这些数字应该是项目号，但她也不确定，她点了日期栏，让所有文件按时间顺序排列。在最近两周，保罗一共动过十五个文件，最近一个的编辑时间就是保罗死前的那晚。

克莱尔点开了那份文件，她还以为里面会是一系列与工作相关的图表，但点开之后，工具栏里的视频播放器跳了出来。

“噢！”她叫了一声，因为一眼看去不知道这是什么东西。但在看到内容之后，她笑了起来，这是从抢匪叫他们不要动之后她第一次露出了笑容。

原来保罗一直在用电脑看黄片。

而且还不是一般的黄片。

是那种怪僻的黄片。

片里一个年轻女子穿着紧身皮胸衣，被铁链拴在一堵砖墙上。她戴着一条有铆钉的狗项圈，四肢被扯开，皮开裆裤拉得绷紧。她惊恐地尖叫着，像现代的恐怖片里的配音，其实更像1970年代黄片的音效。

克莱尔有些羞耻地瞥了一眼保罗办公室外的走廊，随后她关掉了声音，但继续放着视频。

片里的房间很肮脏，克莱尔非常惊讶，保罗竟然会喜欢这种东西。女主角很年轻，但也不至于小到令人发指，她留着一头时髦的棕红色头发，画着浓重的眼影，亮红色的口红让她的嘴唇看起来更加厚重。她胸虽然不大，但腿却非常好看，保罗一直很喜欢克莱尔的腿，就连她戴着脚踝监控器时也喜欢。

实际上，保罗觉得她戴着脚踝监控器很有感觉，克莱尔还以为这是保罗最变态的一点，却不知后来保罗想在巷子里来一次粗暴的性爱。

当然，看了这部影片，保罗的怪僻程度又刷新了克莱尔的认识。

突然，一个男人出现在镜头前，对着镜头笑。他戴着皮面具，嘴巴和眼睛处有拉链，他红色的嘴唇在拉链间蠕动，让人看起来非常不舒服。不过克莱尔怀疑保罗根本就没看过这个男的一眼。

镜头失焦片刻后又变得清晰起来，男人收起了笑容，走向那个女孩，裤裆里的家伙从紧身皮内裤下突了出来。他拿着一把砍刀，长长的刀刃上反射着头顶的灯光。他走到女孩面前几英尺的地方停了下来。

他挥起砍刀。

克莱尔倒吸一口气。

他把砍刀落在女孩脖子上。

克莱尔又吸了一口气。

男人开始扭转刀刃，鲜血从女孩的脖子上溅出，墙上、男人身上、镜头上一片血红。

克莱尔凑到屏幕前，目不转睛地看着。

这是真的吗？这男的真的砍了那个女孩？

女孩身体抽搐着，四肢拉扯着铁链，头扭朝一边，血流向她的胸口，脚下积起了一摊鲜血。

这时，他们开始进入正题了……

“斯科特夫人？”

克莱尔吓得往后一退，椅子撞到了墙上。

“您在楼上吗？”弗雷德·诺兰往楼上走来。

克莱尔盲目地敲着键盘，想把影片暂停下来。

“有人吗？”诺兰的脚步声越来越近了，“斯科特夫人？”

她按下了键盘上的控制键，随后愤怒地按了几下“Q”键，试图退出程序。然而系统弹出了几个错误信息的对话框。克莱尔拿起鼠标一个个关掉，然后缓冲图标开始转动起来。“妈的！”她怒喝道。

“斯科特夫人？”弗雷德·诺兰来到办公室门口，“怎么了吗？”

克莱尔看着电脑屏幕，谢天谢地，终于又回到了空白的桌面。

她努力控制着自己，说话不要发抖："有事吗？"

"想跟您道个歉。"

克莱尔只点了点头，怕自己控制不住声音。

诺兰四处打量着这个房间："办公室不错啊。"

她每次闭上眼时，眼前都浮现出那个女孩，那个男人，女孩的血，她竭力遏制着眨眼的冲动。

"不管怎样，"诺兰双手插到口袋里，"我想告诉您的是，我刚和雷曼警探聊了聊您丈夫的案子。"

"什么？"克莱尔清了好几次嗓子才勉强说出两个字。

"亚特兰大警局的雷曼警探啊，他在您丈夫被害那晚和您联系过，不记得了？"

克莱尔屏住呼吸，试着让自己平静下来："记得。"

"我是说，我们各个方面都调查过了，看起来您丈夫被害和今天的盗窃案没有关联。"

克莱尔点了点头，她一直紧咬着牙，咬得下巴生疼。

诺兰又慢悠悠地环视着四周："您老公很爱干净啊。"

克莱尔没有理会他。

"他控制欲应该很强吧？"

克莱尔耸了耸肩，其实保罗从没想过要控制她，除了在小巷里粗鲁地把她的脸按在墙上。

诺兰指了指门上的电子锁："这里的安保工作做得很好啊。"

克莱尔想起了保罗常说的话："如果不设置警报，这套系统就没什么用。"

诺兰又露出了那种让人发毛的笑容，克莱尔宁愿他贴着自己站着，也不想看到他的笑。“还是得派一支小队过来才行。”

听到这儿，克莱尔觉得心跳骤停了一下，想到保罗的电脑，那些文件，那部电影：“不用了吧。”

“以防万一啊。”

克莱尔绞尽脑汁，思索着反驳他的理由：“摄像头不是拍到闯进车库的那几个小贼了吗？”

“不可掉以轻心啊。”

她学着妈妈那样，有了些许图书管理员的架势：“我家有十六个摄像头，你可以放心了。”

诺兰耸耸肩，对着她露出微笑。

“再说了，我家车库里可还停着五十多万美元的车呢。”

诺兰笑而不语。克莱尔意识到自己似乎说太多了。她手心冒汗，紧紧抓住座椅扶手。

诺兰问道：“这里是不是有什么您不想让我们知道的东西？”

克莱尔竭力控制着自己不看向电脑，她盯着诺兰的嘴唇，试着不去想片子里的面罩拉链后方的那两片湿润的红唇。

诺兰继续说：“有一件事我很好奇，斯科特夫人，您丈夫被害之前曾对您说过什么吗？”

那条小巷又浮现在她眼前，粗糙的砖墙，脸上擦破皮的火辣辣的感觉。保罗最近喜欢上那种东西了？所以才在电脑里存了这部影片？

“斯科特夫人？”诺兰误以为克莱尔羞愧不已，所以沉默了，“没关系，雷曼警探告诉了我您和您丈夫为何出现在小巷里，我不会妄加评论，我只是好奇，您丈夫曾说过什么吗？”

克莱尔又清了清嗓："他向我保证，他不会死的。"

"还有吗？"

"其他的我都告诉雷曼警探了。"

"嗯，但那是几天前的事了，有时候你需要一些特定的方法才能回忆起事情。"他步步紧逼着，"睡觉是比较管用的。我见过很多暴力事件的受害者，案发当时他们凭着大量的肾上腺素才挺过来，之后还得向我们警察叙述事情的经过，等他们回家独自待着的时候就开始崩溃，因为肾上腺素已经没了，然后就倒头大睡。突然间，他们满身大汗地醒来，就想起了一些细节。"

克莱尔咽了咽口水，自己独处的头一晚正如诺兰描述的这样。但她浑身大汗醒来时发现的唯一一件事，就是床单都被她的汗浸湿了，而保罗不在身旁安抚她。

安抚她。

一个喜欢看那种肮脏下作的东西的人，怎么可能和过去十八年里一直温柔安抚她的丈夫是同一个人呢？

"所以，"诺兰说，"你想起什么了吗？不一定要是什么有用的，案发前后他随便说的话做的事都可以，想起什么都可以说，哪怕他没说什么，言谈举止也行。"

克莱尔把手放到大腿上，似乎还能感觉到当时保罗指尖抓过的感觉。他以前从没这样抓过她。他一直都想吗？那么多年只是一直憋着？

"就普通的行为，"诺兰继续逼问着，"他说的任何东西都可以。"

"他被吓到了，我俩都被吓到了。"克莱尔把手放到桌面上，两手相扣，这样她就不会扭来扭去了。“这就是所谓的‘富人综合征’，”她说这句话的时候很像保罗，实际上也是她老公告诉他的，“人们总觉得只要有钱有势就可以避免一切苦难。”

“你觉得这话对吗？”诺兰问道，“看起来你经历的苦难比一般人都多。”

“你是警探你还不知道？”克莱尔逼迫自己保持清醒的头脑，“你到底是不是个警探？在行车道那里见到你时，你既没有报出头衔，也没拿出任何证件。”

“你说得对。”

他没有主动自报家门，克莱尔便接着问：“给我看看你的身份证可以吗？”

诺兰一边不慌不忙地在大衣口袋里摸着，一边走向克莱尔。他的钱包是很便宜的那种双层钱包，上面没有警徽，只有夹在塑料夹层里的两张镀膜纸做的名片，顶上那张名片用金色墨水写着“联邦调查局”几个字，还印着蒙眼的正义女神和秃鹰的图案。下面那张名片则是用蓝色墨水印的，上面附有弗雷德·诺兰的彩色照片、他的名字，也就是说，他是位于西桃树路的亚特兰大外勤办事处的特工。

联邦调查局的人来这里干吗？

克莱尔想起了保罗电脑里的文件，难道他们追踪了保罗的下载路径？难道弗雷德·诺兰来找她是因为保罗不小心碰了什么不该碰的东西？那部电影不可能是真的啊，肯定是特效加工过，给那些有怪癖的人看的。

显然，她老公要么是不经意间喜欢上了这种奇怪的东西，要么就是瞒了她十八年。

“满意了吗?”诺兰把钱包递给她看，脸上仍保持着微笑，仿佛两人是在聊什么很轻松的话题似的。

克莱尔又看了看他的证件，诺兰的照片里有些许白头发：“联邦调查局经常调查这种入室盗窃未遂案件吗?”

“我干这行那么久了，这可不是一般的案件。”他合上了钱包，“抢你家的那群家伙已经出城了，我们正在配合当地警察进行调查。”

“那这事儿现在就应该归佐治亚调查局管啊。”

“你对我们执法部门的分工很清楚嘛。”

克莱尔不能再多说，不然什么都被他知道了。“诺兰特工，您从没正面回答过我的问题，那我也就不回答您的问题了。”

诺兰笑了起来：“对，我忘了您还和司法部门打过交道呢。”

“请你出去。”

“好的，”他指了指门，“要关门吗?”

克莱尔没有理会他，诺兰便自己把门关上了。

一关上门，她马上冲到浴室里呕吐起来。

第四章

送女儿去客场比赛的路上，莉迪亚试着集中精神，专心开车，保罗·斯科特死亡的消息传来一天后，她才彻底反应过来。然而在这种崩溃的时候宿醉是非常难受的，今天一整天她都觉得精疲力竭，随时都想哭，脑袋随着心跳隐隐作痛。为了缓解头疼，她猛灌了一杯咖啡，整个人变得非常暴躁。她讨厌这种昏昏沉沉的感觉，更讨厌自己早上醒来后的第一反应，竟是要吸点可卡因来让自己舒服些。

她坚持了十七年半没碰毒品，很清楚自己不能为了这个混蛋又吸毒，如果真的干了这种蠢事，她还不如投河自尽呢。

但她还是恨自己不争气，竟然会有想吸毒的念头，而且昨天晚上还像个小孩一样号啕大哭。

她靠在瑞克的肩膀上哭了大概一个多小时。瑞克很疼她，捋着她的头发，安慰她说难过很正常。他既没有劝莉迪亚朝他倒苦水，也没开车送她去互助会，而是放起了约翰·克特兰的歌，给她做了点炸鸡。炸鸡很好吃，瑞克的陪伴则更让她安心，随后他们便开始争论到底哪首歌是约翰·克特兰最棒的单曲，是《新月》还是《非洲蓝调》。当他们争论时，小狄从房间里走了出来，赞同莉迪亚的意见，这种赞同是一个青春期的少女能给妈妈的最珍贵的礼物。

但这不过是片刻的和谐而已。

此时，小狄萎靡不振地坐在小货车副驾上，姿势和莉迪亚在车上打电话时一模一样。她把苹果手机举在耳朵旁两英寸处。脚穿着鞋子搭在仪表盘上。小臂和手肘平放在座椅上，像袋鼠的脚一样。要是这时候撞车了，安全带会把她的头勒断。

如果真发生这种事了，等救护车来的时候小狄肯定会发短信告诉朋友们。“天呐！粗车祸了！把偶滴头勒断了！”

莉迪亚想起以前妈妈教导自己，站要有站相，别弓着背，眼睛别离书太近，时常保湿，睡觉时要戴胸罩，平时要收腹挺胸，不要坐路人的车，现在她恨不得抽自己几个耳光，谁叫她没有早听妈妈的话，照着这些听起来傻乎乎的建议生活呢？

但现在后悔已经晚了。

这时突然下起了雨，莉迪亚打开了雨刮器，雨刮片上的胶条断断续续地在玻璃上摩擦着。上周瑞克就叫她去加油站，最近天气不好，他要帮她把雨刮器的胶条换了，莉迪亚还取笑他，说谁能预知天气呢。

风一来，雨刮器上残缺不全的胶条便被吹起，雨刮片的金属部分就在玻璃上划拉着。

小狄抱怨：“你怎么不去瑞克那里把雨刮换了？”

“他说他没时间。”

小狄白了她一眼。

莉迪亚打开了收音机，在和瑞克这个汽车技工在一起之前，只要车上有奇怪的声音她就大声放收音机。她调整了一下座椅，想坐得舒服点，安全带时不时地勒着她肚子，看着腰上勒出来的肥肉，她不禁想起盖子被崩开的饼干盒。今早，瑞克建议她去参加互助会，她也觉得这是个好主意，但最后还是跑去买了几个华夫饼。

她暗自决定不要告诉别人自己的感受，自己还没时间去消化保罗·斯科特去世的消息。她最擅长的一件事就是否认事实，毕竟以前每天要吸食三百美元的可卡因，首先要做的就是麻痹自己。但想到这里，她又觉得自己这样不对，从来没有为自己的行为负责过。

瘾君子们常说的一句话就是：这又不怪我，是别人的错。

曾经，保罗·斯科特一度是她的挡箭牌，是她用来衡量对错的尺度，她的魔咒，她的每个借口开头都是“如果不是保罗，我也不会……”

她以前干过不少荒唐事，比如进过几次拘留所，比如早上醒来发现自己躺在某个汽车旅馆里，身边有两个邋遢的男人，然后安慰自己她这是用身体交换毒品，不算卖淫。随着小狄的出生，莉迪亚改过自新，遇到了瑞克，而保罗·斯科特也和她曾经做过的傻事一起，成为她不懂事那几年的记忆了。

今早买华夫饼的时候，她差点没接到瑞克的电话。

“你又想嗑药了？”瑞克问她。

“没有，”买了一大袋华夫饼后，她的毒瘾也下去了，“我想把保罗的尸体挖出来，再杀他一次。”

两人最后见面时，莉迪亚差不多是从戒毒所里爬出来的。保罗开着他傻乎乎的 Miata 轿车来接她，每个周末，保罗都会用尿布和牙刷洗他的那辆破车。当时已经是半夜，窗外一片漆黑，车上放着霍尔和奥茨二人组的单曲《私家侦探》，保罗跟着音乐唱着，他的声音很难听，不过那时什么声音在莉迪亚听来都很刺耳。保罗似乎看出她不舒服，便对着她笑了笑，靠过去把收音机关了，然后摸着莉迪亚的膝盖。

“妈?”

她看了看小狄，然后装作很迟疑的样子说：“对不起，你是小狄吗？你没拿着手机我没认出来。”

小狄翻了个白眼：“你不想去看我的比赛，只是因为我们打得烂，不是因为那张家长回执的事，对吧?”

见女儿这样想，莉迪亚有些难过：“宝贝，就是因为你们水平太臭了，我看着难受。”

“那就好，你不生气就行。”

“不生气，就是因为你们打得不好。”

“好了我知道了，”小狄说，“那既然我们都说开了，有些话我也要告诉你。”

现在，莉迪亚承受不住任何坏消息了，她开始胡猜乱想：是怀孕了？生物没考及格？赌博欠债了？还是得尖锐湿疣了?

小狄说：“以后我不想做医生。”

莉迪亚的心头一紧，当医生多赚钱啊，铁饭碗，有养老保险和医疗保险：“你没必要现在就决定呀。”

“但是我现在就这么想的，太多医学生找不到工作了。”小狄把手机放进口袋里，看来是很认真地在说，“我不想吓着你……”

然而真的吓着莉迪亚了。她以后想做什么，去放羊？去种地?去演戏？去跳脱衣舞?

“我想当兽医。”

莉迪亚突然一下哭了起来，

“我的天！”小狄嘀咕着。

莉迪亚转过头看着窗外。她今天一直都在忍着眼泪，但这时她流下的不是伤心的眼泪。“我爸爸是兽医，我也想做兽医，但是……”她没有继续往下说，因为她本想提醒小狄，如果像妈妈这样因为吸毒入狱，那这辈子你在哪里都拿不到从业证，“小狄，妈妈为你骄傲，你肯定会成为一个好兽医的，小动物都喜欢你。”

“谢谢你，”小狄等莉迪亚擤完鼻涕接着说，“而且，等我开始读大学以后，我想用我的真名。”

莉迪亚早知道她会这么说，但还是有些难过，小狄将要开启人生的新篇章，想要以一个新的名字开始。她告诉小狄：“在我高中转学之前，大家都叫我‘小辣椒’。”

“小辣椒？”小狄笑了起来，“是学着‘盐椒组合’[①]取的名吧？”

“我倒希望是这样。但我爸说是奶奶给我取的，她看我第一眼后就说，‘嚯，这孩子，肯定是个火辣的小辣椒’，”见小狄不太明白，她解释了一下，“我小时候身材很娇小。”

“哇，那你变化真大呀。”

莉迪亚戳了一下小狄：“然后朱莉娅就开始叫我小辣椒了。”

“你姐姐吗？”小狄缩着脖子试探性地问道。

“没事儿，说起她也不怕。”莉迪亚挤出了一丝笑容，确实，谈及朱莉娅对她来说非常不易，“你想知道什么就问吧。”

---

① 盐椒组合（Salt-N-Pepa）是一个音乐组合，成立于 1986 年。

显然，有些问题小狄即使问了莉迪亚也回答不了，但她还是问了：“你觉得你能找到她吗？”

“我不知道，宝贝，事情过去太久了。”莉迪亚用手扶着头说，“当时还没有基因匹配检测，新闻也不会二十四小时循环播报，更别说上网。警察连她的传呼机都没找到。”

“传呼机？什么东西啊？”

“有点像现在大家发短信，但只能发自己的电话号码给别人。”

“那有个屁用。”

“好吧，”可能对于能用掌机看世界的女孩来说，传呼机是没什么用，“你和她长得很像哦，你知道吗？”

“朱莉娅可漂亮了，”小狄将信将疑地说，“她可是超漂亮的。”

“宝贝，你也很漂亮啊。”

“好吧。”小狄又掏出了手机，不打算说话了，慢慢地在座椅上躺下，恢复到之前打电话的姿势。

莉迪亚望着雨刮努力地把雨水刮走。她突然又哭了起来，但这次不是那种丢人的号啕大哭，而是小声地啜泣，她憋了一早上。先是想起保罗，现在又是朱莉娅，看来这些陈年往事今天是找上门来了。不过，莉迪亚一直都没忘掉朱莉娅。

二十四年前，十九岁的朱莉娅·卡罗尔在佐治亚大学读大一。在 1991 年，能当个新闻工作者是件了不起的事，所以朱莉娅也选择新闻学作为专业。当时朱莉娅和一群朋友去酒吧玩，虽然大家都说那晚没有哪个男人对她热情过度，但一定有人心怀鬼胎，因为那晚之后朱莉娅·卡罗尔就失踪了。

消失得无影无踪，连尸体都没找着。

所以莉迪亚才教会小狄怎样三分钟之内换车胎，以及绝不能被绑匪带到别处，她亲眼见过那些失踪女孩的下场，而这些单纯的女孩还以为最可怕的事就是毕业晚会上没人邀请她们做舞伴。

“妈，你开过了。”

莉迪亚猛踩一脚刹车，看了眼后视镜便开始倒车。突然，一辆车按着喇叭从她身后绕过。

小狄紧张地捏着手机，在屏幕底部按出了两个拇指印：“你迟早会死于车祸，然后我就成了孤儿。”

听到小狄说出这么夸张的话，她也只能怪自己。

莉迪亚绕着学校开了一圈，把车倒进车位。她们来到了位于亚特兰大市中心的华盛顿高中，这里的体育场是一栋红砖建筑，看起来就像上世纪二十年代的三角内衣工厂，跟韦斯特利学校瓦尔哈拉宫殿式的体育综合楼可没法比。

莉迪亚环视了停车场一周，每次她打开车门之前都会这样。

“我待会儿搭贝拉家的车回来好了，”小狄拿起后座的运动包，“晚上见啦。”

“我也进去。”

小狄听到她这样说非常吃惊：“妈，你不是说……”

“我要进去上厕所。”

小狄下了车：“你怎么那么多尿。”

“还不是拜你所赐。”经历了三十二小时的分娩，以及偶尔发作的更年期综合征，莉迪亚很庆幸自己的膀胱没有像母牛的胸部一样下垂到膝盖上。

莉迪亚转过身，从后座上拿过手包。她停在原地，看着小狄走进了体育馆。突然她听到驾驶座一侧的车门打开了，出于本能，她挥起拳头，尖叫了起来："不！"

"莉迪亚！"佩内洛普·沃德马上用手护住脑袋，"是我呀！"

莉迪亚恨不得狠狠给她一拳。

佩内洛普说道："我不是故意要吓你的。"

"没事，"莉迪亚撒了个谎，尿意胜过了她的惊慌，"我送小狄过来，不多说了，我还得去参加葬礼。"

"噢，不是吧。谁走了？"

莉迪亚没想那么多。"克拉维小姐，一个朋友，老教师了。"她似乎扯得太远了，"大概就是这样吧。"

"好的，耽误你一分钟，"佩内洛普仍挡在她车门前，"还记得我跟你说的国际节吗？"

莉迪亚挂上了倒挡："你把菜谱发给我就是了，我……"

"太好了！我今天三点整发给你哦。"佩内洛普总是会给自己定个最晚期限，"还有，你还跟你的乐队有联系吗？"

莉迪亚把脚搭在油门上。

"你说你以前在雅典小镇长大，我就回想起了以前在佐治亚大学读书的事。"

看她宽松的套装毛衣，和那张一看就亲过不少男人的嘴，莉迪亚早该猜到她是校友。

"你们的表演我看过无数次啊，你们乐队是叫小莉和勺子，对吗？天呐，时间过得真快，乐队里其他几个女孩呢？是不是已经结了婚，生了一堆小孩了？"

"嗯。"其实她们中有的已经蹲过监狱，离了四次婚，有妇产科医院的会员卡，打十次胎送一次，“都变成老女人了。”

“那么，”佩内洛普仍拦在车门前，“你会叫她们一起来的，对吗？如果小狄看到妈妈在台上表演会多开心啊！”

“噢，她肯定会很开心。有消息了我发邮件给你，行吗？”莉迪亚才不管门有没有关上，松开刹车就往前走，佩内洛普在她旁边跟着车走。“我要走了。”莉迪亚示意她让开，“要关门了哦！”她踩了踩油门。

佩内洛普怕被撞到，终于往后退了几步：“等你的邮件啊！”

莉迪亚油门踩得太重，车子踉跄了几下。天呐，她的各种黑历史在今天全都被挖了出来，像一堆冒着气的牛粪堆在她脚边。她倒是想让佩内洛普·沃德和乐队见一面，乐队那几个人怕是会把她生吞了。勺子乐队最后一次全员聚齐的时候，有两个家伙最后都进了医院，身上全是对方深深的牙印。

那次是莉迪亚第一次被拘留吗？反正那次是她爸爸萨姆·卡罗尔忍着羞辱和心痛，第一次把她从监狱里保释出来。当然，那时老萨姆的心早已麻木，朱莉娅已经失踪五年了，在这五年里，他没有睡过一个好觉，天天忍受着心痛，天天想着自己大女儿可能遇上的各种恐怖的事。

“爸爸！”莉迪亚叹了口气，她希望父亲能多活几年，看看自己长大后的样子，看看小狄，他肯定喜欢小狄这种毫无幽默感的孩子。也许他见到小狄，把她抱在怀里，心里也不会那么难受，说不定还能多活几年。

莉迪亚在路口停下，右侧有个麦当劳，她还是很想上厕所，但她知道，如果自己进去了，肯定会点别的东西吃。她盯着信号灯，绿灯一亮，她就踩下了油门。

开了十五分钟后，她来到了玉兰坡纪念花园。之前她告诉佩内洛普自己去参加葬礼，但她却感觉自己是去庆生的，给自己庆生，庆祝四天前，再也不用因为保罗·斯科特而担惊受怕的自己诞生了。

她感觉应该弄顶生日帽来戴着。

莉迪亚一下车，雨就下了起来。她打开后备箱，找出一把还能用的伞。雨水打湿了她的裙摆，她环视着整个墓地，这里看起来很像一个大花园，还有长满玉兰的小山丘，和广告里说的一模一样。她从手包里拿出一张纸，莉迪亚很喜欢上网搜东西，她会用谷歌地图来查学校里那些妈妈们的家，再看看她们买那些又贵又土的衣服花了多少钱。今天她也上网查了保罗下葬的地方，还把地图打印了出来。

路程比她想象的远，自她下车以后雨也越下越大，跟着这张不太准确的地图走了十分钟后，莉迪亚迷路了。她掏出手机，又用谷歌查了起来，想在地图上找到自己的位置。在她的北边，地图上有个闪烁的蓝点，她便朝北走去，走了几步后，蓝点又跑到了南边。

“什么鬼东西!”她嘟囔着。不一会儿，她看到前面第二排墓碑中的某一个上面写着：

斯科特。

保罗的老家就在雅典小镇附近，但他爸爸那边是亚特兰大的，现在他父母都埋葬在斯科特家世世代代的墓地里。以前他告诉莉迪亚，内战时期斯科特一家为战争双方都效力过。

所以，他也照搬了祖传的表里不一的性格。

保罗的墓地旁有一个小小的名牌，看起来就像蔬菜园子外挂着的标牌，这边是蜜豆，那边是白菜，那么保罗这里就该是虐待狂。

莉迪亚想，他的墓碑应该已经订好了。肯定是用最好的大理石做的，又大又浮夸，形状就像男人的生殖器，因为就算你死了，你也还是个鸟人。

昨晚，莉迪亚和瑞克一起看电视时，她看得出神，幻想着自己站在保罗墓地旁的场景。她没想到会下雨，在她心里，今天会艳阳高照，蓝色的小鸟会飞到她的肩上。她也没想到他们会在刚挖开的佐治亚红土上铺一层人造草皮，这种假草只会用在迷你高尔夫球场或者是廉价的汽车旅店。要是保罗知道了肯定会气死，莉迪亚想到就开心。

“好了！”她对自己说。毕竟到了这里还是不能笑的，她深吸一口气，憋住了笑意，用手捂着胸口，让心跳慢下来。然后，她开始说话了。

“你错了，”她对着保罗的墓地说，这个卖弄学问的混蛋觉得自己总是对的，“你说过我会死在阴沟里，我一无是处，一点都不重要，没有人会相信我。”

莉迪亚抬头看着阴沉的天空，雨滴不断地打在雨伞上。

“这么多年，我还一直相信你，因为我觉得是我自己做错了。”

“觉得……”她又默念了一遍，其实她也知道她就是自作孽，怪不得别人。

“我没说过谎，也没掩饰过什么。只是我让自己相信你那样对我，是因为我活该，是我让你产生了误解，以为你只是因为误解了我的意思，以为我想要，才攻击了我。”她擦了擦眼泪，自己从没想要保罗碰她，“我总算明白了，你的所作所为和我一点关系都没有。你他妈的只是个冷血的变态，然后你又用最完美的方式，逼得我离家出走。”她用手背擦了擦鼻子，“我告诉你，滚吧，保罗。滚你妈的，带着你那辆破车，你的毕业证，你爸你妈出车祸以后留给你的那些沾着血的钱，你这混蛋。看看现在谁躺着谁站着，谁在巷子里被人像杀猪一样给宰了，谁在你的坟头跳舞！”

终于，莉迪亚一口气把想说的都说了，心都蹦到了嗓子眼。此刻，她觉得很空虚，但不是因为她发泄完了，而是她还想做点别的。那么多年，她一直想和保罗当面对质，打倒他，用拳头揍他，用脚踢他，或者用生锈的刀捅他。光说说怎么够，除了在他坟前骂他还要做点别的，她看着这片墓地，好像突然有了什么想法。雨水瓢泼而下，天空中一片白茫茫，地面上积满了水。

莉迪亚扔掉了雨伞。

地上的水，还不够多。

她想小便，在保罗坟头撒泡尿是再爽不过了。她掀开了地上的假草，提起裙子，弯下腰准备脱下内裤。

突然，她停了下来，发现周围还有人。

莉迪亚先看到了那人的鞋，一双黑色的鲁布托鞋，大概要五千美元。腿上穿着轻薄的丝袜，也是，现在谁还穿连裤袜呢？上身穿一条黑裙子，可能是阿玛尼或者高缇耶的，至少六万美元。那女子漂亮的手指上没戴戒指，纤细的手腕上也没戴着好看的网球护腕。她挺着胸，站得直直的，像根竹竿子，可见，海伦的几个女儿中，至少她听了海伦的告诫。

“好吧，”克莱尔两手环抱垂在腰前，“这就尴尬了。”

“是挺尴尬。”十八年了，这是莉迪亚头一次见自己的妹妹，她怎么都没想到，克莱尔会和学校里那些妈妈们一个模样。

“给。”克莱尔打开了她两千美元的普拉达手包，拿出一包纸巾，朝着莉迪亚扔去。

她也没办法体面地递给她，莉迪亚内裤都脱到膝盖了。“能麻烦你转过身去吗?”

“当然，我真无礼。”克莱尔转过身。她的黑裙子裁剪得恰到好处，肩胛骨轮廓分明，好像两片雕花玻璃，手臂细得像两根小棍子，可能她每天早上都会穿着运动裤去慢跑，下午会去打网球，然后回家用独角兽身上挤出的芬芳花露泡澡，等她老公晚上回家。

但现在，保罗·斯科特再也回不了家了。

莉迪亚穿上内裤站了起来，用纸巾擦了擦鼻涕，随手扔在保罗的坟头，像小猫刨猫沙一样用脚把掀起的草皮踢回去。

“挺好玩，”她拿起雨伞准备离开，“以后再别这样见面了。”

克莱尔转过身：“你要敢溜走你就完了!”

“溜走?”这句话说出来，就像滚油遇烈火，“你觉得我是在‘溜走’吗?”

“你要在我老公坟头撒尿，被我逮个正着啊!”

莉迪亚叫喊不动了：“我没拉屎就算好的了。”

“我的天，你真没素质。”

“那你就是个贱人!”莉迪亚说罢便转身走向她的车。

“别想跑。”

莉迪亚故意从墓碑中间穿过，她知道克莱尔穿着高跟鞋走这种路肯定会陷进去。

“你回来！”克莱尔还紧跟着她，她脱下了鞋，“莉迪亚，你他妈给我站住！”

“干什么！”她突然转过身，雨伞划过克莱尔的头顶，“你还要我怎样，克莱尔？你当初就做了决定，你和妈妈都选了他，现在他死了，你又指望我原谅你？他死了也改变不了什么。”

“原谅我？”克莱尔火冒三丈，声音都开始颤抖，“你觉得需要被原谅的人是我吗？”

“我当初告诉过你，你老公想强奸我，你却说趁你还没报警让我赶紧滚。”

“妈妈也不相信你啊。”

“妈妈也不相信你，”莉迪亚学着她的声音说，“你八年级的时候妈妈以为你还是个处呢！”

“你他妈根本不懂我！”

“我不懂，我只知道你为了一个才跟你鬼混了两秒钟的男人，踢开了你亲姐姐！”

“难道不是你先偷光了我钱包里的钱？我床垫下的钱？我的珠宝盒？还骗我说‘借’我的车开一下？不是你骗我说你没把爸爸的听诊器拿去卖了，接着妈妈接到当铺的电话，说他们那里有爸爸的名字？”克莱尔抹去了流到眼中的雨水，“我只知道你偷了我的信用卡，欠了十三万的账，还去了阿姆斯特丹，是吗，莉迪亚？那边咖啡好喝吗？”

“挺好啊，”莉迪亚还留着当时坐荷兰皇家航空头等舱时，乘务员送她的运河小屋模型，“那你呢，抛弃了你最后一个姐姐感觉好吗？”

克莱尔紧闭双唇，眼睛恶狠狠地瞪着她。

“天呐，你现在这个样子真像妈。”莉迪亚说。

“闭嘴！”

“别小孩子气了，”虽然这么说，但莉迪亚都觉得自己说话太幼稚，“我们真傻，十八年前那次也是这样吵的，只不过这次是在雨里。”

克莱尔低下了头，她有些动摇了，以前从没有这样过：“你一直都在骗我。”

“那你觉得连那件事也是假的吗？”

“他开车送你回家时你都醉得不省人事了。”

“保罗这么告诉你的？他当时把我从监狱里接出来，监狱里就不让喝酒，能醉才怪。”

“莉迪亚，我进过监狱，里面的人都想喝酒，都在想办法喝酒。”

莉迪亚轻蔑地笑了一下，自命清高的妹妹说她进过监狱，就好像她说她上过月球似的。

克莱尔接着说：“可他都不喜欢你啊。”

莉迪亚仔细看着她的脸：“你在怀疑他。”这句话是常用在推理过程中的，但她却说得没那么肯定。

“不，我不怀疑他，”克莱尔把脸上的湿头发捋到脑后，“你总是把话曲解成你想要的意思，和以前一个样。”

莉迪亚能明显地感觉到她在说谎，克莱尔站在雨中，浑身湿透，说着谎话。“保罗是不是伤害过你？所以你刚才才这样，是吗？是不是他还活着的时候你不好说，但现在……”

“他没伤害过我，他是个好老公、好男人，很照顾我，让我有安全感，很爱我。”

莉迪亚没有理她，两人陷入了一阵沉默。她还是不相信克莱尔，和小时候一样，她一眼就能看穿她。她肯定有什么烦心事，而且跟保罗有关。她眉毛都拧成一团了，和海伦不开心时一样。

她们俩快二十年没说过话了，但和妹妹对峙时莉迪亚从不会让步，她试着换个话题：“你知道安娜·基尔帕特里克的事吗？”

克莱尔哼了一声，觉得莉迪亚明知故问：“当然了，妈妈也盯着呢。”

“她也是？”莉迪亚吃了一惊，“她和你说的？”

“没有，但我知道她一直在盯着，”克莱尔深深吸了一口气又呼了出来，她抬头看着天空，雨停了，“妈妈不是没心没肺，莉迪亚，只是她有自己的处置办法。”后半句她没说出口，爸爸同样有自己的处置办法。

莉迪亚手忙脚乱地收起雨伞，这把白色的伞上印着很多蹦蹦跳跳的小狗，这是她爸爸还在佐治亚大学教兽医学时从学校拿回来的。

克莱尔说：“我现在跟妈妈那时候一样大了。”

莉迪亚抬起头看着她。

“三十八岁，朱莉娅失踪时妈妈就是三十八岁，那现在朱莉娅就应该有……”

“四十三了。”每年莉迪亚都会在日历上标出朱莉娅的生日，海伦的生日，克莱尔的生日，还有朱莉娅失踪的日子。

见克莱尔又颤抖着呼出一口气，莉迪亚克制着自己不要叹息。

这几年里，保罗从莉迪亚身边带走的，不仅仅是克莱尔，还有人与人之间的默契，那种眼神一碰就心有灵犀的默契。

克莱尔问她："你有小孩了吗？"

"没，"莉迪亚骗了她，"你呢？"

"保罗一直想要，但我很害怕……"

她不用说出她怕什么莉迪亚也懂，如果莉迪亚二十出头的时候可以做到计划生育，现在也就不会有小狄了。看到失去一个女儿使她们的家庭支离破碎，父母几乎崩溃，她们姐俩心有余悸。

克莱尔接着说："金妮奶奶患了痴呆症，不像以前那样刻薄了。"

"你记得她在爸爸的葬礼上跟我说的话吗？"

克莱尔摇了摇头。

"你又长胖了，看来你是戒毒了啊。"

克莱尔打量了下莉迪亚的身材，便没有问她那个显而易见的问题。

"戒了十七年半了。"

"那挺好……"克莱尔哭了起来，声音有些哽咽，莉迪亚突然发现，除了一身名牌，妹妹现在也是非常邋遢。很明显她昨天是穿着这身衣服睡的，脸上有被划伤的痕迹，耳朵背后还有淤青，鼻子也被擦得红通通的，浑身湿透，冷得发抖。

"克莱尔……"

"我得走了，"克莱尔走向了她的车，"照顾好自己，小辣椒。"

莉迪亚还没想好怎么留住她，克莱尔便已离开。

iii.

今天，治安官逮捕了我，说我阻碍了他的调查。我对他说，他根本就没有调查，不存在我阻碍他这种事，但他似乎没有理会我的辩解。

几年前，为了给镇里的动物收容所筹款，我主动在镇里的集会上装成被逮捕的犯人。当时你和妹妹在玩滚球（小辣椒因为顶撞老师被我关在家里了），我们这些“犯人”都被关在集会的一角，被警戒线围住，等着有钱人来保释我们。

这次也和上次假装被抓一样，你妈妈把我保了出来。

“萨姆啊，”她说，“别再这样了。”

你妈一焦虑就会转她手指上的戒指，每次我看到她这样，我就觉得她想把戒指取下来。

我告诉过你我有多爱你妈妈吗？她是我心中最好的女人，你奶奶觉得她是个拜金女，但我们刚认识的时候，我口袋里还没有几分钱。她随便说点什么，我都能高兴半天，我喜欢她读的书，喜欢她的想法，喜欢她看我的样子，她从我身上看到了我从未发现的东西。

如果没有她，我可能早就放弃了——不是放弃你们，我也绝不会放弃你们，我差点就放弃自己了。现在，我想我可以告诉你，我以前其实不是个好学生，不够聪明，对付功课都吃力，我也没用功读书，考试常常挂科，平时不交作业，经常被留校察看。不是你奶奶不知道我的情况，只是我当时一门心思想着做其他事，把自己东西卖了，在路边伸出拇指，搭顺风车去加州找那些辍学的混混。这些事你们也干过，我还教训了你们呢。

遇到你们妈妈以后，我整个人都变了。因为她，我有了前所未有的追求：一份稳定的工作，一辆好车，一份贷款，一个家。可想而知，很久以前你们也是我梦想的一部分。我想说的是，当你遇上了共度一生的另一半时，你们就会像我一样，心中的躁动都会像黄油一样溶入一湾水中。

然而最让我痛心的是，你没办法感受到这种幸福了。

我想告诉你，妈妈从没忘记你。她每天早上起床第一件事都是想你，会用自己的方式来纪念你的生日。每年三月四日，也就是你失踪的那天，她都会从曼哈顿酒吧沿着你那晚回家的路走一遍。每天晚上，她会在你的房间里留灯。她也不愿意卖掉我们林荫大道上的房子，因为虽然她断言你已经不在了，但她还是抱有一丝希望，某天你会沿着人行道走回家。

“我只想重新过上普通的日子，”有次她对我说，“也许只要我的愿望够强烈，某天就会实现。”

你妈妈是我见过的最坚强、最聪明的女人，但在你失踪后她完全崩溃了。我那精力充沛、言语尖锐、机智聪明又爱与人作对的老婆变得沉默寡言了。她说她因为你的事难过太久，陷入了无尽的悲悯和悔恨，我到现在也常常这样。但她只是偶尔处于这样的状态。

不知怎么，她把曾经的自己解放了出来。但她说另外那个浑浑噩噩、残缺不全的自己仍然在远处候着，只要她一软弱，便又会马上把她侵蚀。

只有凭着坚强的意志，她才能头也不回地往前走。

当你妈妈告诉我她要嫁给别人时，她说："我不能为了一个我再也见不到的女儿，把另外两个搭进去了。"

她并没有说她爱那个男人，没说那个男人打动了她，也没说她需要他。她只说她需要那个男人能给她的东西：稳定的生活和陪伴，夜里一杯没有悲伤的红酒。

这个男人取代了我的位置，我并不憎恨他，因为我不想让你的妹妹们恨他。离异的父母如果想让孩子接受他们再婚这件事其实非常容易，只要你能管住自己的嘴，告诉孩子一切都会好起来。

我也真的是这么想的，至少为了我剩下的家人。

你妈妈看人很准，果然，那个男人对你妹妹们都很好，他会去小辣椒的表演现场，尽管她的表演又聒噪又无趣，而且他也很关心克莱尔。他能去家长教师协会，和大家一起做南瓜灯、做圣诞树，我就没什么好说的了。他俩会每月去一次奥本大学看你两个妹妹（宝贝，我也理解，他们还是不敢去佐治亚大学，因为去那里他们又会想起你）。虽然你妈妈在我还没走出来的时候就离开了我，但我不怪她。过去这段时间我让她过得像寡妇似的，我不挽留她，就是不想拖着她给我陪葬。

我想，如果让我自己想办法，治安官到最后估计要么起诉我，要么只能放我走，所以他才打电话叫你妈妈来保释我。我不过是想跟治安官摆事实讲道理，你妈妈也这么觉得，但她说我想证明的不过就是我的固执而已。

看她对我说的话就知道，她还是爱我的，你应该比任何人都懂吧。

但她也说得很清楚，这是最后一次了，她再也不想听到我做无用功，或者发了疯似的找你，在没人的地方约见陌生人，逼问那些以前认识你但现在已经成家立业的女孩。

我是不是应该对她生气？是不是应该怪她放弃了我，因为她觉得我这样就如同堂吉诃德和大风车作战一样？

我先给你讲讲为什么我会被抓起来吧。

我们找到了一个在那家墨西哥玉米饼店打工的男生，他现在是店长了，但你失踪的那天他在忙着端盘子。治安官证实了他的不在场证明，但你的朋友凯莉·拉斯卡拉告诉我，她在一个聚会上偶然听到这个男的跟别人说，1991 年 3 月 4 日那天晚上，他在街上看见过你。

任何一个父亲听到这种消息都会去找这个人吧，都会在街上尾随他，让他知道背后有个愤怒的壮汉打算把他带到一个没人的地方是什么感觉。

听起来可能像我要骚扰他，但其实我是想把案子查清楚。

你妈妈提醒我，这个男生可能会请律师，下次那些“软蛋”难说就带着逮捕令来找你了。

“软蛋”。

这是你妈说的，调查开始第三周时她给卡尔·哈克比治安官取了这么个绰号，第三周之后她就把所有警察都叫作“软蛋”了。你还记得治安官在狂欢节上的样子吗？他就像那个笨拙的巴尼·法伊夫[1]治安官一样，留着一撮呆板的小胡子，常把胡子修成直线，梳理鬓角，仔细一点都能看见梳子留下的痕迹。

“软蛋”治安官是这么认为的：你失踪那天，卖玉米饼的小哥在养老院陪他奶奶。

养老院前台没有来访登记，没有任何记录，没有监控摄像。只有两个证人，一个是他奶奶，另一个是养老院的护工，那人十一点左右去检查过他奶奶的导尿管。

你失踪的时间是晚上10:38。

护工说你被绑架时，那男的在他奶奶床边的椅子上熟睡着。

但是，凯莉·拉斯卡拉坚持说她听到那个男的说见到你了。

你妈妈可能会说凯莉疯了，也许她说的没错。我不再把搜集的线索告诉你妹妹们。玉米饼小哥，那个因为对着小学生脱裤子被抓了的清洁工，偷窥狂园丁汤姆，7－11超市猥亵自己侄女的夜班经理，她们都不知道。我把收集的线索都搬回卧室里，她们来家里就看不到了。

她们不常回家，我也不能怪她们，毕竟现在都是大姑娘了，过上了自己的生活。克莱尔现在也差不多和你失踪时一样大了，小辣椒也长了身体，但没长脑子，我知道她干了很多蠢事（吸毒、乱找一些不中用的男朋友、发起脾气来全镇都知道），但我好像也没权利再管她了。

你妈妈说，我们能做的，就是在小辣椒出事的时候罩着她。可

① 巴尼·法伊夫（Barney Fife），是美国CBS电视台著名电视剧《安迪·格里菲斯剧秀》中的人物。

能她说得对吧，她还说我们应该留个心眼，克莱尔交的新男朋友有问题，这男的太做作了，太想讨好克莱尔。但是对克莱尔说这些合不合适？她自己能不能发现呢？（还是这个男的会先发现我们对他心存怀疑？他的眼睛总是贼溜溜地转着，就像你金妮奶奶一样。）

我和你妈妈谈及你妹妹们的生活就会痛心疾首，说起自己的生活也非常难受。我们待在一起，就像在心中的伤口上撒盐。我知道，每当你妈妈看着我，就会想起我搭起的每个玩具小屋，我参加的每场橄榄球比赛，我每次辅导孩子们做作业，还有无数次把你扛在肩上，把你抱在怀里，就像抱洋娃娃似的。

我也一样，每次看着她，她日益臃肿的小肚腩，每次哄你睡觉时脸上温柔的神情，每次你发高烧时她的慌乱，每次你扯着嗓子和她吵架，她无话可说时生气的样子，又慢慢浮现在我眼前。

我知道她现在是别人的女人，为我的孩子们营造了稳定的生活环境，也从往事中走了出来。但现在每当我亲吻她，她都不会抗拒；每当我抱住她，她也会抱住我；每当我们做爱，她也只会叫我的名字。

那一刻，我们终于想起了拥有的一切美好，忘却了所有遗憾。

第五章

在墓地与莉迪亚发生冲突后，克莱尔浑身湿透，坐在车库中间瑟瑟发抖，手握着一支破网球拍，这是她几分钟之内砸坏的第四支了。网球拍是很好使的武器，车库里任何柜子、工具、车辆都受不了球拍的碳纤维边框的重击。这支拍子是1996年博斯沃思网球巡回赛的纪念款，专门根据克莱尔的击球特点设计的，售价四百美元。

她转了转手腕，看来需要冰敷镇痛，手上都淤血了。一阵咆哮后她嗓子沙哑，眼睛直勾勾地看着那辆保时捷上摇摇欲坠的侧视镜。她看着镜中的自己，湿漉漉的头发紧紧贴在头皮上，仍穿着昨天下午参加葬礼时穿的那条裙子，防水睫毛膏终于花了，口红也被她咬掉了不少，脸色非常不好。

克莱尔已经想不起上次这么失控是什么时候了，就连被抓进监狱那天也比不上这次。

她紧闭双眼，周围一片寂静，只有她的呼吸声。宝马车的引擎冷却了下来。她听到引擎里咔咔作响。汽车每响一下，她的心就会连跳六次。克莱尔用手捂住胸口，感觉心脏都快跳出来了。

昨晚，克莱尔以为自己会做噩梦。但她并没有梦到自己被链子拴在水泥墙上，面具男朝他走来。她梦到的场景更让她难受：与保罗在一起的几个最温情的片段。

她梦到那次在圣马丁岛崴了脚，保罗开着车带她穿过整个岛去看医生。她梦到保罗一把将她抱起，想扛着她上楼，但他背不太好，又把克莱尔放下来好好哄了哄她。她梦到自己做完膝盖手术以后，醒来看到绑在腿上的绷带上画了一个笑脸。

保罗跟她结婚快二十年，会在她的咖啡杯旁留下小纸条，上面画着爱心，爱心里写着他们名字的缩写，这样的一个男人难道真的会下载那种电影吗？

克莱尔低头看着她的破网球拍，花了那么多钱，然而可悲的是她觉得六十美元的威尔逊球拍比这个好用。

当她和保罗还在读书时，他们总会把拿不定主意的事情列出来。保罗用尺子比着，在列表中间画一条直线，直线一侧写着他们为什么做这些事，为什么买这些东西，另一边则写着为什么不。

克莱尔站起来，把拍子扔到保时捷车顶上。她找到保罗放在工作台上的笔记本和笔，在空白页的中间画一条直线。她画得往左偏了，要是保罗看了肯定会难受得不行。笔画过了纸的下沿，把页边卷了起来。

克莱尔不断地用笔敲着工作台的边缘，她看着空空的两栏，没有往里边填什么利弊，这张纸是她用来列出疑问和答案的。

第一个问题：到底是不是保罗下的电影？克莱尔觉得应该是，因为只有她会不小心下载到带着病毒和木马的文件，保罗是个谨慎的人，不会不小心下到什么东西。就算是不小心下的，他也应该直接删了，而不是保存在“工作”文件夹里，而且按他俩的关系，他也会直接告诉克莱尔。

至少克莱尔觉得按他俩的关系，他会直接告诉她。

于是，她在一侧写下“不小心下载的?”，另一侧写下“不可能”。

她继续用笔敲着桌子，有没有可能保罗以为这只是个“性虐待”主题的电影，看到最后才发现并非如此?

她摇了摇头，保罗是个很守旧的人，每晚睡觉前要把睡衣塞进内裤里。如果一个星期之前有人告诉她，保罗喜欢“性虐待”主题的电影，她肯定会笑得肚子疼，觉得保罗最多也就是个“受”。倒不是他在性生活中很被动，克莱尔反而更喜欢躺着不动，只是性幻想通常都是与实际行为相反的。保罗通常都喜欢掌握主动，那么他的性幻想有可能就是被别人掌握，克莱尔当然也想过自己被一个陌生人绑起来疯狂蹂躏，但冷静下来之后心里又会很害怕。

而且，几年前她给保罗读过《五十度灰》里的几个段落，两人都像青春期的孩子一样傻笑。

“这本书里最大的幻想，”保罗说过，“就是男主角最后为女主角改变了。”

克莱尔从不认为自己对男人的行为很有研究，但保罗说得有道理，而且这个道理也不仅仅适用于男人。人不会改变自己最基本、最突出的性格，价值观、世界观、举止行为、政治信仰也会始终如一，只要参加过高中聚会的人都明白这个道理。

那么照这样说，保罗是个看到自己的猫去世都会哭泣、从不敢看恐怖片的人，他还对克莱尔开玩笑说，如果哪天有个歹徒拿着斧子冲进他们家，他就不管克莱尔了，这样的一个人，怎么可能会享受那种恶劣至极的电影？

她低头看着笔记本，在上面写“还有其他电影？”，这是她心里一直在想的问题。那部电影的文件名是一串数字，而“工作”文件夹里的所有文件也都是以数字命名。难道保罗还下了其他恶心的电影？难道他告诉克莱尔自己在办公室熬夜时，都在看这些东西？

对于这些事，克莱尔从不盲目乐观，她知道男人都看黄片儿，自己也对收费电视频道那些比较柔和的三级片不是很反感。但关键是他们的性生活是比较传统的，虽然试过不同姿势，按某个主题换着花样玩，但结婚十八年了，他们知道最基本的才是最舒服的。这也可能是为什么去年公司圣诞聚会时，克莱尔和亚当·奎因在办公室里搞上了。

克莱尔爱她老公，但有时候就是想尝尝鲜。

难道保罗也是这样？她从没想过保罗会有了自己还觉得不够。她总把保罗迷得神魂颠倒。坐车的时候总是保罗伸手牵她，吃饭时总是保罗主动坐在她身边，看电影总是保罗用手搂着她，聚会时保罗也会远远望着她，就算是在床上，克莱尔没满足保罗就不会满足。他从不会叫克莱尔用嘴亲他下面，自己也从不介意。以前克莱尔还有朋友的时候，朋友们都会嫉妒保罗如此爱她。

难道这些都是保罗装的？那么多年看似美满的婚姻生活中，难道保罗还想要更多？难道他想要的就在那些恶心的电影里？

克莱尔又写下了一个问题：“那部电影是真的吗？”

那部电影看起来像是普通人拍的，但有可能是制片方故意设计的风格，现在的电脑可是无所不能的。他们能把黄片儿拍得像迈克尔·杰克逊在舞台上跳舞，就有本事拍出一个女孩被杀了的效果。

克莱尔又开始用笔敲桌子，看着笔在指尖弹起。工作台的桌面是用竹子做的，看起来这鬼东西还弄不坏，她都想效仿莉迪亚，爬到保罗桌子上撒泡尿了。

莉迪亚。

天呐，那么多年了，她没想到自己姐姐这么突然就出现在眼前。克莱尔不打算告诉妈妈两人这次见了面，保罗的死和这次盗窃案已经让她够烦躁了。而且对克莱尔来说未免讽刺的是，在家庭破碎后不到一年，莉迪亚总算把毒戒了。萨姆·卡罗尔因为忙着找朱莉娅，到处交保释金，请律师，送莉迪亚去戒毒所，在临走的时候已是身无分文。

就凭莉迪亚做的这些孽，克莱尔就应该和她断绝关系。但突然间，莉迪亚又向她控诉保罗曾试图强奸她，这已经是最后一根稻草了。

*保罗是不是伤害过你？*莉迪亚就站在离保罗坟墓不足十英尺的地方这样问她。*所以刚才才这样，是吗？*

克莱尔知道她说的“这样”是什么意思，她说的是克莱尔也怀疑保罗，她看到了保罗电脑上的东西，所以怀疑他。她从保罗看这种暴力的视频，想到他是不是做过这样的事，二者之间的关联很简单，就像很多年轻男人都爱玩暴力的游戏，但只有少数做了连环杀手。

这时，她又想起保罗曾告诉她，世界上没有巧合这回事。“根据绝大多数法则，只要样本数量足够大，任何不可思议的事都可能发生。”

克莱尔看着她在纸上写的三个问题：

不小心下载的？

还有其他电影？

那部电影是真的吗？

现在，这三个令人费解的问题，她只能回答一个。

克莱尔再也忍不住了，她冲上楼去，输入密码，打开保罗办公室的门。诺兰曾提起过她家里有太多密码，但保罗的密码都是根据他俩的生日编排的，克莱尔很容易记住。

办公室看起来和昨天一样，克莱尔在桌边坐下，正要在键盘上打字时，她犹豫了一下。现在，就像《黑客帝国》里选红药丸还是蓝药丸一样，到底要不要面对真相？她真的想知道电脑里还有没有其他电影吗？保罗都死了，知道了又有什么意义？

她敲起了键盘，她必须要搞清楚。

把鼠标移动到任务栏打开“工作”文件夹时，她的手竟没有发抖。

缓冲的图标又出现了，但这次没有出现一堆文件，弹出的是一个白色的对话框。

链接到“角斗士”？

对话框下方出现了“是”与“否”的按键，克莱尔不禁想自己那天为什么没有登录进去，她隐约记得昨天诺兰探员悄悄上楼时她接连关掉几个对话框，其中一个绝对就是这个什么角斗士的登录框。

她手肘杵在桌上，盯着这排字看，心想这是不是暗示她不要再继续调查了？保罗对她完全信任，太信任了，单从她出轨的事上就能看出，而且亚当·奎因也绝不是她的第一个情人，也不是最后一个，那个酒保蒂姆不会无缘无故地被老婆甩了。

像昨天一样，她感到很愧疚，但想到她老公电脑上那些暴力的画面，心中的懊悔就消失了。

“角斗士……”克莱尔念着，感觉莫名地熟悉。

她滑动着鼠标，点击了“是”。

突然屏幕切换了，一条新的信息弹了出来：请输入密码。

“妈的！”这密码又能难到哪儿去？她看着对话框，点了点鼠标。

保罗所有系统的密码都是用非常容易记住的内容再加上一些日期。她输入了“YALAP111176”，这是“你眼前是保罗的电脑”这句话的英文首字母缩写，再加上保罗的生日。

屏幕上弹出了一个黑色的三角形，中间有一个感叹号，提示她密码错误。

克莱尔又重新尝试了几种组合，她的生日，他们的结婚纪念日，他们在计算机实验室初次相遇的日子，他们第一次约会的日子，那一天也是他们第一次上床的日子，因为克莱尔只要认准了对象，就不会用欲擒故纵的把戏。

这些密码没一个是对的。

她环视着保罗的办公室，看自己有没有忽略什么提示。

她又输入了“你眼前是保罗看书的椅子”“你眼前是保罗打盹的沙发”“你眼前是保罗打飞机时看的电脑”，这几个都不对。

克莱尔重重地靠在椅背上，保罗办公桌对面挂着他们结婚三周年纪念日时克莱尔送他的画，这是克莱尔照着一张保罗儿时的家庭照片画的，保罗的妈妈站在他们家后院里拍下了这张照片。院子里的野餐桌上摆放好了生日聚会的装饰，然而克莱尔不太会画人脸，所以坐在桌旁的保罗被她画成了一个小圆块。

以前保罗告诉过她，一个农民买下他家这块地以后，这栋房子以及周围的建筑都被拆了。克莱尔觉得这也合乎情理，这栋房子一看就是家人自己搭建的，本应从左到右横放的木制嵌板被竖着装到墙里，后院的谷仓看起来就像一栋阴宅，巨大的影子遮住了整张野餐桌和旁边的老井房，克莱尔上色时不得不自己猜周围是什么颜色。虽然保罗说她画的颜色是对的，但克莱尔很确定，水井上的那一小块应该是绿色，而不是黑色。

克莱尔又输了几个密码进去，一边输一边念着，确保输入的缩写顺序没有错。“你眼前的是克莱尔的画”“保罗就在眼前这栋房子里长大”“你眼前的这栋井房应该是绿色的”。

她啪的一下把键盘推进了抽屉里。没想到自己会那么生气。但她一生气就想起了她在哪里见过“角斗士”这几个字。

“我真蠢……”她嘟囔着，保罗工作台边上有一个巨大的金属标志，上面写着“角斗士”，这是桌子制造商的名字，“你眼前的是保罗的工作台。”

克莱尔在这句话后面加上了保罗的生日，然后点击“确认”。

突然，电脑连通了硬盘，“工作”文件夹弹了出来。

克莱尔仍握着鼠标。

很久以前海伦就告诉过她，有时候不要知道真相比较好。她指的是朱莉娅的事，当时她满脑子想的都是朱莉娅。母亲会连续几周，甚至几个月躺在床上，为大女儿莫明奇妙的失踪而感伤。照顾克莱尔的工作曾经一度落到莉迪亚的肩上，在莉迪亚出走以后，金妮奶奶就搬过来住了，他们一家便一直活在她的阴影下。

海伦会想知道朱莉娅现在在哪里吗？如果克莱尔递给她一封信，里面写着朱莉娅遭遇了什么事，海伦会拆开信看吗？

反正克莱尔是肯定会的。

她点开了“工作”文件夹里的第二个文件，按日期排序来看，保罗也在那天晚上看了这部片子。里面还是那个女人，用同样的方式，拴在同一面墙上。克莱尔仔细观察着这个房间，可以肯定拍摄场景是一个老旧的地下室。女孩背后的煤渣墙看起来很潮湿，水泥地上放着一块污迹斑斑的床垫，周围堆着吃完的快餐盒，老化的电线和镀锌管从房顶的托梁上垂下。

克莱尔微微打开了一点声音，里面的女人碎碎念着什么。一个男人走了进来，克莱尔看出这是之前那部片子里的男人，同样的面具，同样的紧身皮内裤。这时他还没有勃起，手里拿的也不是大砍刀，而是一根电棒。看到那男子准备用电棒的时候，克莱尔按下了暂停。

她靠着椅背。屏幕里的男子一动不动，手已经伸了出去。女孩则一直蜷缩着，她知道将要发生什么。

克莱尔关掉了视频，返回到文件夹里，点开了从上往下数的第三部电影。还是这个女孩，同样的场景，同一个男人。克莱尔仔细看了看男人裸露着的背脊，直到她看清这男人左肩胛骨下没有零星的痣，她才肯定这人不是保罗。

她终于松了一口气，闭上了眼睛，静静呼吸了几分钟。

克莱尔睁开了眼，她关掉了视频。这些文件的名字都是按顺序排好的，所以她估计，在女孩被砍死的那一集之前，应该是有十多段她被折磨的视频。按照日期来看，保罗死前那一晚一直在看这些视频。每个视频大概有五分钟，也就是说，保罗大概用了一个小时来看这些令人发指的录像。

“不是吧……”克莱尔自言自语道。他们平时亲热时，保罗能坚持十分钟都不错了。难道保罗不是为了排解性欲才看这些视频的?

她一直按着下滑，滑到另一个系列的文件夹。这个系列里只有五个视频，十天前保罗看了里面的第一个，九天前看了第二个，一直到保罗死前那晚。她打开了保罗最常看的一部，里面是另一个女孩，这个好像年纪更小一些，她的脸被黑色的长发遮住了。克莱尔凑到屏幕前，只见那女孩拉扯着束缚她的链子，头偏朝一边，头发散落下来，双眼圆瞪，充满恐惧。

克莱尔按下了暂停，她不想再看那个男人了。

其实她还应该在本子上写下另一个问题：这些视频合法吗?

当然，这取决于拍摄的内容是否真实。如果以特效制作的电影也犯法，那么全美所有电影院都给观众们下了圈套。

但如果保罗的这些电影都是真实录制的呢?

联邦调查局的探员可不会无缘无故来家里。朱莉娅刚刚失踪时，海伦和萨姆想尽了一切办法，想让联邦调查局介入调查，但法律规定，只有在州立机关向联邦调查局提出请求之后，联邦调查局才会受理案件。但治安官认为朱莉娅就是因为叛逆而离家出走，所以并没有把案件向上反映。

克莱尔打开了浏览器，找到联邦调查局的首页，点开了常见问题，浏览联邦调查局受理的各种犯罪事件。终于，她找到了想找的内容。

电脑犯罪：在国家安全领域内，联邦调查局负责调查牵涉电脑化银行业务及金融系统的犯罪，相关案例包括利用电脑进行诈骗或利用互联网传播淫秽色情内容。

毫无疑问，这些电影绝对是淫秽色情内容，也许昨天她对诺兰探员的判断是正确的，联邦调查局追踪了保罗的下载路径。她看过《法制 60 分钟》这样的节目，里面政府的检举人说用电脑上网就相当于把自己暴露在国家安全局的眼中，他们很可能知道保罗在看这些电影。

“天啊！”克莱尔突然想起保罗的苹果电脑连着网，她抓着电脑后面插着的线就往外拉，拉得太用力，把电脑屏幕都转了过去。她把这些纤细的线从塑料接口里扯出来之后，电脑也断了网。克莱尔总算松了一口气，差点没晕过去，她的心突突地跳着，脖子处都能感觉到心跳。

她的保释官说得很清楚，只要她有一点点出格的行为，他就会把她送回监狱。那么看这些电影是违法的吗？克莱尔是不是在不知情的情况下就违法了？

或者是她像个傻子一样瞎紧张了？

她把显示器转了过来，所有网页上都显示网络连接断了。视频仍定格在那个画面，这时，又有一个错误对话框弹了出来。

警告！光盘“角斗士”未正确插入，可能导致文件丢失。

克莱尔看着那些拔出来的线路。她对电脑也不是一无所知。她知道这些电影文件很大，需要大量的储存空间。她也知道电脑背面闪烁的信号代表着“雷电”连接，这样传输文件的速度比用数据线快一倍。

克莱尔趴在地板上，这桌子是保罗设计的，他把所有线路都收到桌面下。桌上的所有电器，包括电脑、台灯等都连接着桌子下的备用电池。她知道那个黑色的大盒子就是他的备用电池，因为保罗在上面贴了标签：备用电池。

她拉出了所有抽屉，看了看抽屉里和抽屉后面。看来桌子下面没有外置硬盘。备用电池的电源线被保罗藏到右桌腿后面。插头从桌子背后出来，直接接到地上的插座。

克莱尔没有找到贴着“角斗士”标签的东西。

她把桌子往前推了一把，但桌子没有往后退，而是不平衡地向一边倾斜，就像一条欢快的狗狗在扭屁股。在另一条桌腿处还藏着一根线路，这条白色电线很细，和之前克莱尔从电脑上拔下的那条“雷电”数据线一样。这条线路的一端在桌面上，另一端则从实木地板上的一个洞穿到地下去。

她走下楼梯，来到车库里。保罗的“角斗士”牌工作台有一面墙那么长，工作台两侧各有一个装有滚轮和抽屉的小柜子，两个柜子之间大概隔了十英尺。克莱尔把两个柜子都打开了，发现里面没有从抽屉背后单独露出来的线，她又看了看工作台下面。这个车库她来过无数次，但她从没发现工作台后面的花钢板和墙上的是不一样的。她用手按了按金属隔板，隔板便被她推动了。

克莱尔站了起来。她之前用网球拍一顿乱砸，把工作台上保罗的 3D 打印机和计算机辅助绘图的激光切割机砸得稀碎。她把这些东西全部推到地上，关掉了灯，趴在工作台上看工作台和墙面之间的缝隙。她从最左边看过来，到正中间的时候，她发现工作台后面有绿光在闪烁。

她打开了房间的灯，从一个小柜子中取出一支手电筒。工作台太重，而且还被固定在地上，克莱尔没法把它挪开。她又趴到工作台上往下看，发现闪烁的绿光是在一个很大的外接硬盘上。

一切都不是巧合。克莱尔再也找不到什么借口了。整套设备是保罗八年前就安装好的。他并不是只看这些电影而已，他还喜欢收集电影，而且费尽心机确保不被发现。

泪水涌入了她的双眼。这些电影是真实的吗？她发现的这些东西，有没有可能是几十个女孩被折磨和杀害的证据？

就在昨天，诺兰探员还问克莱尔保罗死前的行为举止。自那天后，克莱尔这才第一次回忆起当时自己的言行。当保罗把她拉进巷子时，她被吓了一跳，而知道保罗想干什么后，她变得非常兴奋，当保罗表现得非常霸道时，她又觉得保罗很性感，而且很出乎意料，欲望完全被点燃了。

然后呢？

当她发现他们被抢劫时，心里非常害怕。那之前她有害怕过吗？当保罗把她转过去，在墙上蹭破皮时，她心里有没有感到一丝畏惧？还是说自己在看过电影里那些四肢展开的女孩后，记忆产生了偏差，觉得保罗把她双腿分开，按着她的手，是在效仿电影？

这些可怜的女孩啊，如果视频是真实的，克莱尔必须竭尽所能把真相告诉女孩的家人们，或者说把女孩差点遭遇的悲剧告诉他们，因为第二个视频里的女孩仍然有一丝生还的可能。

克莱尔马上继续行动起来，她知道如果自己犹豫了，很有可能就会做错事。

保罗买电脑配件时总会多买一个，地下室的柜子里还有一个 20 TB 的移动硬盘。她从柜子里把巨大的移动硬盘搬出，抬到保罗的办公室里，按照说明书在电脑上启动硬盘，然后接上了“角斗士”硬盘的线路。她勾选了所有文件，把它们都转存到新硬盘里。

您确定要复制“角斗士”硬盘的文件到“LACIE 5BIG”硬盘?

克莱尔点了“确定”。

缓冲图标又开始转了起来，电脑正在计算着转移文件需要的时间。一共需要五十四分钟。她在保罗的办公桌边坐下，盯着屏幕上的进度条。

克莱尔又看向结婚纪念日时她送给保罗的画，不禁想到儿时的保罗是什么样的。她看过一些照片——保罗咧着嘴笑得很可爱；六七岁的他脑袋大大的，耳朵尖尖的；青春期的他已经有现在的一些特征了。他虽然不算时髦帅气，但是在听了克莱尔的话，戴隐形眼镜和买高档西服后，他还是有一点帅的。他也很幽默，很有魅力，非常聪明，克莱尔总觉得没有他答不上来的问题。

要是他能在这里，解答克莱尔的疑惑就好了。

泪水模糊了她的双眼，她又哭了起来。她哭着哭着，电脑弹出提示，文件已经传输完毕。

车库里倒下的柜子拦住了她的宝马。这时天也黑了，保时捷的大灯也被她砸得稀碎。她便准备开保罗的特斯拉出门。她一路开到邓伍迪警局门口，但这时，她却开始怀疑自己这么做对不对。她用安全带把硬盘固定好，放在旁边的座椅上，这个白色的镀铝硬盘至少有二十磅重，车上的传感器误以为是个小孩子坐在那儿，断开了副驾一侧的气囊。

克莱尔看着警局，这里看起来就像上世纪五十年代的办公用品店。这个硬盘应该是要交给弗雷德·诺兰，但昨天他惹毛了克莱尔，而梅休警监则在一旁叫他闭嘴，所以她决定把硬盘交给梅休警监。

但梅休会把硬盘里的东西当回事吗？不像对诺兰那样，克莱尔对梅休没有清晰的感觉，除了觉得可能是没有合适的人选才让梅休来扮演警察的。梅休的小胡子让克莱尔想起卡尔·哈克比治安官，就是被她妈最早叫作“软蛋”的那个人，他也留了一撮难看的小胡子，还老要把胡子修得直直的，不让胡子沿着上嘴唇的轮廓自然生长。克莱尔第一次见他是十三岁时，到现在都能想起当时抬头看着他扫帚似的小胡子，以为是假的。

但这不影响她现在做的决定，并不是所有留胡子的人都软弱无能。

她低头看着身边的硬盘。

红药丸还是蓝药丸。

她倒不担心梅休，她担心自己，以及保罗的名声。这事不可能悄无声息地过去，肯定会传到外面，人们就知道她老公的癖好了，可能有的人已经知道了。

也有可能这些视频都是真实的，那么第二个女孩有可能还活着。

克莱尔逼着自己走下车，手中的硬盘比之前更重了。天色渐暗，远处雷声隆隆，克莱尔穿过了停车场，头顶的路灯亮了起来。她出席葬礼时穿的衣服已经干了，但是看起来非常僵硬粗糙。她一直磨着牙齿，磨得下巴生疼，她上次来邓伍迪警局时，还穿着网球裙，在警察的看守下从后门进入。

这次，她走进了警局大厅，里面非常狭小，一面巨大的防弹玻璃把访客隔在办公区外。前台站着一个穿着制服的身材结实的男子，克莱尔走来时他都没有抬头看一眼。

克莱尔把硬盘放在椅子上，自己走到窗口。

壮汉很不情愿地把视线从电脑上移开："你要找谁？"

"梅休警监。"

那男的突然皱起眉头："女士，他很忙的。"

这倒是让克莱尔出乎意料。"我要把这个交给他，"她说着，指向一旁的硬盘，还想着警察会不会以为是个炸弹，看起来确实很像，"我可以写个情况说明……"

"李，我来跟她说。"梅休站在玻璃后面，招手示意克莱尔从侧门进来。办公区里人声嘈杂，侧门打开后，她发现里面除了梅休，亚当·奎因也在。

"克莱尔，"亚当似乎有些紧张，"我没收到你的邮件。"

"不好意思，"克莱尔完全忘了这回事，"什么邮件？"

"保罗电脑上在建项目的邮件啊。"

保罗的电脑，天知道里面有什么："我忘了……"

"赶紧发给我。"亚当说着从她身边走过，离开了办公区。

克莱尔看着他的背影，不知道他为何生气。

梅休告诉她："男人都不喜欢待在警局里吧。"

克莱尔本想说“谁他妈喜欢啊”，但还是忍住了。

梅休说：“我们正在调查每个有你家钥匙的人。”

克莱尔忘了亚当也是其中之一，他和他老婆希拉住的地方离克莱尔家只有五条街，克莱尔和保罗出城时就会让他帮忙看家。

梅休问道：“斯科特女士，您来找我有什么事？”

“我这儿有个东西要给你看下。”她抬起了硬盘。

“我来吧，”很明显，梅休没想到这个盒子竟然那么重，差点砸在地上，“哇，这是什么啊！”

“硬盘，”克莱尔感觉越来越紧张，“是我老公的，我意思是，我老公……”

“去我办公室吧。”

克莱尔跟着他在长长的走廊上走着，她努力让自己振作一些。走廊两侧都是关上的门，穿过一片露天区域时，她想起了这里是押送犯人的地方。接着，又走过一条长走廊之后，他们来到了一片开阔的办公区域，这里没有办公隔间，只放着五张桌子，旁边坐着五个男人在电脑前忙活着。房间前面放着两块可以滑动的白板，上面贴满了照片和潦草的笔记，她离得太远，根本看不清内容。

梅休在办公室门前站定：“您先请。”

克莱尔进屋后坐下。梅休把硬盘放在桌子上，随后也坐了下来。

她盯着梅休，说得更确切一点，她盯着梅休的胡子，避免和他有眼神接触。眼前的一切都是真的，她真的把硬盘交过来了。

梅休问道：“喝点什么吗？水还是可乐？”

“不用了，谢谢。”克莱尔再也忍不住了，“那硬盘里有几部女人被折磨和谋杀的视频。”

梅休愣住了，慢慢地坐回座椅上。他手肘搭在扶手上，双手紧握放在胸前：“你继续说。”

“我在我老公的电脑上看到了这些视频，嗯，这些视频保存在一个连着电脑的外接硬盘里。”她顿了顿，喘了口气。梅休并不需要知道保罗藏这些电影的细节，他只需要知道确实有这些电影。克莱尔指着硬盘说：“硬盘里有我老公看过的那些电影，里面的两个女孩被折磨至死。”

说完这句话后，克莱尔仍觉得心有余悸。

她说：“对不起，我也是不久前才找到的，我现在还……”她不知道自己现在还怎么样，还战栗着？还很心痛？很愤怒？害怕？寂寞？

“稍等，”梅休拿起电话，拨通了一个电话分机，“哈维，过来一下。”

克莱尔还没来得及问，一个男子便走了进来，他也留着一撮蓬松的胡子，就是一个矮胖版的梅休。

梅休说：“哈维·法尔克警探，这位是克莱尔·斯科特女士。”

哈维对着克莱尔点了点头。

梅休说：“帮我看下这个，行吗？”

哈维查看了硬盘后面，又看了看梅休的电脑后面，然后拉开一个抽屉，里面各种数据线乱成一团，他从中挑出一条。

梅休问克莱尔：“你真的不喝点水吗？咖啡要吗？”

克莱尔摇摇头，生怕梅休没有重视这件事，但也怕他太重视。情况复杂，但已无法回头。

哈维麻溜地把硬盘接了上去，梅休则摆出了他拍照时的标志性动作，和政府官员握手、赢得警察高尔夫比赛冠军和马拉松比赛时都是这样。克莱尔看到了他桌上的名牌，他叫雅各布，雅各布·梅休警监。

哈维说："搞定！"

"谢啦！"哈维走后，梅休把键盘转到自己这边，调整了鼠标，点开文件，"我们来看看到底怎么回事。"

克莱尔当然知道怎么回事，梅休点开那几个视频看的时候，她把头偏朝一边。梅休的电脑没开声音，她只听见梅休均匀的呼吸声，看来他的警监也不是白当的，总不能被人性的丑恶吓坏了吧。

几分钟过去了，终于，梅休松开了放在鼠标上的手，又一次坐回座椅上。他捋着小胡子说："嗯，其实以前我看过这样的东西，比这个还糟糕。"

"我不信……"克莱尔实在无法接着说下去。

"女士，我知道这种东西很吓人。相信我，我第一次看的时候，即便知道是假的，还是几个星期都睡不着觉。"

她感到心在突突地跳着："是假的？"

"嗯，"他差点没笑出来，"这就是所谓的'凶杀黄片'，都是假的。"

"你确定吗？"

他把显示器转过来让克莱尔看，影片定格在一个场景，他指着屏幕说："看到这片阴影没？后面连着一个血包，你知道什么是血包吗？"

克莱尔摇了摇头。

“好莱坞电影里常用的，就是用一个小塑料袋装着假的血液。要么藏在衣服下面，要么贴在背上。坏人假装用枪打你，在这电影里是用刀砍，然后镜头外的人就按下按钮，把血包弄破，你就看到血涌出来了。”他手指沿着女人身旁的阴影划去，“这条黑线就是连着血包的线，现在都用遥控血包了，可能是这部电影成本很低，不过……”

“我不太明白。”

“反正是假的，做得还不太真实。”

“但是那个女孩……”

“我知道你的意思，她长得很像安娜·基尔帕特里克。”

他不说克莱尔都没发现，不过听他这么一说，这女的倒是和安娜·基尔帕特里克像得出奇。

“你听我说，”梅休说，“我知道你家以前的事，你姐姐失踪了。”

克莱尔感觉浑身火热。

“如果我姐姐也这样失踪，我可能也会觉得她和这个电影有关系。”

“我不是这个意思……”克莱尔止住了，她要表现得镇定些，“和我姐姐没关系。”

“你看了电影里的女孩，棕色头发，棕色眼睛，年轻漂亮，就觉得肯定是安娜·基尔帕特里克。”

克莱尔紧盯着屏幕上定格的画面看，之前怎么没发现呢？他每说一次女孩的名字，克莱尔就觉得更像一些。

“斯科特女士，我很同情你，所以都跟你说实话，”他用手拍了拍桌子，“真的很同情你。”

克莱尔点了点头，示意他继续说。

“这话就你知我知，好吗？千万别告诉别人。”

她又点了点头。

“那个叫基尔帕特里克的姑娘，”梅休慢慢摇了摇头，“警察在她车里发现血迹了，一大摊，这意味着什么你知道吗？流了那么多血很难再维持生命了。”

“她死了？”克莱尔胸口仿佛被压住一样，她才意识到自己原来一直都希望不管在哪里，不管用何种手段，女孩都活了下来。

“斯科特女士，对你家里的事，还有你丈夫的这一面，我深表遗憾。男人都是禽兽，知道吗？我也是一个了解男人的禽兽。”他试着挤出一点笑容，“男人有时候会想看些暴力的黄片，我说得可能比较直，但看这种东西并不意味着他们喜欢或者想要这样。这种东西网上哪儿都有，只要演员不是孩子就不犯法。确实这些东西很恶心，但有时候网络就是用来干这种事的，对吗？”

“但是……”克莱尔不知怎么说了，她越想越觉得那个女孩像安娜·基尔帕特里克，“你不觉得太巧了吗？”

“没有巧合这种事，”梅休说，“这就是绝大多数法则，只要数据样本够大，什么不可思议的事都有可能发生。”

克莱尔突然瞪大了眼睛，嘴唇微张，做出一副典型的吃惊的表情。

“怎么了吗？”

她努力做出正常的表情，可能梅休引用了保罗说的话，也就是说，两人以前认识吗？

“斯科特女士？”

“对不起，”克莱尔强装镇定，“只是我没像你说的这样想过，不过听你一说倒是有点道理。”她清了清嗓继续说，“你是从哪儿听说那个‘绝大多数法则’的？”

他又笑了笑：“我没听说过，乱猜的。”

克莱尔试着让自己平静下来。她明显地感觉到其中一定是有什么问题。难道梅休在说谎？还是他想保护克莱尔，不让她知道背后更可怕的事？

她问道：“你知道昨天为什么诺兰探员会来我家吗？”

梅休呼出一口气：“又要我说实话吗？其实我也不知道。这些联邦调查局的人就像苍蝇一样，只要我们调查出点什么东西，他们就要来分一杯羹，拿去邀功。”

“他们可以从你这儿接手案子？都没人管的吗？”

“没有。他们直接来了就把案子拿走。”他拔下了硬盘，“谢谢你把硬盘带过来。当然了，我还是会让人去调查一下，不过我之前就说过，这种东西以前我就看过。”

克莱尔察觉到梅休想让她走人了，便站起来说：“谢谢你。”

梅休也站了起来：“别想这些东西了，这是为你好，知道吗？你老公是个好人，你们婚姻也很美满，快二十年了都还彼此相爱，肯定是有值得你们珍惜的东西的。”

克莱尔点了点头，她又感觉不舒服了。

梅休用手摸着硬盘：“看来你是把硬盘从电脑上取下来的？”

“什么？”

“我说这个硬盘是直接连在电脑上的吗？”

克莱尔很坚定地说："是的。"

"很好，"梅休拍了拍她的后背，送她走出办公室，"最好是没有其他的备份，比如还有备用硬盘或者其他电脑？"

"我检查过了，只有这个硬盘。"

"那他的电脑上呢？奎因不是跟你说了关于保罗电脑的事吗？"

"反正我检查过了，"克莱尔都不知道奎因跟她说的是什么，"上面什么都没了。"

"好吧。"走到最后一个走廊时，他的手顺着克莱尔的背，扶在她的腰上，"如果有什么发现就告诉我，打个电话我就上门来取走。"

克莱尔点了点头："谢谢你啊。"

"不客气。"梅休陪她走过大厅，帮她扶着玻璃门。

克莱尔扶着扶手走下楼梯，借着头顶的路灯，从大雨中穿过停车场。出门之后，克莱尔一直觉得梅休在身后盯着她，便头也不回，径直走向她的特斯拉。

等她转头才发现门口空无一人，梅休已经走了。

她是不是有点多疑了？但她现在什么都不敢确信。她打开了车门，刚要上车时发现挡风玻璃上贴着一张便条。

上面是奎因的笔迹。

赶紧把那些文件给我，别敬酒不吃吃罚酒。亚当·奎因

第六章

莉迪亚枕着瑞克的大腿躺在沙发上。地板上趴着两只狗狗，她身旁蜷着一只小猫，小仓鼠在轮子上跑个不停，小狄房间里的鹦鹉不停地啄着笼子。只有鱼安静地在五十加仑大的鱼缸里游着。

瑞克心不在焉地捋着莉迪亚的头发，两人都在看电视上的十点新闻，不到十一点他们是睡不着的。电视上警察发布了一张画像，画像中的男子曾在安娜·基尔帕特里克废弃的车旁出现过。这张画像简直模棱两可，该男子身材较高或中等，眼睛是蓝色或是绿色，留着一头黑发或棕发，身上也没有文身或其他明显标志。单凭画像估计连犯人他妈都认不出来。

突然电视上插播了一条采访国会议员约翰尼·杰克逊的视频剪辑，基尔帕特里克一家所在的区域由他管理，所以他理所当然地把这家人的悲剧尽可能地往政治方面扯。前几秒中他先谈了一些法律法规，但当记者问到他是否觉得女孩仍然健在，他突然一反常态，一言不发。只要读过机场发的手册的人都知道，救援时间拖得越久，遇难者的生还率就越低。

莉迪亚闭上双眼，不想看到基尔帕特里克一家的画面。他们疲惫的样子让她痛心，也非常熟悉，她知道他们家人正慢慢地接受着女儿回不来了的事实。一年一眨眼就过了，年复一年，不久后家人就会悄悄地哀悼着女儿失踪十年的纪念日，然后二十年纪念日……他们还会有新的孩子，小孙子，结婚时立下的誓言有的还在，有的早被打破了，然而每件事都会让他们想起这个失踪的十六岁少女。

每隔一段时间，莉迪亚电脑上就会有谷歌发来的提示，说找到一篇提及朱莉娅的文章。通常是因为有人在雅典小镇附近找到了尸体，记者就会翻看以前的案件档案，看看有无关联。当然了，找到的尸体没有一具是朱莉娅·卡罗尔的，也不是阿比盖尔·埃利斯或者萨曼莎·芬德利的，或是几十个失踪女子中某个人的。在网上搜索“失踪女孩+佐治亚大学”你会看到一堆让人很压抑的结果，如果加上“强奸”的话搜索结果可能会有几百万个。

克莱尔是不是也这样搜索过呢？是不是每次看到谷歌发来的找到尸体的提示也会恶心反胃？

莉迪亚从来不会上网搜妹妹克莱尔的信息。就算克莱尔有脸书或者照片墙的账号，她也不想去看。只要和克莱尔有关，一定和保罗有关，想到这层关系她心里就不是滋味。说实话，对她来说失去克莱尔的痛苦比失去朱莉娅还大，毕竟朱莉娅的失踪是一场悲剧，而与克莱尔的分裂只是一个选择。

克莱尔自己选的。

海伦也是这样，上次她和海伦说话时，海伦对她说：“不要逼我在你和你妹妹之间选一个。”

莉迪亚则回答道：“我觉得你已经选好了。”

尽管她和妈妈不再联系，她还是关注着海伦，上次她查询了雅典小镇的缴税记录，海伦还住在学校西边林荫大道的家里那套房子。她在图书馆工作了四十年，退休时《雅典小镇时报》还专门写了她的故事，她的同事说她重新定义了图书管理员的工作。在海伦第二个老公的讣告中，她还提到了她有三个女儿，莉迪亚还觉得挺暖心，但后来想想可能是别人写的。上面没有提到小狄，因为家里人都不知道她的存在。可能莉迪亚永远没法迈过这个坎，她不愿意让自己的女儿去见一群那么瞧不起自己的人。

莉迪亚常常想，家里人会不会上网查她的消息，她想海伦可能用谷歌搜过她。海伦从来都是一个思想前卫的人，莉迪亚见过她的方方面面。她是年轻爱玩的妈妈，以前组织过很多舞蹈比赛，模仿《甜蜜高谷》[①] 中的睡衣聚会；她是令人敬畏、头脑精明的图书管理员，学校董事会要把《问问爱丽丝》从图书馆撤下时，她还当面训斥了领导们；她也是一个心力交瘁、麻木不仁的女人，在大女儿失踪后，整个中年时期都是饮酒度日。

她也曾警告过莉迪亚“不要逼我在你和你妹妹之间选一个”，而她心里也早有了选择。

莉迪亚能责备他们不相信保罗强奸了她吗？那天在墓地克莱尔对她说的都是实话，莉迪亚偷过他们东西，撒过谎，作过弊，利用了他们的感情，抓住父母不想再失去一个孩子的心理勒索他们，拿钱去买毒品。问题就是莉迪亚以前吸过毒，犯的所有罪都和吸毒有关，所以海伦和克莱尔自然会想：莉迪亚说保罗强奸了她，又想要什么好处？

他们都没让莉迪亚把事情讲完，她对他们中的每个人都单独说

---

① 《甜蜜高谷》（*Sweet Valley High*）是一部于 1994 年问世的美国电视剧。

过她坐在保罗的 Miata 里，收音机里放着什么歌，保罗是怎么摸她膝盖的以及之后发生的事，然而每个人的反应都是一样的：我不想听你说了。

“醒醒啦。”看到电视插播广告，瑞克关掉音量，取下看书时戴的眼镜，对她说，“我们一般把落花生叫作什么？”

“就叫花生啊。”莉迪亚小心翼翼地坐直，生怕惊醒旁边的猫。

“正确！”他翻阅着棋盘问答游戏的卡片，两人在准备韦斯特利学校的家长教师协会知识竞答比赛。莉迪亚勉强读了两年大学，瑞克也就读了三年，每次比赛打败学校那些做医生或律师的家长，他们就会暗爽一阵。

瑞克问她：“化名为玛利亚·马吉，死后被埋葬在阿根廷的人是谁？”

“艾薇塔·贝隆夫人啊。能来个难点的题吗？”

瑞克又翻了几张卡片：“世界上总高度最高的山在哪里？”

莉迪亚用手蒙住眼睛，集中精神开始思考：“你说的是总高度最高，不是海拔最高，所以不是珠穆朗玛峰。”她思考时自言自语，吵醒了熟睡的狗狗，旁边的猫也开始舔自己的肚子，厨房里的钟正滴答滴答走着。

瑞克还是打破了沉默：“给你个提示，尤克里里吉他。”

莉迪亚从指缝里偷看着说：“在夏威夷？”

“是莫纳克亚山。”

“是正确答案吗？”

“反正你也没法查，我说是就是咯。”

她坐直起来，做出要给瑞克一巴掌的样子。

瑞克轻轻咬了一口她的手："你妹妹长什么样啊？"

莉迪亚之前把下午在墓地偶遇克莱尔的事告诉了他，不过倒是没把在保罗坟头撒尿的事说出来。"和我想象中一模一样。"

"别只说她和学校里的那些妈妈们一样嘛。"

"那你要我怎么说？"莉迪亚本无恶意，但这话说出来似乎有些刺耳。小猫感觉到气氛有些紧张，便爬到沙发扶手上了。"她还是很瘦很漂亮，看得出常健身，穿的衣服比我买的第一辆车还贵，我猜她手机的快捷拨号里肯定有私人美甲师的电话。"

瑞克低头看着她："她只有这些特点吗？在健身房办了会员，穿名牌衣服？"

"肯定不啊，"听瑞克这么说，莉迪亚有些生气，毕竟克莱尔还是她妹妹，"她一点都不肤浅，人们可能只看到她的美貌，但不知道她其实很聪明很有趣，而且……"说着说着，她声音越来越小。

克莱尔现在还聪明有趣吗？在朱莉娅失踪后海伦也崩溃了，莉迪亚担起了妈妈的担子。她负责准时送克莱尔去上学，给她饭钱，帮她洗衣服。克莱尔也总跟她吐露心声，在因为保罗而决裂之前，她们是最好的朋友。

她告诉瑞克："她很文静，不喜欢与人起争执，宁愿折腾自己也不想和别人吵架。"

"和你怎么不像啊，她是被领养的吗？"

莉迪亚打了他一下："相信我，她很狡猾的。表面上你说什么她都同意，但一会儿她就跑去做自己喜欢的事了。"莉迪亚等着瑞克对克莱尔的评价，但他却沉默不语。她便接着说："在我们决裂之前，我总觉得我是世界上唯一了解她的人。"

“那现在呢？”

莉迪亚努力回想着克莱尔在墓地对她说的话：“她说我一点都不了解她。她说得对。她和保罗在一起之后变得我都不认识了。”

“你觉得她变化那么大吗？”

“谁知道呢。”莉迪亚说，“朱莉娅失踪时她才十三岁，我们都用各自的方法接受了这个事实。我和我爸我妈的情况你是知道的，但克莱尔的做法就是变得毫无存在感，她总是迎合别人，至少表面上是这样。她从不闯祸，在学校里成绩很好，当了啦啦队的副队长，跟那些受欢迎的女孩一起玩。”

“那还是挺有存在感的啊。”

“那就是我的表达方式有问题，”莉迪亚想着要怎么才能说得清楚，“她总是克制着自己。要做也只做副队长。本来可以和橄榄球队的四分卫谈恋爱，但也和四分卫的弟弟在一起了。她的成绩本应该是全班第一，但是她故意晚交了卷子，或者故意不交作业，一直掉到中等成绩。刚刚那个问题，如果她知道莫纳克亚山是正确答案，她一定会回答珠穆朗玛峰，因为赢家会太受关注。”

“为什么要这样？”

“我也不知道，”与其说莉迪亚不知道，不如说她不知道怎么才能解释清楚，谁会勇争第二呢，这不符合美国精神，“我猜她只想平平淡淡的吧。青春期是一段艰难的时光，我和朱莉娅是在父母的呵护下长大的，而克莱尔青春期时家里一片混乱。”

瑞克问她：“那她看上保罗哪一点呢？他不符合克莱尔的标准啊，从讣告上看他应该是个成功人士。”

莉迪亚看过保罗讣告里的照片，克莱尔还为这个该死的禽兽说了不少好话："他们遇到的时候保罗可不是那样。当时他刚刚毕业，很讨人厌，戴着厚厚的眼镜，穿凉鞋配黑袜子，用鼻孔喷气大笑。他相当聪明，说是个天才也不为过，但是克莱尔这样的十分女怎么就找了他这样的五分男。"

莉迪亚记得她第一次见到保罗·斯科特的时候。她当时唯一的想法就是克莱尔应该找个更好的。但实际上克莱尔根本不想找个更好的。

莉迪亚说："克莱尔常会和那些帅气受欢迎的男生暧昧，但最后都会跟那些书呆子睡，那些书呆子看到她就流口水。可能是她觉得面对这类人比较有安全感吧。"

"有安全感不是挺好的吗？"

"保罗把她身边的人都撵走，给她安全感，感觉就像保罗救了她，让她觉得有保罗就够了。之后她和朋友都断了联系，也不和我打电话，不回家看爸爸妈妈，保罗让她越来越孤独。"

"听起来就是个典型的虐待狂。"

"据我所知，他从来没打过克莱尔，甚至都没大声吼过她，他只是想拥有她。"

"就像把鸟关在镶了金的笼子里？"

"差不多，"莉迪亚说，但其实远不止如此，"保罗对她很痴迷，克莱尔上课时他会趴在窗子上看她，会在她的车上留字条，克莱尔回到家都会看到家门口放着玫瑰花。"

"这不是挺浪漫吗？"

"每天都这样就不浪漫了。"

瑞克没话说了。

“他们在外面的时候，保罗总要和她有身体接触——捋她头发，牵她手，亲她脸颊。一点都不浪漫，很诡异。”

“嗯，”瑞克装得像个谈判官似的，“可能她也喜欢有人黏着她吧。你看，她愿意嫁给他，结婚都快二十年了。”

“倒不如说是克莱尔将就了吧。”

“将就了什么？”

“将就和不适合的人在一起了。”

“怎么不合适了？”

“她一点激情都没有，从不会想他想得睡不着，也不会为他焦急。她不用把自己全部交付给他，所以觉得很安心。”

“不好说吧，宝贝，要忍受一个不喜欢的人二十年可不容易。”

莉迪亚想起了在墓地时克莱尔那副崩溃的模样。她肯定是很悲伤的。但是话又说回来，克莱尔向来都很擅长表现出人们期望的样子——不是说她有双重人格，而是出于自我保护。

她接着说：“在我还又瘦又美的时候，追我的人有很多都像保罗这样。我会逗他们玩，调戏他们，利用他们，他们也愿意被我利用，因为他们觉得和我在一起他们就不是屌丝了。”

“天啊，宝贝，你这么说太狠了吧。”

“本来就是啊。我说得很直接，但是女人从来不会爱上备胎。特别是漂亮的女人，因为这类男人她们觉得不稀奇了。漂亮女孩总有人追，上个街，喝个咖啡，或者就站在街角，都会有一群傻瓜夸她们漂亮。她们也就笑笑，都懒得叫他们滚。这样也更安全，因为如果女孩被男孩拒绝了，大不了回家哭几天，而女孩拒绝了男孩，有可能就会被男的强奸或者杀掉。”

“你可别把那么‘棒’的爱情观教给小狄啊。”

“她过不了多久自己就明白了。”莉迪亚还记得被男人前呼后拥的时候，男人争先恐后地讨好她，为她开门，为她买吃买喝，想要什么东西，话还没说完就有人买来放她面前了。

她告诉瑞克：“只要你好看，地球都能为你停转，所以女人才买那么多化妆品。漂亮女人一辈子都是焦点，就因为好看，大家都围着她们转，她们讲的笑话也更好笑，生活过得更好。突然某天，她们长出了眼袋，身材变臃肿了，就再没人管她们，就好像消失了一样。”

“你这话说得，别一竿子打翻一船人啊。”

“你回忆一下高中时候，见过那些被别人塞进衣柜里，或者午餐盘被别人掀翻的男生吧？”

瑞克没有说话，可能以前他也欺负过这类男生。

“你想想，如果这样的男生能和同学聚会里最漂亮的女孩儿在一起是多风光。保罗和克莱尔在一起就是这样。保罗图什么很明显，但是克莱尔图什么呢？”

瑞克想着她说的话，眼睛盯着静音的电视：“我明白你的意思了，但是人不可貌相呀。”

“但大家都是先看脸才看人啊。”

他笑着对莉迪亚说：“那我觉得你挺好的。”

莉迪亚都不知道自己躺着的时候有几层下巴，电视的光会不会照出她的皱纹：“我哪里好了？”

“反正我下半辈子都想和你过，”瑞克伸手摸着她肚子，“你老抱怨你的小肚子，小狄可是在里面住了九个月啊。”他又用手摸着她的胸，“你是我见过的最温柔、最好心的女人，”他顺着往上抚摸着她的脖子，“你的声音也好听极了，”他轻轻地点了一下她的嘴唇，“这是我吻过的最软的一对嘴唇，”他摸着她的眼皮，“这双眼睛总能看穿我说的假话，”他捋着她的头发，“你的小脑袋里总是有让我惊喜、让我受启发、让我欢笑的点子。”

莉迪亚拉着他的手，放回她的胸上：“那这俩宝贝呢？”

“光它们就够我玩几个小时了。”

“趁我还没说什么傻话，快吻我。”

瑞克靠向她，吻了她的嘴唇，莉迪亚挽着他的脖子。今晚小狄在贝拉家过夜，明天又是星期天，他们可以亲热一下，可能可以做两次。

突然，莉迪亚放在另一个房间的手机响了起来。

小狄还没回家，瑞克不会叫她别接电话。

她对瑞克说：“你先自己玩着，我马上就来。”

莉迪亚绕开地上的狗狗和一堆脏衣服，走到厨房里，她拿起放在椅子上的手包，在里面翻了几秒钟才发现手机放在台子上，上面显示有一条未读信息。

“小狄没事吧？”瑞克站在门口问她。

“可能她又忘带数学书了。”莉迪亚滑开屏幕，消息是一个匿名号码发来的，里面写着一个邓伍迪附近的地址，她从没见过这个地方。

瑞克问她：“怎么了？”

莉迪亚盯着那个地址看，想会不会是谁发错了。她自己做小生意，没什么下班时间，工作用的语音信箱会把她的电话发给别人。

而且她的小货车侧面还印着她的工作电话，车上还贴着一张照片，上面是一个巨大的黄色实验室，那照片总会让她想起朱莉娅失踪后，父亲救下的那条流浪狗。

“小莉？”瑞克说，“谁发的消息？”

“克莱尔发的，”莉迪亚告诉他，她能感觉到这肯定和克莱尔有关，“我妹妹有事找我。”

第七章

克莱尔坐在自己的办公室里，保罗的办公室她实在是待不下去。她的办公桌是一张老式的齐本德尔式秘书桌，她把桌子涂成了柔和的乳白色，周围的墙则是浅灰色，地毯上画着黄玫瑰，一张淡紫色的天鹅绒毯子盖住了椅子和垫脚凳，坐上去很柔软。天花板上挂着一盏简约的水晶灯，克莱尔把灯上的透明水晶都换成了紫水晶，阳光射在上面时会在墙上投影出一片斑驳的紫色。

保罗从不进她的房间，每次都只站在门口，好像浅色调的房间让他很没有性致。

克莱尔低头看着亚当·奎因放在她车上的纸条。

赶紧把那些文件给我，别敬酒不吃吃罚酒。亚当·奎因。

克莱尔一直盯着这排字看，闭上眼睛字都会浮现在眼前。

吃罚酒。

很明显亚当·奎因在威胁她，这让克莱尔感到非常诧异，亚当·奎因没理由要威胁她。而且，什么叫吃罚酒？难道他会派一群歹徒过来揍她一顿？还是想把她给强奸了？亚当和她亲热的时候有时会比较狂野，但也主要是因为偷情本就是一件见不得人的事。他们从来不会去酒店开那种很浪漫的房间，只是在圣诞聚会时贴着墙很快地打一炮，另一次是在一次高尔夫巡回赛上，还有一次在"奎因+斯科特"公司的厕所里。说实话，和奎因偷偷摸摸打电话和发短信比跟他真的在一起时更让克莱尔兴奋。

但是，克莱尔还是忍不住想亚当到底想要什么文件——工作文件还是那些黄片？亚当和保罗的所有东西都是共享的，住过一个寝室，雇佣了同一个保险经理人，估计克莱尔也是其中之一，但谁知道保罗有没有察觉？

那克莱尔现在查清楚什么了？

她又打开了那些电影——这一次全都打开了。克莱尔把保罗的笔记本电脑搬走了，这样她就不用坐在保罗的办公室里看。第一个系列的电影看到一半时，她发现自己对里面的暴力场景已经麻木了。如果保罗还在，一定会给她解释，这是所谓的适应性，但克莱尔现在不想理会保罗和他愚蠢的解释。

现在她重新来看这些电影，她发现每个系列的剧情都是一样的。一开始，被拴着的女孩还好好穿着衣服，接下来面具男慢慢地割开或撕掉她们的衣服，露出被男人逼着穿上的紧身皮胸衣和开裆内裤，女孩的脸一开始都被轻薄的黑头巾遮住，透过头巾可以看到她们迫切呼吸的样子，直到最后一集才会露脸。随着剧情发展，暴力程度也逐渐上升，先是拳打脚踢，然后用鞭子抽，用刀砍，用烙铁烫，用电棒电击。

最后，男子才取下女孩们的头巾。第一个女孩是在死前的两部电影里露了脸。但保罗的私密硬盘里那个酷似安娜·基尔帕特里克的女孩，直到最后一部电影才取下头巾。

克莱尔仔细观察了这个女孩的面容，看不出里面的人到底是不是安娜·基尔帕特里克。克莱尔甚至都点开了基尔帕特里克一家的脸书账号，从里面找出照片，一张一张并排放好，但还是不能确定。

接着，她按下了播放按键，把最后一部电影看完。克莱尔一开始还开着音量，但实在是受不了女孩的惨叫。男人还是戴着那张让人毛骨悚然的面具走来，提着砍刀，但他没有用砍刀杀她，而是用砍刀凌辱了她。

克莱尔差点又恶心起来，她不得不赶紧跑去行车道上呼吸几口新鲜空气。

到底是不是真的？

梅休警监说女孩旁边有一条线，可以控制血包，放出假血。克莱尔从保罗抽屉里拿出放大镜，但她只看到女孩被打得皮开肉绽，累累伤痕像碎玻璃一样粘在身上。地上也肯定没有什么线，如果有工作人员站在镜头外拿着控制器，那控制器上的线肯定连到了什么地方。

紧接着，克莱尔打开网络搜索什么是血包，但网上只有遥控血包。她还大范围地搜索了凶杀黄片，但她不敢点开任何一个链接，网页上的描述看起来太吓人了：斩首、吃人、恋尸癖，还有什么“强奸致死”。她又试着在维基百科上查，但查到的都是一些疯子一样的业余爱好者拍的，构图很不好，而且剧情都一样。

那么是不是确实如梅休所说，这些电影都是假的？还是说保罗找的这些凶杀黄片，和他买的高尔夫球杆和定制皮座椅一样，都是顶级水平的？

克莱尔受不了了，她在车库里待不下去，便进了屋，吃了两片安定，趴在厨房的水池旁用冷水冲头，冲得她头皮发麻。

如果可以麻木她的脑子就好了。就算吃了药，她脑子里还是会浮现出各种阴暗的想法。亚当想要的会不会就是这些可怕的视频？梅休警监和他们是不是一伙儿的？所以那天亚当才会去警局？所以梅休那天才会那么紧张，一定要确保这些文件没有备份，还告诉克莱尔这些都是假的，不用担心？

有没有可能电影确实是假的，里面的女孩只是个演员，不是安娜·基尔帕特里克，亚当去警局也不过是因为他有自己家里的钥匙，而且梅休非常喜欢探索发现频道，从里面得知了“绝大多数法则”，而克莱尔只是一个无所事事、过度焦虑的家庭主妇，毁了一直对她疼爱有加的老公的一世清誉？

克莱尔看着桌上那瓶橙色处方药，里面装着复方羟考酮，瓶盖是打开的，她已经吃过一片了。药瓶上写着保罗的名字，说明书上写着：疼痛时服用。克莱尔现在感觉浑身都疼，她用指尖推倒了瓶子，黄色的药片撒了一桌，她拿起一片羟考酮，就着酒吞了下去。

自杀这种事似乎会遗传，这个道理是她在一堂讲海明威的课上学到的，授课老师是一位一只脚已经踏进棺材的老头。海明威是用霰弹枪自杀的，他父亲也是这样，还有他的哥哥、姐姐、孙女，也许还有其他家庭成员，克莱尔已经记不清了，不过他们都是自杀身亡的。

克莱尔看着桌上的羟考酮，用手把玩着药片，仿佛桌上的是糖果似的。

她爸爸用一针耐波他结束了自己的生命。这是一种含戊巴比妥的药物，给动物安乐死用的，注射之后会窒息而亡。在注射前，她父亲就着伏特加吃了一把安眠药。他自杀时距朱莉娅失踪六周年还有两个星期，那个月他已经有一些轻微中风的迹象，自杀前从一个笔记本上撕下一页纸，用颤抖的手写下遗言：

致我美丽的女儿们——我全心全意地爱着你们。爸爸

克莱尔还记得很久以前的一个周末，她待在父亲凄凉的单身公寓里。那天，她爸爸做了很多刚刚离婚的父亲会为孩子做的事：给克莱尔买了昂贵的衣服，带她去看了原来妈妈不让她看的电影，让她吃很多垃圾食品，回到家时她都撑得快晕了，在家里爸爸为她布置了一间卧室，墙是粉色的，床单也是粉色的。

当时克莱尔十四五岁。她家里卧室的墙是蓝绿色的，床上铺着一床杂色的棉被，只有一个毛绒玩具，她现在都还留着，放在从外公那里拿来的摇椅上。

那天夜里，她吃的汉堡和冰淇淋在她胃里不断翻滚着，她跑到厕所里，只看到父亲坐在浴缸里。他没有在洗澡，穿着睡衣，用枕头蒙着脸，不能自已地抽泣着，甚至都没发现克莱尔进来打开了灯。

“对不起，宝贝……”他说话声音太小，克莱尔要弯下腰才能听到。奇怪的是，当克莱尔在浴缸旁蹲下时，她脑海中却想象着未

来某天给自己孩子洗澡的样子。

她问道："爸爸，怎么了？"

只见他摇了摇头，没有抬头看克莱尔。那天是朱莉娅的生日，早上父亲去了治安官办公室，找关于她案子的文件，看到了很多照片，她的寝室，家里的卧室，还有她那辆锁在学生中心外面的自行车。"有些事情你现在还不懂。"

父母每次吵架，无非就是海伦变着法地叫萨姆不要再找了。家里有这样一个看似冷冰冰的母亲，和一个行尸走肉般的父亲，后来法院指定的心理医生说克莱尔不敢吐露心声，似乎也不那么奇怪。

她父亲的心情表露无遗。在他身旁都能感觉到从他身上发散出的悲伤。整个人都快没人样了。他永远都是泪眼婆娑，满脑子的阴暗想法让他嘴唇总是颤抖着。由于他常在夜里惊醒尖叫，房东把他从复式公寓里赶了出去。

说实话，克莱尔的母亲也是逼着克莱尔和萨姆待在一起。在自己陪伴父亲的最后一段时间里，她躺在床上，用手摸着墙壁都能感觉到父亲尖叫时的震动。之后，父亲就会醒来，在房间里走来走去。克莱尔会隔着墙问他还好吗，父亲总是说没事。两人都知道父亲怎么可能没事，但也都明白，克莱尔不会去他房里看他。

不是说克莱尔没有良心。之前有几十次这样的情况，她都会去看看父亲。她心都提到嗓子眼了，跑去父亲房间里，只见他用床单包裹着身体，在床上痛苦地扭动着。父亲看到她进来会觉得很尴尬，克莱尔知道自己一点用都没有，陪在他身旁的应该是她妈妈海伦，不过她也是被父亲这个样子逼走的。

"听你这么说，我都不太喜欢你妈妈了。"在克莱尔把朱莉娅失踪后家里的情况告诉保罗时，保罗这样对她说。

保罗。

他总是克莱尔最大的拥护者，总会和她站在一边，就连他把克莱尔从监狱里保出来那天，明明一切都是克莱尔的错，但他还是说："别怕，我们请律师。"

十八年前，莉迪亚告诉她保罗不太对劲，在他眼里克莱尔已经不是凡人，毫无缺陷了。他对她的过错视而不见，总会为她的错误买单。从不会质疑她，不会吓唬她，不会惹她生气，也不会让她有任何情绪的波动，不用让她忍受男人的那些臭毛病。

"怎么这些从你嘴里说出来就像坏事一样啊?"克莱尔反问她，因为她当时非常寂寞，不想再忍受家里一个姐姐失踪、一个姐姐吸毒、父亲自杀的生活，不想因自己的美貌招来不幸。

她想要新的生活——想要自己选择，想做保罗·斯科特的老婆，想有人守护她，被人珍惜，想做个聪明人。当然，她也不想找一个让她觉得非常不安稳的人，她在年轻时候就已经受够了。

而且，莉迪亚也没好到哪里去。她在不安中长大，生活中方方面面都赶时髦。她开始跟着一些混小子一起嗑药，因为一个男朋友说美女都这样，她就跟着这么做。克莱尔看着姐姐一次又一次地拒绝那些正常的好男孩，跟那些虽然帅气，但是很古怪的渣男在房间里鬼混，那些渣男越无视她，她就越喜欢。

所以对克莱尔来说，莉迪亚在与她决裂之后一个月就嫁给了那个叫劳埃德·德尔加多的男人也并不奇怪。他虽然牙齿不整齐，但却还挺帅气的，而且在南佛罗里达的时候也因为吸毒被抓过几次。他们结婚四个月后，劳埃德吸毒过量死了，法院则为莉迪亚腹中的孩子指派了一名监护人。

八个月后，她的女儿朱莉娅·卡迪·德尔加多便出生了。她们在提供日间照管儿童服务的收容站住了将近一年，然后莉迪亚在一家宠物医院找了工作，帮人家洗宠物的笼子。之后她被提拔为宠物美容助手，也有钱去宾馆按星期租房子住了。后来小狄去私立幼儿园读书，莉迪亚为了供她都不吃午饭，有时连晚饭都不吃。

做了两年助理后，莉迪亚晋升为首席美容师。差不多又过了一年，她买了一辆不错的车，租了一个单间。三年后，她自己做起了宠物美容生意，一开始她上门服务时都开着那辆用红色胶带代替刹车灯的道奇小破车，后来换了一辆像样点的货车，转型做起了流动宠物美容站。过了八年，她买了一间店面，雇了两个员工，通过小额贷款买下了一套小平房。搬过去后，她和对门的邻居瑞克·巴特勒在一起了，那男的就是年轻版的萨姆·夏普德①，只是没那么帅气。她还养了几条狗和一只猫，女儿得到了一位匿名捐款人提供的奖学金，就读于韦斯特利学校。

现在克莱尔已经知道匿名捐款人是谁了，她在保罗办公室里找到了相关文书，他以一个空壳组织的名义给朱莉娅·“狄”·德尔加多申请了每年三万美元的奖学金。

除了小狄的申请书，她还找到了三十份来自大城市的学生的申请书。很明显，奖学金评定时有人走了后门，不过和别人比起来小狄的申请书倒是写得有理有据。她以佐治亚州吸毒犯人的艰难生活

① 萨姆·夏普德，1943 年出生于美国伊利诺伊州谢里登堡，1983 年参演电影《太空英雄》，1989 年参演《钢木兰花》。

为题。吸毒犯们无法得到食物和住房的补助，没有投票权，面临着职场歧视，没有机会申请奖学金，没有家庭支持系统。鉴于他们刑期已满，缴纳了罚款，也完成了保释和缴税，他们理应享有和其他公民一样的权利。

就算不看克莱尔桌上那张莉迪亚的照片，她的论述也很有号召力。

过去几年中，保罗雇了私家侦探，打探莉迪亚的下落，克莱尔手上有一大把莉迪亚的照片。

照片记录着莉迪亚的生活：疲惫不堪的她一手抱着小狄，一手提着购物袋。她精疲力竭地站在宠物美容店门外的公交车站。她沿着一条种满树的街道遛狗，脸上露出一丝惬意。她爬进那辆用红胶带代替尾灯的破烂货车。她的福特货车后箱里装满了便携的宠物美容设备。在她新店开业那天，她自豪地站在店铺前的样子，她拿着一把大剪刀，剪断了黄色的丝带，女儿和她那个吊儿郎当的男朋友站在一旁，也是满脸骄傲。

这女孩是狄·德尔加多。克莱尔按时间顺序把照片排好，见莉迪亚的孩子长得和朱莉娅一模一样，她惊讶得不能呼吸。

保罗看到这些照片时肯定和她想的一样，虽然他从没见过朱莉娅，但克莱尔有三本贴满家庭合照的剪贴本。她甚至都想把小狄的照片放到朱莉娅的照片旁比一比。但她又想起这些年都没翻看过那些剪贴本，如果现在打开，会不会发现保罗动过这些相册的痕迹？

她想了想，断定保罗绝对看过了。很明显，保罗以前很迷莉迪亚。过去的十七年半里，每个九月他都会雇私家侦探去看看莉迪亚的情况。每次还会换一家侦探公司，但他们送来的报告都是一样的，记录着莉迪亚生活的点点滴滴。包括信用卡账单、背景调查、缴税回执、法院传票、保释记录等，不过十五年以前，莉迪亚就与司法部门撇清关系了。报告中甚至还有单独的一张单子，记录着莉迪亚宠物的名字和种类。

以前克莱尔完全不知道保罗在追踪莉迪亚。估计莉迪亚也不知道，因为莉迪亚宁愿死都不会拿保罗的一分钱。

有意思的是，过去几年里，保罗还建议克莱尔去联系一下莉迪亚。说什么如果他还有可以交谈的家人就好了。还说海伦已经上年纪了，最好把以前的问题解决了。有一次，他还提议说要帮克莱尔去找她，但克莱尔拒绝了他，因为她要向保罗摆明态度，莉迪亚撒谎说保罗强奸了她，她永远不会理莉迪亚。

“我绝不会让其他人破坏我们的感情!”克莱尔用颤抖的声音说，好像要为被污蔑的丈夫讨回公道。

在莉迪亚的事情上，保罗是不是故技重施，用设置电脑和银行账户密码那一套来糊弄了克莱尔?所有密码克莱尔都知道，所以她什么都懒得去查。保罗是个非常狡猾的人，把所有罪行藏在最显而易见的地方。

现在问题就是，保罗还有多少不为人知的秘密?克莱尔看着这满满的两个乳白色塑料箱，里面全是从保罗办公室搬下来的文件，箱子上分别贴着“个人文件—1”和“个人文件—2”。

克莱尔没有勇气去翻第二个箱子，第一个箱子里的东西已经让她足够难受了。箱子里的文件夹都按颜色分好类，上面整齐地贴着不同女人的名字。克莱尔当然有理由翻开莉迪亚的文件，但她瞥了一眼其他几十份贴着几十个女人名字的文件，就赶紧合上了盖子。

她不想逼自己再查下去了。

她拿起放在打翻的羟考酮药瓶旁的翻盖手机。这个手机是她以前买的即时扣费的一次性手机，至少电视剧《法律与秩序》上是这样说的。

保罗收集的报告里有莉迪亚的号码。克莱尔用一次性手机给她发了短信，没写什么内容，只留下了邓伍迪的地址。她想赌赌运气，看莉迪亚会不会把她发的消息，和那些什么“尼日利亚总统”询问她的银行账户的诈骗信息一起放进垃圾箱。或者她会不会就算知道是克莱尔发的也视而不见？

她也活该被莉迪亚无视，毕竟姐姐告诉她保罗试图强奸她，但她却选择相信保罗。

然而，莉迪亚马上回复：马上到。

自从那天家里进了贼，克莱尔就敞开着大门，暗自希望那几个贼会回来杀了她。想想还是算了，自己如果死了可能对海伦太残酷。那就让那几个贼把她暴打一顿，打到失去知觉，晕倒过去，等这一系列多米诺骨牌般的事情都尘埃落定，一年之后再醒来。

第一块骨牌：一个喜欢看强奸视频的人，不一定真的会去施暴，可是如果他正好被指控过强奸未遂，这又意味着什么呢？

第二块骨牌：如果那人的控诉是真的呢？

第三块骨牌：从数据上看，强奸犯一般都是惯犯。如果没有被法律惩治，他们就会一直犯罪。就算被抓起来过，再犯罪率也是很高的，可能常在监狱里进进出出。

克莱尔是在哪里看到这些数据的呢？她曾在强奸报警热线做过几年志愿者，说起来真是讽刺，如果她在聚会上听到别人说这样的故事，可能还觉得挺搞笑的。

这就说到了第四块骨牌：那两个写着“个人文件—1”和“个人文件—2”的潘多拉盒子里到底装着什么？有脑子的人都知道，写着其他女人名字的文档估计就和莉迪亚的一样：监视报告、照片，以及这些被保罗盯上的女人的详细行踪。

第五块骨牌：如果保罗真的试图强奸莉迪亚，那他对其他女人又做了什么？

幸好他俩没有孩子。想到这个她就一阵眩晕，感觉天旋地转，看来酒劲和药效一起上来了，克莱尔又感到了那种熟悉的恶心。

她闭上眼，总觉得用笔写下东西会很危险，不如在脑子里列个表。

雅各布·梅休：关于那些视频的真实性，他是不是说谎了？鉴于他是一个无情的侦探，他可能是那种为了保护女孩的感情就对她撒谎的人吗？

亚当·奎因：他想要什么文件？他是不是和保罗一样，哪怕是在和克莱尔做爱时，也能很好地隐瞒自己的天性？

弗雷德·诺兰：葬礼那天，这个猥琐的混蛋来家里干什么？是因为那些电影，还是有什么更糟糕的事，只是克莱尔还没发现？

保罗·斯科特：他是个强奸犯？虐待狂？丈夫？朋友？情人？骗子？克莱尔和他结婚过了快小半辈子，但都没看清这个人。

她睁开了眼，看着桌上的羟考酮，想要不要再吃一粒。她不知道嗑药有什么好的，她以为嗑药的目的是麻痹自己，但她只觉得所有感觉都会变得非常强烈。她会不由自主地胡思乱想，浑身颤抖，忍不住要把舌头伸出来。可能是她吃错了药，可能是一小时前吃的安定起了副作用，也可能她得再吃几片羟考酮。克莱尔从抽屉里拿出平板电脑，想上网找一些嗑药上瘾的人发的服药指引视频。

突然，克莱尔的一次性手机振了，莉迪亚发消息说：我到了。

她试着用手掌撑在桌子上站起来，但手臂的肌肉似乎没有反应。她强撑着站起来，但突然觉得整个房间向左转了九十度，差点摔倒在地。

门铃响了。克莱尔把莉迪亚的所有照片和报告都收到了抽屉里。她啜了一口酒，拿着酒杯就去开门了。

她现在路都走不稳，厨房和起居室之间本来没什么障碍，但她却靠着墙壁走得摇摇晃晃，仿佛一颗弹来弹去的弹珠。最后，她不得不脱下高跟鞋，家里没有其他鞋子，他们一进门就会脱鞋。家里所有毯子都是白色的，地板是漂白过的橡木地板，墙壁也是白色的，甚至挂着的有些画也是柔和的白色调。这里感觉都不太像家，更像个疗养院。

前门的把手仿佛变短了一截，克莱尔伸手却握不到。隔着磨砂玻璃，她看到莉迪亚的轮廓，她急忙开门时，手中的红酒洒了一地。克莱尔感觉自己笑着，但似乎没什么好笑的。

莉迪亚在玻璃上敲了敲。

“来了。”克莱尔总算打开了门。

“天啊，”莉迪亚凑到她面前，看着她的眼睛，“你瞳孔都和一角硬币一样大了。”

“怎么可能……”克莱尔不相信，一角硬币比她整个眼球都大，说像一分的硬币倒差不多。

还没等克莱尔邀请她进屋，莉迪亚便走了进去，把手包放在门口，脱下鞋子，环视着门厅："这是个什么地方？"

"我也不知道。"克莱尔也觉得这里没有家的感觉，"你和保罗在一起过吗？"

听她这么说，莉迪亚惊得目瞪口呆。

"你实话实说。"克莱尔这么说，是因为她看了保罗的报告，里面说莉迪亚有个女儿，保罗还供着女孩读书。如果保罗是因为他俩在一起过还生了个孩子才关注着莉迪亚的生活，这比其他原因都让克莱尔更容易接受。

莉迪亚仍大张着嘴。

"你们在一起过吗？"

"当然没啊，"莉迪亚看起来有些焦虑，"你吃了什么药？"

"就着伏特加吃了耐波他和安必恩安眠药。"

"这可不是闹着玩的，"莉迪亚夺过了她手中的酒杯，空空如也的门厅里也没地方放，她便把酒杯放到地上，"你怎么突然问我和保罗的事？"

克莱尔没回答她。

"他背着你偷吃吗？"

克莱尔也不知道，强奸算偷吃吗？因为所有事情的发展都明显指向了强奸。如果保罗真的强奸莉迪亚未遂，他可能会试着去强奸别人，而且成功了，如果成功一次还没被抓，那就可能有第二次。

然后他雇个私家侦探去跟踪这些女孩，他就可以在车库深处持续关注着她们的下半生。

但这算出轨吗？在危机处理中心训练时，她得知强奸是权力的体现。保罗也是个控制狂，那么强奸女人和他在所有罐子上都打标签，和用处理精密机械的方式来安装洗碗机，是一个性质的事吗？

“克莱尔？”莉迪亚大声地打了两个响指，“看着我。”

克莱尔竭尽全力看向姐姐。她总觉得莉迪亚是她们三姐妹里最好看的。她脸型更加饱满，但和克莱尔想象中不同，莉迪亚已然是个优雅的熟女。她笑起来时眼角已有皱纹，还生了一个美丽又有教养的女儿。男朋友以前也是个瘾君子，经常在车道旁，一边修理卡车一边听电台的脱口秀节目。

那保罗要知道这些细节干吗？他为什么要打探莉迪亚的消息？保罗只是派人去跟踪，他算不算跟踪狂？悄悄监视别人的生活算不算是一种强奸？

莉迪亚问道：“克莱尔，你到底吃了什么？”她的声音变得温柔了，揉着克莱尔的手臂说：“豆豆，告诉我你吃了什么。”

“安定。”克莱尔差点没哭出来，她都不记得上次别人叫她“豆豆”是什么时候了，“还吃了点羟考酮。”

“吃了多少？”

克莱尔摇了摇头，吃了多少也无所谓了，什么都无所谓：“还记得以前家里那只叫三明治的猫吗？”

莉迪亚被她搞迷糊了：“记得啊。”

“我们叫它小火腿，它就像夹在三明治里的火腿一样。不管我们在沙发上还是在床上都躺在我们中间，只有我们一起抚摸它，它才会舒服地哼哼。”

莉迪亚歪着头，仿佛在听一个疯子说话。

“猫是会认人的。”克莱尔相信莉迪亚也知道这一点，她们从小就和动物一起长大，走过停车场时都会有流浪的猫猫狗狗跟着，

“如果保罗是个坏人，小火腿能感觉到。”克莱尔也知道自己说的话很没说服力，但她仍止不住地说，“大家不都说，坏人都讨厌小动物吗？”

莉迪亚糊涂地摇了摇头：“克莱尔，我不知道该说什么，希特勒也喜欢狗啊。”

“你这就叫希特勒归谬法，”克莱尔不由自主地引用了保罗的话，“把别人比作希特勒，在争论中占得上风。”

“我们在争论吗？”

“告诉我，你和保罗之间发生了什么？”

莉迪亚深深地叹了口气：“为什么？”

“我没听你说过呀。”

“你以前不让我说的，你也不想听。”

“那我现在想听了。”

莉迪亚环视着门厅，示意克莱尔她还没邀请自己进门呢。但莉迪亚不知道的是，克莱尔不想让她看到这个冷冰冰、毫无生气的家。

“求你了，”克莱尔央求道，“求你了，小辣椒，告诉我。”

莉迪亚甩了甩手，好像感觉说这些很浪费时间。但她还是说了：“我坐在他车里，那辆 Miata。他用手来摸我膝盖。我打了他一巴掌。”

克莱尔发现莉迪亚屏住了呼吸：“就这样？”

“你觉得可能这样就完了吗？”莉迪亚生气了，克莱尔觉得她也有理由生气，“他继续往前开，我想算了吧，就当我妹妹的这个垃圾男朋友没摸过我。但他突然转到了一条我不认识的路上，不一会儿车就开进树林里了。”莉迪亚的声音变得很虚弱，她没有看着克莱尔，眼睛盯着克莱尔身后发呆，“他停下了车，关掉了发动机。我问他怎么了，他就一拳打在我脸上。”

克莱尔不由自主地握紧了拳头。保罗这辈子从没打过谁。就连那晚在巷子里和蛇形文身男搏斗时都没能打上一拳。

莉迪亚接着说：“我被他打晕了，他就开始往我身上爬。我试着还手，他又给了我一拳，还好我转头躲开了。”说到这里，她微微地偏了一下头，好像要表演出当时的情景。“我伸手去够车门开关，我不知道自己是怎么打开门的。我从车上滚了下去，他还压在我身上。我举膝猛顶。”她顿了顿，这时克莱尔想起了以前上过的自我防卫课程，教练三令五申地警告她们，别想着用膝盖去顶男人裆部，很有可能你没顶中，还把对方激怒了。

莉迪亚继续说：“我拔腿就跑。大概跑了二十多或三十英尺，保罗就追上来扑倒了我。我脸着地摔在地上，他又爬到了我身上。”她低头看着地板，克莱尔禁不住想，莉迪亚是不是在装可怜。“他把我压得喘不过气，我感觉自己的肋骨都要断了。”莉迪亚用手摸了摸肋骨，“他嘴里嘟囔着，‘告诉我你想要’。”

克莱尔感觉自己心跳骤停了一下。

“我有时候做噩梦都还会梦到他说这句话——他在我耳边低声细语，还觉得很撩人的样子，但真的很变态。”莉迪亚战栗着，“有时候我趴着睡觉，还会感觉他的声音就在我耳边……”

克莱尔张着嘴呼吸着，她似乎感觉在巷子里被保罗按到砖墙上肋骨被挤压的感觉，保罗也在她耳边低声说“告诉我你想要”，当时还感觉有点好笑，保罗从没这样和她说过，但他一直按着克莱尔，直到听见她说想要才放手。

她问莉迪亚："那你怎么办呢？"

莉迪亚无奈地耸耸肩："我能怎么办，只能说我想要啊。他一把扯掉了我的裤子，我现在腿上都还有当时被他指甲刮伤留下的疤。"

听到这里，克莱尔摸了摸腿上被保罗刮过的地方："然后呢？"

"他正解着皮带，我就听到有人非常大声地吹口哨。两个男人朝这边走了过来，他们路过树林，还以为我们在亲热。我就使劲浑身力气大喊救命，保罗吓得跳了起来朝着车跑去，两人中的一个追着保罗去了，另一个把我扶了起来。他们要报警，但我让他们算了。"

"为什么？"

"我刚从监狱里出来，被抓了无数次。而保罗是个有两份工作的高材生。如果你是警察你会相信谁？"她当然知道克莱尔相信谁。

"那两个人是……"

"就是一对想在亚拉巴马南边的森林里亲热一下的基友，只要他们一开口警察就能听出来。"她摇了摇头，感觉一切都是徒劳，"我那时候都没担心我自己，我只想着怎么让你赶紧远离他。"

克莱尔摸了摸自己额头，感觉有点发热。两人还站在门厅，她早就该请莉迪亚进屋，带她去自己办公室坐坐。"喝点什么？"

"跟你说了我现在戒酒呢。"

这点克莱尔是知道的。每次莉迪亚和心理医生见面，保罗的侦探都会旁听，录下她说的话。"我得喝一杯。"克莱尔拿起了地上的酒杯，一口把剩下的酒喝光，她闭上眼，静静等待着，但始终没有舒服的感觉。

莉迪亚问她："你是不是嗑药喝酒上瘾了？"

克莱尔勉强把杯子放到地上："是，问题就是我自己也不想这样。"

莉迪亚刚要开口说话，行车道上的车灯就从门外射了进来："谁来了？"

克莱尔打开了门边的视频监控，门前的行车道上停着一辆维多利亚皇冠。

"怎么'软蛋'会来你家？"莉迪亚有些慌张，"克莱尔？"

克莱尔自己也很害怕，她担心的是，到底是哪个"软蛋"来了。是梅休来她家里检查她有没有那些影片的备份，还是诺兰又来找她？上次他来的时候就诡异地看着她，说一些不合时宜的话，问一些让人生气的问题，连自己为什么来都没说清楚。难道是她的保释官来了？他之前可是警告过克莱尔，他会出其不意地上门检查她有没有嗑药。

她告诉莉迪亚："我还在保释期，体内不能有什么药物。"她顶着安定的药效努力思考着。这时，她想起了保罗那些文件中的另一个细节。莉迪亚还吸毒的时候，她去找警察自首了，告诉警察自己犯了吸毒的重罪，这样才能避免牢狱之灾。她想把莉迪亚推进屋里："小辣椒，赶紧走！我现在不能和重罪犯扯上关系，会被抓起来的。"

莉迪亚没有动，她还僵在原地。她默念着什么，似乎脑海里闪过了无数问题，她在想要问哪一个。终于，她说话了："把灯关了。"

克莱尔也不知道除此之外能做什么，便按下键盘上的灯光开关。一楼所有的灯都熄了，这样可能警察还看不出她放大的瞳孔。两人脸贴脸地盯着监控屏幕，同时发出了紧张的喘息声。这时，一个男人从车里走出来，那人身材高挑，非常结实，棕色的头发整齐地捋到一侧。

“妈的，”克莱尔骂了一句，她现在脑子不清醒，对付不了弗雷德·诺兰，“是那个联邦调查局的探员。”

“谁？”莉迪亚差点尖叫了出来。

“弗雷德·诺兰，”说出她的名字，克莱尔都觉得浑身发麻，“从城里外勤办事处来的混蛋。”

“什么啊？”莉迪亚害怕极了，“你犯了什么联邦罪行吗？”

“我哪知道，可能吧。”没时间讨论这些了。克莱尔把监控的画面切换到前门的摄像头。诺兰走上楼梯，他的脑袋出现在画面里。

“听我说，”莉迪亚压低了声音，“从法律上说，他问你什么你都不用回答。除非他逮捕你，你就不用跟他走，如果他要逮捕你，你也别说过分的话。明白了吗，克莱尔？别他妈的跟他开什么玩笑，闭好你的嘴。”

“好。”可能是因为肾上腺素上涌，克莱尔突然感觉清醒了许多。

两人齐齐望向前门，静静等着。

诺兰的影子在磨砂玻璃上越变越大，他走到门前，按下了门铃。

听到门铃声，她俩都往后退了一步。

莉迪亚示意克莱尔别出声。让诺兰等一等，这样可能会好些。

至少克莱尔可以有点时间调整呼吸。

诺兰又按了一下门铃。

莉迪亚向前走去，踩得地板嘎嘎作响。她把门打开一条缝，探头出去看看。克莱尔从监控屏幕上看到了莉迪亚。诺兰太高了，莉迪亚要抬着头才能看到他的脸。

“女士，晚上好，”诺兰微微敬了个礼，“我来找这里的女主人。”

莉迪亚的声音还是有些尖锐发抖：“她睡着了。”

“难道没站在你后面？”诺兰用手推着门，莉迪亚如果再不开门就会被他推倒。他对着克莱尔笑了笑，眼眶边的淤青微微泛黄。“其实这种磨砂玻璃根本挡不住什么。”

莉迪亚问道：“你到底想干什么？”

“你这话里有话啊。”诺兰还是用手扶着门，莉迪亚没法把门关上。他抬头看着夜空，门厅外没有顶棚，保罗说安顶棚会破坏房子的直线结构。

诺兰说。“感觉要下雨了呢。”诺兰走进屋里，他打量着走廊。“正好可以坐在屋里读读书，或者看部电影，你们喜欢看电影吗？”

克莱尔咽了咽口水。他突然提起电影干吗？梅休把那些黄片的事告诉他了？还是电脑上有追踪器？克莱尔之前用保罗的笔记本连过网，是不是被诺兰监测到了？

“斯科特夫人？”

克莱尔微微吸了一口气。她差点跟诺兰说，如果是来逮捕她的就请干脆点。

“外面停的是您的皮卡车吗？”

诺兰突然对莉迪亚这么说，莉迪亚僵住了。

他向莉迪亚伸出手，莉迪亚就站在他身前，他手都不用伸直就可以握到她的手："还没有正式介绍过呢，我叫弗雷德·诺兰，是联邦调查局的探员。"

莉迪亚没有理会他伸出的手。

"我一通电话你的保释官就会过来。"他又看向克莱尔，"先不说你极大程度地误导联邦探员，故意隐瞒实情，以这些罪就可以判你五年，而且根据保释条例，你不能拒绝回答保释官的问题，不能保持沉默。"他靠近克莱尔，盯着她的眼睛，"更不能嗑药。"

莉迪亚赶紧说："我叫明迪·帕克。那辆皮卡是我在修车师傅那里借来的。我是克莱尔的朋友。"

他观察着莉迪亚。她穿着一条廉价的氨纶牛仔裤，黑色T恤的边缘有些发白，灰色羊毛衫上起了很多毛球，有动物咬过的痕迹。看上去怎么都不像克莱尔的朋友，甚至都不像克莱尔家保姆的朋友。

"明迪·帕克，"诺兰夸张地掏出一个活页本和一支笔，记录下了莉迪亚的假名，"可以信任，但需证实。里根总统是这样说的吗？"

"你来这里干吗？"莉迪亚问道，"都快半夜了。克莱尔的老公刚去世不久，她想静静。"

"怎么还穿着葬礼那天的衣服啊，"诺兰上下打量着克莱尔，"不过还挺好看的。"

克莱尔下意识地笑了笑，每次有人夸她她都这样。

诺兰说："斯科特夫人，请问您丈夫的合伙人和您联系过吗？"

克莱尔突然觉得口干舌燥。

“斯科特女士，奎因先生和您联系过吗？”

克莱尔强行挤出几个字：“他出席了葬礼。”

“嗯，我看到他了，他人还挺好的，虽然……”他尖声尖气地学克莱尔说话，“‘虽然什么，诺兰探员？’不用那么客气，叫我弗雷德就好了，我可以叫你克莱尔吗？‘不，不介意，弗雷德。’”

克莱尔竭尽全力控制着表情。

诺兰接着说：“我想你应该知道你老公挪用公款的事吧。”

克莱尔惊得目瞪口呆。她在脑海里重复了一遍这句话才明白是什么意思，但就算这样，她也无法相信诺兰说的。保罗对钱一向没什么感觉，有次买完东西柜员给保罗多找了钱，克莱尔愣是陪着他坐了三十分钟车回去把钱还了。

她对诺兰说：“你骗人。”

“真的吗？”

克莱尔真想扇他那张臭脸一巴掌。这肯定是他的套路，他和亚当、梅休他们是一伙的，就算不是，他想要的肯定和那些黄片有什么关系。“你的套路在我身上没用的。”

“不信你问亚当·奎因啊。”诺兰似乎在等着克莱尔冲去拿电话，“是他打电话给联邦调查局报警的。公司里一个会计发现有一笔三百万美元的转账，目标账户是一家叫‘小火腿’的空壳公司。”

克莱尔咬紧牙关，克制着尖叫的冲动，小火腿是家里那只叫三明治的猫的昵称。

诺兰对莉迪亚说：“三百万美元可不少，对吧？对你我这样的人来说，下半辈子什么都不用干了。”

克莱尔腿都软了，双腿不停地颤抖着。她必须把诺兰撵出去，不然自己就快崩溃了：“那就请你现在离开。”

“我还得干呢，希望我老婆别再为了钱陪隔壁男人睡了，”诺兰吃吃地笑，像是彼此都在开玩笑似的，“克莱尔，你知道吗，对你老公来说，三百万美元根本不值一提。”他对克莱尔说，“保罗身家大概有两千八百万美元，活着的时候是这个数，不知道你给他买的保单值多少钱？”这个问题是问克莱尔的，但克莱尔并不知道，所以没有回答。“大概值两千万吧，”诺兰补充说道，“也就是说失去丈夫后的斯科特女士现在有五千万美元的财产。”他顿了顿，让两人消化一下刚才说的话，但克莱尔已经完全出神了，她根本搞不清状况。

诺兰说：“亚当·奎因人挺好的，没让我直接去抓你老公，而是选择庭外解决。”他猥琐地看着克莱尔笑了笑。“钱是没了，不过他也从你老公那儿得到了些补偿。”

诺兰隐晦的侮辱让克莱尔从恍惚中回过神来：“你凭什么……”

“克莱尔，别说话。”莉迪亚站到克莱尔身前对诺兰说，“你出去吧，这里不欢迎你。”

诺兰咧嘴笑着：“是吗？”

“你是来抓克莱尔的吗？”

“我应该抓她吗？”

“第一，你他妈的滚远点。”

诺兰夸张地往后退了一步：“哇，第二是什么，我都等不及了。”

“听着，混蛋，如果你想审问她，让她的律师来安排。”

诺兰笑得像个滴水嘴兽[①]：“明迪·帕克，现在我们来说说你吧？我觉得你和克莱尔长得很像，像两姐妹一样。”

莉迪亚没有中他的计：“快给我滚！”

诺兰举手作投降状，但他也没退让：“我只是很好奇嘛，为什么一个有那么多钱的男人会从自己公司里挪用三百万美元公款？”

克莱尔胸口一阵剧痛，难以呼吸，脚下的地面又晃动了起来。她伸手扶着后面的墙，昨天她昏倒的时候也是这种感觉。

诺兰说：“那我就不打扰了，两位晚安。”他走出了门厅，看着夜空说：“很棒的一晚啊。”

莉迪亚把门摔回去，锁起了门上的法式锁。然后用双手捂住了嘴，瞪大的眼睛里全是恐惧。两人一直盯着监控视频，看着诺兰闲庭信步地走下石阶，慢悠悠地走向汽车。

克莱尔扭过头。她看不下去了，但耳朵里还能听到诺兰的动静。车门锁打开时清脆的声音，关上车门的声音，引擎转动的声音，他掉头向来时的方向开走时方向盘转动的声音……

莉迪亚放下了手，两人都气喘吁吁。“克莱尔，这他妈到底怎么回事？”她惊恐地看着克莱尔，“他妈的到底怎么回事？”

克莱尔两天没听到这么多脏话了：“我也不知道。”

“你不知道？”莉迪亚吼叫着，声音在打了蜡的水泥地和旋转楼梯的金属和玻璃间回荡着。“你他妈的怎么可能不知道，克莱尔？”

---

① 滴水嘴兽，建筑输水管道喷口终端的一种雕饰，在小说《石像鬼传说》里有过生动的描写。传说石像鬼是一种守门、庇护圣灵的生物，并不邪恶，但会驱除任何正义和邪恶的力量，它是一种纯粹的守护者。

她在门厅里来回走着，“我不信，我一句话都不信。”

克莱尔也无法相信。录像、梅休、诺兰、亚当·奎因，还有保罗的那堆文件夹——她只找到了那几个，都没有勇气去打开，而且现在她还知道保罗偷了公司三百万美元。诺兰对保罗净资产的预估还少了几百万美元，他只知道保罗银行账户里的数字。保罗对股市一向不看好，家里的房子贷款还清了，车子的贷款也清了，他没理由要去挪用公款啊。

她无奈地笑了笑，除此之外也没什么办法：“为什么我都相信他是个强奸犯了，还不相信他是个小偷？”

她这一问让莉迪亚愣住了：“你相信我说的话了？”

“几年前我就该相信你。”克莱尔抵着墙站起来，她心里很内疚，不想把莉迪亚卷进这个烂摊子，姐姐何必跟她一起受罪，何况以前她还那样对莉迪亚，“对不起，不该把你卷进来的，你走吧。”

莉迪亚低头看着地板没有说话。她背着一个饲料袋那么大的棕色皮包。克莱尔不禁想保罗那里会不会有她买这个包时的照片。保罗那里的照片有些明显是用远摄镜头拍的，但有的却是在近距离拍的，近到连莉迪亚常用的杂货店折扣券上的字都清清楚楚。

克莱尔决不能让莉迪亚知道保罗在监视她，至少她可以这样保护姐姐。莉迪亚现在有个十七岁的女儿，保罗匿名支付了她所有的学费，她还有个男友，有一笔贷款，有一家小店管着两个员工。如果告诉她这一路保罗都在帮她，她估计会崩溃的。

克莱尔说：“小辣椒，真的，赶紧回去吧，我一开始就不该叫你过来。”

莉迪亚拿起包背在背上，伸手握住门把手，但她没有打开门。

“你上次洗澡是什么时候了?”

克莱尔摇摇头，自保罗葬礼那天早上后，她就再没洗过澡。

“吃的呢? 你吃东西了吗?”

克莱尔又摇了摇头:“我只是……”她也不知道要怎么解释。几个月前，她和保罗一起去参加了烹饪培训班，保罗做得一手好菜，但现在每次她回想起丈夫在厨房里拿着菜刀的画面，就会想起黄片里的那把大砍刀。

“克莱尔?”在她恍惚的时候，莉迪亚又问了一个问题。她把背包放回地上，把鞋子放回之前脱下的地方。“去洗个澡吧，我给你做点吃的。”

“你快走吧，”克莱尔说，“不想把你扯进这个烂摊子里……我都不知道现在是什么情况，小莉，反正很糟糕，比你想的糟糕得多。”

“我猜到了。”

现在，克莱尔只确定她说出的这句话是真的:“我配不上你的原谅。”

“我没原谅你，但你还是我妹妹。”

第八章

莉迪亚发消息告诉瑞克她一小时后才能回家。她要在这边看着克莱尔洗了澡吃好饭，再打电话给海伦，让她过来照顾克莱尔。二十四年前她就承担过妈妈的责任了，现在她可不想再做一次。

尤其现在把联邦调查局的人都招来了。

她只要一想到弗雷德·诺兰的样子就很害怕，脉搏突突地跳。显然，关于保罗的事他知道的比克莱尔知道的多，或者克莱尔其实也知道，只是她装得很像。照这样说，克莱尔是不是也假装相信了莉迪亚说保罗侵犯她的事情？如果是真的相信，她是怎么突然转变心意的？如果是装的，她的目的是什么？

毫无头绪。克莱尔小时候的那些小聪明都随着时间越发老练，老练到她站在铁轨上，看着火车对她冲过来还说没事。

其实，随着莉迪亚和成年后的克莱尔接触越来越多，她就发现自己怎么都不可能变成学校里那些妈妈，她更适合做她们的妈妈。

她茫然地盯着厨房。之前还以为给她煮点吃的很容易，但她家厨房和别处一样空无一物，根本开不了火。所有的家电都收在白得发亮的柜门后面，这些柜子看起来也不贵，最多一百万美元吧。甚至连灶台都和旁边的面板一样，用打磨过的石英材质做成。整个房间看起来就像厨具陈列室，也像电视剧《杰森一家》中的场景，正常人都不会想住在这种地方。

克莱尔也不太会过日子。冰箱里全是一瓶瓶没开过的酒，唯一的食物就是半打两天前就过期的鸡蛋。莉迪亚在某个储物柜里找到了一袋新的面包。还找到了一台咖啡机，她是看到上面贴着一张写着“咖啡机”的标签才知道这是咖啡机，后面的数字她估计应该是安装的日期吧。

机器旁有一张用镀膜纸做的使用说明，想必也是出于保罗之手。她妹妹才不会做那么无聊的蠢事。莉迪亚随手按了几个按键，机器便运转了起来。她把咖啡杯放到出水口，看着咖啡慢慢加满。

“你琢磨出怎么用了啊。”克莱尔穿着一件浅蓝色尖领纽扣T恤和一条重水洗牛仔裤。她把头发全部梳到身后晾干。莉迪亚这才觉得眼前的这个女人有点像自己的妹妹。

她把咖啡递给克莱尔：“喝了吧，醒醒神。”

克莱尔坐在柜子上，对着杯子吹气，想把咖啡吹凉一些。柜子旁放着白色镀铬皮高脚凳，椅背很低，跟厨房对面客厅里的沙发和椅子颜色正好相配。后院四面和顶部都用玻璃围住，周围什么都没有，只有中间一个游泳池仿佛一块洁白无瑕的大理石。

整栋房子毫无生气，全由沉着冷静、精于算计的保罗设计。门厅通道的水泥地打磨得闪闪发亮，和白雪公主里的魔镜如出一辙，金属旋转楼梯看起来就像机器人的屁眼，四周的墙壁让莉迪亚感觉好像被一件白色紧身衣勒住，只想赶紧逃出去。

她从灶台下的抽屉里拿出一个平底锅，往里倒上一些油，扔进去两片面包。

克莱尔问她："你是要给我做鸡蛋饼吗？"

莉迪亚不自觉地笑了笑，十三岁的克莱尔也这么对她说过。莉迪亚总是打好鸡蛋，全部倒进平底锅里，煎到鸡蛋变干，这就是她做的鸡蛋饼。

克莱尔说："我是因为袭击别人被抓起来的……"

莉迪亚差点没拿住手里的半打鸡蛋。

"不应该说是袭击，但事实确实是这样。"克莱尔两手握着咖啡杯转来转去，"被我揍的那人叫阿利森·亨德里克森，是我网球双打的搭档。我们当时在做热身运动，她一直在念叨什么她最小的孩子也去读大学了，自己感觉得到了解放，好像大屠杀的幸存者一样。"

莉迪亚敲开两个鸡蛋放到锅里，听到这里她就开始讨厌这个什么阿利森了。

"然后阿利森就开始跟我说她有个朋友的女儿去年开始读大学了。"克莱尔放下了杯子，"很聪明的一个女孩，成绩特别好。但一上大学就疯了似的——开始鬼混、翘课、酗酒，干尽了这个年纪的小孩会干的蠢事。"

莉迪亚用小铲子拨弄着面包周围的鸡蛋，这些蠢事她再熟悉不过了。

"有天晚上，那女孩去参加兄弟会派对，有人往她的酒里下了迷药。第二天她醒来时，发现自己光溜溜地躺在聚会场所的地下室里，身上有很多淤青，但还是挣扎着跑回寝室。回去以后室友就打开 YouTube 视频网站让她看，有人上传了昨晚的视频。"

莉迪亚僵住了。她常梦见小狄去大学以后会遭遇各种坏事，大多都和这个故事里一样。

“兄弟会派对上的男生把昨晚的全过程录下来了，基本上就是一场轮奸。阿利森非常详细地描述了那个视频，很明显学校里所有人都看了，然后她对我说：‘你能相信吗？’我说不信，但其实心里当然明白，人性是很可怕的。然后阿利森说：‘这个傻姑娘啊，竟然在兄弟会的聚会上喝得烂醉，她自己就不该去这种聚会。’”

听到这里，莉迪亚和克莱尔都气不打一处来。朱莉娅刚失踪的时候，很多人都问为什么她要去酒吧，那么晚了出去干吗，到底喝了多少酒，他们明显觉得朱莉娅被绑架、被强奸、被杀害，都是她自己的错。

莉迪亚问：“你怎么说的？”

“我太生气了。一开始我什么都没说。但我那时并不知道自己在生气，你懂吗？”

莉迪亚摇了摇头，她生气的时候自己都能意识到。

“我脑海里一直回荡着阿利森说的话，越想越恼火，感觉胸口很闷，就像放在火上烧的茶壶。”她双手紧扣，“这时球飞了过来，明显是落在她那边，但我还是向着球跑去。我还记得当时我抡起手臂——反手击球是我的绝招——我向前挥出球拍，最后一刻我稍微往前够了一下，球拍边框正好打在她膝盖上。”

“我靠。”

“她摔了个大马趴，摔坏了鼻子和两颗牙，血流了一地。我估计她会大失血。毕竟我把她膝盖打碎了，看着就很痛，最后做了两个手术才复原。”看她的样子有些悔恨，但从话语中却一点也感觉不到，“我本可以说我失手了，当时我站在球场上，满脑子都是开脱的借口。阿利森在地上痛苦地扭动着大喊救命，我张开嘴，想说我失手了，都怪我太笨，没看到她站在前面，都是我的错什么什么的，但我非但没道歉，还告诉她‘谁让你要打网球的’。”

站在冷冰冰的厨房，莉迪亚完全惊呆了。

“我还记得她看我的眼神……”克莱尔摇摇头，似乎还不敢相信，“我从没见过那样的眼神，她眼里充满了敌意，我能感觉到她恨我恨到骨子里了。但是，做坏事的感觉真爽，我从没告诉过别人，连保罗都不知道。”至少说这句话时克莱尔是很坚定的，“你懂我的，小莉，我从没这样撒过野。我从来都忍着，总觉得发泄出来也没什么用，但那天我就感觉——”她举起手作投降状，“直到被警察带走前，我都感觉太爽了。”

莉迪亚忘了锅里的鸡蛋饼，转向克莱尔说：“他们竟然同意让你保释出狱。”

“砸了不少钱才办成的。”克莱尔像个富婆一样不屑地耸了耸肩，“我们的律师折腾了几个月，塞了一堆钱才让亨德里克森一家人回心转意，最后他们告诉检察官同意让我保释出狱，从轻审判。但出狱后的前六个月，我必须戴着脚踝监视器，要去法院指定的心理医生那里接受六次治疗，还有一年的保释期。”

莉迪亚不知作何反应。克莱尔本不是这么好斗的人。惹麻烦的从来都是自己，拧别人胳膊，按着克莱尔往她眼睛里吐口水都是她干的好事。

克莱尔说：“说来也是讽刺，我取下脚踝监控器那天，保罗就被杀了。”她拿过一盘鸡蛋饼。“到底是巧合，还是生命对我的讽刺呢?”

莉迪亚突然意识到另一件非常巧合的事："你是什么时候被抓的？"

从克莱尔的苦笑中看得出，她也意识到了这一点："三月的第一周。"

朱莉娅失踪的日期恰好是1991年3月4日。

"所以我现在还在保释期。"她拿起鸡蛋饼咬了一口，这个袭击事件从她嘴里讲出来就好像一件去杂货店里时看到的趣事，但莉迪亚注意到克莱尔已经热泪盈眶。她看起来很憔悴，但更多的是恐惧。克莱尔心里还是有一块非常脆弱的地方。三十年前如果她们能这样，在爸爸妈妈家里心平气和地说话就好了。

克莱尔问她："你还记得朱莉娅跳舞的样子吗？"

听她这么一说，莉迪亚惊奇地意识到自己对朱莉娅跳舞的样子记忆很深刻。朱莉娅很喜欢跳舞，只要听到一点点音乐，她就会随之起舞。"可惜她音乐品位太差。"

"也没那么糟糕啦。"

"你认真的吗，她喜欢过梅努多呢！"

克莱尔突然笑了起来，好像忘了自己也喜欢过这个少年偶像组合："她总是乐呵呵的，兴趣爱好很多。"

"乐呵呵的……"莉迪亚重复了她的话，感受着这个字眼带来的明媚气息。

朱莉娅刚失踪时，所有人都说她那么好的女孩，失踪了太可惜了。然后治安官就给大家灌输朱莉娅离家出走的推断——说她跟着一群嬉皮士或者是某个野男人跑了——说话的语气也从原先的同情变为谴责。在大家眼里，朱莉娅·卡罗尔再也不是那个在动物收容站和流动厨房无私奉献的女孩。她成了一个聒噪的激进分子，因为游街抗议蹲过监狱。一个咄咄逼人的小记者，把学校报社所有编辑排挤出去。一个极端的女权主义者，号召全世界多雇佣女性员工。一个酒鬼、瘾君子、婊子……

把朱莉娅从家里夺走还不够，还要把她做过的好事也抹掉。

莉迪亚告诉克莱尔："我之前隐瞒了朱莉娅失踪那晚我的行踪。当时我其实在'小巷'里晕倒了。"

克莱尔很惊讶。她说的巷子就在佐治亚酒吧和路边旅馆之间，是当地小混混常出没的地方。莉迪亚骗治安官说那晚她在利·迪安家的车库里和乐队排练，但其实她和朱莉娅只有一街之隔。

但这似乎不是克莱尔关注的点，她说："我当时说我在和邦尼·弗林一起学习，其实我们在亲热。"

莉迪亚扑哧一声笑了出来，似乎忘了克莱尔总是语出惊人："然后呢?"

"我更喜欢他哥哥一些。"克莱尔用食指和拇指掰下一点鸡蛋，但她没有吃下，"那天下午我在街上看到你了，我车就停在麦当劳门口，你在那里等红灯。"

莉迪亚脖子上的汗毛都立了起来。她回想起自己在去葬礼的路上经过了麦当劳，但不知当时有人在盯着她："我没看到你。"

"我知道，我跟着你开了二十来分钟，我也不知道自己在想什么。但我猜到你要去葬礼了，我们本来像书架上放在一起的两本书，保罗像书立一样把我们分开，到最后也应该由他把我们放回一起。"她推开了盘子，"倒不是我想要你不计前嫌，你也确实该记仇，因为我以前从没想过要原谅你。"

莉迪亚不知道自己能不能原谅妹妹："过了那么久，你是经历了什么才愿意相信我的?"

克莱尔没有回答，只是盯着盘子里吃了一半的鸡蛋饼："我很爱他，我知道你不愿意相信，但是我真的非常非常非常爱他。"

莉迪亚什么也没说。

"我很恨我自己，明明一切就摆在我眼前，但我从没想过去查证。"

莉迪亚顿时感觉两人对话的话题变了，她说出了自己一直想问的一个问题："如果保罗的那个合伙人同意庭外解决，那么联邦调查局来找你干吗？你没犯什么事啊，一切都结束了。"

克莱尔的下巴微微动着，她紧咬着牙关。

"你要是愿意说就说。"

"说出来可能会给你带来危险，"她顿了一下，"可能也不会，我也不知道。快十二点了，你想回去了吧？我一开始就没资格叫你过来的。"

"那你叫我来干吗?"

"因为我自私啊，而且现在能帮我的人只有你了。"

莉迪亚知道另一个能帮她的人是保罗，但她不想和保罗扯上任何关系："保罗对你做了什么，克莱尔?"

克莱尔低头看着橱柜，她虽然没有化妆，但还是小心翼翼地擦掉了流下的泪水，仿佛怕把睫毛膏弄花了一样。"他看黄片，不是一般的黄片，是很暴力的那种。"

听她这么说，莉迪亚感到很惊讶，她惊讶的是妹妹竟然会在意这种事："我不是帮他说话，但是男人就是喜欢看各种奇怪的东西啊。”

“不是奇怪，小莉。那很暴力，而且很真实。片子里一个戴着皮面具的男人把一个女孩杀了，然后强奸了她。”

莉迪亚用手捂住了嘴，她震惊得说不出话。

“他电脑里有二十个这样的短片。估计是剪切过的小片段。主角是两个不同的女孩，她们受了很多折磨，被电棒打，被烙铁烫，简直没了人样。”她双手紧握，“第二个女孩和安娜·基尔帕特里克很像。”

莉迪亚突然感到一阵心悸：“赶紧报警啊。”

“早报了，我还把这些黄片都拿给了警察看，他们说这些都是假的，但是……”她抬头看着满脸惊恐的莉迪亚，“小莉，我不觉得这些片子是演的，第一个女孩真的被杀了，第二个……我不确定，其他我什么都不知道了。”

“让我看看。”

“不行。”克莱尔用力地摇着头，“你别看，太恶心了，看了再也忘不掉的。”

这番话让莉迪亚想起了父亲。在父亲去世前的那段时间，他总是想着发生在朱莉娅身上的事，说有些东西看过了就忘不了。但她还是想知道。她坚持道：“我要看看那个长得像安娜·基尔帕特里克的女孩。”

克莱尔刚想反驳她，但觉得听听别人的意见也好：“你只能暂停下来看她的脸，不能把片子放出来。”

如果莉迪亚想放，谁能拦得住她：“片子在哪里？”

克莱尔不情愿地从柜台上站起来，带着莉迪亚走进衣帽间，打开侧门。只见原来窗口的位置被木板封上了。

克莱尔解释道："葬礼那天家里进了贼，但什么都没偷。宴会承办商阻止了他们。"

"他们是来找那些黄片的吗？"

克莱尔大吃一惊，转过身说："我怎么没想到呢？警察说有一群贼会在网上看别人的讣告，然后趁着办葬礼的时候入室盗窃。"

莉迪亚似乎有印象，在电视上看到过类似的新闻，但可能只是个巧合吧。

她们穿过停车坪，往车库走着，光是停车坪就有莉迪亚家两倍大。车库里一个隔间的门是开着的。映入莉迪亚眼帘的第一幕就是一个倒下的柜子，还有一堆坏了的高尔夫球杆、手工工具、机器、颜料桶、网球拍。整个车库就像被贼抢了一样。

"是我自己干的，"克莱尔随口一说，"贼还没进到车库。"

"你自己干的？"

"我知道有点夸张……"克莱尔告诉她，说话的语气像在聊别人的八卦似的。

莉迪亚小心翼翼地走着，她还要穿着鞋回家，不想把鞋弄脏。她用手扶着那辆宝马 X5，跨过打翻的书架。车库里那辆炭黑色的保时捷非常漂亮，可惜现在像是被锤子砸过一样。银色的特斯拉顶上也是坑坑洼洼。但就算这些车被砸成这个样子，莉迪亚还是相信只要卖掉一辆就可以把她的贷款还清。

克莱尔轻轻一跃，跳过障碍物走进书房："房间里有条'雷电'数据线连到楼上，保罗在地板上钻了洞，直接把线连到他电脑上。"

莉迪亚抬头看着屋顶，上面的石膏板有被人凿过的痕迹。

克莱尔说：“我没法在那个房间待下去了，保罗的笔记本之前放在特斯拉的前座，我把它搬到这边，绕过墙把电缆插到电脑上。”她一口气说个不停，就跟小时候和莉迪亚说学校里的八卦时一个样。“我在他电脑上搜了搜，看还有没有这样的视频。虽然什么都没找到，但谁知道呢？保罗精通电脑，但他都懒得把东西藏起来，因为他知道我不会去翻。”她对莉迪亚说，“我很信任他的。”

越过一堆砸坏的东西，莉迪亚看到了工作台上的那台银色的苹果电脑。克莱尔之前肯定是用锤子砸开了墙上的石膏板，锤子都还卡在裂缝中，一根纤细的电缆从缝中穿过，连在电脑上。

“你看，”克莱尔指了指工作台后面，“外置硬盘上的灯还亮着呢。”

莉迪亚踮起脚尖够着才勉强看到闪烁的小灯，保罗在墙上凿出了一个壁龛，把硬盘放在里面，从壁龛的制作可以看出是出于专业人士之手，还进行了打磨。再仔细观察一会儿，莉迪亚都能在脑中想象出壁龛的结构图了。

“我根本想不到这里会有这些东西……”克莱尔指的是这个车库，“整个车库就是他用来藏污纳垢的。”她顿了顿，看着莉迪亚，“你确定要看吗？”

莉迪亚这时才对那些视频产生了恐惧。在屋里的时候，虽然克莱尔把这些视频描述得很吓人，但她总觉得不可能有那么糟糕。瑞克和小狄也常看恐怖片，莉迪亚以为这些视频可能就和恐怖片差不多。但现在看到保罗花了那么大的功夫来遮掩，她才意识到克莱尔说的是对的：她根本没法想象那些视频有多恐怖。

但她还是说："看!"

克莱尔打开了电脑，把屏幕转向自己，手指在触控板上划着，点开了她要找的东西。"这段看得清那个女孩的脸。"

莉迪亚犹豫了一下，只见女孩的脸出现在屏幕上。皮开肉绽的她被铁链拴在墙上，一定是遭遇了无法描述的虐待。她的皮肤上满是伤口，烫伤的地方就像一个个裂开的溃疡。那男人在她肋骨下方的腹部烙了一个字母"X"。

莉迪亚深切地感受到了恐惧，似乎闻到了身体被烫坏时发出的气味。

"太恶心了。"克莱尔打算合上电脑。

莉迪亚拦住了她。随着视频里的一举一动，莉迪亚的身体似乎有了相同的反应，她感觉很不适，浑身冒汗，甚至眼睛都开始疼了。这和她看过的所有恐怖片都不同，里面折磨人的场景不是用来吓唬观众的，而是要勾起观众的欲望。

"小莉?"

"没事……"她的声音变得沙哑，不觉用手捂住了嘴。莉迪亚才意识到自己完全被暴力场景吓懵了，还没顾得上看一看女孩的脸。那女孩乍一看完全和安娜·基尔帕特里克一模一样，她又凑近了一些，弯下腰看，鼻尖都快顶到屏幕了。她见电脑旁有个放大镜，便拿起来仔细观察。

终于，她对克莱尔说："我也看不出，确实长得像安娜，但这个年纪很多女孩儿长得都很像。"她没告诉克莱尔小狄的朋友长得都差不多，放下放大镜说道："警察怎么说?"

"他就说不是安娜。我都没这么问他，我是到了警局才想起她长得像安娜的。但现在这个想法就一直在我脑海里了。”

“什么意思，你没问他像不像安娜?”

“我之前都没往这方面想，但梅休警监一看到那段视频就对我说里面那人不是安娜·基尔帕特里克。”

“管安娜·基尔帕特里克案子的家伙就是这个雅各布·梅休，我今晚在新闻里看到他了，他也留着一撮‘软蛋’样的小胡子。”

“就是他，雅各布·梅休警监。”

“现在哪里都在播放安娜·基尔帕特里克的新闻，为什么负责这个案子的家伙会放下手上的所有事，来调查一起入室盗窃?”

克莱尔紧咬嘴唇。“可能他以为我给他看这个视频是因为我知道他在办安娜·基尔帕特里克的案子吧。”说到这里，两人对视了一眼，“他告诉我安娜已经死了。”

莉迪亚也猜到了这个结果，但得到准确信息之后也还是很难接受。就算朱莉娅失踪那么久，基本不可能生还，她心里还是抱着一丝希望:“尸体找到了吗?”

“警察在她的车里发现了血迹。梅休说失血量太大，安娜不可能活下来的。”

“但新闻里没提到这点，”莉迪亚还在挣扎着，不愿接受事实，“她家人还在恳求警方把她找回来。”

“这种事爸妈干了多少年了?”

两人陷入了一阵沉默，可能都在想着朱莉娅。莉迪亚还记得哈克比治安官告诉她爸妈，如果朱莉娅的失踪不是离家出走，那么很有可能她已经死了。海伦气得抽了他一巴掌，萨姆则威胁他说，如果停止调查，他就要去法院告哈克比治安官玩忽职守。

莉迪亚突然一阵哽咽，清了清嗓子。她知道克莱尔还有很多事情瞒着她，为了保护她也为了保护自己："我要你从头开始一五一十地把所有事情都告诉我。"

"你确定?"

莉迪亚想了想。

克莱尔靠着工作台说："这要从我们在葬礼上分开后说起。"

她把来龙去脉都告诉了莉迪亚，从在保罗电脑上找到视频，到后来诺兰那些尖锐的问题，到她决定把所有东西交给警方。当说到梅休看到视频，刻意装出好奇的样子，还问克莱尔有没有备份时，莉迪亚让她还原了当时所说的话。说到亚当·奎因在她车上留下纸条威胁她时，莉迪亚再也忍不住了。

她问克莱尔："他要的到底是什么文件啊?"

"我也不知道，是工作文件还是保罗的私密文件，还是和保罗挪用公款相关的文件?"她摇了摇头，"我还是不明白，诺兰说得没错，保罗为什么要去盗用自己不需要的东西呢?"

莉迪亚心头突然涌上一句话，但她忍住没说——家有如此娇妻，为何还要强奸别人?

她问克莱尔："那你在保罗电脑上找了'在建项目'的文件夹没?"

见克莱尔面无表情，莉迪亚也知道答案了。"我只顾着担心这些视频了。"她凑到电脑前，开始在硬盘中搜索着，"在建项目"的文件夹很快就弹了出来，两人扫视着那些文件的名字。

克莱尔说："这种文件的后缀名是一个建筑专用软件的，看日期就知道保罗在死前那天还在处理这些文件。"

“什么是后缀名？”莉迪亚问道。

“就是文件名后面的那一小串字母，告诉你这个文件是什么格式。比如图片的后缀名就是‘JPEG’，印刷文件的格式就是‘PDF’。”她把每个文件都点开了，里面是一些楼梯、窗户、电梯的绘图，“都是些工作上的概念图。”

莉迪亚想了想她们现有的对策：“你把这些文件发一份给亚当·奎因，如果他不再来烦你，就说明他和这事没关系。”

克莱尔很吃惊，自己竟然没想到那么简单的办法。她打开特斯拉的门，拿出一串扔在仪表盘上的钥匙。“这个钥匙扣是奥本大学橄榄球队打进高校联赛季后赛时我给保罗买的，里面有个U盘。”

莉迪亚不禁想，克莱尔是否知道当她说到她和保罗的生活时，声音有多微弱？就好像她身体里有两个克莱尔——一个对保罗充满了信任与爱，另一个则知道保罗是个禽兽。

莉迪亚对她说：“你别单独约亚当见面，发短信告诉他你会把文件放信箱里让他来取。”

“好主意。”克莱尔手里拿着个钥匙扣，试图用指甲把它撬开，“我家里有个一次性手机。”

莉迪亚没问她为什么家里会有这种东西。她走向电脑，关掉了所有与建筑相关的文件，看着屏幕上视频定格的画面。女孩眼睛圆瞪，满是恐惧，她张着嘴，随时都会尖叫起来。莉迪亚蠢蠢欲动，想把视频接着放下去，看看最后会是什么样。

但她还是关掉了视频。

搜索栏里弹出了“角斗士”硬盘。莉迪亚看着硬盘里文件的名字，就像克莱尔说的，每个名字都是一串数字：“这些数字肯定有什么规律。”

“妈的，我想不出有什么规律。”克莱尔的指甲都撬坏了。

“这房间里不是有一堆工具吗，你用指甲干吗？”

克莱尔四下找了一圈，找到了一把螺丝刀。她盘腿坐在地上，用螺丝刀头把钥匙扣撬开。

莉迪亚继续观察着那些文件名，她相信这些数字一定是有什么规律的。但她没能想出答案，只是说：“今晚诺兰探员来的时候说到了什么视频。如果他指的是保罗的视频，他又是怎么知道的？”

克莱尔抬头看着她：“说不定他也好这口？”

“他看起来还真像那种人。”莉迪亚虽然这么说，但她也只是胡乱猜的，“为什么他会来你家查那起入室盗窃呢？”

“这点也很蹊跷。没人叫他过来啊。梅休明显也不喜欢他。那诺兰到底是来干吗的？”

“如果梅休也掺和了这件事……”

“那为什么他要给我施压？”克莱尔很恼怒，“我哪知道保罗为什么要看这些视频，还有谁有这些视频，梅休知道什么，诺兰知道什么不知道什么。我感觉自己就像个无头苍蝇似的。”

尽管莉迪亚几小时前才得知此事，但她也深有同感。

克莱尔说：“诺兰今晚有点撩我的意思，是吧？他看我的时候就感觉在打量我，你发现没？”

“确实。”

“他很变态，对吧？”

诺兰岂止是变态，但莉迪亚只是说：“可能吧。”

“哈，搞定。”克莱尔站了起来，得意扬扬地拿着撬开的钥匙扣，塑料徽章上印着奥本大学橙蓝相间的校徽。克莱尔取下徽章，把U盘插到电脑上，打开文件夹，莉迪亚看到U盘里除了自带软件空无一物。

她长舒了一口气："幸好没什么别的东西了。"

"真的。"克莱尔把"在建项目"文件夹复制到U盘里，"希望这些就是亚当想要的文件，如果不是我都不知道怎么办了。"

莉迪亚察觉到，克莱尔说起亚当·奎因时的神情与说起保罗时极为相似。她突然想起她们和诺兰在门厅时的对话。"你和亚当·奎因搞上了，对吧？"

克莱尔耸了耸肩，故作无辜的样子："法院指定的心理医生说我只是为了填补空洞。"

"空洞？"

克莱尔扑哧一下笑了出来。

"太荒唐了……"莉迪亚嘟囔着，但是鉴于克莱尔的各种经历，这种事也不算荒唐。

当瑞克问到克莱尔是个怎么样的人，莉迪亚没告诉瑞克她在两性方面非常开放。也不是说她很放荡，只是她把人际关系划分得很清楚。家乡的朋友从没见过她大学的朋友，啦啦队的朋友也不认识她田径队的朋友，基本没人知道她还参加了网球队。所以任何人都不知道克莱尔睡过很多男人，更不知道她在和谁交往。

"备份好了。"克莱尔拔下U盘，"好了，至少搞定一件事。"

莉迪亚现在已经不在乎亚当·奎因了。她一直在找保罗那些数字的规律，终于，她明白保罗是怎么编排这些数字的了。"这些视频的名字都是日期改编的。"她转向克莱尔说道，"比如说，一个文件的名字是'1－2－3－4－5'，把它重新排列一下，先是第一个数字，然后最后一个，再是第二个，倒数第二个，再到中间的数字，也就是'1－5－2－4－3'。"

她还没说完，克莱尔就已经点头如捣蒜："所以如果拍摄日期是2015年11月1号，把它写出来就是'11－01－2015'，那么文件名就应该是'1－5－1－1－0－0－1－2'。"

"没错。"

克莱尔指着屏幕说："列表上最后一个文件就是那个长得像安娜·基尔帕特里克的女孩的第一段视频。"

莉迪亚根据文件名算出了日期："是在她失踪后一天拍的。"

克莱尔重重地靠在工作台上："这两天老是这样，每当我快要说服自己，相信这些视频是假的，就会有一些证据证明这些视频可能是真的。"

这时莉迪亚却开始和她唱反调："我不是要帮保罗说话，只是就算这些视频是真的，那又怎么样呢？网上这种视频多了去了，枪杀的、砍头的、强奸的，什么都有，看起来是很恶心。而且如果保罗知道里面的女孩是安娜·基尔帕特里克，他确实应该去报警，但是就算他悄悄把视频藏起来看也不犯法啊。"

莉迪亚说得很有道理，克莱尔无言以对。她含着下巴，样子和小狄不想说话时一模一样。

"克莱尔？"

克莱尔摇摇头："如果他没犯法的话，诺兰老是来这里干吗？而且梅休为什么那么在意我有没有这些视频的备份？"

"说不定诺兰只是爱找茬，看到保罗逍遥法外心里不爽罢了。"

但是对于梅休的奇怪举动，莉迪亚还得再想想如何解释，“梅休可能是想保护你，你身边的男人不都这样吗。我们假设这些视频是真实的，那又怎么样？”说出这句话的瞬间，莉迪亚意识到自己有多冷血，毕竟视频里的女孩都是爹生娘养的。但是，她还是接着说：“最坏的情况就是，梅休只是不想让你知道你男人是个道德败坏的家伙。”

“他生前确实是个道德败坏的家伙，”克莱尔言语中的坚定让人听起来不寒而栗，“我找到其他文件了，有很多纸质文件。”

莉迪亚突然感到一阵恐惧，胸口剧烈地起伏起来。

“保罗把那些文件藏在办公室里，我找到了两大盒，不知道还有没有。那些文件的标签上写着各种女人的名字，其中有一个是我认识的。”克莱尔眼神游移，和小时候想要隐瞒什么的时候一样。

“你认出了谁的名字？”

克莱尔低头看着自己的手，撕着手上的死皮。“那个名字我在新闻里见过。也不算新闻，应该是一个故事报道。我记得她是因为一般媒体不会报这种新闻，或者说进行采访……”

“克莱尔，你在说些什么啊？”

克莱尔仍低着头：“保罗搜集了很多女人的信息，我知道其中至少有一个被强奸过。”

“你怎么知道的？”

克莱尔终于抬起头看着她：“我在新闻里看到的。我不认识那个女的。保罗也没跟我提起过。我只知道这个女的被强奸过，而且保罗还有她的资料。他还有其他女人的资料。”

莉迪亚突然感到一股凉意：“他收集了什么信息？”

“工作地点、恋爱对象、行踪之类的，他雇了私家侦探悄悄监视着这些女人，还有很多照片、报告、背景介绍等等。”很明显，克莱尔也浑身冒冷汗，她把手插在衣服口袋里。“从我找到的资料来看，他每年都会调查她们一次，每年都在同一时间，我也想过为什么他要跟踪这些女人，难不成是因为每个女的都被他强奸过？”

“那他手上有我的资料吗？”莉迪亚说这句话时的声音很尖锐，就好像喉咙里卡着一只蜂鸟一样。

“没有。”

莉迪亚仔细观察着克莱尔的表情，她总会小心翼翼地保守秘密。克莱尔在说谎吗？这件事非常重要，莉迪亚能信任她吗？

“那些文件在我办公室里，”克莱尔突然犹豫了一下，“我的意思不是说要带你去看……”她耸了耸肩，“我也不知道我在说什么。对不起，把你扯进来了。你快回去吧。”

莉迪亚看着行车道。她把瑞克的皮卡停在房子前的拐角。瑞克说要先帮莉迪亚换掉雨刮器，不然就不让她开自己的车，人家好心把车给她开，结果她却被联邦调查局的探员抄了牌照。

以前瑞克吸毒的时候也是执法机构的常客，他除了吸毒，还能想各种办法把毒品卖出去。如果诺兰要查清楚瑞克犯过的事，估计得花几个小时。然后呢？他会去加油站找瑞克麻烦，害得瑞克被开除？去家里审问瑞克，调查周围的邻居，最后发现莉迪亚就住在他家对门？

这样的话小狄也会被牵扯进来，学校里那些妈妈们也会知道，莉迪亚店里的雇工会觉得难为情，可能她的一些顾客也会找些蹩脚的借口跟她撇清关系，因为他们可不想让一个被联邦调查局盯上的女人来给他们的狗狗洗澡，省得惹上麻烦。

“小辣椒?”克莱尔双手环抱垂在腰前，“快回去吧，我是认真的，不想把你牵连进来。”

“我已经被你扯进来了。”

“小辣椒……”

莉迪亚穿过车库，没有走向行车道，而是朝着克莱尔家里走去。她自己也要想好怎么对付警察。这些警察就像嗜血的鲨鱼一样，克莱尔办公室里那两大箱文件很有可能在把弗雷德·诺兰吸引过来。

第九章

克莱尔瘫坐在办公室里堆满东西的椅子上，看着姐姐翻阅着保罗的文件。莉迪亚铆足了劲，搜寻着更多可怕的细节，但每当有什么新的发现，克莱尔都感觉自己快要窒息。她无法相信，亲眼看着自己丈夫的棺材下葬只是两天前的事情。现在她皮肤干燥开裂，浑身冰冷，睡意太强，眨一下眼睛都困难，还不如跟着保罗走了算了。

她盯着手中的一次性手机，在凌晨 0:31 分时，亚当回复了她发的消息，说了一句“好的”。

“好的”是什么意思？那个 U 盘已经放到信箱里了，亚当是不是打算先按兵不动，等看了里面的内容再作出反应？

她把手机扔到一旁的小桌上。她不想再理会这些悬而未决的问题，她非常恼怒，自己老公死了本应该是一件非常悲伤的事，但她现在却在想自己以前是不是脑子坏了才喜欢上他。

莉迪亚可不像亚当那么有耐心。她席地而坐，翻阅着两个塑料箱子里的文件，她脸上的表情就和小时候两人一起过可怕的万圣节夜晚时一样。她按照上面的名字，把不同颜色的文件夹在地上放成几堆。不同的颜色对应着不同的年份，可以看出，在过去的六年里，保罗雇人跟踪了十八个女人。

可能还不止。

克莱尔并没有告诉莉迪亚，她眼前的只是冰山一角。她俩在车库时，克莱尔突然想起主楼下方的地下室里还有一个储物间。从搬进这栋房子之后，克莱尔就只去过那个储物间一次，所以之前没想起来。那个地下室之大，可能会超乎莉迪亚的想象。里面有一间放映厅、一个设备齐全的健身房、配备了桑拿和汗蒸房的更衣室、按摩室、酒廊、放了一个乒乓球桌和台球桌的桌球室、一间有全套洗浴设备的客房，电梯底层外还有个厨房，一个迷你酒吧，可以轻松容纳二十来个人。

这么说来，克莱尔忘了地下室里那个和牢房隔间一样大的储物间也就不奇怪了。

保罗把所有东西都收拾得齐齐整整，并不只是囤积起来。克莱尔以前常怪罪保罗，说就是因为他铺张浪费搞收藏，把父母的遗产都用光了。但现在她似乎发现保罗更为邪恶的目的了。他以前在地下室的储物间里搭过很多储物架，用来存放他那些装着文件的箱子，有的是他在奥本大学读书时就有的。刚刚搬进这栋房子时，他给克莱尔看了两人刚在一起那几年里的纪念品，比如克莱尔送他的第一张生日贺卡，还有克莱尔给他写的小纸条，上面潦草地写着“我爱你”，那是克莱尔第一次对他说这句话。

当时克莱尔觉得保罗的这种收集癖也是一种浪漫，但现在她满脑子都是楼下那几十个箱子，按照保罗的频率，一年跟踪三个女人，那么在过去十八年里，他就积累了五十四个女人的文件，可能就有五十四个女人遭到了无法描述的侵犯。

然而，有一份文件莉迪亚永远都不会找到。光是看到那堆文件夹就让她足够难受，如果再让她知道保罗对她做过同样的事，那她就完全被牵扯进来了。

“你还好吧？”莉迪亚抬起头，放下手中正在读的文件，“你要躺会儿吗？”

“我没事……”克莱尔虽然这么说，但她已经累到双手颤抖，眼睛都快睁不开了。她不记得在哪里看过还是听过一个说法，即犯人在坦白自己的罪行以后都会大睡一觉，他们用光了所有力气来隐瞒罪行，当一切浮出水面后，自己便可以香甜地睡上一觉。

那么克莱尔这样算是向莉迪亚坦白了吗？还是说只是找她帮忙分担一些？

克莱尔闭上双眼，深深地吸了几口气。她现在半梦半醒——还能听到莉迪亚一页一页疯狂地翻着文件，但她也感觉自己快要陷入梦境，梦里没有什么剧情，只是稀松平常的一天的零碎片段。她梦到自己坐在办公桌旁付着账单，梦到自己在弹钢琴，梦到在厨房里统计着要采购些什么，梦到自己在打电话到处募集圣诞玩具捐赠活动的经费，梦到自己在衣柜前挑选一双鞋子，配一套好看的衣服去吃午餐。

在所有梦境中，她都感觉保罗还在家里。两人都是很独立的人，都有自己的爱好，做自己的事，但只要保罗在身边克莱尔就会感觉很安心。只要有他在，就有人帮她换灯泡，维修安保系统，给遥控系统编码，帮她倒垃圾、叠衣服、给手机充电，帮她把碗柜里的大勺和小勺归类放好。

保罗是如此可靠能干，她喜欢保罗比自己高出一头，喜欢两人跳舞时抬头看着他，喜欢保罗搂着自己。保罗也比她强壮很多，有时会直接把她抱起来，克莱尔双脚离地，靠在他结实的胸膛上。保罗还会叫她傻瓜，她每次都会咯咯地笑，因为她知道保罗喜欢她的笑声，保罗还会对她说："告诉我你想要。"

克莱尔从梦中惊醒，双手护着头，仿佛有人要打她。她喉咙发痒，肋骨下的心脏突突地跳着。

早晨的阳光从窗外照进她的办公室。她发现莉迪亚已经走了。塑料箱子是空的，里面的文件都不见了。

她马上扑到办公桌上，拉开抽屉。看到莉迪亚的文件还在里面，自己才松了一口气，差点没哭出来。

她用手摸了摸脸颊，确实有泪水流过。她的泪腺随时都做好了准备，只要有一点点事她都能哭起来。但克莱尔没有放任不管，她关上抽屉，擦掉眼泪站起来，梳了梳头发走向厨房。

还没看到莉迪亚在哪里，她就听到莉迪亚在打电话了。

"不为什么，今晚我就要你去瑞克家里住。"莉迪亚顿了顿，"我叫你去你就去。"她又停了下来，"宝贝，我知道你已经是成年人了，但是就跟吸血鬼一个道理，年纪越大的越厉害。"

克莱尔笑了起来。她以前就知道莉迪亚一定会是个好妈妈，她对孩子说话就像朱莉娅失踪前海伦的样子。

"好的，我也爱你哦。"

莉迪亚挂了电话，但克莱尔还是在走廊里等了许久，她不想让莉迪亚觉得自己在偷听。她还得继续向莉迪亚隐瞒自己已经知道她生活中所有细节，所以至少得装得像一点。

她走进厨房，捋了捋身后的头发："嗨。"

莉迪亚戴着读书时用的眼镜坐在吧台边。克莱尔现在也得戴眼镜才看得清字了，如果早几年她肯定会笑话莉迪亚。厨房里堆满了保罗的文件，莉迪亚正捣鼓着克莱尔的 iPad。见克莱尔走来，她取下眼镜问道："你睡了一整晚吗？"

"对不起啊，"克莱尔明明有那么多事要和她说，也不知道为什么一开口就跟她道歉了，"应该帮你一起整理文件的。"

"没有，你是该好好睡会儿。"莉迪亚猛地往后一靠，差点从椅子上翻下去，"这个椅子的设计真的太蠢了。"

"但是好看啊。"克莱尔说，因为外观是保罗唯一在乎的。她走向厨房墙上的监控屏幕，上面写着现在时间早晨 6:03，点开信箱里的监控画面，亚当还没有来拿走 U 盘。克莱尔也不知道这意味着什么，因为她不知道亚当想要哪些文件。

她告诉莉迪亚："U 盘还在信箱里。"

"你在信箱里都安了摄像头？"

"每家都会安啊。"

莉迪亚厌恶地看了她一眼："你在新闻里看到的那个女的叫什么？"

克莱尔没反应过来她说的是谁，便摇了摇头。

"在车库里你不是告诉我保罗跟踪的那些女人的名字有一个你很熟悉，之前在新闻上见过。我用你的 iPad 查了所有人，只有两个上过新闻。"

克莱尔急忙随口编出一个理由："她以前在亚特兰大那边。"

"是莱斯利 · 里维斯吗？"莉迪亚把一份文件从柜台那头滑到克莱尔面前，让她看看那人的照片。照片里的女人一头金发，长相甜美，戴着一副高度黑框眼镜。“我在《亚特兰大日报》上看过她的报道。当时在举办北美动漫节，她住在酒店里，以为敲门的是客房服务人员，结果被一个男的冲进来强奸了。”

克莱尔不敢直视那张照片。“奎因+斯科特”公司就在漫展中心附近，去年保罗还拍了很多照片给克莱尔看，街上全是一群装扮成黑武士和绿灯侠的醉鬼。

莉迪亚又扔过来一份资料，里面也是一个金发美少女。“这个叫帕姆·克雷顿，报纸上也登过她的新闻。她在石山公园慢跑时被强奸犯拉进小树林里，那是八月份的事，虽然已经晚上七点，但是天还亮着。”

保罗的网球队有时也会在石山公园打比赛。

“注意文件上的时间，保罗派人去跟踪的日子，就是每年这些女人被强奸的同一天。”

克莱尔光听她说说就够了，不想再知道更多细节：“那强奸犯对她们说了什么吗？”

“就算说了报道上也没写，我们要去找警察的报告。”

克莱尔突然想到，为什么保罗不让私家侦探去把警察的调查报告找来。保罗手上那份莉迪亚的文档里，有她的拘捕报告和其他的一些佐证材料。可能他觉得让不同的侦探去调查这些被强奸的女人会暴露他的意图，也有可能他并不需要那些报告，他早知道这些女人是怎样被强奸的了。

也有可能，他直接从雅各布·梅休警监那里拿到了警察的报告。

“克莱尔？”

她摇了摇头，但她心里已经产生了这个念头，没法再抛之脑后了。自己怎么忘了观察梅休看那些视频时的表情呢？但话又说回来，就算观察了又有什么用？保罗那么两面三刀的人，自己又怎么猜得准呢？

“你怎么了？”莉迪亚等着她的回应，“你是不是留意到了关于这些女人的什么情况？”

克莱尔还是摇着头。

“每个都长得像你。”

既然像克莱尔，不就也像莉迪亚吗？但克莱尔没这么对她说。“所以我们现在怎么办？这些女人的命就握在我们手上了，我觉得不能相信梅休。就算信任他，他既然不把这些视频当回事，怎么会去调查这些文件呢？”

莉迪亚无奈地耸耸肩：“可以找诺兰啊。”

克莱尔不敢相信莉迪亚竟然提议去找诺兰：“找诺兰？你意思是推荐他去强奸她们，放过我俩是吧？”

“我不是这个意思，但你既然这么说了……”

“她们都被强奸过了，难道你还想让诺兰那个变态再伤害她们一次？”

莉迪亚又耸了耸肩：“这样的话她们就知道以前强奸她们的犯人已经不见了呀。”

“你放屁！”克莱尔坚持着自己的立场，“我们已经知道诺兰是个什么人了，可能他都不会相信这些女人被强奸过，还会像调戏我一样调戏她们，就是因为他这种人，很多女人被强奸以后都不会报警。”

“那你打算怎么办，寄张支票给她们做补偿吗？”

克莱尔赶紧往客厅走去，她怕自己说出什么以后会后悔的话。寄支票倒不失为一个好办法，保罗侵犯过这些女人，她至少可以为她们支付医药费或者其他开销。

莉迪亚说：“如果当时保罗真的把我强奸了，在之后的十八年里，每年九月都派人跟踪我，拍我照片，我真的会一枪杀了他。”

克莱尔盯着火炉旁那幅罗斯科[①]的画说：“那如果你发现保罗已经死了，你什么都做不了呢？”

“那我至少会想确定他已经死了。”

克莱尔不想告诉她真相。虽然莉迪亚总是装出一副强硬的模样，但如果真是这样，她就不会从十六岁就开始吸毒麻痹自己。

克莱尔说：“不行，我做不到。”

“我知道你不喜欢我这么说，但知道保罗死了我是很高兴的，我还想知道他是怎么死的，虽然会让你有点不爽。”

“不爽……”克莱尔重复着这个词，莉迪亚已经侵犯到她的底线了。错过一场电影、错过一个停车位可以说是“不爽”，但是眼睁睁看着你丈夫被人捅了一刀失血而死岂止是不爽，简直是他妈的痛苦。“不，我不要这样。”

“行吧！”莉迪亚把文件拿出来堆到一起。看得出她也很生气，但克莱尔绝不会让步。她知道被诺兰盯上是什么感觉。不能让被保

---

① 美国抽象派画家马克·罗斯科（Mark Rothko，1903—1970）生于俄国，十岁时移居美国，曾在纽约艺术学生联合学院学习，师从于马克斯·韦伯。他最初的艺术是现实主义的，后尝试过表现主义、超现实主义的方法。以后，他逐渐抛弃具体的形式，于 20 世纪 40 年代末形成了自己完全抽象的色域绘画风格。

罗伤害过的女孩们再受这个罪。她现在已经背负了足够的内疚，更别说把这些女孩投入虎口了。

她走进客厅，她闭上双眼，让窗外刺眼的阳光温暖着她的脸。但想到她和莉迪亚发现了那么多悲剧，这时再去享受这种简单的快乐似乎有点不合时宜。

她注意到在一个座椅后面的地上有很多文件，看来是莉迪亚翻出来的。等她靠近一看她惊奇地发现，地上放着的并不是私家侦探的报告，而是父亲手写的文件。

老萨姆的公寓里有一面墙上全是关于朱莉娅下落的线索，有照片，有便签，还有一些碎纸，上面全是用笔划掉的名字和电话。这些线索把一面五十平方英尺的墙都挂满了，墙上的石膏板上全是图钉戳出的洞，租房交的保证金都被房东扣完了。

她问莉迪亚："你把老爸那面墙上的东西都留下来了?"

"不是啊，我在保罗的第二个箱子里找到的。"

想想也是。

克莱尔跪在地上。那面墙上的东西是他父亲多年来的心血，从这些纸张上的一笔一画都还可以看出他的绝望。在兽医学校学习期间，他养成了很严谨的笔记习惯。他把所见所闻的一切都记了下来，还有警方的报告和说明，整个案子他已经烂熟于心，就像对狗的消化系统或是猫白血病的症状一样了解。

她拿起一张父亲的记录，在他生命的最后两周里，老萨姆有一点轻微的中风，他的身体不时会有麻痹症状，他写在遗书上的字迹已经非常难以辨识，克莱尔都已忘记父亲原来的笔迹是什么样的。

她问莉迪亚："这种记录方法叫什么?"

“帕默符号法，”莉迪亚站在克莱尔身后说道，“爸爸本来是左撇子，但学校老师逼他用右手写字。”

“对，我也被这样逼过。”

“学校老师给你左手戴个手套，你就不会常用左手了。妈妈发现学校里这样搞时她都气坏了。”

克莱尔席地而坐，不停地抚摸着父亲留下的这几份文件，就像老萨姆当年一样。他一定曾握着这张照片，上面一个陌生男子和另外一人正在交谈，据说和他说话那人的妹妹可能知道朱莉娅的下落。他一定也曾握着这盒从曼哈顿酒吧拿来的火柴，那是朱莉娅消失前去的地方。他一定也曾在“沙砾”餐馆的菜单上写着笔记，那是女儿最喜欢的素食餐馆。他一定也曾端详着她靠着自行车的照片。

现在，克莱尔也注视着那张照片。照片里朱莉娅倚靠着自行车，车篮里放着一顶灰色的犬牙花纹的男士软呢帽。她微微烫卷的金色长发披在肩上，身穿一条白色礼服衬衫，外搭一件男式黑夹克。在八十年代，每个女孩都想打扮得像辛蒂·罗波①和麦当娜，朱莉娅也不例外，学着她们在手腕上戴了很多银色和黑色的手镯，手上还戴着一双白色的蕾丝手套。

克莱尔说：“我很想告诉自己，保罗收集这些文件是因为他觉得我会想看。”

莉迪亚靠过来，在克莱尔身边蹲下，指着朱莉娅的照片说：

---

① 辛蒂·罗波，20 世纪 80 年代的流行歌坛除麦当娜、杰克逊等代表人物外的另一位不得不提的热门歌手。她在当时融合了流行、新浪潮、后朋克，甚至雷鬼与放克等各种音乐类型，迅速获得青少年乐迷的注意与喜爱。

“她戴的那条项链是我的，正面有个潦草的‘莉’字。”

两人都知道朱莉娅失踪时也戴着这条金色项链。克莱尔回答道：“她老是会偷你的东西。”

莉迪亚撞了她一下：“你不是也老偷我东西嘛，真是的。”

这时，一个念头从克莱尔脑海中闪过：“保罗手上有没有我的文件？”

“没有。”

她看着姐姐，心想她会不会像自己一样，为了保护对方而撒了谎。

莉迪亚问道：“爸爸的日记呢？”在海伦走后，他再也没人倾诉了，便开始写日记。“我在保罗的箱子里没找到。”

“可能在妈妈那里？”克莱尔耸了耸肩，她突然感觉在父亲快去世的那段时间，两人是如此疏远，她都没主动要求保留什么爸爸的遗物。直到后来她想起爸爸的眼镜，爸爸的书，爸爸那些印着小动物的领带时，她才希望自己当时能多陪在爸爸身边。

她告诉莉迪亚：“我以前读过他的日记，所以他可能把日记藏起来了，保罗才没找到。”她靠着墙继续说：“我上次读他日记，是在他去世前六个月。内容都是给朱莉娅写的信，回忆她成长过程中的一些事，在她走后全家变成了什么样子。虽然他表面上对我们不是很关心，但他一直在关注着我们的生活，我们的一举一动他都知道。”

“天啊，不是吧？”

“而且妈妈再婚后，他俩也常常在一起。”

莉迪亚点点头说：“这我知道。”

这时，克莱尔看到一张自己似乎没见过的朱莉娅的照片。于是跪在地上伸手去够，但突然感觉膝盖一痛，叫了出来。五年前，她的半月板裂开了，直到现在旧伤也随时会复发。“你膝盖会和我的一样经常痛吗？”

“伤了，但没有被你揍的那个阿利森·亨德里克森伤得重。”

“有道理。”克莱尔低头看着那张照片，朱莉娅穿着一件蓝色的分体式泳衣在前院草坪上晒太阳，她涂了婴儿润肤油，皮肤晒得通红，拍照的人可能是莉迪亚，当时她们俩不搭理克莱尔，不跟她一起晒太阳，一起出门玩，甚至都不会同处一室，“天呐，你看她皮肤都晒红了，肯定要得皮肤癌。”

“我去年点了一颗痣。”莉迪亚指了指她鼻子旁边。

克莱尔顿时感觉自己被她们孤立是多么幸运的一件事：“如果她还好好的，我猜她肯定会生一堆孩子。”

“一堆未来的共和党分子。”

克莱尔笑了起来。以前朱莉娅为了在家看伊朗门[①]事件的听证会，装胃痛跟学校请了病假。“她肯定不会让小孩去上学，而是自己在家教他们，怕小孩被公共教育洗脑了。”

“还会让她儿子吃很多豆子，变得更强壮。”

克莱尔翻了翻爸爸的文件：“不可能的，她才不会要男孩子，生男孩子意味着向父系社会妥协。”

“你觉得她会接种疫苗吗？”

---

① 伊朗门事件，是美国向伊朗秘密出售武器一事被揭露，从而令里根政府陷入严重政治危机的事件。因人们把它与尼克松水门事件相比，故名伊朗门事件。

说到这里克莱尔又笑了起来，就算到了1991年，朱莉娅仍然不相信政府支持的工业联合企业。“这是什么？”克莱尔拿起了一叠钉在一起的文件，上面写着奥科尼县最高法院。

莉迪亚用余光瞥了一眼说：“那是沃特金斯维尔一座房产的契约书。”

沃特金斯维尔是保罗出生的地方，就在雅典小镇附近。克莱尔翻到第二页，想看看业主的姓名和地址。

“巴克敏斯特·富勒，”莉迪亚直接告诉了她，她之前就已经看过了，“这个名字感觉很耳熟。”

“这人是保罗最喜欢的建筑师。”她把那叠文件递给莉迪亚，自己看不下去了，“保罗小时候就在沃特金斯维尔的农场里长大，他告诉我在他父母走后，所有东西都变卖了。”

莉迪亚在门边站了起来，取下阅读用的眼镜，把厨房里克莱尔的iPad拿了过来，在她身边坐下。

克莱尔每发现保罗的一个秘密，自己心中那种恶心的感觉就会越强烈一些。

莉迪亚戴起眼镜，在iPad上敲着字。克莱尔看着白色皮沙发的后面，她想用指甲挠破沙发的表皮，想砸碎沙发的木头框架，然后找根火柴，把整栋该死的房子烧了。

但这座房子是不会着火的，保罗在家里安装的全面防火系统让城里的房屋安全检查员都叹为观止。

莉迪亚说：“网上关于这家人的记录只能追溯到十年前，但巴克敏斯特·富勒家的缴税记录却一直在更新着。”

克莱尔突然想起保罗办公室的那幅画。当时为了画他儿时住的房子，克莱尔花了几个小时才把光影和角度调整好。结婚纪念日时保罗收到这件礼物都泣不成声了。

她告诉莉迪亚："保罗说买主把他家老房子铲平了，改成了一片田地。"

"你开车去那边看过吗？"

"没。"克莱尔向保罗提议过很多次，但出于尊重他的隐私，每次都不了了之，"保罗说回忆起来就很伤心，不敢去看。"

莉迪亚走回到 iPad 旁继续捣鼓着，这次克莱尔也走到她身边，看她在干什么。莉迪亚打开了"谷歌地球"，输入沃特金斯威尔那座房产的地址，屏幕上便显示出几亩开垦过的田地。莉迪亚放大了地图，那片地上有一座小房子，房子白色的木制护墙板是竖置的而不是横置的，克莱尔一眼就认出那是保罗儿时住的地方。旁边的谷仓被拆除了，但行车道上还停着一辆车，后院里还有一个小孩玩的秋千，与对面的田地遥遥相望。

莉迪亚说："这里看不到街景。旁边的路连名字都没有。"她问道："你觉得保罗有没有可能把这栋房子租给别人了？"

克莱尔双手掩面，她不想知道关于保罗的任何事了。

"可以打电话去问问。"莉迪亚又站了起来，准备去拿柜台上的手机，但克莱尔拦住了她。

"用一次性手机，在我办公室的椅子上。"

莉迪亚赶紧沿着走廊跑过去。克莱尔望着后院出了神。游泳池冒着热气，在窗子上凝结了一层水珠。她得赶紧把加热器关了。反正冬天他们也不常用泳池，还不如把泳池填埋了。或是灌些水泥进去。泳池的底部是大理石铺的，非常难清洗。到了夏天，下水的楼梯被太阳晒得发烫，要是不穿拖鞋就踩上去绝对会造成三级烫伤，保罗把整个泳池设计得中看不中用。

可能这个泳池就是他们生活最好的写照吧。

她拿起 iPad，看得出巴克敏斯特·富勒家的这张卫星地图照片是夏天拍的，房屋后面的田地里爬满了水果的藤蔓。那栋单层平房仍然沿用着白色的竖置护墙板，克莱尔费尽心血才把这个细节在画上体现出来，作为结婚纪念日礼物送给保罗。保罗曾告诉她这种用细小的木条来掩盖巨大的竖置护墙板上的连接处的设计叫作薄厚板镶接。房顶上铺了一层亮绿色的沥青木瓦，院子里的植物也被精心修剪过。保罗的建筑思路就是追求结实的结构和浮夸的设计，后院那个秋千就是一个很好的体现。

至少现在克莱尔知道保罗父母死于车祸这一点是真的了。保罗并不愿意提起这段往事，这个事件的细枝末节克莱尔都是听她妈妈说的。尽管佐治亚大学有三万名学生，雅典小镇却是一个弹丸之地，和全美其他地方一样，中心区的图书馆就是整个社区的焦点。人们在这里交流很多小道消息，这些是在报纸上读不到的。

斯科特一家当时正从教堂开车回家，路上一辆半挂车在结冰处打滑，横在亚特兰大高速公路中间。两车相撞时保罗父亲的脖子被撞断了。他母亲在几秒后也咽气了。至少路人是这么描述的。在熊熊大火把他家的车吞噬时，他母亲发出了撕心裂肺般的惨叫。

自那之后保罗就很怕火。据克莱尔所知，这是他唯一惧怕的东西。他生前特别交代过自己死后绝对不要火化。

“想什么呢？”莉迪亚拿着一次性电话走了过来。

“没什么，我只是想起保罗生前交代我如果他死了要怎么埋葬他。”他写的后事嘱托没有用镀膜纸封起来，但内容也和写给克莱尔的其他说明书差不多。她在自己办公桌上的一个文件夹里找到了这份贴着“以防意外发生”的文件。

保罗希望自己被埋在家庭的园地里。墓碑的样式和尺寸要跟父母的一样。不要给他化妆，不要打发胶，不要做防腐，不要把他的遗体弄得像个假人模特似的，因为他觉得不敢直面死亡是一种悲哀。他希望克莱尔给他挑一套好看的西装，一双好鞋子，但穿不穿鞋子，好看不好看又有什么差别呢，再说了，她又怎么知道办丧事那些人有没有照办？

保罗写下的最后一个请求最让她心碎：他希望下葬时能戴着他俩的结婚戒指和奥本大学的毕业戒指。看到这里，克莱尔伤心欲绝，她多想按照保罗的遗愿为他下葬，但两枚戒指都被蛇形文身男抢走了。

“克莱尔？”莉迪亚伸出手把电话递给她，她已经拨通了巴克敏斯特·富勒的电话。

克莱尔一个劲儿地摇着头：“你来打。”

莉迪亚打开了免提，等待音响彻整个房间，在房间里回荡着。克莱尔屏息凝神，不知道电话那头会是什么人。

不一会儿，电话那边传来“咔哒”一声，仿佛用的还是老式的答录机。这段录音的音质很粗糙，但里面的声音很明显是保罗的。

他说：“这里是富勒家，如果要找巴克……”

克莱尔紧张得用手掐着自己的脖子。她知道接下来的内容，因为她和保罗的语音信箱录音也是这样的形式。

突然，一个嗓音很尖的女声插了进来：“或者找莱克西！”

“请在听到‘哔’声后留言!”保罗说了最后一句话。

一道绵长的“哔”声从一次性手机的听筒里传来。

莉迪亚挂断了电话。

“莱克西!”克莱尔咬牙切齿地说出了这三个字。听起来那个女人比克莱尔年轻些，也更幸福。当然也更蠢些，这样想克莱尔心里还有几分慰藉，但她此刻心里满是妒火，已经顾不上这点安慰了。

克莱尔站起来，四处踱步。

“克莱尔……”

“让我缓一下。”

“你不是真的吃醋了吧……”

“闭嘴!”克莱尔转身走出客厅。她无法相信发生的一切。片刻过后，她又怪自己不争气，干吗不接受现实，现在她的生活都一团糟了，这一切是真是假又有什么区别?

莉迪亚把 iPad 放在膝盖上，又开始在上面敲字。

克莱尔在房间里走来走去，她知道自己在发无名火，但现在这样也不算什么，她还有过更失控的时候。

莉迪亚说:“我找不到这个镇里任何叫莱克西·富勒，或者叫亚历克斯·富勒、亚历山大·富勒的人。”她还在找着。“我再试试麦迪逊和奥格尔索普这样的名字。”

“别找了，”克莱尔手杵着墙，仿佛想把房子推倒，“就算找到了这人，然后呢?”

“然后告诉她她老公死了啊。”

“你怎么老是想把我面临的问题抛给别人啊?”

“这样对你不公平啊。”

克莱尔知道她说得有道理，但她也不愿承认。“那我直接去这个什么莱克西家，敲开门告诉她我是谁？要换作是我早就关门送客了。如果她不赶我走的话我再告诉她，保罗不仅有好几个老婆，他还是个贼，可能还是个强奸犯，是个跟踪狂，喜欢看别的女人受虐被杀？”她松开杵着墙壁的手，又开始在屋里踱步，“相信我，她不会想知道这种事的。”

“你就不想知道真相吗？”

“我当然不想！”说出这句话时，克莱尔都被自己的决绝和果断惊到了，她突然想起第一次坐在保罗电脑前的抉择。

要知道真相还是选择无知。

如果可以回到过去，她会选择一无所知地过完一生吗？可能亚当迟早会把保罗挪用公款的事告诉她，但她可能永远都不会发现那些视频和文件。如果是那样的话，克莱尔还会去把地下室的储物间翻个底朝天吗？保罗总是对那些傻乎乎的信物很留恋，比如两人的情书和第一次去看电影的票根。克莱尔早就想好了，既然余生没有保罗，这栋保罗理想中的房子她也无法住下去，她可能会搬去一个稍小些的住处，在市中心找个公寓。她都能想到自己打电话找人来把这栋房子里所有东西都销毁，绝不会留着或者搬去新家。

莉迪亚问她：“保罗经常出差吗？”

克莱尔摇摇头说：“偶尔回去几天，就算出差也会带上我。”克莱尔想了想，补充说道：“如果我们生了孩子，保罗肯定不会是个好父亲。”她和莉迪亚看到前院的秋千时都有这样的想法。

莉迪亚说：“沃特金斯维尔旁边有一所男女同校的大学，只有十五分钟的路程。”她顿了顿，等克莱尔转过身。“那栋房子里会不会有更多女孩的文件?”

克莱尔心里又闪过了一个更加阴暗的念头:“那栋房子有地下室吗?”

莉迪亚愣在原地想了几秒，然后又开始在 iPad 上捣鼓着，克莱尔在她旁边蹲下。莉迪亚打开了那栋房子的缴税记录，一直往下滑着，找到了相关的描述。“独栋住宅，木板外墙，建于 1952 年，配有压力热风供暖系统及净化系统，无阁楼，无地下室。”她看向克莱尔说，“没有地下室。”

克莱尔一屁股坐在地上。她看向窗外，阳光把本来就苍白的房间照得格外刺眼:“视频里那个戴面罩的男人不是保罗，我认得出他的身体。”

“那是亚当吗?”

她这一问让克莱尔很是揪心。亚当和视频里的男子身形相似，皮肤也一样白，但其他克莱尔就不知道了。克莱尔和亚当·奎因并没有感情。两人不会在一起躺几个小时，互相亲吻抚摸，记住对方的身体。“我们就做了三次，但都没脱衣服，都是站着做的。”

“真浪漫哦，”莉迪亚放下了 iPad，“你确定答录机里确实是保罗的声音?”

克莱尔点点头，她绝不会认错保罗那种绵软的南方口音。“那现在怎么办?”她想了想又补充说，“我是说，我怎么办?”

莉迪亚没有作声，只是和克莱尔之前一样，看着后院发呆。

克莱尔也和她看向了同一个方向，看着院子里一只孤零零的松鼠在阳台地板上跳来跳去，喝着泳池里咸咸的水。接下来的打算确实是个沉重的话题，因为归根结底就是克莱尔想不想再深入调查。

这已经不只是选择红药丸还是蓝药丸，这关乎是否要把保罗的丑闻公之于世。

突然，电话响了，两人吓了一跳。

克莱尔看了看一次性手机，但手机屏幕上什么都没显示。

莉迪亚说："不是我的手机响。"

铃声响了第二次。克莱尔爬到茶几旁的座椅上，拿起放在上面的无绳电话。电话铃还在响着。接起电话，那头传来了诺兰的声音，克莱尔已经慢慢习惯了这种恶心的感觉。

"克莱尔，"他说，"终于找到你了。"

他大声地说着，好像在克莱尔耳旁敲钟一样，她不得不把电话拿远一些，让莉迪亚也能听到。

诺兰说："我在想要不要过来找你，和你以及你的律师聊聊。"

克莱尔自己都能听到心脏在突突地跳着："什么时候？"

"今天怎么样？"

"今天星期天啊……"她这才想起今天是星期天，保罗被杀害已经是一周前的事了。

诺兰接着说："你那么有钱，我相信你肯定付得起'上校'的周末价格。"

"上校"就是温·华莱士，克莱尔打人的那个案子就是找他办的。保罗之所以叫他上校，是因为这人和《义海雄风》里杰克·尼科尔森扮演的那个上校一样傲慢。

"克莱尔？"

上校是她和保罗给华莱士取的外号，诺兰是怎么知道的？难道保罗挪用公款的案子也找了上校帮忙？

"在吗?"

她看向莉迪亚，莉迪亚疯狂地对她摇头，脖子都快摇断了。

克莱尔问："在哪里见?"

诺兰给了她一个地址。

"两小时后见。"克莱尔挂断了电话，把听筒放回架子上。松开手时，她看到刚才手握的地方留下了一层汗渍。

莉迪亚问她："你要把这些文件给他吗?"

"不，我不去市里找他，我要去雅典小镇。"克莱尔站起来说道。

"什么?"莉迪亚也站了起来，跟着莉迪亚走进储物间，"你刚才不是告诉诺兰……"

"去他妈的诺兰。"克莱尔拿上手包，换上一双网球鞋。她也不知道为什么，但她觉得这时候必须去找莱克西·富勒，不是要去和她说什么，打扰她平静的生活，只是克莱尔想要亲眼见一见保罗的另一个老婆。

她对莉迪亚说："莉迪亚，真的很感谢你……"

"闭嘴，我跟你一起去。"莉迪亚说着便走进了房子里。

克莱尔在门边的视频监控器上看了看邮箱，那个奥本大学的U盘还在里面。现在是星期天早上9:13，亚当·奎因是不是在睡懒觉？这是好事还是坏事？还是说他让别人来取？那是不是雅各布·梅休正在赶来的路上？两个小时后，诺兰会不会认为克莱尔放他鸽子是刻意误导联邦探员？今晚她还能不能回到自家床上入睡，还是接下来几年都要在监狱里度过了？

莉迪亚也拿着包走了过来，一手拿着自己的苹果手机，一手拿着一次性手机。“我来开车。”

克莱尔没和她争，莉迪亚比她年长，而且以前也是她开车。两人走出了储物间，门也没锁。这时候，克莱尔巴不得那几个贼回来把她家搬空了，如果有时间她还会给他们准备点饼干。

克莱尔拔下了特斯拉上的充电线，她拿起之前扔在沙发上的钥匙，丢进钱包，上了车。莉迪亚坐在驾驶座上，弯下腰调整好椅子，动了动后视镜，看着仪表盘上闪闪发光的十七英寸触摸屏皱起了眉头。

“这辆车是电动的，对吧？”莉迪亚有点烦躁，每次接触新事物她都这样，“去雅典小镇要开一个小时。”

“真的？我开这辆车去我妈家无数次了，我都没注意时间。”在被脚踝监控器限制行动范围之前，她经常去妈妈家，“我们走吧。”

莉迪亚还是一脸恼火的样子：“钥匙插哪里？”

“踩下刹车才能点火。”

莉迪亚踩着刹车：“发动了吗？我怎么听不到声音？”

“你怎么像个老古董一样。”克莱尔逼问她，“我的天啊，这不就是辆车嘛，金妮奶奶都能搞明白怎么弄。”

“这么说有点过分了啊……”莉迪亚开始倒车，显示屏切换到了车尾摄像头的画面，莉迪亚一边慢慢倒车，打着方向，一般轻蔑地哼着。

行车道尽头的大门还敞开着，回想起那天和母亲、奶奶坐在加长轿车后座经过大门，仿佛是十年前的事。她尽力回想着当时的感受，现在看来，那种纯粹的悲伤是多么奢侈。

在沃特金斯维尔，还有一个女人也可能正在经历着这种纯粹的悲伤。保罗去世快一周了，那女人肯定把医院、警局、高速公路巡警的电话打爆了，所有能联系的人都问了一遍。她也有可能已经听别人说过，只要稍加调查就能知道巴克敏斯特·富勒其实是网格状球顶的发明者，早在1983年就去世了。

克莱尔不禁想，保罗编了什么故事来向那个女孩解释自己不在她身边的时候，他是个经常出差的销售员？政府的特工？采油厂的工人？还是说自己是飞行员？

保罗读大学时考过飞行员执照，根据评级他可以开轻型飞机。可想而知，他们每次包私人飞机出游的时候，保罗总会坐到驾驶舱里，和飞行员讨论飞机是否顺风以及测高仪之类的话题。克莱尔曾经很同情认真驾驶着飞机的飞行员。

那她应该同情莱克西·富勒吗？她有权向莱克西隐瞒保罗的一切吗？对于真相带来的打击，克莱尔是最有发言权的，己所不欲，勿施于人，她要把一切向莱克西和盘托出吗？

可能莱克西早就知道克莱尔的存在了，也许这个小婊子对分享别人的老公完全不介意，说不定还背着正房给保罗生了不止一个私生子。

克莱尔闭上双眼，想到要把保罗欺骗了她们两个的事实告诉莱克西，她心里就觉得很过意不去，怕把莱克西逼疯了。就算莱克西不介意当小三，她也绝对不知道保罗干的那些事。

“这就叫二元对立，”如果保罗还在，他就会这么跟克莱尔解释，“人的大脑通常会假设，只要有受害者就一定有恶人。”

那克莱尔现在是不是觉得自己也是保罗的一个受害者？

“克莱尔？”莉迪亚松开了紧握着方向盘的手，“我觉得我们手上的信息还不够。”

听她这么一说，克莱尔便感到一阵畏惧：“什么意思？”

“在网上只能找到那个小镇过去十年的记录。那栋房子之前也是保罗的吗？”

“这有什么关系？”

“我只是想，会不会还有谁叫富勒的。”

克莱尔望着路边，只要她和莉迪亚在一起，就会把保罗想得很坏：“你是觉得他把富勒一家杀了埋在后院里？”

“我可没这么说。”

“我听得出你的意思。”克莱尔用手扶着头。她不想和莉迪亚待在一起，但如果没有莉迪亚她可能没有办法坚持下去。克莱尔已经忘了有个姐姐也是一件头疼的事。

莉迪亚打开转向灯，准备开上州际公路。为了缓和气氛，她对克莱尔说：“以前老爸很讨厌周日开车上路。”

虽然心里不情愿，但克莱尔还是笑了笑。当初跟着爸爸学开车时，爸爸总告诫她们，星期天开车上路是最危险的，人们穿着不舒适的衣服在教堂里坐了几个小时，又累又烦，上路的时候就像脱缰的野马一样。

莉迪亚问道：“你昨天去麦当劳干吗？”

克莱尔把实话告诉了她：“本来想去厕所里吐一下，但又没买东西，感觉有点不好意思。”

“店员肯定都习惯了，”莉迪亚加了一脚油门，开上了超车道，之前还对这辆车各种不满，但现在好像开得挺开心，“你觉得诺兰发现你放了他鸽子会怎么办？”

“看情况吧，如果他叫我过去是出于正当原因，那可能会全境通缉我吧，如果不是的话，他大概会接着打电话给我，或者直接去我家。”

“你没关车库门，他可以直接进去搜查保罗的电脑。”

“那就让他去吧。”克莱尔并不觉得有什么必要去隐瞒视频的事，一开始就是她自己交给警方的，“还是同样的道理。如果出于正当原因，诺兰肯定有搜查令。如果不是，就让他拿了硬盘赶紧滚蛋。”

“可能亚当去拿U盘的时候正好撞上他了。”

“那最好了，他俩正好一起对着那些视频打飞机。”

莉迪亚没有笑：“我能问你个问题吗？”

克莱尔仔细端详着她，她平时可不会这么说话：“什么？”

“你平时干什么？有工作吗？”

克莱尔听出她话里有话。可能在莉迪亚心里，她就是整天在家里无所事事，只知道花保罗的钱。说实话，有段时间她确实是这样，但其他时候她也觉得自己还是在工作。“我经常去做志愿者，比如动物收容站啊，粮食银行啊，劳军联合组织之类的。”她还不如直接把父亲喜欢做的事列张表读出来算了，“我以前还为‘无辜者拯救项目’[①] 工作过呢，但后来看到本·卡尔维的案子我就不敢做了。”以前她们父亲调查过两个连环杀人犯，其中一个就是本·卡

① 1992年纽约州叶史瓦大学“本杰明·卡多佐法学院”的巴里·舍克和彼得·诺伊费尔德共同创建了“无辜者拯救项目”，此后，美国各地自愿投身于刑事错案纠正、救济的“无辜者拯救项目”遍地开花。这些项目依托各地法学院教授、学生的人力与专业，致力于向最困窘的无辜蒙冤者提供他们最难以得到却最急需的法律服务。

尔维。“我还去法国、德国旅游过。会弹钢琴。院子里草长得太长，天气不太热的时候我还会割草。以前每天会打三四个小时网球，但出于某些原因，已经没人愿意和我打球了。”她反问莉迪亚，“那你平时做什么？”

“我上班，回家，睡觉，起床，又去上班了。”

克莱尔点点头，好像她什么都不知道一样：“那你现在有对象了吗？”

“不算吧。”说话的同时，莉迪亚超过了一辆慢吞吞的奔驰车，“妈妈知道我们俩又联系上了吗？”她故作随意地说出这句话，但生硬的语气出卖了她。

“我没告诉她，”克莱尔承认道，“不过也只是因为我最近很糟糕，而且怕打电话给她被她听出来。”

“听出什么来？”

“听出保罗的事你没说谎，也就意味着我这十八年的婚姻完完全全失败了，保罗也是个变态。”

莉迪亚含着下巴，但这一次她没有说话。

克莱尔突然反应过来她为什么不说话了：“说起来，我还没向你道歉。”

“确实没有。”

“对不起，”她竭力表达着歉意，但和她对莉迪亚造成的伤害比起来，这三个字简直微不足道，“我应该信任你的。”克莱尔刚一说出这句话就觉得这么说也不对，在她俩生命中的那个时刻，她无法想象在何种情境下才有可能信任莉迪亚。“就算我不信任你，也不该让你走的。”

莉迪亚扭过头，吸了两下鼻子。

克莱尔低头看着姐姐的手，也不知道要不要握住她："对不起，小辣椒，以前是我抛弃了你，是我让妈妈抛弃你的。"

"她自己也想赶我走吧。"

"这我就不知道了。"克莱尔这还是第一次意识到自己曾经的所作所为带来的影响，她亲手把莉迪亚从她的生活里推开，把她从本就破碎的家庭中分裂出去。"我知道妈妈很怕再失去一个孩子，所以利用了这点。当时我真的很生你的气，逼着妈妈二选一，就像《苏菲的选择》① 里一样。"克莱尔思前想后，觉得只有这样描述才比较贴切，"我错了，以前不该这样对你，这样伤害我们的家。"

"好吧，"莉迪亚擦掉了流下的泪水，"当时我也不是什么好东西。你说的都是真的，我偷你东西，没一句真话。"

"但在这种大是大非上你没有撒谎啊，我应该早点明白的。"克莱尔自己都笑了，觉得这样说太过轻描淡写了，"显然，有很多事我都不明白。"

莉迪亚哽咽了一下，努力忍着不让眼泪流出来。

克莱尔也词穷了，难道还要说姐姐能戒掉毒品摆脱贫困，自己为她感到骄傲？要说她女儿不仅生得漂亮，还学业有成，落落大方？要说她男朋友是真心实意对她的？她对莉迪亚的所有了解，都

---

① 《苏菲的选择》是美国作家威廉·斯泰伦创作的长篇小说，首版于 1979 年。1980 年获得首届美国国家图书奖。小说以波兰籍移民、女主人公苏菲的人生经历为主线，交织描写了她同美国犹太人纳森的深切、热烈、畸形、变态、大吵大闹的爱情悲剧，以及同小说的叙述者、南方青年作家斯汀戈的爱情纠葛，生动而深刻地揭示了第二次世界大战给人们的精神和肉体带来的灾难性的摧残，无情地暴露了德国法西斯集中营的令人发指的内幕，控诉了纳粹残杀无辜的罪行。

来自于保罗的私家侦探。

也就是说，就算克莱尔能承受住自己婚姻的阴暗腐朽的本质，莉迪亚也不信任她，不愿把生活的细节都告诉她。

“好吧，”看来莉迪亚已经准备换个话题了，她对着触摸屏挥了挥手，“你车上有收音机吗?”

“想听什么歌都有，”克莱尔点了点“媒体”按钮，“想听什么你就大声说，电脑会自己搜索然后播放。”

“不会吧。”

“这就是有钱人的生活啊。”克莱尔点击了分屏按钮，在不同的屏幕上滑动着，就像特斯拉代理商店里撒欢的小孩子，“可以在这个屏幕上看邮件，看车的剩余电量，还可以上网。”

突然，克莱尔停了下来。当她点到上网按钮时，系统加载了保罗之前查阅的一个网页：Feedly. com。这个网站是一个新闻聚合器，和谷歌快讯的运作方式类似，只是提供的都是新闻故事。

在搜索引擎里，保罗只搜过一个名字。

莉迪亚问她：“怎么了?”

“停车。”

“为什么?”

“叫你停车。”

莉迪亚重重地叹了口气，但还是照做了。车子碾在路肩震动带上，车里一阵震动，随后她们便把车停在州际公路的路边。

莉迪亚又问她：“怎么了?”

“保罗设置了自动提示，只要一有安娜·基尔帕特里克的消息就会弹出来。上一条是在两分钟前。”

莉迪亚拿过手包，从里面掏出眼镜。“那你还等什么，赶紧打开啊。”

克莱尔点击了最常出现的一个提示，里面是美国广播公司亚特兰大第二频道的链接。

首页上弹出了一个黑色方框，里面有一个直播视频，红色的标语写着：现场直播！安娜·基尔帕特里克案情新进展。点击后缓冲的小圆圈一直转着，克莱尔开大了音量，两人都在等着，眼睛注视着转动的小圆圈。

一辆联合包裹服务公司的卡车从一旁开过，车内一阵震动。

莉迪亚说：“怎么那么慢啊。”

终于，视频加载好了，但是没太大意思。视频里梅休警监站在演讲台后，还有从不会放过在媒体上抛头露面的国会议员约翰尼·杰克逊，他站在梅休身后，但稍稍靠右，这样就不会被梅休挡住。两人齐齐看着紧关着的侧门，台下不时有闪光灯亮起，记者们等得有点不耐烦，开始四处踱步。

这时传来了现场语音播报的声音：“我们刚接到通知，失踪者家属已在五分钟前抵达场馆，还请各位少安毋躁。”接着，播音员带大家回顾了基尔帕特里克的案件，从警察在雷诺克斯商场停车场找到女孩的车开始讲起。

克莱尔回想起和家人参加新闻发布会的时候，当时还只有三家新闻社，所以发布会只是在治安官办公室小小的门厅里举办的。爸妈告诉她和莉迪亚，让她们穿得邋遢点，但也不要太难看，海伦担心犯人看到他们另外两个女儿然后又起歹念。治安官让她们对朱莉娅说几句话，因为他非常坚定地相信朱莉娅肯定在某个小旅馆里，嘲笑父母在晚间新闻上出丑。

莉迪亚说："家长来了。"

侧门打开了，安娜·基尔帕特里克的父母走上台，站在梅休的左边。梅休对他们点了点头，仿佛在说"放心，一切都会很顺利"，但他们却没有对梅休点头致意，两人看起来就像等着行刑的死囚。

莉迪亚又说："我猜警察肯定找到尸体了。"

克莱尔嘘了一声，让她安静看着，但几秒之后，梅休的发言证实了莉迪亚的猜测。

他说："今天凌晨四点左右，我们在环线下的慢跑道上找到了女孩的遗体。"

梅休说的是一条穿过市中心的环线，克莱尔有几个朋友将其戏称为"强奸环线"，因为很多性骚扰案件都发生在那条慢跑道上。

梅休继续说："迪卡尔布县[①]的取证实验室根据照片和指纹证实了女孩的身份，基尔帕特里克一家也在一小时前确认了我们的搜查结果。"

克莱尔吃惊地问："警察让他们看了尸体？"

"如果是你，你不会想看吗？"

克莱尔也不确定自己会怎么样。

梅休说："截至目前，我们已经没有更多的线索，如果有人认出肖像中的男子，请拨打热线与我们联系。"说罢，他举起警方提供的画像，画上的男子就是曾出现在安娜车辆旁边的那个人。"基

① 迪卡尔布县（De Kalb）是美国伊利诺伊州的一个县，人口约 10.5 万（2000 年），距离伊利诺伊州最大城市芝加哥约 63 英里。北伊利诺伊大学坐落于此。

尔帕特里克一家会感谢所有为案件调查提供了帮助的人……”

克莱尔把视频调成静音，她知道接下来记者要开始发问了，而梅休也不会给他们任何答案。视频中梅休对安娜的爸爸鲍勃·基尔帕特里克做了个手势。只见鲍勃泪眼汪汪，神情憔悴，这副模样她在父亲身上见过无数次。

莉迪亚也是一样，她说：“看到他，我想起了老爸。”

克莱尔刻意不去看安娜的妈妈埃莉诺·基尔帕特里克。她紧紧地拉着鲍勃的手，好像两人被困在海上一样，就算上了岸，也没有一个安稳的栖身之地。

莉迪亚握住了克莱尔的手，姐姐的抚慰就好似一股暖流穿过她的身体。两人坐在车里，听着窗外一辆辆卡车呼啸而过。克莱尔会想看到朱莉娅的遗体吗？过了那么多年，尸体肯定都变样了，变成了一堆白骨，但就算只是白骨也意义非凡，至少她们还可以把朱莉娅安葬，还有地方给她们寄托哀思。

“这是什么情况？”莉迪亚指着屏幕惊呼道，只见埃莉诺·基尔帕特里克一把推开梅休，抓起了话筒。

克莱尔调大了音量。

埃莉诺·基尔帕特里克愤怒地对着话筒大吼，音箱发出了啸叫声：“……（现场消音）被烙得像动物一样！”

突然，视频断了，第二频道的主播出现在屏幕上：“对于刚才各位听到的内容，我们深表歉意。”

“赶紧找没有被剪掉的版本，”莉迪亚指挥着克莱尔，“赶紧找出来！”

“我正在找啊……”克莱尔已经打开了搜索页面，刷新了新闻栏，同时有十几家网站正在转播这场新闻发布会，而克莱尔却选了内容最简略的一个。屏幕中间的缓冲圆圈又开始转动。

莉迪亚说："重新换一个啊。"

"等一等嘛。"克莱尔双手紧扣，这样她才能忍住不去碰屏幕。就在她准备关闭页面的时候，视频终于加载完成。

梅休站在原地不动，话筒还放在面前。杰克逊像个士兵一样直立着望向前方。克莱尔按下播放键，视频里梅休说："今天凌晨四点左右……"

"才刚刚开始。"莉迪亚看得很专注，她直接把进度条拉到埃莉诺·基尔帕特里克爆发的地方。

"放你的狗屁！"埃莉诺怒吼道。

约翰尼·杰克逊很娴熟地躲开了镜头，让雅各布·梅休独自承受她的愤怒。

"基尔帕特里克女士……"梅休伸出手，想遮住她手中的话筒。

"放手！"埃莉诺·基尔帕特里克试着推开他的手，但她太过瘦小，推不动梅休，她便转向记者们，"我的女儿被肢解了！"

记者们用此起彼伏的闪光灯回应着她。

梅休重复道："基尔帕特里克女士，请不要这样！"

她一把抢过话筒："她的乳房被割掉了，身上被烙得像动物一样！"

梅休想抢过话筒。她用力一扯挣脱了梅休。当梅休再次抢夺话筒时，鲍勃朝着他肚子上就是一拳。

"她是我们的宝贝女儿！"埃莉诺哭喊着，"她还是个孩子啊！"

两个穿着警服的警察控制住了鲍勃。但就算鲍勃被带走，埃莉诺仍在怒吼着："什么样的禽兽会对我们女儿做出这种事？到底是什么样的禽兽？"

梅休用手背擦了擦嘴，看来他也被惹怒了。在所有记者面前，他把埃莉诺拦腰抱起，扛着她向台下走去，话筒重重地砸在地上。梅休基本上是把她扔出了门外，一把将门摔了回去。镜头记录了这一切，几秒之后才被关掉。

克莱尔和莉迪亚呆呆地盯着屏幕。

莉迪亚问道："你看到她刚才做了什么吗？"

"嗯。"克莱尔重新加载了页面，等着视频再次缓冲出来。这次她们没有快进，从头看了一遍记者会，先是梅休讲话，然后埃莉诺上台。播放完之后她又加载了一次，两人把这段视频看了三遍。

现场语音播报。站在演讲台后的梅休。基尔帕特里克一家走进会场……

两人一遍又一遍地看着，都在埃莉诺·基尔帕特里克爆发的那一刻愣住了。当埃莉诺说到女儿身上有烙印时，她用手在自己腹部画了一个"X"。

克莱尔按下暂停。画面定格在埃莉诺·基尔帕特里克身上。她大张着嘴，用右手捂着肚子中间偏左的位置，刚好在肋骨下方。

莉迪亚说："乳房被割掉。"

"我知道。"

"肚子上有个'X'形的烙印。"

"我知道。"

所有特征都和保罗视频里的第二个女孩一致。

那个长得很像安娜·基尔帕特里克的女孩。

iv.

你还记得当年蒂莫西·麦科克代尔被处决时，你在学校校报上发了一篇文章吗？在七十年代时，他因谋杀一位白人女孩，被法院判处死刑，而动机却是他在亚特兰大市中心的酒吧看到那个女孩和黑人说话。当时的你非常不解，为什么这个女孩只是跟黑人说了话就会引起他人的杀意，我既为你感到骄傲，也希望你永远不会接触到这种愚蠢的种族歧视。我和你妈妈年轻时正好是种族歧视者们苟延残喘的时候，我们为平权奋斗着，不过当时我们的朋友和同学也跟我们并肩作战，一路披荆斩棘。

我还记得当时和你妈妈说起你这篇文章，你指出虽然麦科克代尔罪有应得，但是社会并没有权力决定他的生死。看到你和我们持同一种观念，我和妈妈都为你感到骄傲。我们也和你一样，虽然这个男人对一个十七岁的少女实施了绑架、强奸、虐待、谋杀等罪行，但得知他被判决电椅处死时，我们还是很愤怒。

今早我开车去佐治亚“诊断与分类监狱”的途中都还在想你的那篇文章。你为了写那篇文章对这个监狱做了研究，应该知道这里是佐治亚州关押死囚的地方。我也不知道为什么，当我经过监狱大门时会想起你的文章，虽然我还是很为你骄傲，但可想而知，我对于死刑的看法也有所改变。我认为决定犯人生死的权力应该交给受害者的父母。

在你失踪几年后，一个叫作本·卡尔维的邮局职员由于杀害六名年轻男子被判死刑。（根据“软蛋”治安官的调查，此人是个同性恋，所以他谋杀的对象是男性。）有流言称卡尔维吃掉了一部分被他杀害的人，但这个案子没有进行公开的审讯，很多恐怖的细节都还不为人知。十个月前，也就是你失踪整五年那天，我看到治安官的一份文件中有卡尔维的名字。那是一封用佐治亚狱政局专用纸张写的信件，发件人是该监狱的监狱长。他写信告诉治安官，死刑犯本·卡尔维透露，一名监狱看守可能知道一些关于你失踪的信息。

“软蛋”治安官在文件中进行了批注，说自己追踪过这条线索。但后来我去找卡尔维时，他亲自告诉我，治安官从没去找过他。其实，在过去十个月中我前前后后一共去了那个监狱四十八次，如果不是死刑犯每周只能有一次探望的机会，我还会去更多次。

宝贝对不起，直到写下这封信时我才坦白自己去探监那么多次，不过还请你继续读下去，可能你就会了解我为什么这么做。

我去找他的那天，我们两个面对面坐着，好像鱼塘里两条被铁丝网隔开的鱼。铁丝网上只有一些微小的洞，探监室里很嘈杂，里面大概有八十个死刑犯，其中很大一部分与外界（除了偶尔来探望的母亲）已经失去了联系，你就可以想象探监室里一定满是情绪宣泄。本·卡尔维的母亲已经年迈，无法再来探望他，所以唯一来找他的人就是我。我得弯下腰，把嘴凑到铁丝网前才能和他说话，铁丝网上已经污迹斑斑，可想而知，在我之前肯定有几千张嘴贴上去过。

贴着这里说话的人有些可能有艾滋病、乙肝、疱疹、流感、传染性接吻症①……

但是，我还是把嘴凑了过去。

卡尔维说话口音绵软，是个很有魅力的男人，风度翩翩又很有礼貌。我不禁想，他是天性如此，还是读了太多讲述汉尼拔·莱克特的小说？

不管怎样，他向来都很关心我过得好不好。“你今天很没精神啊，”他有时会这样说，“你是不是没吃饱？”或者说，“你要好好跟理发师商量下怎么弄弄你的头发。”

我也知道他是因为太寂寞了所以会向我示好，而我为了从他那里获得信息，也会给他一些回应。

所以，我们什么都聊了，就是没说你的事。

他清清楚楚地记得很多电影的对白，《卡萨布兰卡》《飘》《午夜牛郎》，还有巨蟒剧团的作品。他也读过很多书，经典文学基本都有所涉猎。聊起亚特兰大，他读过安妮·莱弗·西顿。聊起爱情文学，他读过芭芭拉·卡特兰。聊起奇幻文学，他读过尼尔·盖曼。聊起《圣境预言书》时，虽然我记得其中很多对白，但我心不在焉，草草几句就带过了。

我没有和你妈妈说起我与卡尔维的谈话，不仅是因为她觉得《廊桥遗梦》这样的书都是一堆矫情的废话，而且她也不想听我讲

---

① 传染性接吻症也称传染性单核细胞增多症，经口密切接触（如亲吻、共用餐具或咀嚼食物喂食婴儿）是该病的主要传播途径，也可能经由飞沫传播。

所谓的“业余生活”，以及我无谓的找寻。总而言之，我和你妈妈已经没什么好聊的了，只是偶尔会回忆一下当初糟糕的露营，小时候的拔牙经历，还有气氛紧张的家长会。你妹妹们都开始了自己的生活，结交了自己的朋友，开始组建自己的家庭，没有我们的家庭。你妈妈也找了一个人（一个不如我的人）替代我，而我呢……

我可以告诉你其实我很孤独吗？难道我要告诉你每天早上，我都在冷冷清清的卧室里醒来，看着爆米花色的天花板，思考着今天我要不要起床吗？告诉你每次看到我的牙刷孤零零地立在杯子里，旁边没有你妈妈的，我就会心痛欲绝吗？告诉你家里的杯盘碗碟都是一对一对的，不是因为我要用那么多，而是当初就是按两人份买的？告诉你我失业了？我终于失去了你们的母亲？我不再叫你妹妹们来家里，因为每次和她们说话我都觉得在把她们拉进无底的深渊里？

所以你也应该能理解，为什么跟一个连环杀人犯探讨电影和文学会成为我生活中很重要的一环了吧。这件事给了我一个每天洗澡、穿鞋、开车出门的理由，让我离开那个跟佐治亚“诊断与分类监狱”中的牢笼一样的单身公寓。

我知道本是在利用我，我也知道自己愿意被他利用。只是到后来，当我和一个会吃人的家伙就乔伊斯进行争论时，我才想起，我来找他的原因不是要从他那里得知关于你的消息吗？不是要问他听说过什么流言，能不能让我知道你究竟怎么样了吗？

但我心里一直有个念头困扰着我，我觉得他对你一无所知。

而另一个更困扰我的想法，就是我好像已经不太在意了。

所以我决定这样做：我说服自己，我是在研究这个人。绑架你的人是不是他这类的？是不是刚绑架你时对你也很好，就像本·卡维尔对我这样？他绑走你，是不是因为他希望能够独占你？或是因为想要伤害你？

我不禁问自己，如果没有眼前这层肮脏的铁丝网，如果没有周围的警卫，没有障碍把我们隔开，本·卡尔维这样的人会对我做出什么？他还会细细和我讨论斯宾塞的《仙后》[①] 吗？还是会把我开膛破肚，切一块我的胰腺来品尝？

然而从今天开始我永远都不会知道上述问题的答案——不是因为不可能发生，而是我又被下了禁令，不许再探望本·卡尔维。我马上就开始怀疑是"软蛋"治安官下的禁令，但后来才知道是监狱长。想想也合理，就是通过他的报告我才知道本·卡尔维这个人。

事情是这样的：那天我去探监，前来引路的是一个肥胖的狱卒，他没有带我去等候室，而是走向了一条长廊，那人一边走一边发出吭吸的声音，回荡在刚打过蜡的地板上。这条走廊长且宽，就算犯人想逃跑也无处可躲，每个转角都有凸面镜，一举一动都被监控摄像头记录着。

要是雅典小镇中心区的安保有那么好，可能你就不会失踪了。

监狱长的办公室非常简陋，几块隔板随便一围，再配上点公家的绿色家具，就连墙面和地板都是金属和假木材做的。要是本·卡尔维看到肯定会说："像不像《铁窗喋血》[②] 里的情景？"监狱长是个剃了圆寸头的胖子，脖子上的赘肉都快把衣服领子遮住了，可能

---

① 《仙后》（*The Faerie Queene*），是英国诗人埃德蒙·斯宾塞于 1590 年出版的史诗。
② 《铁窗喋血》（*Cool Hand Luke*），是一部拍摄于 1967 年的美国监狱题材剧情片。

觉得自己不够像典型的监狱长，还穿了一件白色的短袖衬衣，外搭一条黑红相间的夹式领带。他坐在办公桌后，一边打量着我，一边抽着雪茄。我则在他对面坐下，手里拿着苏斯博士写的《你只会老一次》[①]。本·卡尔维拜托监狱长把这本书送给我。在食人鬼卡尔维与我的最后一次见面之后，监狱长取消了我的探监权，我再也不能踏入监狱半步。

“卡罗尔医生，”监狱长对我说，他的声音听起来有点像动画片《小鹰抓大鸡》里的角色，“像本·卡尔维这样的变态，他没有任何同情心，不知悔改。如果你在他身上看到人性的一面，一定是他装出来的。”

我来回翻着书，手心不停地冒着汗，纸张都黏在手指上了。不管一年中什么时候，监狱里都十分闷热，哪里都能闻到汗液和污水的臭味，都能见到一群绝望至极、像奴隶一样被关在牢笼里的犯人。

监狱长说：“显然，卡尔维从你身上得到了自己想要的。现在他玩够了，不想理你了。别往心里去，好歹你没被他大卸八块。”

大卸八块。

这个词在我脑海中不断翻滚着。在狱卒护送着我走过长廊时，我又念了几次。坐在车里，我手握着他送我的书，嘴里不断重复着这个词。

《你只会老一次》是一本写给成人的图画书。几年前，我过生日的时候你们姐妹三个还一起送了我一本，你们这些小孩总是觉得

---

① 《你只会老一次》（*You're Only Old Once*）是苏斯博士系列童书之一。

看着大人变老是一件好玩的事。我都不记得自己有没有跟他提到过这本书，但好像之前为了从他嘴里套出关于你的事，就跟他聊到这个话题。

我还记得当时对话是这样的：

本：萨姆，你最近在看什么书？

我：我之前翻出了一本苏斯博士的《你只会老一次》，有次我过生日朱莉娅和另外两个女儿送我的。

本：你知道吗？我最喜欢的生日礼物，是我十六岁生日时，妈妈给我配了一套车钥匙，让我开她的车。萨姆，你的第一辆车是什么车？我猜是辆老爷车吧，肯定吸引了好多小妞。

本·卡维尔就是这样，总是在奉承你的时候转换话题，而且手法相当高明。当你都不知道自己被别人操控的时候，想要讲清楚对方的手法是非常困难的。你又不可能把整个对话记录下来。

我很确定，在我们打交道的这段时间里，本从我身上获取的信息，绝对比我从他那里得到的多。不得不承认，他确实比我高明到不知哪里去了。我知道他是个变态，但确实是个很有趣的变态，也让我在连续的十个月中每周都有事可做，否则我恐怕就只有割开手腕，看着鲜血从浴缸流进下水道了。

之前说到我抽屉里的金属器具时，没有说到里面那把手术刀。这把闪闪发亮的手术刀十分锋利，在我抽屉里躺了快一年。我看过太多次这把刀如砍瓜切菜一样切开鲜活的肉体，也梦见过用它刺入我的身体。

在我看来，本·卡尔维知道他让我不再那么抑郁，也是时候放我走了。不是他想断了联系，只是因为如果我还继续去探望他，他会忍不住心里的欲望，想要把自己煞费苦心治好的我毁掉。

虽然监狱长说的没错，他就是个变态，但说他没有同情心却有些偏颇。我手里这本书就是最好的证明。

我也不知道他天天被关在死囚监狱里，能上哪里找到一本《你只会老一次》。但我知道他路子广，外界有不少人很喜欢他，狱卒们因为他是这里的老前辈，都会敬他几分。所以就算在监狱里，他也可以想要什么就有什么。不过如果没有必要，他也不会主动要求。而送我这本书的原因大概就是想给我传达一个信息。

本·卡尔维在书上写了一句话：

“先看图，再看字。”——罗伯特·詹姆斯·沃勒。

看图。

我以前就见过这句话，至少见过六次，所以后来每年你失踪那天，我去治安官办公室时才会轻易地认出来。这句话和某个罪行有关，那个罪行背后关联着一个案子，那个案子的犯人是个男人，而现在据我所知，那个男人和你的失踪有关。

看见没，宝贝？

本·卡尔维确实知道一些关于你的消息。

第十章

莉迪亚站在雅典小镇中心区的拱门前。她低头看着手机，刷新着网页。还没有看到安娜·基尔帕特里克案子的其他消息，但媒体仍在翻来覆去地讲着这起案件，竭力把新闻发布会上埃莉诺的爆发渲染出来，一下占据了各大媒体首页。包括微软全国有线广播电视公司、福克斯、哥伦比亚广播公司、美国广播公司和全国广播公司都用这一事件取代了原本周日早晨的政坛要闻回顾。美国有线电视新闻网络还邀请了一个心理医生来讨论埃莉诺和鲍勃当时的心态。实际上这个心理医生从未见过安娜的父母，也没有参与过任何关于儿童绑架和谋杀的案件，但好像也不妨碍他像个专家似的在全国卫视上发表长篇大论。

要说当时他们的心态，莉迪亚更有资格来分析。基尔帕特里克一家十六岁的女儿安娜被人折磨、烙印，发现她尸体的环线本是人们用来休闲娱乐的地方，现在看来倒更像犯人的猎场。找到尸体时，他们一家肯定有寻死的念头，好去阴间与他们唯一的女儿团聚。

这夫妻俩肯定早已料到安娜应该是九死一生了，但一直还没有准信，直到他们见到了她的渐渐腐化的尸体。难道得知这样的真相，会比一直被自己想象中的恐惧缠绕着要好受些？

和卡罗尔一家一样，他们也陷入了这种两难的境地。

莉迪亚擦了擦眉毛上流下的汗。虽然一夜之间气温骤降，但她还是浑身燥热，可能是因为震惊，可能是因为紧张，也可能两者都有。她沿着石阶爬上铁拱门，自美国南北战争起，这个拱门就一直屹立在佐治亚大学的北校区门口。父亲曾给她们讲过以前在橄榄球比赛后，很多人会把厕纸贴在拱门上。讲过朱莉娅因为在这里参加游行，抗议第一次海湾战争而被拘留。讲过朱莉娅失踪前一天，和自己的朋友们穿过这个拱门，前往曼哈顿酒吧。

在曼哈顿酒吧之后，就没有人知道她的踪迹了。

莉迪亚多想此刻小狄就在身边，她要将小狄一把抱住，像在小狄生病或难过时那样吻她的额头。小狄刚出生时很喜欢被抱着，莉迪亚煮饭时也背着小狄，洗衣服时把她驮在腰上，长此以往，她的背时不时就会痛。在莉迪亚和瑞克在一起以后，两人会一起抱着小狄，瑞克抱着脚，莉迪亚抱着头，两人往往会相视一笑，庆幸自己拥有这样一个小天使。只有这样紧紧抱着小狄，听着她的呼吸声，莉迪亚才会觉得安心。

她双手掩面，闭上眼睛。埃莉诺·基尔帕特里克伤心欲绝地哭喊，痛不欲生的表情，在左侧腹部画出的“X”符号，这一切都深深印在莉迪亚的脑海中。

在画出“X”符号时，埃莉诺是用右手在身体左侧画的，可见右手是她的惯用手，而且在左侧腹部比画也绝不是巧合。

莉迪亚看向布罗德大街。克莱尔还坐在两人之前分开时的那个星巴克门口，她挺直腰板，眼神放空，一脸迷茫，就像患了紧张症一样。她一动不动，让莉迪亚有些发怵，本来克莱尔就不是一个喜怒形于色的人，现在则完全无法看透她了。

莉迪亚站起来，在离克莱尔三十码的地方她没办法猜到克莱尔在想什么。她走回布罗德大街，街上没有车开过，但她却在马路中间站定。昨天晚上的比赛中，佐治亚队打败了肯塔基队，整个小镇的人在昨晚的狂欢后都还在熟睡着。人行道上啤酒撒了一地，踩上去黏黏的，满街都是垃圾。

莉迪亚走到桌旁坐下，克莱尔没有抬头看她，只问道："这里是不是看起来不一样了？"

"像个露天购物广场似的，"莉迪亚这么说，是因为以前她们读书的时候，学校还是非常古典优雅的模样，现在变得非常商业化，"这都快到郊区了。"

"唯一变了的其实只有卡其色校服短裤的长度。"

"以前那个卖玉米饼的小摊是不是就在这里？"

"再往那边走几步就到了。"克莱尔朝着玉米饼小摊的方向扭了扭头。

莉迪亚伸长脖子向远处望去。人行道上还有很多供人休息的桌椅，但因为天气太冷，没有人坐在室外。远处站着一个手拿扫把和簸箕的女人，她本该把昨晚留下的垃圾清理掉，但是她却只顾着玩手机。

克莱尔突然说："保罗从没对我提过任何奇怪的要求。"

莉迪亚转过身看着妹妹。

"我还记得第一次在他电脑上看到那些视频时，我只看了片头那个女孩被链子拴住的部分，当时我就有一种非常奇怪的感觉，觉得他背叛了我，我想知道他为什么背着我看这些视频。”这时，一个晨练的人从她们面前慢慢跑过，“我想，如果他喜欢这类东西，比如锁链、皮裤、遮眼布什么的，就算我不是很喜欢，但他为什么都不让我尝试一下呢？”她看向莉迪亚，仿佛在等她解答。

但莉迪亚也只能耸耸肩。

“我可能会配合他的。”说罢，克莱尔又赶紧摇摇头，好像感觉有些自相矛盾，“我意思是，如果他真的想要，我还是会陪他尝试的。”

莉迪亚又耸了耸肩，也不知道能说什么。

“他从没要求我装扮成女佣，或者装学生妹什么的。也没跟我提过要‘走后门’，所有男人都会想试试‘走后门’的。”

莉迪亚急忙四下张望，希望没被别人听到。

“那女孩比我年轻，”克莱尔接着说，“第一部电影里那个女孩子，我看到那个视频时，浮现在脑海里的第一个念头就是她比我年轻，真的很伤人，因为我不再年轻了。这一点是我没办法的。”

莉迪亚坐回椅子上，反正她也拦不住，不如让克莱尔说个够吧。

“刚结婚时，我其实没有很爱他，我意思是我喜欢他，但是……”她摆了摆手，“我还记得刚结婚那年的圣诞节。保罗在写他的硕士论文，我在和一家律所打电话，那个时候我就想，我不想要这样了。当时我觉得，结婚一点意义都没有，很无聊。爸爸妈妈在朱莉娅失踪之前生活是多么丰富，两个人都是热情饱满，很有趣的那种人，莉迪亚，你还记得他们以前的样子吗？”

莉迪亚笑了笑，克莱尔的这个问题让她回想起了以前父母的样子。尽管萨姆和海伦结婚二十二年，两人还是像年轻人一样，喜欢相互打闹。

克莱尔说：“两人会一起去跳舞，去聚会，去吃晚餐，各自也有爱好，和对方总有说不完的话。还记得以前他们不让我俩打扰他们独处吗？见他们那么甜蜜，我们也不忍打扰。”克莱尔说着说着也露出了微笑。“他们见多识广，和他们相处是很快乐的事。只要他们组织聚会，总会有一些陌生人来拜访，因为他们对于卡罗尔夫妇的幽默早有耳闻。”

所有回忆都在莉迪亚脑海里变得鲜活——在聚会上，海伦往芹菜上涂芝士，烤箱的火燎了萨姆的眉毛，大家一起玩“你来比画我来猜”，一起激烈地就政治话题进行辩论，轻松愉快地聊各种书籍、艺术以及电影。

克莱尔接着说：“他们总是会亲吻对方，很热烈的那种吻。我们还老说他们恶不恶心，但其实很浪漫啊，对吗小辣椒？看到他们你就会觉得这就是爱。”

莉迪亚点头表示赞同，一阵旧回忆涌上心头，她一时沉醉其中。

“和保罗结婚的第一年里，我们还没有这样的感情，至少我不觉得有。”克莱尔用力地咽了咽口水，“所以那天晚上下班骑单车回家时，我决定要跟他坦白地提出分手。我知道很残忍，就像把创可贴从创口上扯掉一样痛，但我不想和他拖到各种圣诞和新年聚会结束之后了，就打算直接告诉他。”她停了下来，泪水从脸颊上流下，“但当我回到家时保罗已经躺床上了，我以为他只是打个盹，却发现他浑身是汗。我听到他大声地喘息着，每眨一下眼睛眼皮就会抽搐。我就急忙扶他起来去看医生。当时他已经感冒了好几周，一直拖成了轻度肺炎，严重点可能会死掉的，他差点就没撑过来。”克莱尔擦掉眼泪，“但我发现一点：看到他那个样子我心里很怕，无法想象没有他这辈子要怎么过。就在几个小时前我还做好了分手的准备，但最后才明白我做不到。”她使劲摇着头，就好像有谁在逼问她一样，“他差不多在医院里住了三个星期，我也一直在一旁照顾他，给他读书，睡他旁边，帮他洗澡。我一直都知道，保罗很需要我，但直到那次差点失去他，我才意识到我们都需要彼此。”

克莱尔顿了顿，喘了口气接着说：“这就是爱上一个人的感觉吧。强烈的爱欲，为了和对方在一起宁愿放弃一切，这就是激情。这种近乎狂恋的激情总是会消耗殆尽，无法一直保持。但是陪保罗住院，照顾他的那段时间，我才开始意识到我和保罗之间的关系远不止是‘有爱’。应该说是‘被爱包围’，感觉爱就在身边，唇齿之间，触手可及。”

对于爱情，莉迪亚绝不可能用这种方式来描述，但和瑞克在一起之后，她也能明白妹妹刚刚所说的这种你中有我、我中有你的感情：两人既是相互陪伴的爱人，又是相互扶持的挚友。一直以来，她唯一担心的就是失去小狄该怎么办，但不管从哪个角度来说，失去瑞克才是对她致命的打击。

克莱尔说：“保罗知道失去朱莉娅之后我有多痛苦。我什么都告诉他了，什么都说，没有漏掉任何细节。我从没对任何一个男人这么坦诚过，告诉他我妈变得像个行尸走肉，我爸变成了堂吉诃德一样的疯子。告诉他如果没有他我一天都过不下去。”说罢，她抬头看着莉迪亚，看她是否在认真听。“小辣椒，是你救了我，在失去一切之后你是我唯一的依靠。”

莉迪亚突然感觉喉头一紧，克莱尔对她来说又何尝不是这样。

“可能这就是为什么保罗要把我们拆散，你说是不是？他知道你对我有多重要。比妈妈还重要，因为不管发生什么我都相信你会在我身边。”

莉迪亚摇了摇头，她怎么知道保罗心里想什么。

“我把安娜·基尔帕特里克一家的遭遇都告诉了他，但即使这样，他还是在看那些恐怖的视频。也有可能当他得知安娜不是唯一的受害者时，他很享受这种感觉。安娜的失踪牵动着她一家子，牵动着整个社区，甚至你我，还有妈妈和金妮奶奶。他常常会问我安娜·基尔帕特里克的情况，或者时不时提起这起案子，然后看我作何反应。就连他死的那天晚上他也问了我安娜的事。”她苦笑着，“我还以为他是出于关心我才问的，但现在我才明白，一切都是他享乐的方式。就像他强奸了那些女人，然后年年跟踪她们一样。”

莉迪亚虽然也认同她这种说法，但她还是问克莱尔：“你为什么这么想？”

“这就是他的控制欲啊。他让我以为自己拥有了一切，通过这种方式控制了我那么多年。他把你从家里赶出去，也控制住了你。让妈妈觉得他是绝世好女婿，控制住了妈妈。还有文件里那些女孩，他手里有她们详细的行踪，都在他的控制当中。妈的，他甚至还控制了金妮奶奶，奶奶虽然没什么钱，是个寡妇，但总觉得自己高人一等，所以要住私人公寓，每周要请佣人来服务，如果不是保罗出钱，她就得去住公立养老院了。反正无论如何，保罗把我们一家都玩弄于股掌之间。”

莉迪亚双手紧扣放在桌上，心里不禁想，为什么保罗活着的时候克莱尔没能想清楚这些道理？难道保罗那么擅长隐藏自己阴暗的一面吗？

克莱尔接着说：“天知道那个叫莱克西·富勒的女人经历了什么。可能保罗在她身上做了不少恶心的事，所以他才没要求我配合他。”她说到这里又笑了起来。“其实我还是有点希望事实就是这样，至少可以证明我还不是太蠢，是他装得太像个正常人。我知道你早看透了他，但你是唯一一个说他有问题的人。就连爸爸都被他骗了，我读过爸爸的日记，他对保罗最坏的评价就是他太溺爱我了。”

莉迪亚怀疑父亲是否真的认真观察过保罗。克莱尔和保罗开始谈婚论嫁时父亲就去世了。莉迪亚也一直觉得父亲的自杀推进了两人恋情的发展。

克莱尔告诉她：“保罗故意在你面前展现出阴暗的一面。在别人面前他竭尽全力地掩藏着，但就暴露给你看了，因为他知道这么做可以让我们决裂。”

“你是心甘情愿地被他玩弄的。”莉迪亚此前还没有意识到自己有多愤怒，凭什么克莱尔说和好就和好？克莱尔表现得那么信任莉迪亚，就像过去十八年什么都没发生过，她可是曾经把莉迪亚赶出家门的恶人啊。她告诉妹妹：“你选了你男人，放弃了我。”

此时，两人的目光交错了。“你说得对。我不知道我们还能不能和好如初，我不值得你原谅。”

莉迪亚躲开了克莱尔的直视，她不得不时刻提醒自己真正的恶人是谁。保罗穷尽一生，盘算着怎么控制别人。两人在大学里认识的时候克莱尔只是个单纯又脆弱的小姑娘，妈妈自己也是一团糟，爸爸也有了自杀的念头，莉迪亚刚刚从监狱里出来。保罗这时候乘虚而入又有什么奇怪的呢？

然而，莉迪亚还是没办法原谅克莱尔。

克莱尔问她："你觉得我应该给梅休警监打电话吗？"

"打给他干什么？"莉迪亚言语中透露出她的警觉，克莱尔把话题突然转向梅休让她有些措手不及，"他都骗你说那些视频是假的了。"

"可能他只是不想让我给媒体爆料？"

"不会的，如果是这样他就会直接开一道禁止令，命令你不准向媒体爆料，否则就以妨碍公务的罪名逮捕你。或者直接告诉你保密不就好了。"

"反正我不会把这些视频交给诺兰的，"克莱尔说，"我们还能找谁？'软蛋'治安官？"她朝着治安官办公室所在的大致方向挥了挥手，"调查朱莉娅的案子时他表现太棒了，我相信这件事他能办得更绝。"

莉迪亚突然发觉两人太过想当然了："克莱尔，我们现在到底掌握了什么情报？就只知道保罗看了这些视频啊。"

"那些视频都是真实的啊。"

"只是我们觉得是真实的。"莉迪亚又试着给克莱尔泼泼冷水，"只是我们基于新闻发布会上安娜妈妈的表现，推断里面那个女孩是安娜·基尔帕特里克，因为她就是这样被虐待的。但我们真的百分百确定吗？还是我们试图让自己相信？"

“你这就叫‘确认偏差’[①]。”克莱尔自己都无法想象这样的词会从她嘴里说出来，“为什么不能打电话给梅休?”

“因为他以前骗你说那些视频都是假的。因为他本应该正在忙着调查镇上最大的案子，但是就为了你家里一起盗窃未遂的案件就停下了所有工作。因为他是个警察，如果你惹毛了他，他可以让你过得生不如死。”

“那我现在过得很好吗?”克莱尔伸出手，“把一次性电话给我。”

莉迪亚看着妹妹，感觉她变了不少。以前听她说话，感觉她就是个不明状况的局外人，但现在，她开始表现得一切尽在掌控之中。

莉迪亚问她：“那你要跟他说什么?”

“叫他跟我说实话。解释清楚如果那些视频是假的，根据埃莉诺·基尔帕特里克在新闻发布会上的表现，为什么安娜和视频里的女孩子受到了一模一样的虐待?”

“呵，真是个好办法哦。”莉迪亚嘲讽道，“他作为警局里的高官，你怀疑他很有可能隐瞒了一起杀人案件，或者参与其中，可能散布了相关图片，或者犯下了以上的所有罪行，然后你直接打个电话对他说：‘嘿，老兄，你给我一五一十地讲清楚。’”

“我不会用 J. J. 沃克的那种口气跟他说话，但差不多就这意思。”

---

① 或称肯证偏误、验证性偏见，是指个人无论合乎事实与否，都偏好支持自己的成见、猜想的倾向。由此，人们在脑中选择性地回忆、搜集有利细节，忽略矛盾的信息，并加以片面诠释。

“克莱尔，你……”

克莱尔仍伸着手向她要电话。

莉迪亚看出妹妹已经作出了决定，便在包里到处翻找电话。突然，她的手背碰到了之前从克莱尔桌上拿走的那瓶复方羟考酮。莉迪亚告诉自己，这么做是为了不再让克莱尔乱吃药，但心里却怀疑自己是因为自己想吃才把药偷走。

“你带电话出来没？”

“带了。”她掏出一次性手机递给克莱尔，然后马上合起了手包。

克莱尔轻车熟路地从钱包里拿出雅各布·梅休的名片，拨通了他的电话，把手机放到耳边。

莉迪亚浑身紧绷。虽然听不到电话铃响，但却在心里默数着。手心里全都是汗，脉搏跳动的声音回荡在耳边。她虽然这些年都没再进监狱，但听到警察二字心里还是会很害怕。

克莱尔摇了摇头：“没人接，转到语音信箱了。”

见克莱尔挂断了电话，莉迪亚长舒了一口气。

“可能他还是会对我说谎吧。”说罢，克莱尔把手机放回桌上，“除了你之外，我都不知道还能相信谁了。”

莉迪亚低头看着自己的手，满是汗水的手掌在冰冷的铁丝网上留下了汗渍。她不想待在这里，也不应该待在这里，她应该回家陪小狄。如果她们现在就往回走，她还来得及回去给他们做个早午餐。

“1991 年 3 月的时候，保罗还在读书。”

莉迪亚又抬起头看向克莱尔。

"朱莉娅失踪时，保罗还就读于莱曼·沃德学院。"

"你确定?"莉迪亚自己都没意识到，原来自己一直很在意朱莉娅失踪时保罗在哪里，直到克莱尔告诉了她她才发现。

"那所学校就在奥本大学附近，以前他带我去过一次。我也不知道他为什么要带我去，他在那个学校留下了非常不好的回忆。但等我跟他到了那里，我才知道他是想跟我炫耀，不过我也不在意，自己也挺喜欢看他炫耀，那所学校是个很小的寄宿学校，由教会管理，非常严格。"

莉迪亚以前多次开车往返于奥本和雅典小镇之间。"朱莉娅失踪的时间是周一晚上十一点左右，从这里到奥本大学只要三个小时。"

"那时保罗才十五岁。驾照都没有，更别说买车了，而且学校每晚都要去男生寝室检查两三次。那所学校里有很多问题学生。"

"保罗也是被家里送去的问题学生?"

"他跟我说是因为自己拿到了奖学金才去的。"克莱尔耸耸肩，"其实还是说得通。因为越战的时候他爸爸在海军服役过一段时间。保罗也想追随父亲的脚步，至少能读个免费的大学，但在他读了建筑方面的书之后就改变了想法。"

莉迪亚不太相信："保罗相当聪明，都可以说是个天才了。如果他真的想当海军，他一定能考上全美私立学校联盟中的一所，或者是去西点军校，而不是在亚拉巴马读这种管得又严，还特别保守的基督教寄宿学校。"

克莱尔闭上眼想了想，觉得姐姐说得有理，便点了点头。

莉迪亚问她："你确定那晚他没溜出来?"

“非常确定。”克莱尔回答道，“他所有课都是全勤。校长办公室的荣誉墙上还贴着他的相片呢，所以他是绝不会逃课或者私自外出的，而且当时距春假还有一周。”

“你怎么知道得那么清楚？”

“因为当时他去肯尼迪航空中心看宇宙飞船发射，但是由于一些技术方面的问题飞船没能正常升空。我看了他们的合照，他站在一个巨大的横幅前，横幅上写着当天的日期，图中也能远远地看到发射台，我记得当时是三月的第二周，因为……”

“因为朱莉娅失踪了。”莉迪亚转过头，看着那个拿着扫把的女人，她正沿着人行道把椅子折叠起来，把桌子排整齐。

克莱尔说：“这里的老板还是那个害爸爸被拘捕的混蛋。”

莉迪亚还能回想起妈妈说起父亲被拘留时，和平时在图书馆工作时一样，声音很小但饱含愤怒，听来让人感到一阵寒意，仿佛能冻结熊熊大火。

克莱尔接着说：“很奇怪，和你在一起的时候我更想爸爸了。可能你是唯一一个既认识他又可以和我谈心的人吧。”

这时旁边星巴克的门开了，一群小青年摇摇晃晃地从里面走出来，手里都拿着一杯热气腾腾的咖啡。看他们摸着口袋找烟抽的样子就知道，他们肯定是昨晚喝大了。

莉迪亚站起来说：“走吧。”

她们把特斯拉停在卖玉米饼的小摊前。莉迪亚透过小摊的窗户看着外面，街上显然已经收拾得差不多了，椅子整齐地叠好，桌上也擦干净了，一卷卷廉价的擦手纸都被装进盒子里放在桌上供人使用。

克莱尔问她："我们待会儿还是要去保罗小时候的家，对吧？"

"是吧。"反正不继续往那边去，莉迪亚也不知道能干什么。

说罢，她便坐回驾驶座上，踩下刹车准备发动。瑞克肯定会喜欢这辆车的轰鸣声，喜欢里面的触控板，喜欢碾到分道线时方向盘震动的感觉。莉迪亚已经想好，等她告诉瑞克她和克莱尔去干了什么时，他肯定会生气，到那时就把开车的体验告诉他让他消消气。

"上亚特兰大高速。"克莱尔把富勒家的地址输入到触控板上，"有一年在爸爸妈妈家过圣诞节时，我和朱莉娅跟着《爱巢》[①] 的伴奏跳了个舞。你记得吗？就在她失踪前三个月。"

虽然莉迪亚还在想着瑞克，但她还是点了点头。瑞克和莉迪亚是那种不会向对方有所保留的人，不管结果如何，他们总是什么都和对方讲。有可能这次之后瑞克会不想理她，甚至下次再犯就会跟她闹翻。

"朱莉娅当时就是顺着这条路走的，"克莱尔指着拱门背后的希尔社区，朱莉娅大一的时候就是在那里度过的，"现在她们的寝室都安了空调，妈妈说还有免费有线电视、Wi-Fi、健身房和咖啡馆。"

莉迪亚清了清嗓子。她本来还在担心瑞克会生气，但现在反而生起瑞克的气了，她很讨厌瑞克告诉她什么该做什么不该做，但这些对话都是她自己脑中想象的，完全没有发生。

克莱尔说："曼哈顿酒吧还在原来那里，但现在已经变样了。"

"现在妈妈还会在每年朱莉娅失踪那天，沿着她失踪的路线走

---

① 《爱巢》(*Love Shack*) 是美国乐队 The B－52's 演唱的歌曲。在"最伟大的 100 首英文歌曲"中位居第 97 位。

一次吗？”

“可能吧，我们不怎么聊这个话题。”

莉迪亚咬着自己的舌尖。她很想问克莱尔，她和海伦会不会聊到自己，但她又怕听到不想听的答案。

克莱尔说：“我不知道那女的有什么毛病。”

“你说妈妈？”

“不是，莱克西·富勒。”克莱尔侧过身对着莉迪亚说，“保罗看上我很明显是因为朱莉娅失踪这件事。当时我非常脆弱，而他利用了这点。你发现没？”

如果克莱尔不说，莉迪亚还真没发现。

“我们第一次见面时，保罗还装作不知道朱莉娅的事，但显然他是知道的。从他父母家走到朱莉娅失踪的地方只要十五分钟，他家的小农场并不能养活他们，他爸在学校里打零工，他妈在市里帮忙记账。当时印着朱莉娅画像的海报贴得到处都是，报纸上也都在说这件事。抛开这些不说，奥本大学的学生总该知道这件事吧，学校里很多学生都是雅典小镇的。当时你也在，我们虽然谁都没告诉，但基本所有人都知道了。”

“那为什么那时你会相信保罗说他不知道朱莉娅的事？”

“我还是有点怀疑的，但我觉得他只是不想冒犯我而已，因为当时很多人都在八卦这个事。”克莱尔把头靠在椅背上，“以前我就只有这件事不相信保罗。”

这时车上的导航系统提示前方转弯，莉迪亚减慢了车速。很奇怪，即使现在克莱尔终于明白十八年前莉迪亚指出的那些问题都是对的，但她现在也没有任何快感。可能克莱尔说得对，莉迪亚之所以只看到保罗阴暗的一面，是因为保罗选择给她留下这样的印象。如果在保罗的车里什么都没发生，可能她也只会觉得保罗不过就是个讨人厌的家伙，但总能哄妹妹开心，忍忍也就算了。

确实，保罗总能哄克莱尔开心，至少在他生前是这样的。在了解保罗是个怎样的变态以后，莉迪亚心里知道，保罗追克莱尔肯定也是蓄谋已久，在他俩没认识之前就做好准备了，莉迪亚甚至怀疑保罗有没有一堆关于克莱尔的调查文件。他转学到奥本大学是不是因为他知道克莱尔会和莉迪亚读同一所学校？他去数学实验室打工，是不是就看准了克莱尔数学不好？

莉迪亚还记得克莱尔跟她说起数学实验室里认识的男孩子，当时她激动得上气不接下气。保罗把克莱尔的心思摸得清清楚楚——他才不会去夸克莱尔长得好看，克莱尔可能是从一出生就被人这么夸着长大的，他夸克莱尔有内涵，说得好像全世界只有他一个人看出克莱尔的内在比外在更美。

莉迪亚把车停到路旁，挂了倒车挡，转向克莱尔，对她说了一句早就该说的话："我有个十七岁大的女儿。"

克莱尔似乎很惊讶，但她惊讶的原因显然和莉迪亚想的不一样。"怎么突然说这个？"

"你肯定早就知道了。"莉迪亚突然醒悟，只恨自己之前为何那么笨，突然她胃里一阵翻滚，想到保罗雇了个陌生人跟踪她，她就浑身不自在，"你为什么不告诉我保罗手上也有我的资料？"

克莱尔把头偏向一边："我只是想保护你而已。如果你知道保罗对你做过这样的事，你可能会……"

"像你当年抛弃我那样抛弃你？"

克莱尔深吸了一口气，做好准备和莉迪亚摊牌了。“你说得对，每次我虽然说不想把你牵扯进来，但我又总能找到一个理由拖着不让你走，因为我希望我的姐姐能帮我一把。”她看着莉迪亚，“对不起，我知道听起来很老套，但我真的觉得对不起你。”

莉迪亚不想再听她道歉。“我的事你还知道哪些？”

“都知道，”克莱尔说，“你的资料和其他那些受害者一样。”

受害者，莉迪亚受不了任何打击了，否则又需要从牙根管注射些药来平复心情。

她问克莱尔：“你知道他在调查我吗？”

“当然不知道啊，他对任何人的调查我都不知道。”

“他一共跟踪了我多久？”

“几乎是从我们两个决裂那时候起。”

此时，过往的一幕幕在莉迪亚眼前闪过，都不是什么好事。她想起的都是些见不得人的事：每次她没钱付账，都会把东西塞到衣服里，从商店里大摇大摆走出来。每次为了给小狄买所有女孩都喜欢的那些衣服，她都会偷偷换掉衣服的标价牌。还有无数次骗别人说后续会寄支票过去，赚了钱就来付房租，过两天再还贷款……

关于她的生活，保罗看到了多少？有莉迪亚和瑞克在一起的照片吗？看过小狄打篮球吗？是否曾经在他那毫无生气的豪宅里吹着空调，笑看莉迪亚为了生活四处奔波？

克莱尔说：“知道你不想听我说道歉的话，但我真的很对不起你。本来不打算告诉你的，但你突然和我说起你女儿，我就觉得不该再瞒你了。”

莉迪亚摇了摇头。这不是克莱尔的错，但她还是想责怪妹妹。

“她很漂亮，”克莱尔说，“要是爸爸能看看她就好了。”

突然，一阵恐惧涌上莉迪亚心头。一直以来，她只想过失去女儿会是什么样的感受，却从没想过如果小狄失去了妈妈会怎么样。

莉迪亚突然反应过来：“不，不能这样。”

“我明白。”

莉迪亚却不认为克莱尔明白她在说什么：“这件事不止与我有关，我还得为整个家着想。”

“你说得对，我说真的，你快回去吧。”克莱尔解开安全带，“你开我的车。我打电话给妈妈，让她来接我回亚特兰大。”说罢，克莱尔伸出手准备去开门。

“你在干什么啊？”

“保罗以前就住在这条路上。富勒一家的房子应该就在附近。”

莉迪亚抑制不住心中的烦躁，大声吼道：“难道你打算顺着街一边走一边找吗？”

“我没准还真能找到。”克莱尔拉开了车门，“小莉，谢谢你，真的。”

“你站住！”莉迪亚很肯定，克莱尔又在隐瞒着什么，“你还有什么没告诉我的？”

克莱尔头也没回地说：“我只是想亲眼看看莱克西·富勒，亲眼看看就行了。”

莉迪亚眯起了眼睛看着她，每次妹妹打算做蠢事的时候，就会装出一副轻松的样子：“为什么？”

克莱尔摇了摇头：“真没事，小辣椒，你快回家吧。”

莉迪亚一把拉住她：“你快告诉我你到底要干什么？”

克莱尔终于转过身，看着莉迪亚：“你知道吗，我真的为你感到骄傲。你改变了自己的一生，养育了这么一个天资聪颖的女儿。”

莉迪亚才不听她这些奉承的话：“你是不是觉得莱克西·富勒也被保罗害了？”

克莱尔耸耸肩：“我们不都被他害了吗？”

“这不一样啊。”莉迪亚越发慌乱，用力地握着妹妹的手臂，“你是不是觉得，她肯定被锁在家里，或者被拴在墙上，然后你打算像刘玉玲[①]演的那些特工一样杀进去把她救出来？”

“肯定不啊。”克莱尔转过头看着马路，“我是觉得她可能会有视频里那个面具男的线索。”

听她这么说莉迪亚腿都软了，虽然她没看过那段视频，但克莱尔的描述让她毛骨悚然：“你真的想找到那个面具男？他用砍刀杀了那个女孩，还强奸了她！我的天啊，克莱尔。”

“可能是我们认识的某个人呢，”克莱尔无所谓地耸耸肩，仿佛这是一个非常不现实的假设，“也可能莱克西·富勒知道那人是谁。”

“也可能那个面具男正和下一个安娜·基尔帕特里克那样的女孩待在那栋房子里呢。你想过这种可能性吗？”莉迪亚心烦意乱，恨不得一头撞死在方向盘上，“我们又不是超级英雄，克莱尔。这样太危险了。我不仅要考虑我的女儿，我还要考虑，如果我们继续探究保罗的秘密，我们会不会出事。”

---

① 刘玉玲（Lucy Liu），1968 年出生于纽约皇后区，毕业于密歇根大学亚洲语言文化专业，美国华裔女演员。代表作：《杀死比尔》《霹雳娇娃》《甜心俏佳人》。

克莱尔坐回座椅上，双眼呆滞地看着前方笔直的道路：“但我必须查出来。”

“为什么啊？”莉迪亚质问她，“保罗已经死了。就你现在所知，保罗也是死有余辜。如果我们再查下去，岂不是自找麻烦？”

“其实应该还有一部关于安娜·基尔帕特里克被杀的视频。”

莉迪亚不知作何反应。克莱尔又一次向她隐瞒了实情。

克莱尔接着说：“那段视频是整个系列的重点，是全片的高潮。这些视频展示了施虐的整个过程，结局就是女孩被杀，所以安娜被杀的片段肯定被录下了。”

莉迪亚也知道她说的是对的，罪犯肯定要玩够了才会把她杀害：“好，就算我们运气够好，找到了那段视频，也就只能看到一个疑似安娜·基尔帕特里克的女孩被杀，除此之外还有什么用？”

“我要看她的脸，”克莱尔说，“另一个被害女孩在最后一段视频里露脸了，而且把镜头拉得很近。”

“近距离拍的？”莉迪亚突然感觉口干舌燥，“不是自动聚焦？”

“不是，只拍出了女孩的上半身。”

“那就是说还有一个人在控制摄像机。”

“是的。”克莱尔一脸阴沉地说。从她的表情莉迪亚可以看出，克莱尔心里早就想到这一点了。

“难道是莱克西·富勒？”莉迪亚不想怀疑保罗，因为如果保罗是这件事的主谋，克莱尔肯定会崩溃，“你是不是认为摄像的人是莱克西？”

“我也不知道，但这些视频的脚本都一样，所以可以推测安娜·基尔帕特里克的最后一段视频肯定也有面部特写。”

莉迪亚现在每说一个字都要小心谨慎："那你觉得如果录像的就是这个叫莱克西的人，她会承认自己参与了这起杀人事件，并且把视频交出来吗？"

"只要能见到她，看着她的眼睛，我就能判断出她到底有没有参与。"

"哦，因为你看人很准吗？"

克莱尔不屑地耸耸肩："那个面具男还没被捕。他可能还在寻找下一个目标。如果莱克西·富勒知道他是谁，她有可能会帮我们阻止他。"

莉迪亚说："我们从头捋一捋啊：你打算让莱克西·富勒交出那段可能有安娜·基尔帕特里克被杀片段的视频，这不就等于逼她把自己送进监狱吗？且不说她愿不愿意给，就算给你了你要交给谁？梅休？还是诺兰？"

"我可以找人教我怎么在YouTube上传视频，然后把视频传上去啊。"

"传上去两秒钟就被删除了，然后联邦调查局马上就以传播淫秽色情视频的罪名把你抓起来，听证会上诺兰会来作证，说你确实有罪。"莉迪亚还想到了更可怕的后果，"而且你觉得面具男会放过你吗？"

克莱尔一直盯着眼前的路。她每次呼吸胸口都在起伏着。她此时的表情和在咖啡店时一模一样，非常凝重。

克莱尔问道："如果二十二年前，有两个女人知道朱莉娅出了什么事，谁绑走了她，然而因为害怕被牵扯进去就一直保持沉默，你作何感想？"

莉迪亚坦诚地回答了她："我应该会理解吧，毕竟人家也担心自己的安全。"

"你有那么善解人意？"克莱尔摇了摇头，她从出生就认识莉迪亚，对她非常了解，"你看看爸爸，为了探求真相都变成什么样了。你希望鲍勃·基尔帕特里克因为你的怯懦而自杀吗？你能够承担埃莉诺·基尔帕特里克的悲伤吗？"她的声音越来越尖锐，"我已经一无所有了，小莉。完完全全一无所有。没有孩子，没有朋友，猫也死了，家也不想回。有人会照顾金妮奶奶，妈妈那么多年自己也过得好好的。保罗是我丈夫。我没办法置身事外，我必须要查清楚，除此之外我这一生已经没有什么意义了。"

"别说得那么惨，克莱尔，你还有我呢。"

这句话仿佛气球一般，悬停在空气中。莉迪亚是当真的吗？她真的会陪在克莱尔身边，还是仅仅想用这种荒唐的方式证明，她对保罗的看法一直都是对的？

如果是这样，她的观点早就得到了证实。

莉迪亚闭上了眼，整理着自己的思绪："我们还是要去那栋房子。"

"现在是谁在发疯？"克莱尔似乎很生气，"我不想你这样做。我没叫你一起来。"

"晚了。"莉迪亚看了看后视镜，开始把车倒回路上，"我们又不进去。"

克莱尔没系上安全带，警报声响了起来。

"你难道想跳车？"

"难说，"克莱尔指了指前面，"估计就是那里了。"

前方闪闪发亮的银色消防水栓后面三十码便是富勒家的房子。莉迪亚踩下刹车，把车停在房子的白色护墙板旁边。这栋房子的房顶倒是崭新，但冬天里院子的草地已经一片枯黄，杂草从行车道的裂缝间蹿出来。所有房门和窗户都被老旧的木板封住，就连门口的信箱也被拆掉了，只留信箱的支柱孤零零地立在行车道入口处，仿佛嘴里的一颗摇摇欲坠的坏牙一样。

莉迪亚本以为在这里会看到这样那样的情景，却一无所见。

克莱尔也和她一样摸不着头脑："这里都没人住了吧。"

"看起来很久没人住了。"胶合板已开始剥落，房屋的木边框掉漆了，下水道也无人清理。

克莱尔说："调个头吧。"

路上人烟稀少。自莉迪亚十分钟前停下车，两人还没有看到任何一辆车经过。莉迪亚把车转了九十度，朝着富勒一家的房子开去。

克莱尔说："开进她家的行车道去。"

"这里是人家的私人住宅，我可不想被她用枪打。"

"保罗死了，严格意义上说，这里是我的房产。"

虽然莉迪亚也不知是不是这样，但她还是打了一把方向，开上了房子前的行车道。富勒家的房子看起来非常阴森，离得越近这种感觉越强烈，身上的每个细胞都仿佛在退缩。"这里感觉不对。"

"有什么不对的？"

莉迪亚没有回答，眼睛盯着车库铁门上的挂锁。方圆几里之内只有这一栋房子，房子两侧种着密密麻麻的大树，后院距前门约有五十英尺，后面则是几亩空空如也的田地。

莉迪亚对克莱尔说："我家里有把枪。"她此前因为重罪进过监狱，对她来说买枪就足以把她送进监狱，但像莉迪亚这样住在治安不良地带的单亲妈妈，只能拜托同事代买。"刚搬到现在住的房子时，我把枪埋在后院的走道下。我当时把枪装在一个密封塑料袋里，现在应该还能用。"

"没时间回去拿了。"克莱尔一边思考，一边用手指在腿上不断地敲着，"兰普金郊区有个商店卖枪。我们去那里买吧，三十分钟就能回来。"

"他们会查我的背景。"

"谁还会看你的背景记录啊？那些杀人魔直接买了机关枪和子弹就去二十多个学校大开杀戒，有人会管吗？"

"但是……"

"噢，我老是忘记我还在保释期。保释官肯定把我的名字输进系统里了。国家档案登记处的这群人，想找他们的时候一个个都不见了。"

莉迪亚看了看表："你跟诺兰约的是一个小时前见面，他可能已经发出全境通告通缉你了。"

"趁我现在还没怂，赶紧的。"克莱尔打开车门走了出去。

她爬上台阶向门廊走去，莉迪亚在车上骂骂咧咧地看着她。窗户外有一层隔离夹板，克莱尔试着从缝隙间往房子里看，突然，她走下台阶，对着莉迪亚摇了摇头，但她没有回车上，而是径直朝着房屋后面走去。

"妈的。"莉迪亚从包里掏出手机。此时她应该发个消息给其他人，告诉别人自己所在的位置。但是，她该告诉谁呢？瑞克听了肯定会惊慌失措。她也不能把小狄牵扯进来。要是把这件事发到韦斯特利学校的家长群里，佩内洛普·沃德可能会花钱雇一架私人直升机，飞到雅典小镇来现场直播。

这样的话莉迪亚就要和大家解释，为什么自己妹妹在想办法闯入亡夫的私密房屋，而自己却胆小怕事地坐在车里?

她下了车，走到房屋侧面。后院里全是及腰的杂草，里面那架结实的秋千上长满了青苔。她每走一步，脚下的地面就会裂开一些，暴风雨还没有进入亚特兰大地区，所有植物都干燥得像木柴一样一点就燃。

此时，克莱尔在小小的后院里站定，用脚踢了踢房屋侧面，用手指摸索着后门上钉着的夹板:“这房子没有地下室，只有一个很小的储物间。”

莉迪亚自己也看出来了。这时克莱尔一脚踢开检修门。只见房屋下方的储物间深度不足两英尺。“你在干吗呢?”

“你看我像在干吗?我指甲都弄坏了，你去后备箱帮我拿一下撬棍。”

莉迪亚也不知该怎么办，只好朝着车走去。她打开后备箱，里面就像马盖先①的秘密基地一样，有急救箱、备用食物和水、两条保暖毯、一件安全背心、刮冰器、小工具箱、照明弹、一袋沙。虽然这辆车是电动车，但车里还备了一个空的储气罐，还有两个折叠式的三角警示标志。终于，她找到了那根大得可以把脑袋砸开花的

---

① 马盖先（MacGyver）是美剧《百战天龙马盖先》的主角。因为孩提时代擦枪走火的意外，马盖先出任务时从不带枪，不使用暴力，而以科学知识为工具，利用手边的小东西，化危机为转机，在世界各地除暴安良。

撬棍。

这根撬棍长两尺，用钢铁制成，非常有分量，约有十磅重，一头安有锤头和锋利的刨子，另一头则设计成了弯曲的刀刃。

莉迪亚拿出撬棍，朝着后院走去，她忍不住想为什么保罗要在车里装个这样的东西，努力不去想克莱尔之前开玩笑说有可能在后院里找到富勒女士的尸体。

只见克莱尔仍在鼓捣着窗户上的夹板，用指头抠着门边夹板的缝隙。她手上的皮都磨破了，旁边老旧的木头上都沾上了她的血迹。

“让开。”等克莱尔走开，莉迪亚把撬棍插进夹板的缝隙里，两侧腐朽的木头像香蕉皮一样剥落。克莱尔抓住翘起的木板，把夹板完全从墙上扯下。

这扇门就是一扇普通的厨房门。上方一块玻璃，下面则是一层薄木板。莉迪亚拧了拧门把手，发现门从里面锁住了。

“你往后站点。”克莱尔抡起撬棍击碎玻璃，再用撬棍把边缘的碎玻璃清理干净，把手伸进去打开了门。

虽然为时已晚，但莉迪亚还是问了她：“你确定我们要进去吗？”

克莱尔一脚把门踢开，走进了厨房。她按下开关，房间里的日光灯闪了几下终于亮了起来。

屋里似乎没人，但莉迪亚还是喊了一声：“有人在吗？”等了几秒没人回应，她又喊道：“有人吗？”

即使没人回应，这栋房子也让人觉得藏满了秘密。

克莱尔把撬棍放在餐桌上：“这不对啊。”

莉迪亚知道她的意思。整个厨房看起来很新，可以说是上世纪八十年代最好的厨房。虽然面板上的白色瓷砖间的水泥浆已经有些老化泛黄，但总体还是维护得很好，两色相间的橱柜外板由胡桃木制成，柜门和抽屉则被漆成白色。白色的电冰箱仍在正常工作着，旁边配套的煤气灶也是一副崭新的模样。地上铺着红色及褐色拼花的压层瓷砖，就连角落处也没有一点尘垢，柜子下面也没有任何食物残渣。总的来说，所有厨房用具表面上都没有什么灰尘，整个厨房非常干净。虽然房屋外侧钉上了一层夹板，但房里却没有一丝霉味，只有派素清洁剂的味道。

莉迪亚说："感觉赫克斯特布尔一家[①]随时都会进来。"

克莱尔把肥皂和海绵一把推进水池里，活像一只脾气不好的小猫。她打开橱柜，猛地一下拉开抽屉，差点把抽屉整个拉了出来。里面的镀银餐具叮当作响，烧烤用具和各类钳子散落一地。她手指还流着血，在所有摸过的器具上都留下了血迹。

莉迪亚问她："要不我去车上帮你把医疗箱拿来？"

"我不想用保罗的东西。"

克莱尔离开厨房，走进了一个看似起居室的房间。窗外的夹板和前门把这间房围得严严实实，一点光都透不进来。克莱尔在屋里四处走着，打开桌上的台灯。房间里放着一张大沙发、一个双人座椅，旁边还有一个安乐椅，屋里的电视机款式很老，可能只是个摆设。电视上方的木架上放着一台录像机，和莉迪亚印象中其他的录

---

① 赫克斯特布尔（Huxtable）是美剧《考斯比一家》中主角家族的姓氏。《考斯比一家》（*The Cosby Show*，1984—1992）也翻译为《考斯比秀》，是一部美国早期的以家庭为题材的电视情景喜剧，由比尔·考斯比主演。

像机不一样，这台录像机的时间栏没有一直闪烁。录像机旁边放着一堆录像带，莉迪亚扫了一眼，全都是八十年代的电影:《蝙蝠侠》《公主新娘》《刀锋战士》《回到未来》等。

脚下厚重的地毯有被吸尘器清理过的痕迹。莉迪亚用手指摸了一下沙发后的桌子，上面有一层细细的灰尘。她推测这个房间可能有一周没打扫了，正好和保罗去世的时间吻合。“他常来雅典小镇吗?”

“是的。”克莱尔把录像带一个一个从盒子里取出来，看一看上面的名字是否和盒子上的一样，“他每天外出工作很久，要瞒着我来回两地之间非常容易。”

“你要不去查一下他车载导航的历史记录?”

“你看。”克莱尔看到了沙发旁小桌上的答录机。这种老式的答录机要装两盘磁带，一个用来放自己录好的语音，另一个记录电话里的语音。上面红色的 LED 显示屏上写着有四条未读信息。在答录机旁有一盘磁带，上面贴了一张写着“玛利亚”的标签。克莱尔打开了磁带槽，里面那张录好语音的磁带上写着“莱克西”。

“他这里有两盘不同的磁带，”莉迪亚说，“你觉得这磁带会不会是与外界沟通的密码? 根据播放的是哪盒磁带，打电话来的人可以知道这里是危险还是安全。”

克莱尔懒得去猜，直接按下了播放键，查看未读信息。突然，答录机开始运转起来，第一条消息是一段空白，最后有一阵呼吸声。播放完成后，答录机“哔”地响了一下，然后开始播放第二条消息。第二条、第三条和第一条是一样的，但第四条结束时莉迪亚听到了一声重重的叹息。她还记得当时克莱尔打电话到这里时，在留言的最后发出了一声叹息。

克莱尔肯定也听出了那是自己的声音，她按下了停止键，环视着整个房间。“他还保持着这栋房子原来的样子，”她说道，莉迪亚知道她在说保罗，“他父母是 1992 年 1 月左右去世的，我打包票他们去世时这房子就是现在的模样。”

“那为什么保罗要撒谎，不告诉你他还留着这栋房子？”

克莱尔没有回答她，可能是因为自己也不知道。“也就是说，没有什么莱克西·富勒，是吧？”

莉迪亚摇了摇头。可能之前保罗找了个女的来冒充莱克西·富勒，但想想保罗的癖好，谁也不知道那女的现在在哪里。

克莱尔四下看了看说：“这个房间感觉怪怪的。”

“整栋房子都怪怪的。”

起居室有两条走廊，左侧的一条可能通向卧室，右侧的则通往车库。走廊尽头的门被锁住了，用的不是挂锁，锃亮的铜把手上有一个锁眼，要有钥匙才能开门。

克莱尔朝房间左侧走去，她一边走一边打开了所有灯，那种坚定是莉迪亚未曾见过的。仿佛那个用网球拍砸碎别人膝盖、砸坏车库里所有东西的克莱尔又出现了。她见到抽屉就拉出来，见到盒子就踢倒，见到衣柜就翻个底朝天。所有瓶瓶罐罐都被她砸碎。台灯一个个地摔在地上。她甚至掀翻了一个床垫。所见之物都是有人在这里生活的证据，但是三十多年过去了，按年代来说不可能有人一直住在这里，除非在老布什上台之后时间就停滞了。

保罗小时候住的房间里全是各种火车玩具和重金属乐队的海报。房间里还放着他小时候睡的小床，床上整整齐齐地铺着一条红被子，下沿正好遮住了床尾板。他在每个抽屉上都贴了手写的标签，放内裤和袜子的，放短袖和衬衣的，放运动服的，等等。和客厅一样，这个房间里也没有堆起很多灰尘，地毯不久前也被吸尘器清理过，甚至连房顶吊扇的扇叶都是干净的。

房子里的小客房也和其他房间一样干净，木板封住的窗外就是房子的前院，窗前有一台缝纫机。旁边的折叠桌上摊着一块绣着麦考尔式图案的布，边上还有等待裁剪的几块方形布料。

主卧里的一张大双人床上铺着一床蓝色的丝绸被，进去之后能感受到保罗父母尚存的气息。木摇椅上放着一条钩针小毯，厕所的小水泵旁整齐地摆着一双破破烂烂的铁头靴子。床的两侧各有一个床头柜，一个床头柜的抽屉里放着一本打猎杂志，另一个里面则放着一个装着子宫帽[①]的塑料盒子。墙壁上挂着一幅粗制滥造的画，要么是在跳蚤市场买的，要么就是出自走投无路的画家之手，画的是树木郁郁葱葱的田园景色，在蓝得不真实的天空下，一条欢快的牧羊犬正带着一群绵羊吃草。同样，这间房里的蓝色地毯上也有被吸尘器打扫过的痕迹。

莉迪亚现在对克莱尔之前的意见表示了赞同：“看来保罗是想维持小时候这栋房子的模样啊。”

克莱尔走进厕所发现，这里和其他房间一样，虽然不大但是很整洁。花花绿绿的浴帘被收到一边，肥皂盒里放着一块绿色的肥皂，淋浴头下的吊篮里放着一瓶海飞丝的洗发水，旁边晾着一块用过的毛巾。地上两块粗糙的地毯整整齐齐地排成一排放好，与四周

① 子宫帽（宫颈帽）是由具有弹性的金属圈覆以半球形薄橡皮隔膜制成的避孕用品。

墙壁的间距完全相同。

克莱尔打开厕所里的医药柜，把所有东西全部拿出来，一整瓶除臭剂，快用完的牙膏，全都扔到地上。突然，她拿起了一瓶处方药。

“阿米替林[①]，”克莱尔读出药瓶上的名字，“是开给保罗他爸的。”

“这是一种比较老的抗抑郁药。”莉迪亚对于二十世纪很流行的那些药都很熟悉，“在有百忧解[②]之前都是吃这个。”

“保罗从没跟我说过家里有人得抑郁症，没想到吧。”克莱尔把药瓶往身后一扔，“准备好去车库了吗？”

莉迪亚这才意识到自己一直在逃避车库。她说：“我们现在走还来得及。”

“当然了！”克莱尔从莉迪亚身边走过，莉迪亚看着她走进厨房。不久之后，她便攥着那根撬棍回来，走向了通往车库的狭窄走廊。这条走廊只有十五英尺，但莉迪亚却觉得漫长无比，仿佛所有东西都在以慢镜头的速度移动。只见克莱尔高高挥起撬棍，朝着铜制门把手砸去，车库的门便被打开了。

克莱尔慢慢走进去，摸索着灯的开关，打开了房间里的日光灯。

突然，撬棍从她手中掉落到地上。

莉迪亚双脚像生了根一样。她站在十英尺外的地方，但仍能清

① 阿米替林可用于治疗各种抑郁症或抑郁状态。

② 百忧解又叫盐酸氟西汀，属口服抗抑郁药。

楚地看到走廊的尽头——挂着铁链的水泥墙，脏兮兮的床垫，满地的快餐盒，摄影用的聚光灯，立在三脚架上的摄像机。车库顶被换掉了，所以在视频里看起来这里像是一间地下室。从房顶垂下的几根电线，断裂的排水管道，墙上拴着的铁链，地上的血……

地上有很多血。

克莱尔倒退了几步把门关上。门把手掉了，她便用手指把门勾住。她用背顶着门，不让莉迪亚进到车库里。

“尸体？”莉迪亚心想，“又发现了一个受害者。另一个惨遭杀害的女孩？”

克莱尔压低声音，故作镇定地说：“你把电话给我。我把这间房拍下来，你赶紧上去用一次性电话打给联邦调查局。别打给诺兰。直接打华盛顿总部的电话。”

“里面有什么？”

克莱尔摇了摇头。她面色苍白，看起来很不舒服。

“克莱尔？”

她又摇了摇头。

“是尸体吗？”

“不是。”

“那是什么？”

克莱尔一直摇着头。

“我很认真地问你啊，里面到底有什么？”

克莱尔更用力地勾住了门：“都是录像带。”

莉迪亚尝到嘴里的苦味，似乎胆汁涌了上来。克莱尔说的是录像带。不是 DVD 光盘，不是电子文档，是录像带。“有多少？”

“很多。”

“很多是多少？”

“太多了。”

莉迪亚终于鼓起勇气迈开了步子：“我要进去看看。”

克莱尔拦住了门：“里面是犯罪现场。是安娜·基尔帕特里克被杀害的地方。我们不能进去。”

克莱尔握住了莉迪亚的手臂。这时莉迪亚都不记得自己是怎样走过这条走廊，来到这扇被妹妹拦住的门前，但她现在却能嗅到混杂着金属气味的血腥味。

她只问了克莱尔最关键的那个问题：“这些录像带是从什么时候拍起的？”

克莱尔还是一个劲地摇头。

莉迪亚感觉如鲠在喉，想一把将克莱尔推开，但克莱尔仍坚守在门口。“克莱尔，你给我让开。”

“不行……”

莉迪亚抓住她的手臂。她似乎用的劲太大了，但紧接着她又挥起了另一只手，和克莱尔纠缠在一起。两人在走廊里互相推搡，就像小时候为了争夺一条裙子、一本书或是一个男孩那样大打出手。

小时候莉迪亚凭着比克莱尔大三岁的年龄优势总能占据上风，但现在她却是靠着比克莱尔多的这三十几磅肉克制住了她。莉迪亚猛地一推，克莱尔往后退了几步，一屁股摔在地上，上气不接下气。

莉迪亚从她身旁走过。克莱尔仍挣扎着去抓莉迪亚的腿，但为时已晚。

莉迪亚推开了车库门。

进去以后，她看到一面墙那么大的木架子。从下往上一共有八层，每层大约长八尺深一尺。上面密密麻麻地堆着各种录像带，根据包装盒的颜色不同分成了不同区域。每个录像带上都贴着熟悉的手写标签，上面写着录影带的顺序。莉迪亚已经非常熟悉这套密码了。

根据顺序显示，这些录像带最早可以追溯到八十年代。

莉迪亚步步深入。她打着寒战，仿佛眼前就是万丈深渊。她脚趾紧紧抓着地，双手止不住地颤抖。她像之前一样浑身冒汗，体内的每根骨头都在颤抖着，感官神经变得非常敏锐。

她听到克莱尔在她身后哭泣。空气中有一股刺鼻的漂白剂的味道。她的舌尖都能感觉到自己的恐惧。突然，她的目光定格在架子中央最突出位置的六盘录像带。

这六盘录像带都装在绿色的纸盒里，被一根绿色的橡皮筋捆在一起。上面手写的数字棱角分明，非常清楚。莉迪亚破解了保罗的密码，读出上面的日期自然不在话下。

0－1－3－9－0－9－4－1

03－04－1991

1991年3月4日。

第十一章

克莱尔刚准备告诉莉迪亚不要碰里面的东西，但她却没有说出口，因为现在已经没有说的意义了。从她踏入这个房间看到那些录像带时，她就知道再无退路可走，知道这一切早就注定。保罗不会平白无故地对克莱尔如此痴迷，不会平白无故地装成一个好丈夫，也不会平白无故地控制着他们一家的生活。

就在这一瞬间，克莱尔不愿意去直面眼前的事实。

可能这也就是为什么当她看到这一切时并不那么意外。或者说她已经不会对任何事感到意外了，因为每次她以为自己已经见识到保罗最坏的一面时，总会有一些新的细节冒出头来，她不仅是为保罗的所作所为感到震惊，也为自己长期以来的盲目信任感到震惊。

她看不出此时莉迪亚有何感受。她只是静静地站在这个冰冷的车库中间，伸出手想要去拿那六盘录像带，却不敢触碰。

莉迪亚说："上面写的日期是 1991 年 3 月 4 日。"

"我知道。"克莱尔刚进屋的时候就注意到了。

"放出来看看吧。"

和刚才一样，克莱尔没有阻止莉迪亚。她们有一万个离开这里的理由，但也有一万个理由留下来。

是要选择真相，还是继续无知？

现在这个问题远远超出了哲学层面。她们面临的是到底要不要查清楚朱莉娅遭遇了什么。

莉迪亚显然已经下定决心。她慢慢地开始靠近架子，双手拿起了那六盘录像带。她转过身，等着克莱尔给她让路。

克莱尔随着莉迪亚回到了客厅。她靠在墙上看着莉迪亚把一盘录像带塞进那台古老的录像机里。她放的是该系列的最后一盘，因为这盘有决定性的证据。

这种录像机没有遥控器，莉迪亚只得按下上面的按钮然后打开电视。屏幕上全是雪花点，静电杂音很大。莉迪亚扭动音量键调低了声音。电视机上只有两个控制按钮，一个控制甚高频信源，另一个则控制超高频信源。莉迪亚切换到第三频道，等了一会儿没动静，又切到第四频道。

突然，屏幕上的雪花点不见了。

莉迪亚把手放在橙色的播放按钮上，看向克莱尔。

真相还是无知？真的想知道吗？

这时她耳畔响起了父亲的声音：*有的东西看过了就忘不了。*

可能这是萨姆给她们的最受用的一条警告，因为克莱尔看过其他的视频，深有体会。她知道根据剧本，女孩要承受一系列的折磨，也知道莉迪亚正准备播放的那盘录像带里有什么。

十九岁少女朱莉娅·卡罗尔被拴在墙上，浑身赤裸。身上全是淤青和烙铁、电击留下的痕迹，皮开肉绽，张着嘴惊恐地尖叫着。而那个戴着面具的男子正拿着砍刀朝她走去。

“克莱尔？”莉迪亚正等着她同意。她们到底要不要看？应不应该看？

但她们真的有选择的余地吗？

克莱尔点点头，莉迪亚按下了播放键。

突然屏幕中间多出了一条白色的色块。画面开始快进，什么都看不清。莉迪亚马上打开电视盖板，调整了高频头。

画面总算清晰了。

莉迪亚哼了一声，听起来像叹息，又像呻吟。

画面里朱莉娅四肢张开，手臂和双腿都被拴在墙上。她一丝不挂，只有手腕上戴着她常戴的银黑色手环。她垂着头，全身瘫软，靠铁链的拉扯才直立起来。

克莱尔闭上了眼，通过电视机上唯一一个音响，她听到朱莉娅似乎在小声说着什么。朱莉娅被囚禁的地方和其他女孩不同，不是在之前的那个地下室，而是在一个谷仓里。谷仓里的板条是深棕色的，可以推测那面墙背后是一个马棚。地上铺满了干草，朱莉娅的脚上沾到了一些动物的排泄物。

克莱尔清楚地记得，自己画过这个谷仓，和电影《鬼哭神嚎》的场景一模一样。她不禁想，保罗是出于什么原因把那个谷仓拆了，是因为厌恶里面发生的一切？根据他的性格，他最关注的就是效率，可能他发现把所有见不得光的东西藏到一个屋檐下更方便些。

电视里，姐姐朱莉娅开始呜呜地哭了起来。

克莱尔睁开眼睛，这时面具男走到了镜头前。她看过保罗 1991 年时的照片，当时的他身材瘦高，头发剃得很短，由于长期受训于军营，他总是把身体挺得笔直。

电视里的面具男虽然很高，但是并不瘦，而且年纪更大一些，可能快五十岁了。看得出他肩部线条非常分明，肚子上有些许肥肉，还在二头肌上文了一个船锚的图案和一堆看不清的小字，但克莱尔可以肯定，这人一定是一名美国海军军人。

保罗他爸以前当过海军。

一步一步，面具男朝着朱莉娅走去。

克莱尔对莉迪亚说："我出去透会儿气。"

莉迪亚没有转过头看她，只是点了点头。

"这个房间我待不住了，但我不会把你丢在这儿的。"

"好的，"莉迪亚目不转睛地看着电视，"去吧。"

克莱尔在门外的台阶上坐下，用手环抱着自己。她浑身冰凉，不断发抖，牙齿被自己磨得生疼，耳朵红得发烫。虽然还没到最恐怖的部分，但克莱尔已经看不下去了，她知道父亲说得对，有的东西看过了就忘不了。刹那间，她忘了曾经每个星期六她和朱莉娅都会和着电视里《美国音乐台》的歌声跳舞，忘了她和朱莉娅一路唱着歌，坐爸爸的车去接妈妈下班，忘了她和朱莉娅从爸爸与莉迪亚身后一起溜出去，只为了去学校的兽医院看那几只新来的小狗——忘了两人所有幸福的回忆。

取而代之的，只有朱莉娅被关在养畜生的棚子里，被铁链拴在墙上的画面。

突然，房间里传来莉迪亚撕心裂肺的哭声。

莉迪亚哭得声嘶力竭，好像一把碎玻璃刺在克莱尔的心上。她双手掩面，感觉浑身滚烫，但身体却一直打着寒战，心都跳到嗓子眼了。

莉迪亚的哭声变成了阵阵哀嚎。

克莱尔也痛苦地呻吟着，她捂住耳朵，不想再听到莉迪亚悲惨的哭声。虽然她们没有共处一室，但莉迪亚看到了什么克莱尔一清二楚：面具男手起刀落，鲜血四溅，朱莉娅剧烈地抽搐着，男子开始了他的暴行……

她应该回到车库。应该陪着莉迪亚。应该亲眼看看朱莉娅生命中的最后几秒。应该多多少少做点什么而不是无助地坐在走廊里，但她的身体就是不听使唤，动弹不得。

克莱尔只能两眼望着眼前荒芜的田地，想着遇害的大姐、被扫地出门的二姐、心灰意冷的母亲、精疲力竭的父亲、残缺不全的家庭而放声大哭。

她跪倒在地，悲从中来，哭得撕心裂肺，喉咙仿佛被什么划破了，满嘴都是血腥味。她一拳一拳捶打着龟裂的红土地，咒骂着保罗，她本应该有机会抱着莉迪亚或者自己的宝宝，在父母身旁陪他们变老，和仅有的一个姐姐分享生活的点点滴滴，但保罗毁了一切。想起她的婚姻她就一肚子怨气，过去十八年她都把感情浪费在一个精神扭曲的变态身上，这个变态控制着他，让她以为自己拥有了一切，实则一无所有。

莉迪亚泣不成声，过来抱着克莱尔说："她……她看起来很害怕……"

"我知道。"克莱尔扶着姐姐，心想，自己为什么要相信保罗？怎么能把莉迪亚赶走？"没事的，"她说，"都会过去的。"

"她……她都吓坏了。"

克莱尔双手抱着头，闭上眼睛希望能赶紧忘了那个画面。

“她好无助啊。”

克莱尔哄小孩般轻轻摇晃着莉迪亚。两人浑身颤抖，都在崩溃的边缘。所有悲伤仿佛脓包里的血全部奔涌而出。

“她……她知道接下来会发生什么，但是……但是她动都动不了，也没人能……”莉迪亚说着说着又开始痛哭，“天啊！天啊！”

“对不起……”克莱尔低声对她说。她的声音非常沙哑，说话都很困难。莉迪亚不由自主地打着寒战，浑身冰凉，每一次呼吸都伴随着一阵颤抖，心脏在胸口突突地跳着。

“我的天啊，”莉迪亚哭喊着，“我的天啊！”

“对不起。”全是克莱尔的错，她不该打电话给莉迪亚，凭什么把人家牵扯进来，自己既自私又残忍，活该孤独终老，“是我的错。”

“为什么啊！”莉迪亚问道，“为什么要盯上朱莉娅？”

克莱尔摇了摇头。她也没法解释。没人知道那天晚上朱莉娅怎么就被人盯上了。

“她那么好，他妈的朱莉娅那么好的一个人！”

莉迪亚重复的追问勾起了她们痛苦的回忆。萨姆和海伦以前也会这样一次又一次地问：为什么要盯上我们女儿？为什么要盯上我们家？

“为什么一定要对朱莉娅下手呢？”

“我不知道……”克莱尔也在心里问自己，为什么是朱莉娅？当年在数学课上溜出去和自己好朋友的男朋友鬼混的是她，为了不跑短跑而去勾引体育老师的人也是她，为什么被盯上的人是朱莉娅？

莉迪亚仍然沉浸在悲痛中，她打着寒战说："应该是我被强奸的。"

"别乱说。"

"我以前完全就是一团糟。"

"别乱说啊。"

"我宁愿是我被强奸了，还不会那么难受。"

"别乱说，姐姐。你看着我。"克莱尔捧起莉迪亚的脸，她们父亲就是有了这种想法才想自我了断的，她可不愿意再这样失去姐姐，"你看着我，莉迪亚。不许这么说，永远都不准，听到没？"

莉迪亚没有回应，看都没看克莱尔一眼。

"你对我很重要，"克莱尔竭力克制着自己的恐惧，"我不想再听到你说这种话了，好吗？你对我很重要，对瑞克、小狄和妈妈也是，"克莱尔等着莉迪亚回答自己，"听到没？"

克莱尔仍捧着她的脸，莉迪亚轻微地点了点头。

"我爱你，"保罗在克莱尔怀中死去时她都没有说出这句话，"你是我姐姐，是最好的人，我爱你。"

莉迪亚握住克莱尔的手。

"我爱你，"克莱尔又重复了一次，"听到没？"

莉迪亚点了点头："嗯，我也爱你。"

"我们再也不要分开了，好吗？"

莉迪亚仍点着头，似乎精神了些，呼吸也渐渐平稳。

克莱尔紧握住莉迪亚的双手。两人低垂着头，不敢抬头看这栋房子，想象里面曾发生过什么事。

克莱尔说："给我讲讲小狄出生的时候吧。"

莉迪亚仍非常悲伤，摇了摇头不想说话。

“说嘛说嘛，”克莱尔不依不饶，虽然现在两人的整个世界都崩塌了，但克莱尔还是想知道保罗从莉迪亚身边夺走了什么，“把我错过的补回来。”

莉迪亚现在可能也需要讲一些其他的事——两人就像被困在漆黑的棺材里，需要一丝光明。“她非常瘦小，”莉迪亚颤抖的嘴唇微微一笑，“就像个玩具娃娃。”

见莉迪亚露出笑容，克莱尔希望她继续，便陪着她笑了笑。她必须想一些积极的事，好让她忘却脑海中朱莉娅的画面。

“她小时候不闹吧？”

莉迪亚用袖子擦了擦鼻子。

“是不是整天都睡觉？”

“才不是。”

克莱尔等着莉迪亚继续，希望她能接着往下说，不要再想起刚才看到的录像带：“她很调皮？”

莉迪亚无奈地耸耸肩又摇了摇头。她满脑子都是姐姐，还深陷在悲伤的深渊中。

“她长什么样？”克莱尔捏了捏莉迪亚的手，用轻松的语气说，“说嘛，小辣椒。给我说说我的小侄女长什么样。乖巧还是调皮？还是像我小时候一样可爱？”

莉迪亚扑哧一下笑了出来，但还是摇着头说：“她总是哭。”

克莱尔仍鼓励她往下说：“为什么要哭呢？”

“我哪知道，”莉迪亚重重地叹了一口气，“天气太热太冷，肚子饿了或者吃得太饱都可能哭。”她又用袖子擦了擦鼻子，袖口早已被泪水浸湿，“我原以为你是被我带大的，但其实各种麻烦的事都是妈妈做的。”

克莱尔听到她说妈妈为了照顾自己做了很多，心里很开心，虽然自己也知道这样挺幼稚：“比如呢？”

“抱着你陪你玩，这些都是小菜一碟。但是给你换尿布，半夜起来陪你折腾之类的事就很麻烦了。”

克莱尔把莉迪亚的头发往后捋。她应该陪在莉迪亚身边，帮她买东西、叠衣服，在她需要时接过她手中的小狄。

“两岁前小狄总是哭，”莉迪亚一边说，一边用手指抹掉流下的眼泪，“等她学会讲话，她就讲个不停。”说到这里她还笑出了声，“她老是一个人咿咿呀呀地唱歌。不光是我在身边的时候，有时候她自己一个人待着也会唱歌。我觉得挺奇怪的，就好像你以为猫只会对着你叫，其实人家自己也会叫一样。”

克莱尔附和着她笑了起来，鼓励莉迪亚接着说。

“等她大一些了，她就……”莉迪亚突然摇了摇头，“家里有个青春期的孩子，就像和一个很糟糕的人同住。吃你东西，偷你衣服，问都不问就拿你的钱、开你的车。”说到这里，她把手放到胸口，“但是孩子们总是会以出乎意料的方式让你觉得暖心，就会突然让你生不起气来，让你看到了一个更好的自己，此前却从未发现。”

克莱尔点了点头，因为她能感觉到，一说起小狄，莉迪亚措辞都变得温和很多。

莉迪亚紧紧握住克莱尔的手：“我们现在怎么办？”

克莱尔早已有了打算：“我们一定得报警了。”

“找谁？‘软蛋’治安官？”

“除了他，还要找州立警察队，还有佐治亚调查局。”克莱尔说着说着就有了计划，“我们给所有有关部门打电话。对国土安全局说有人在这栋房子里做炸弹。对联邦调查局说房子里有个被绑架的女孩。对环境保护局说这里有一桶毒废料。对特勤处说莱克西·富勒要暗杀总统。”

“你的意思是，如果能把所有部门一起叫过来，就没人能掩盖这些罪行了？”

“而且还要联系媒体。”

“好主意。”莉迪亚点了点头，“我去小狄学校的家长教师协会上发消息。那边有个叫佩内洛普·沃德的女人，就和被你揍的那个阿利森·亨德里克森是一种人，她老公明年要竞选国会议员。他们还是很有背景的，而且这个女的就像护食的狗，不会让任何人来搅局。”

克莱尔跪坐在地上。她听说过这个叫佩内洛普·沃德的女人，她老公布兰奇·沃德就是议员约翰尼·杰克逊的竞争对手，而约翰尼·杰克逊则是保罗成功路上的贵人。根据梅休警监所说，也是因为杰克逊议员他才会亲自去克莱尔家调查入室盗窃案。

当时梅休说“国会议员拜托我来处理这件案子”，克莱尔又开始怀疑杰克逊派他来是为了收拾他的烂摊子。是这个原因吗？如果梅休与本案有关，那么杰克逊不也是共犯之一了？

莉迪亚问道：“你怎么了？”

克莱尔没有把自己的担忧告诉她，她们还是需要多方介入进行调查。她看向房子：“我不想让他们找到朱莉娅的录像带。”

莉迪亚点了点头："那我们要不要告诉妈妈？"

"必须告诉她我们已经确定朱莉娅死亡这个消息了。"

"如果她问怎么知道的呢？"

"不会的。"克莱尔很确定，很久以前海伦就下定决心再也不要了解任何实情。萨姆去世前最后的几天，她甚至不让萨姆提朱莉娅的名字。

莉迪亚又问："你是不是觉得，录像里那个人是保罗他爸？"

"有可能，"克莱尔站起来，她不想坐着慢慢思考，现在需要的是找到能解决问题的人，"我去拿朱莉娅的录像带。"

"我和你一起去。"

"别，"克莱尔不想再让莉迪亚看到录像的任何一幕，"你先开始打电话吧，就用这里的座机打，警察可以追踪地址跟着过来。"克莱尔走到壁挂式电话前，看着莉迪亚拿起话筒，"我们把朱莉娅的录像带藏到特斯拉的引擎盖里，就没人找得到了。"

莉迪亚拨通了911报警热线，并告诉克莱尔："你快点，我这边很快就完。"

克莱尔走进了起居室。幸好现在电视上只是一片漆黑。而录像带都堆在电视机顶上。

她大声问莉迪亚："你说我们要不要开车回城里等？"

"不要！"

克莱尔也有同感。上次她把视频交给警察时，梅休把她当小孩一样耍。她按下录像机上的"弹出"键。手指刚碰到弹出的录像带时，她便开始努力地回想着朱莉娅的样子，来冲淡这部录像给她留下的印象。

但一切都是徒劳。她满脑子都是姐姐被铁链拴住的情景。

克莱尔迟早都会毁了这些录像。一旦她和莉迪亚脱了险，她就要把所有录像带都扔到铁桶里烧了。

她从录像机里取出录像带。只见录像带也被贴了标签，上面的字迹和保罗的虽然很相似，却略有不同。这盘带子是他在他父亲去世后才发现的？难道他的怪癖就是被这盘带子激发出的？朱莉娅失踪后一年左右，他父母才出的车祸。在那五年后，保罗就读于奥本大学并开始追求克莱尔。而在克莱尔父亲自杀不到两个月时，两人便结婚了。现在克莱尔已经完全不信巧合这一说，所以这就引出了一个问题：自打保罗认出录像带里的女孩是朱莉娅之后，从始至终所有事情是不是都是他一手导演的？所以他才会开始追求克莱尔？

克莱尔心里明白，这一切都无从证实。过去二十四年里，姐姐的去世一直让她很痛苦。而现在关于她老公的真相将有可能会在余下的几十年里一直缠绕着她。

她把录像带重新放回纸盒里，把几盘带子用橡皮筋扎好。

这时，她似乎闻到了保罗的须后水的味道。

她捧起手中的录像带，闭上双眼闻着这股微弱的气息。

“克莱尔！”保罗的声音从身后传来。

她转过身。

保罗穿着奥本大学红色的运动T恤和黑色牛仔裤，就站在房间中间。他剃了光头，留着胡子，还戴着大学时的那副厚厚的塑料眼镜。

他说：“是我啊。”

克莱尔手中的录像带洒落一地，堆在她的脚边。是真的吗？这一切都是真的吗？

“对不起！”保罗说。

说罢，他抡起拳头朝着克莱尔脸上打来。

V.

宝贝，实话实说，我一直都试着不要去管贴在墙上的各种线索。有一次你妈妈难得赏脸来看看我的调查结果，却说这是一堆“无用的大杂烩”。当时我还装模作样地点点头，当然等她一走，我马上就去翻字典了。

大杂烩：比喻一堆乱七八糟的人或事，胡拼乱凑的组合。

天啊，这样的才女，叫我怎能不爱。

在我去拜访本·卡尔维的最后十个月里，每天睡觉时我都故意不去看我的这一堆“糟粕”。我天天都看着这些收集的线索，到后来都觉得这是一件艺术品，是一幅提醒我你已经消失不见的画作，而不是带领我去寻找你的地图。

当我看到本·卡尔维在苏斯博士的书上写的话时，我才想起以前在“软蛋”治安官的文件里看到的那张纸条。其实那张纸条一直都在，至少我每年在你失踪那天去他办公室时都能看到。然而为什么人总是会忽略对自己最重要的东西呢？这个问题困扰着我们所有人，因为在你走后的每分每秒，我都在后悔曾经不够珍惜你，没有对你多说几次我爱你，多抱你几次，也没有认真地聆听你。

你可能会像妈妈一样，劝我可以在你妹妹身上弥补这些缺憾，但人性就是如此，对于失去的总是无法释怀。

对了，我跟你说过克莱尔的新男友保罗吗？虽然克莱尔已经被他追到手了，但还是看得出他非常渴望得到她，两人在这段感情里地位不太平衡。克莱尔光彩照人，年轻靓丽，而保罗相貌平平，没什么过人之处。

见了他之后，我和你妈都拿他开涮。你妈说他长得像巴托比，就是著名小说《录事巴托比》里的主人翁，里面对他的描述是："穿戴齐整但面色苍白，样子体面又让人可怜，神情是那样凄凉无助。"我倒是觉得他很像一只小猎犬：目中无人，心浮气躁，过度自信，喜欢穿很难看的毛衣。我觉得他这类人，如果不把聪明用在正道上，很容易酿成大祸。

我的这个观点是不是属于修正主义呢？因为我清楚地记得，第一次遇到保罗时我和你妈都觉得他就是巴托比那一类人，虽然无害但是讨人厌，很快就会被扫地出门。

直到现在我才越来越觉得那次见面非常不对劲。

克莱尔带保罗回家的时候正值佐治亚大学和奥本大学打棒球比赛。过去我都会觉得跟着克莱尔回家的这些男孩挺可怜的，一个个眼睛放着光，仿佛觉得见女孩家长是一件意义重大的事，看看她长大的地方，心想这是真爱，不久之后可能就会结婚生子。但可惜结局往往不如他们所愿。对克莱尔来说，一般带男朋友回家一趟之后就分手了。对克莱尔来说，这个小镇，这里的街道，这个家，甚至你妈和我，都是不堪的回忆。

小辣椒以前提醒过我们，要小心克莱尔的新男友。她总是对克莱尔的男朋友不满意（克莱尔也不喜欢莉迪亚的男朋友，我觉得如果你在，肯定可以解决她们的分歧），但这次小辣椒可不仅仅是提醒我们，而且直言保罗不是什么好人。我很少如此恶毒地评价过任何人。她口中的保罗就是我教过的最差劲的那种学生——总是觉得自己无所不知，什么都不用学（这种性格通常会给他们自己招来不必要的磨难）。

实话实说，保罗·斯科特让我最烦的一点就是他会在我面前对克莱尔毛手毛脚。我也不是个老古董，通常我看到别人在公众场合亲热也就只会笑笑罢了。

但他不一样。

克莱尔是我最小的女儿，看保罗摸她的那副样子我真的气得咬牙切齿。他们朝家里走来时，保罗会用手挽着她，上楼梯时他会扶着她的腰，进门时会和克莱尔十指紧扣。

你现在看我的描述可能觉得这也无伤大雅，无非就是一个男人在向心上人示爱罢了，但宝贝我告诉你，看到他摸克莱尔的模样我心里就非常不舒服。他的手几乎每时每刻都放在克莱尔身上，至少在我眼前是这样的。两人同坐一张沙发时，他要等到克莱尔坐定了才会松开牵着的手，然后马上用手搂着她肩膀，两腿张开坐着，两个膝盖好像同性相斥的磁铁一样无法并拢。

你妈妈也向我眨眼睛示意了好几次。

他非常喜欢发表各种观点，总是相信自己讲出的每个字不仅正确，而且深得人心。他是有钱，看他的车和衣着就知道，但是就教养而言，他可不像大富大贵的人。那种傲慢的态度不是因为觉得自己比别人富有，而是觉得自己聪明绝顶。他确实是个聪明的年轻人，随便什么话题他都有所涉猎，而且绝不是略知一二。

我们南方人要判断一个人怎么样，唯一的方法就是打听人家的家庭背景，所以你妈妈也问了他。

保罗先讲了些基本信息：父亲曾经在海军服役，妈妈接受过秘书教育。后来一家都做了农民，并且通过帮别人记账，在佐治亚大学做安保来帮补家用（你也知道，很多人都会在佐治亚大学当保安，大家都会时不时帮学校填补人手不足）。家里没其他亲戚，他妈妈那边有个远房叔叔，但当保罗在奥本大学读一年级时就过世了。

保罗说，因为儿时缺少陪伴，所以希望以后能组成一个人丁兴旺的家庭——听到这一点，本来我和你妈应该很开心，但是我看到你妈和我一样，浑身发毛，后背挺得笔直，因为从他说这句话的语气里你就能听出他会不择手段地做到这一点。

（相信我，宝贝，几个世纪以来多少父亲都努力捍卫着圣灵感孕学说[①]，不是没有原因的。）

交代完基本信息后，保罗说起了一段悲伤的故事，把克莱尔感动得泪流满面。那时我就知道他已经吃定克莱尔了。克莱尔从不会因为别人流泪，虽然这么说显得她有些铁石心肠，但是宝贝你要知道，不是她不想哭，而是自你离开以后，我们一家眼泪都流干了。

但她还是为保罗哭了。

听他说起他父母的车祸，我似乎回忆起了些什么。斯科特一家是在你失踪整一年时出的事，我记得当时我读了很多报纸，因为要在每一页上寻找着你的消息。你妈妈记得当时图书馆的一个保安告

① 出自《圣经》，在这里指男女不通过性交便能生子。

诉她，保罗的父亲在车祸中被撞得身首异处，而且还着火了，所以我们想象了很多恐怖的画面。

但这个故事从保罗嘴中说出来就没那么恐怖（我相信肯定是他自己改编了不少），我也能理解，有些回忆可能只属于他自己，而且毋庸置疑，这个悲剧的故事也帮他在克莱尔那里加了不少分。过去很多年里，所有人都在照顾着她，我想当她和保罗在一起时，她终于找到机会去照顾别人了。

如果此时你妈妈在旁边看着我写这封信，她肯定要催促我进入正题。确实如此，我想讲的是：

本·卡尔维在那本苏斯博士的书上给我留言道：

“先看图，再看字。”——罗伯特·詹姆斯·沃勒。

图片。

本·卡尔维行凶之后拍了很多照片，到处分发，这也是他的恶行之一。据说黑市上有数百张他拍的受害者的照片。但他已经被抓起来了，他对自己的罪行只字未提，只跟我说了他是如何跟警察斗智斗勇。

图片。

这句话我以前就看见过——看过很多次。

在调查你失踪的案子时，“软蛋”治安官划掉了一个又一个嫌犯的名字，而我在一个警员的调查笔记中找到了其中一个嫌犯的档案：

XXXXX XXXXX 偷窥犯　汤姆

佐治亚大学临时保安，曾先后四次被警方逮捕，日期分别是1989年1月4日、1989年4月12日、1990年6月22日及1991年

8月6日。所有指控均已撤销。目标皆为十七到二十岁的金发女孩。惯技：于学校一楼偷拍各种女性赤裸的图片及录像。该人于1992年1月3日死亡（死因是车祸，其妻也在车祸中丧生；目前还有一个十六岁的儿子就读于亚拉巴马的一所寄宿学校）。

图片。

你失踪时这个偷窥犯汤姆还活着，他四处找寻的目标就是你这个年纪，这个发色，这个长相的女生。他是否曾经在一楼偷拍过你的照片？有没有在你梳头发、和妹妹聊天、更衣睡觉时偷看你？有没有趁着在学校当保安的时候悄悄看你？有没有在你失踪那晚尾随着你去曼哈顿酒吧？有没有在你离开之后也尾随着你离开？

是不是觉得光拍照还不够？

你可能会想，本·卡尔维是怎么弄到关于你案子的文件的。正如我之前和你所说，他就算在监狱都还算是个人物，全世界都有他的人。听狱卒说，本·卡尔维会倒卖情报。所以他经常有加餐，在死囚监狱里也有人保护。既然有人有需求，那他就满足他们，他很明白这一点。

图片。

他怎么知道这个词能勾起我的回忆？能让我马上冲回家里去查看我搜集线索，翻阅一大堆笔记本，只为了找到六年前我在某处抄录的那句话？

在为期十个月的四十八次探监后，他就如此了解我的心理了？

这个问题没有答案。像本·卡尔维这样的疯子，虽然嘴上说自己喜欢随波逐流，但我曾见他把手伸进生命的海洋里，像两片桨一样改变着命运的走向。

他就用“图片”这一个词，改变了我生命的轨迹。

偷窥犯汤姆的真名叫杰拉德·斯科特。

他的儿子正是你妹妹的新男友。

第十二章

克莱尔睁开双眼。爆米花色的天花板抹上了一层棕色的光影。她枕着一个枕头，脱掉了网球鞋平躺在潮湿的粗布地毯上。

她坐了起来。

保罗。

保罗活了！她丈夫又活了！

在一阵单纯的欢欣鼓舞后，克莱尔又被打回现实，心里有无数的疑问。他为什么要装死？为什么要骗克莱尔？谁救了他？在富勒家干什么？刚刚为什么要打她？

莉迪亚现在在哪里？

“莉迪亚！”克莱尔喉咙快要冒烟了，很勉强才喊出她的名字。她强忍着恶心的感觉站起来，摇摇晃晃一头撞在电视上，颧骨撞得生疼。“姐姐？”她又喊道，虽然声音还是很沙哑，但心中的恐惧迫使着她喊出了最大的音量，“姐姐？”

没有回应。

克莱尔沿着走廊直冲向车库，一把拉开门。录像带、铁链、血迹映入眼帘，却不见莉迪亚的身影。她转身向外跑去，关上了身后的门。随后她又去卧室、浴室、厨房找了一遍，每一次失落都在加剧着她心中的恐惧。莉迪亚不在这里，她不见了，一定有人带走了她。

一定是保罗，就像他父亲绑架朱莉娅那样。

克莱尔跑到房屋后侧的门厅里，扫视着外面的田地，随后又跑到前厅。她的心突突地跳着，想要尖叫，想要哭喊。怎么又发生这种事了？为什么要让莉迪亚离开她的视线？

特斯拉还停在行车道边。克莱尔走近时门把手自动弹了出来，车载系统探测到了车钥匙，克莱尔也不知道车钥匙怎么会在她裤子后兜里。前座上放着她和莉迪亚的包，但里面的一次性手机已然不见。一根长长的橙色电线从门厅一直连到行车道上的特斯拉，为汽车充着电。

这时房间里电话响了起来。

克莱尔马上便往回跑去，在厨房门口停了下来。她想进去接电话，但她发现身体被恐惧支配，无法移动，只能定定地看着门口。她看着那台白色电话座机，电话线垂在离地几英尺的地方。以前住在林荫大道时，家里厨房的座机电话线很长，可以拉到一旁的储物室里，那时打电话时如果想要一点私人空间，只有储物间里才可以。

莉迪亚不见了。肯定是保罗带走了她。一切都已发生，克莱尔也无法阻止。她不能戴上耳机躲到自己房间里，假装地球还在正常地运转，一切安好。

她逼迫着自己走进厨房，用手握住了座机但没有接起电话，只感觉到电话机冰凉的塑料外壳。这台电话虽然年头久了但是还非常完好，就是以前贝尔电话公司按月出租给客户的那种老电话。手握在座机上，克莱尔能感觉到电话铃在她手心振动着。

答录机被人关了。有人给她垫了个枕头，帮她脱了鞋，还给特斯拉充了电。

克莱尔都不用接就知道那个电话是谁打来的。

电话那头保罗说：“你没事吧?”

“我姐在哪里?”

“她没事，”保罗顿了一下，“你还好吧?”

“我好什么好，你这个畜生……”克莱尔咬牙切齿地说着。突然她一阵猛咳，一口血喷在手背上。她看着鲜血一条条地从自己苍白的肌肤上流下。

保罗问：“你咳血了?”

克莱尔马上巡视房间一周。他是在屋里还是在外面?

保罗说：“抬头。”

克莱尔抬起头。

“偏左一点。”

突然，克莱尔看到冰箱顶上有个像空气清新剂一样东西。旁边的灰褐色花瓶里插着一株桉树的枝叶。其中有一片叶子被精心裁剪过，正好露出了后面的摄像头。

“整栋房子里有很多这样的摄像头。”

“你是说这栋房子还是我们邓伍迪的房子?”

保罗没有回答她，但答案已经不言而喻。保罗自己一直都在监视着克莱尔，所以他不需要像对其他人那样，用颜色不同的文件夹来收集克莱尔的资料。保罗从未雇佣过私家侦探跟踪克莱尔，他自己每天都在监视着她。

克莱尔问他："莉迪亚呢?"

"我现在用的是装有扰频器的卫星电话，你知道这是什么吗?"

"我他妈怎么会知道?"

"卫星电话全称叫作通讯卫星电话，"他故弄玄虚地解释道，"这个电话的信号不是来自地面上的信号塔站，而是地球同步卫星。扰频器则会隐藏本机电话号码和地理位置，也就是说卫星电话不可能被追踪，就算国安局也做不到。"

克莱尔没有在意他说的话，她专心地听着电话那头嘈杂的声音。她听到马路上的噪音，以及呼啸的风声。无论多豪华的车都无法做到密不透风，不需要国安局来追踪，克莱尔也知道保罗正在开着车。

克莱尔又问道："她还活着吗?"

保罗没有回应。

克莱尔突然一阵心悸，差点一口气没上来："莉迪亚还活着吗?"

"嗯。"

她盯着摄像头说："让她接电话，赶紧的。"

"她现在接不了电话。"

"如果你敢伤害她……"克莱尔喉头一紧，她看过电影，一般说威胁的话都没什么好下场，"求你了，别伤害她。"

"不会的，克莱尔，你也知道我绝不会伤害她。"

克莱尔的眼泪止不住地流下，在那一瞬间，她试着去相信保罗："你现在就让她和我说话，不然我就打电话给所有执法部门。"

保罗叹了一口气。这个声音克莱尔很熟悉，每次保罗答应克莱尔什么事的时候都会叹气。她听到保罗停下了车，电话那头沙沙作响。

“你在干什么？”

“我在按你的要求做啊。”车门开了又关。她听到旁边其他的车呼啸而过。他一定是在亚特兰大高速公路上。克莱尔昏睡了多久？他带着莉迪亚跑了多远？

她说：“你爸爸杀了我姐姐。”

电话那头传来嘎吱一声，应该是打开了一扇门或是汽车的后箱。

“视频里那个人是他，对吗？”克莱尔等着保罗的回答，“保罗，告诉我，是他吗？”

“是他，”保罗说，“看手机。”

“什么？”

“看莉迪亚的手机，在客厅里。我来的时候看快没电，就帮她插上充电器了。”

“我的天啊。”只有保罗这个变态会在绑架别人的时候还帮人充电。

克莱尔把座机放在桌上。但走进客厅里，她没有去找莉迪亚的手机，而是四周环视着。只见前门旁那个樱桃色的嵌入式书架上也有一个空气清新剂。怎么自己之前就没注意到呢？怎么就一个都没发现呢？

莉迪亚的手机响了起来，保罗把她的手机放在了沙发旁的茶几上充电。屏幕上显示有一条来自未知电话的短信，她打开短信，里面弹出了一张莉迪亚的照片。

克莱尔大哭起来。她看到莉迪亚前额在流着血，一只眼睛肿得睁不开。她躺在一辆车的后备箱里，双手被捆在身前，看上去是那样惊恐，那样愤怒，又是那样无助。

克莱尔抬头看着书架上的摄像头，心里的怒火穿过线路直达保罗那颗腐朽的心。“我一定要杀了你，不管怎么样，一定要……”克莱尔也不知道自己要怎么办。她又看向莉迪亚的照片，心想全是自己的错。她无数次告诉莉迪亚赶紧回去，但没有一次真的想要她走，只希望姐姐能保护自己，结果害得她落入了保罗的魔爪。

她听到行车道上有车停下的声音，心脏开始扑通乱跳。是莉迪亚，保罗把她带回来了。她打开前门，只见一缕光从夹板边缘透过来。克莱尔扭着脖子便可以从夹板缝隙看到行车道上的情况。

但她看到的却不是保罗，而是一辆棕色的治安官巡逻车。她的视线被夹板挡住，只看到挡风玻璃反射着下午的阳光，看不到里面坐的人。车里的司机一直坐着不下来。等待期间，克莱尔听到自己颤颤巍巍的呼吸声。

终于，那人打开了车门，一脚踏在水泥地上。那人穿着一条侧面有黄色条纹的深棕色裤子和一双牛仔皮靴。他扶着车门，从车里走了出来，背对着克莱尔在路边站了一会儿，环视着周围的环境。随后，他转了过来。

那人便是卡尔·哈克比治安官，他戴起一顶牛仔帽，在行车道上走着。走到特斯拉旁，他往里看了看，抓起插着的充电线，沿着线路朝前门门厅走来。

虽然哈克比治安官看不到她，但克莱尔还是马上退了几步。虽然哈克比治安官已经上了年纪，有点弓腰驼背，但还是和多年前一样，把小胡子梳理得很有型，留着长长的鬓角，这副打扮就算在九十年代也够老土的。

他肯定跟保罗是一伙的。自己父母一直向他寻求帮助，但也是这个人一直把他们玩弄于股掌之间。

克莱尔跑到厨房里，从地上捡起一把尖锐的水果刀，随后拿起了电话。她把电话放到耳边，举起刀子让保罗看："赶紧把我姐姐送回来，不然我就用这把刀划开他的喉咙。"

"什么？"保罗问道，"你要杀谁？"

"你自己清楚……"克莱尔突然停了下来。也许保罗并不知道她在说什么，保罗只关心房子里的情况，放在屋外的摄像头只不过是给别人看的摆设。

"克莱尔？"

"哈克比来了。"

"妈的，"保罗骂道，"赶紧把他撵走，否则你再也见不到莉迪亚了。"

克莱尔不知所措："你保证，不能伤害莉迪亚。"

"我保证，你别挂……"

克莱尔挂断了电话。她转过身看着厨房外的走廊，看着手里的刀，她也不知道能用来做什么，但还是把刀藏到身后的口袋里。千头万绪在她心里挥之不去。为什么保罗要演一出被杀害的戏？为什么要绑架莉迪亚？他想干什么？

"你好？"哈克比重重的脚步声回荡在门廊的台阶上，"有人在吗？"

"你好。"克莱尔的声音有些沙哑，嗓子里仍有什么地方在出血。她满脑子都是莉迪亚，为了莉迪亚的安全，她努力让自己平静下来。

“卡罗尔女士？”治安官收起了试探的语气，取而代之的是几分谨慎，“你在这里做什么？”

“我是斯科特女士，”她纠正了哈克比，尽管自己很讨厌这个称谓，“这是我老公的房子。他不久前去世了，所以我……”

“所以你就把这里洗劫一空了？”哈克比看着被克莱尔弄得一团糟的厨房，餐具、锅碗瓢盆、保鲜盒，还有其他抽屉和碗柜里的东西全都乱七八糟地躺在地上。

他抬起脚往前走着，似乎之前踩到了后门附近的碎玻璃。“到底发生了什么？”

克莱尔用手搓着结婚戒指，故作威严地说：“那你来这里干吗？”

“我接到这里的报警电话，但电话那头又没人回应。”他一手叉腰，拇指扣到皮带里，“是你打的吗？”

“我拨错了，本来是想打到咨询处的。”克莱尔装模作样地咳了两声，“对不起，让你白跑了一趟。”

“你老公叫什么来着？”

“保罗·斯科特。”克莱尔突然想起，这栋房子的地契上写的不是这个名字，“这栋房子抵押给了他的律师事务所，公司名叫巴克敏斯特·富勒。”

治安官点了点头，但好像对这个回答不太满意：“看来已经被封起来有一段时间了。”

“你认识我丈夫吗？”

“我认识他的父母，都是好人。”

克莱尔不由自主地搓揉着手上的戒指。突然她低头看着自己的手，想起戒指曾被蛇形文身男抢走，怎么又回到了自己手上？

“斯科特女士？”

克莱尔握紧拳头，她想一把扯下手上的戒指，扔到垃圾堆里。保罗是怎么把戒指找回来的？为什么要帮她戴上戒指？为什么帮她脱鞋？为什么把车钥匙装她口袋里？为什么要把她打晕，又给她垫个枕头睡着？

最后，为什么要绑架莉迪亚？

“你脸上怎么了？”哈克比用手指了指自己的脸颊，“眼眶都黑了。”

克莱尔也伸出手摸着自己的脸，然后用手顺了顺头发。她惊慌失措了，脑子里一直在消化着迄今为止发生的一切，努力想着对策，用脑过度让她头疼。

哈克比问道：“要不要坐会儿？”

“我要知道真相。”克莱尔也知道自己这样说有点让人摸不着头脑，“我丈夫的父亲名叫杰拉德·斯科特。你确定他已经过世了吗？”

哈克比狐疑地看了她一眼：“虽然车祸发生时没有看到，但之后我去了现场。”

克莱尔也亲眼看着保罗死在她怀里，看着他的生命慢慢消逝。

但现在她却看着保罗给了她脸上一拳。

哈克比靠着门框：“你是不是有什么要对我说的？”

这时电话响了，克莱尔没有去接。

哈克比挪了一步，看向电话，然后目光转向克莱尔。

看来保罗是不会挂断的，电话铃一直在响，仿佛一把凿子在克莱尔的耳朵里刮着。

她拿起听筒又重重地砸了回去。

哈克比扬起了他浓密的眉毛。这个男人在过去的二十四年里一直坚称当时年方十九的朱莉娅只不过是离家出走，跟着几个混混去玩而已，他现在对克莱尔起疑了。

电话突然又响了起来。

克莱尔能想到保罗有多愤怒，他肯定把车停在街边，通过摄像头看着家里的情况，而克莱尔却没有按照他的要求行事。

现在他应该明白克莱尔不再是以前那个她了。

克莱尔取下了婚戒，放在冰箱顶的摄像头前，转过身对治安官说："我知道朱莉娅遭遇了什么。"

哈克比呼吸的声音很重，应该是个老烟枪，所以很难判断他是在叹气还是只是正常地呼吸。"你妈妈告诉你的？"

克莱尔靠向冰箱，否则自己都快站不住了。从哈克比的话中，她听出了他虽然感到震惊，但还是故作镇定。难道在过去这些年里，海伦一直都知道这些录像带的存在？还一直瞒着克莱尔？也瞒着老萨姆吗？

她又试着向哈克比撒谎："对，她告诉我的。"

"好吧，克莱尔，听你这么说我很惊讶，因为你妈妈说过永远不会告诉两个女儿的，很难相信一个像她那样的女人竟然食言了。"

克莱尔摇着头，这个男人知道自己姐姐被残忍杀害而且还留下了视频证据，然而现在他却把克莱尔当作一个十二岁的小屁孩，对她一番说教，仿佛对她很失望一样。“你为什么要瞒着我和莉迪亚？”

“我向你妈妈保证过。我知道你瞧不起我，但我是个言出必行的人。”

“就因为你他妈的言出必行，你知道过去二十四年我受了多少罪吗？”

“不要讲脏话。”

“滚你妈的。”满腔的怨恨似乎正在从她嘴里喷涌而出，“你总说她还活着，只是离家出走，总有一天会回来的。你一直都知道，她永远都不会回来，但你还给我们这种希望。”她能看出哈克比现在都还不理解她的话，“你知道希望对人来说有什么意义吗？你知道吗，我们曾到街上，看到某个长得像我姐姐的人就一路跟着？你知道吗，每次去商场，见到姐姐和妹妹在一起玩就会无比心痛，因为我知道永远无法得到这样的快乐？你知道吗，父亲的葬礼只有我一人出席，我的婚礼也没有人……”

克莱尔说到这里无法再继续，因为她嫁的人是保罗，正是因为他曾试图强奸莉迪亚，莉迪亚才没有在她身旁。

哈克比说道：“你到底是怎么知道的？上网查的？”

她点了点头，这是最容易让人相信的答案。

哈克比低着头：“我总是担心这些录像会被公布于世。”

克莱尔知道自己必须尽快赶走他，但还是忍不住要问：“你是怎么找到这些录像带的？”

“在你爸的公寓里。他自杀时录像机里放着一盘朱莉娅的录像带。我想他就是看了这个录像才决定……”

他没有把话说完。两人都知道父亲决定做了什么。现在克莱尔知道萨姆·卡罗尔曾看过这些录像带，曾在看的时候决定注射自杀，她这才明白父亲自杀的理由。她可以想象，在看到女儿被夺走的时候父亲有多想结束自己的生命，而且自杀这种行为非常容易影响别人。

海伦就是怕这个才决定隐瞒事实吗？她是不是怕克莱尔找到这些录像带，然后步了父亲的后尘？还有莉迪亚，可怜又脆弱的莉迪亚。虽然她吸毒的时候没人见过，但她之所以成瘾不是为了追求一时爽快，而是为了逃避。她当时一直在想办法把自己毁掉。

克莱尔问他："那你拿到录像之后怎么处理的？"

"我把录像交给我一个联邦调查局的哥们儿了。我们一直怀疑是否还有其他录像带，现在可以确定了。"

克莱尔看着自己的手，就算没戴戒指她也会做出搓揉的动作。

哈克比说："姑娘，你不必试探我，骗我说出真相。她是你姐姐，我当然会把实情告诉你。"

听他这么说，克莱尔无比想要打他一顿，从未有过如此强烈的冲动。哈克比总是装出一副心甘情愿无比坦诚的样子，但是过去克莱尔找过他无数次，问他案情有没有新进展。"那你说吧。"

他捋了捋小胡子，仿佛在想怎么才能不让克莱尔伤心。终于，他开口说道："录像带里那个男的似乎是某个组织的一员，他们散播了很多这样的录像。我之前不是说我在联邦调查局里有个朋友吗，我从他那里得知了一些内情。朋友告诉我他们早就查出了这个人的身份，他叫达利尔·拉斯特尔，1994 年时在加利福尼亚落网。当时他正企图绑架一个和你姐姐同样年龄、同样发色、同样身材的女孩。”

克莱尔被他搞糊涂了，难道她错怪保罗的父亲了？除了他还有其他杀人犯？保罗的父亲难道只是喜欢收藏这样的录像？

哈克比接着说：“拉斯特尔现在已经死了，不知道能不能让你好受些。”

不，不可能，屋外就是视频里的那座谷仓，杀人的房间就在离他们现在所在之处不到十五英尺的地方。

“法官判了他死刑。”哈克比又用拇指抠着腰带，“在死囚犯监狱里他和别人斗殴，被别人用刀在脖子上捅了十几下。大概就是在你爸爸过世的那个时候吧。”

克莱尔竭力思索着还有什么问题可以问：“我爸爸是怎么拿到那些录像的？”

哈克比耸了耸肩：“我也不知道。”

“你没有调查？”

“当然查过啊。”哈克比好像感觉被冒犯了，似乎还觉得自己工作做得很棒，“但你父亲总是在做无用功，每次都是这样。谁也不知道他哪次真的找到有用的东西了，他也不跟我分享自己查到的信息。”

“你本来也没有鼓励他这样做。”

哈克比又无奈地耸了耸肩，他本该对克莱尔说“对不起，不该让你爸孤独一人，最后选择自杀”，但他的样子仿佛在说“过都过去了，不要计较”。

但话又说回来，海伦也离开了萨姆。而且在过去这些年里，她一直把克莱尔和莉迪亚蒙在鼓里。克莱尔这一生里，有没有人跟她说过真话？就连莉迪亚也对她隐瞒了小狄的事。

她又问道：“那为什么我父亲连谁是凶手都没有查出来，就决定自杀了？”

“他死的时候录像带还放在录影机里，他知道我们会调查出来的。我是这么想的，他把调查凶手的事委托给我们了，他这么做是对的。我直接就把这些录像带交给联邦调查局，不到一周，他们就找到了杀害你姐姐的人。”

克莱尔也懒得反驳他，以前卡罗尔一家苦苦央求了他很多年，让他去找联邦调查局帮忙。“你也没有把真相公之于众，让大家知道我姐姐遭遇了什么！”

“你妈妈拜托我不要公布。我想她应该是怕你们姐妹俩去找这些录像。”他看向克莱尔身后的起居室，“我觉得吧，她是觉得你俩还不如永远不要得知真相。”

克莱尔开始觉得妈妈是对的。但她忍不住想，如果早点知道朱莉娅已经过世，她的生活会有多少不同。过去有多少次，看到雅典小镇周边发现无名尸体，她都把自己悄悄关在办公室里泣不成声？有多少个夜晚，她因为这些失踪女孩的案件无法入睡？有多少个小时，她在网上搜索着邪教和嬉皮士组织的消息，看有没有姐姐的消息？

“好了，我把我知道的都告诉你了。”哈克比不自然地踱着步，“希望能让你心里好受些。”

“像我爸爸知道真相以后那样？”她实在想说，如果他能尽职尽责地工作，萨姆·卡罗尔可能还不会寻短见，但还是忍住没说。

“不管了。”哈克比环视着厨房，“你想知道的我都告诉你了。

那你能不能告诉我，为什么你会站在这一片狼藉的厨房里，背后还别着一把刀？”

“不，我不想说。”克莱尔还想继续问他。她心里还有一个问题没问，虽然自己已经料到这个问题的答案了。保罗的那位贵人，那个议员，曾经一手遮天，帮助“奎因+斯科特”公司爬到行业顶尖，曾经刷着保罗的美国运通黑卡，订私人飞机，住豪华酒店。克莱尔记得保罗和议员常常打高尔夫，常常私底下通电话，常常在下午去酒吧鬼混，保罗用尽浑身解数都要哄他开心，但她也明白，这两人肯定还有更深层的关系。

她问道：“你在联邦调查局的那个朋友是谁？”

“问这个干吗？”

“是约翰尼·杰克逊，对吧？”克莱尔非常了解杰克逊议员的底细。每次他们办慈善筹款晚宴时，克莱尔都坐在一旁听着他无聊的自我介绍。约翰尼·杰克逊议员在进入政界之前曾是联邦调查局的探员。他帮“奎因+斯科特”公司签下了价值数百万，甚至数十亿的政府项目。在保罗葬礼那天，他派雅各布·梅休警监到他们在邓伍迪的家中调查入室盗窃案。可能弗雷德·诺兰也是受他所托才来骚扰克莱尔的。

杰克逊是一个非常常见的姓氏，当克莱尔看到保罗母亲的墓碑上写着杰克逊的名字，她都没想到给保罗巨大恩惠的就是这个人。

但现在，她明白了。

她对治安官说：“他是保罗母亲那边的一个叔叔。”

哈克比点了点头：“他以前在特工部服役时曾在亚特兰大工作。”

“他帮保罗脱过罪吗？”

哈克比又点点头，但这次他没有多说什么。可能是因为他认为保罗已经过世，就不想再说他不光彩的事。克莱尔要告诉他保罗还活着吗？而且现在还绑架了她姐姐？

这时，电话又响了起来。

克莱尔没有动，但她告诉哈克比：“我去接电话。”

“你确定没有什么想要和我说的吗？”

“没有。”

哈克比从衬衣口袋里掏出一张名片。“背面有我的电话。”说罢便把名片放在厨房桌上，用手指敲了敲后转身离去。

电话铃还在响着。克莱尔心里倒数着，听到了治安官打开又关上车门，发动引擎，从行车道上开走。

她接起电话。

保罗说：“你他妈刚在干什么？”

“把我姐姐送回来。”

“你告诉我你跟‘软蛋’治安官说了什么。”

听到保罗用“软蛋”治安官这个词克莱尔心里很是不爽。这个词是他们家里用来称呼哈克比的，而正在和她通话的这个施虐狂早已不是她家的一员。

“克莱尔？”

“我父亲是一边看着朱莉娅的录像一边自杀的。”

保罗没有说话。

“是你干的吗，保罗？是你把录像带给我父亲的吗？”

“我为什么要这么做啊？”

“因为你早就盘算着要把莉迪亚赶出我们家，我父亲就是最后一个对我来说重要的人，只有他会无条件地帮我。”克莱尔疯了似的说着，上气不接下气，“保罗，是你杀了他。你要么就是亲手杀了他，要么就是帮他把注射器扎到手上。”

“你疯了吗?”保罗大声说道，似乎被克莱尔惹怒了，“天啊，克莱尔，我又不是个禽兽。你也知道我很喜欢你爸爸的，他葬礼上我还是抬棺人呢。”他突然停了下来，让克莱尔觉得自己的控诉让他难过得说不出话。片刻后，保罗用低沉而平静的声音说道：“我确实做过一些不光彩的事，但我绝不会伤害我所爱的人。你也知道萨姆临走前那段时间有多脆弱，谁也说不好是什么让他决定自杀的。”

克莱尔在餐桌旁坐下。她把椅子转了过去，不想让保罗看到她悲愤的眼泪：“你别装得像个无辜的路人，好像什么都和你没关系一样。”

“我确实无辜啊。”

“你知道朱莉娅的事。你看着我煎熬了将近二十年，你随时都可以把真相告诉我。但你什么都没说，就看着我受罪。”

“我自己也很心痛，我决不想伤害你的。”

“你现在就在伤害我!”克莱尔猛地打了桌子一拳。伴随着一阵疼痛，她喉咙突然抽搐起来。她承受不住这样的痛苦，只想蜷起身子躺在地上，哭到毫无知觉。一个小时前，她还觉得自己已经一无所有，但现在她明白了只要保罗还活着，他就会一点一点继续把她珍贵的东西拿走。

保罗说：“我如果要告诉你朱莉娅遭遇了什么，就得把事情的始末都告诉你，你要我怎么做？”

“你意思是说你不知道要怎么骗我？”

保罗被问得哑口无言。

“你为什么要装死？”

“我也是迫不得已。”他顿了顿，“我现在没法解释，克莱尔，但我所做的都是为了保护你。”

“但我现在并没有感觉很安全，保罗。”克莱尔竭力遏制着心中的怒火和恐惧，“你打晕了我，还把我姐姐带走了。”

“我不想伤害你的，下手也是尽可能轻。”

克莱尔现在都还能感觉到脸颊上隐隐约约的痛感，无法想象如果保罗使出全力自己会被打成什么样子：“你到底想怎么样？”

“我要特斯拉的车钥匙扣。”

克莱尔突然感觉胃里一阵绞痛。她还记得那天保罗把她拽进巷子里之前，在餐厅外把钥匙给了她：“那你为什么要给我呢？”

“因为我知道你肯定能保管好。”

这时，亚当可能已经取走了信箱里的钥匙扣。她们在车库里已经把工作文件夹拷好了。那个 U 盘里到底还有什么？“克莱尔？”保罗说道，“你把那个 U 盘怎么了？”

克莱尔想快点把他打发掉：“我交给警察了。”

“梅休？”听得出保罗很紧张，“你赶紧去拿回来，不能让梅休看到。”

“不是梅休。”克莱尔迟疑了一会儿。她应该说给了诺兰吗？如果是诺兰，保罗会不会放心？那张盘和诺兰是不是也有什么关系？

“克莱尔？赶快告诉我你给谁了。”

“那时候我把钥匙握在手里……”克莱尔努力克制着心中的恐慌，害怕的情绪让她无法思考。她必须想出一套可信的说辞，能让她掌握主动，拖延一下时间让她细细思考。“在巷子里的时候，我把钥匙握在手里，被那个杀了你的……假装杀了你的人一把抢走了。”

保罗嘴里嘟嘟囔囔地骂着。

听到他生气了，克莱尔备受鼓舞。“警察把那串钥匙放到一个空的塑料文件夹里作为证物。”她小心翼翼地思索着自己的谎话里有没有什么漏洞，“我用备用钥匙把特斯拉开回家的。但我知道那个钥匙扣现在已经被拿走做证物了，因为警察给我发的保险单里有那串钥匙。我把保险单转给我们的保险经理人皮娅·洛里特了。”

克莱尔屏住呼吸，希望自己编的故事能唬住保罗。钥匙扣上的U盘里到底有什么？在车库的时候她已经检查过，里面没有任何视频，唯一的一个文件夹里只装着一个软件。至少被保罗伪装成这个样子了，他在电脑方面可谓是登峰造极。

保罗问道：“你能把钥匙拿回来吗？”他一字一句地说。克莱尔仿佛都能看到保罗一边说着，一边攥紧拳头又松开，每次被克莱尔说中痛处保罗都是这个样子。在他们结婚的这几年里，她从没有想过保罗会用拳头打她。

但她现在非常担心，保罗会不会用莉迪亚来威胁她。

克莱尔说：“那你保证，你不会伤害莉迪亚。求你了。”

“我要我的钥匙扣，”保罗一字一顿的话语里充满了威胁的意味，“你快点给我去拿。”

“好的，但是……”克莱尔又开始胡说，“那个叫雷曼的警探，你认识吗？那天他也在巷子里陪你演戏，还有些医护人员、警察、警探什么的……”

“我知道有哪些人。”

克莱尔当然知道，当时她一直陪在保罗身边。保罗装死装了多久呢？少说得有五分钟，然后医护人员就过来在他身上铺上了毯子，那是克莱尔最后一次看到保罗。

她接着说：“负责调查这起案件的警探是埃里克·雷曼，你要不打电话问他？”

保罗没有回答，但克莱尔能感觉到愤怒的保罗仿佛就站在她面前。

克莱尔又说：“那天帮你的有哪些人？你就不能……”

“你好好听我说，听见没？”

“好的。”

“家里到处都有摄像头。有些你找得到，有些你永远找不到。莉迪亚的手机被监听了，你现在用的电话也被监听了。接下来的两个小时里，我每二十分钟就会打这个座机。之后我就会逃到足够远的地方，路上我也会好好想想接下来你要做什么。”

“为什么呢，保罗？”克莱尔想问的不止现在他为何要这么做，她想知道之前保罗所做的事都是为什么，“你爸爸杀了我姐姐。我看过录像了。我知道他干了些什么……”突然克莱尔泣不成声，越说越心痛，“我不……”克莱尔强忍着悲痛说，“我不明白。”

“真的很抱歉，”听起来保罗仿佛也流露了真感情，“我们能挺过去的，一定可以的。”

克莱尔闭上双眼。保罗正试着安抚她，最可怕的是，克莱尔竟然希望得到保罗的安慰。她还能想起当时在起居室醒来，发现保罗还活着是什么感觉。她的丈夫，她的英雄还活着，保罗会为她解决所有问题的。

“我没杀过任何人，”保罗听起来似乎非常脆弱，“我跟你保证。”

克莱尔用手捂住嘴，不让自己说话。她太想相信保罗了，太需要把信心寄托在保罗身上。

“我是在那起车祸后才知道爸爸在做这些事。我当时走到谷仓里，看到了他的所有……东西。”

克莱尔紧咬着拳头，克制着尖叫的欲望。保罗正在努力地把话说通。

“我当时是个无依无靠的孤儿。学校就要交学费了。我还得想着怎么去读大学。而做这个我可以赚很多钱，我只需要把那些录像拷好拿去卖。”

克莱尔就快无法呼吸，她也用过保罗赚来的那些钱，戴的珠宝、穿的衣服鞋子，都是那些女孩的血肉换来的。

“我向你保证，我做这些事实在是迫不得已。”

她已经无法承受更多，感觉自己即将到达极限，再听保罗说一会儿自己就要崩溃了。

“克莱尔？”

她说：“你电脑上的视频看起来年代没那么久远。”

“我知道，”保罗停了一阵没说话，克莱尔想保罗是不是在编着其他谎话，或者早就想好怎么说，只是为了渲染情绪才故意顿了一下，“我只是负责销售的，从来没参与过录制。”

克莱尔克制着心里想要相信他的欲望，想要相信自己丈夫还是有一点人性的："视频里那个面具男是谁?"

"没谁，一起合作的人而已。"

一起合作的人而已。

"不用担心那个人，"从保罗嘴里说出来，面具男仿佛就是工作中遇到的一个混蛋一样，"你安全了，克莱尔，你一直都很安全。"

克莱尔无视了他的安慰，否则就只有相信他所说的："那个U盘里有什么?"

保罗又沉默了。

"保罗，你是不是忘了那个奥本大学的钥匙扣是谁给你的？我知道在那个塑料壳里有一个U盘，我也知道你之所以想把钥匙找回来，就是因为你把什么东西藏在里面了。"

保罗还没说话。

"为什么?"克莱尔一直追问着，"为什么?"

"我只是想保护你。"

"你他妈是在逗我吧?"

"当时计划有变，发生了其他事情。我一直努力不让你被卷进来。但那天在巷子里被那个人袭击的时候，我的感情是真的，克莱尔。我宁愿为了保护你而死，不然你想我怎么还会在这里？你是我的一切啊。"

克莱尔摇着头，被保罗的各种借口冲昏了头脑。

他接着说："这个事情牵扯到的都不是什么好人，都是一些有权势、有钱、有影响力的人。"

"政治方面的影响力是吗?"

保罗故作惊讶地说：“你真是聪明。”

克莱尔一点都不想那么聪明，她只想控制好自己：“现在轮到你听我说了，在听吗？”

“听着呢。”

“如果你伤害了莉迪亚，我做鬼都不会放过你的。听懂了没？”

“天呐，我真喜欢你威胁我的样子。”

电话嘟地响了一声。保罗那边挂断了。

第十三章

莉迪亚看着后备箱里的一片黑暗，耳边传来汽车在路上飞驰的声音。她早就想过所有从车的后备箱逃生的办法，显然保罗也想过了。车尾灯的位置用铁板封了起来，以防莉迪亚从里面打破尾灯，伸出手向路过的人求救。紧急门闩也被停用。在后备箱和车后座之间也有一块厚重的铁板，防止莉迪亚从后备箱一脚踢进来。她很确定后备箱的隔音效果非常好。反正保罗做的这一系列工作绝不是为了让莉迪亚在后备箱里待得舒服。

也就是说，这辆车就是保罗为了囚禁别人专门改造的车。

隔着铁板她听到保罗在和谁打电话，但只能听清几个词，都是一些“好”“不是”“没问题”这样没用的词。他声音很轻快，莉迪亚猜电话那头应该不是克莱尔。他和克莱尔打电话时语气完全不同。一想起这种差别莉迪亚就很不舒服，因为克莱尔之前说得对：保罗总是有意识地展现出自己邪恶的一面。

当保罗打开后备箱拍下莉迪亚的照片时，她就看清了保罗的丑恶面目。就好像变脸一样，一会儿黑脸一会儿白脸。前一分钟他把照片发到莉迪亚的手机上让克莱尔去看，下一分钟他就露出那种可怕的神情，莉迪亚差点就被吓得尿裤子。

他爬到后备箱，一手狠狠抓住莉迪亚的脸，她感觉骨头都要被掐断了。“真想找个借口，像我爸折磨你姐姐那样对你。”

保罗把后备箱关上时，莉迪亚浑身发抖，牙齿打颤。

她翻过身平躺着，放松一下肩膀。她的双手双脚都被绑了起来，但只要小心一些还是可以活动。她额头上的伤口已经止血了，肿胀的眼睛还在不断地流着眼泪，脑袋里嗡嗡的响声渐渐消退，时不时会有一阵闷响。

在屋子里保罗肯定是用什么硬实的钝器击打了她，虽然不知道具体是什么，感觉像是一把大锤。她连保罗靠近的声音都没听到，前一秒钟她还站在厨房里准备告诉911接线员她的名字，下一秒就被打得眼冒金星，感觉自己仿佛身在卡通世界里，摇摇晃晃。她试着趴在餐桌上，但保罗接着一下又一下地击打她，直到她躺在地上昏迷过去。

莉迪亚想要大喊“不要啊”，但还没喊出来自己就晕过去了。现在看来，她没能提醒克莱尔有危险，或者克莱尔已经发现有危险，但却不知道如何应对。莉迪亚无法想象，妹妹要以什么方式来反抗。但话又说回来，她原来也想不到妹妹会把一起打网球的人的膝盖打断。

她估计克莱尔肯定也一直在思考自己之前想过的那些问题：为什么保罗要装死？为什么要绑架莉迪亚？他到底想要什么？

她不想去思考最后这个问题，因为保罗·斯科特就是个变态，盯上了卡罗尔一家的几个女儿。他爸爸绑架了大女儿，残忍地将其杀害。他自己娶了小女儿。现在二女儿也在他早就专门设计好的后备箱里。

他难道真的想如法炮制他父亲对朱莉娅做的那些事？难道他真的要杀了莉迪亚，然后再强奸她吗？

朱莉娅，她活泼可爱的大姐姐，曾经也是她最好的朋友，在大刀砍过她肩膀和脖子时凄惨地哭喊，一边痛苦地翻滚一边被保罗的爸爸残忍地杀害。

胆汁涌到了莉迪亚的嘴里。她转过头吐了一口，但更多的胆汁又涌了上来。一股令人作呕的味道充斥着这个狭小的空间，她靠到汽车后座旁，离自己的呕吐物远一些。她胃里空空如也，但满脑子都是朱莉娅痛苦的模样。

莉迪亚不由自主地开始呜咽。她可以忍住这种恶心的感觉，但可能还不用保罗下手，心里的悲伤就把她逼死了。朱莉娅的录像一共有六盘，也就是说保罗他爸爸是慢慢地把她单纯无辜的姐姐折磨至死的。她一直被孤零零地关在谷仓里，像待宰的羔羊，每次看到保罗父亲回来就心惊胆战，就连生前最后几秒也一直如此。

朱莉娅死前一直看向摄像机，盯着镜头，直击莉迪亚的内心，还一直默念着“救命”。

莉迪亚紧闭双眼，控制不住心中的情绪。今早给小狄打电话时她应该更亲切一些，应该打电话告诉瑞克自己有多爱他，而不是发消息跟他说待会儿再详聊。还有克莱尔，她应该对克莱尔说自己已经原谅她了，因为保罗就不是个人，他就是个变态，什么令人发指的恶行都做得出。

她克制住了自己的呜咽。不能再任由自己崩溃。为了接下来可能发生的事她必须要坚强，因为保罗早有计划。他总是会先想好计划。

莉迪亚也有了计划。她不断地活动着手脚，确保血液循环通畅，时刻保持清醒的头脑，毕竟保罗怎么都要打开后备箱。论体重莉迪亚可不输给他。而且保罗还得给她松绑，让她自己爬出去，那就是她能够阻止保罗的唯一机会。

她不断在心里预演着自己的计划：她要先装出神志不清的样子，借机拖延时间，让眼睛适应光亮。然后动作要慢，装出自己非常痛苦，需要人扶一下，保罗则会非常不耐心地推她一把或者踢她一脚。就在这时她会用尽全身力气用肩膀去撞他的脖子。

她不打算用拳，因为很容易打偏。她要张开手掌，用虎口擒住保罗的喉结。

一想到保罗气管被掐断的声音，她就有了坚持下去的动力。

莉迪亚做了几次深呼吸，继续活动着手脚和膝盖，拉伸一下双腿，抡了几下肩膀。心里有了计划，恐慌也慢慢消退，只是会时不时感到担心和不安。

她听到引擎变速的声音。保罗似乎要把车停在路边。车速正在变慢，尾灯附近的铁板周围亮起了红光，接着，黄色的转向灯亮了起来。

莉迪亚平躺下来。她在心里预演了太多次计划，都能想象出保罗的喉咙被她用手掐断的感觉。她无法判断被保罗带上车以后过了多久，之前保罗来给她拍照时她曾试着在心里计时，但因为太过恐慌，总是数不清楚。她很清楚，这种情况下最重要的就是要想点其他事，不要总是去想最坏的情况。

莉迪亚试着去回忆一些和保罗、小狄、瑞克都没有关系的事，因为身处险境时想起自己的孩子和爱人，会让自己更觉迷茫，更觉走投无路。

如果要想一些和保罗无关的事，那得追溯到很多年前了，因为就算保罗不在身边，近些年里保罗仍是她生活里很大的一块阴影。克莱尔与保罗在数学实验室认识的时候，莉迪亚二十一岁。两个月后保罗就成功地把莉迪亚从家里分裂出去。自那之后，每次想起自己吸毒成瘾，她都怪罪保罗，但其实在认识保罗之前，她早就开始糟践自己，留下的都只有不堪的回忆。

1991 年 10 月。

涅槃乐队[①]当时在雅典小镇中心区的 40 号瓦特酒吧表演。莉迪亚想从家里溜出去，虽然就算她走正门也没人会注意，但她还是决定从卧室窗户翻出去。她搭着一个叫李的朋友的车，逃离了林荫大道的家，还有那些痛苦和不堪的回忆。

那时朱莉娅已经失踪了六个月。她实在是不想待在家里，父母要么吵得不可开交，要么就各自沉浸在悲伤里，让她觉得自己像个误入他们的悲情故事的路人。克莱尔也早就沉溺于自己的世界里，就算待在一个房间里你也可能要花个十分钟才会发现她的存在。

而莉迪亚则沉溺于各种药丸和药粉，身边的朋友都是一群无所事事的成年人，总想着泡未成年少女。

莉迪亚一直都很仰慕朱莉娅。她又酷又潮，善于表达，每次莉迪亚晚上不回家朱莉娅都会帮着打掩护，但现在她已经不在了。莉迪亚已经接受了这个事实，比家里任何人都更早地接受。她早就知

---

① 涅槃乐队（Nirvana），美国摇滚乐队，由主唱兼吉他手科特·柯本、贝斯手克里斯特·诺沃塞利克、鼓手大卫·格鲁组成。

道大姐再也不会回到家里，经常以此为借口喝酒、嗑药、鬼混，毫无节制地暴饮暴食，她停不下来，也不想停下来。所以去看涅槃乐队那天，演出结束之后她已经神志不清，别人争论这场演出到底是经典还是垃圾，她也完全摸不着头脑。

当晚涅槃乐队全员喝醉，都没唱在调上。柯本把舞台上的投影屏幕撕坏的时候还引起了一阵混乱，台下的观众都疯了，全部往台上冲，最后乐队成员只能把他们的乐器堆在架子鼓上，冲出一条通路离开现场。

莉迪亚什么都不记得，她已经醉得连自己是否去了酒吧都不记得。第二天早上，她在混混云集的巷子里醒来，离 40 号瓦特酒吧有几个街区，她完全不清楚状况，站起来之后才发现两腿之间有黏稠潮湿的感觉。

她弄伤了大腿，身体里感到阵阵刺痛。脖子后面有一道伤口，自己指甲缝里还有别人的皮肤，嘴唇也痛，下巴也痛。全身都痛，直到她发现旁边有个男人正在往卡车后箱里收着设备，那个男人给了她一支烟，她帮那个男的爽了一下，然后狼狈地回到家里，挨了一顿骂——不是因为夜不归宿，而是因为没有赶回来送克莱尔去上学。

当时克莱尔已经十四岁了，可以自己去上学。学校就在林荫大道旁边，在家都能听到上课铃。但是当时父母只知道怪罪莉迪亚没有照顾好家里的小妹妹，为克莱尔树立了一个不好的榜样，没有花更多时间陪她，应该多为她做些事。

现在莉迪亚感觉很愧疚，但当时她并不这么觉得，只是在心里留下了怨恨。

也许就是因为这样，克莱尔的存在感才变得如此之低。这也是她的自我保护。只要能把自己隐藏起来，莉迪亚就没法恨她。她一直都很沉默，但却观察着周围的一切，仿佛这个世界是一本用外语写的书，她什么都看不懂。她并不怯懦，但总能让你觉得她已经做好逃离的准备。如果情况变得更糟，形势更紧迫，可能她就会消失。

而十八年前莉迪亚警告她小心保罗时，她就是这么做的。她没有面对事实，而是选择了更加容易的方法，直接从莉迪亚的生活里消失。换了电话。不回莉迪亚的信。为了彻底把莉迪亚从生活里抹去，她还搬离了原来的公寓。

可能这也就是为什么莉迪亚一直没办法原谅她。

因为在过去十八年里，什么都没有变。尽管克莱尔表面言辞强硬，她貌似诚恳地道了歉，直率地向莉迪亚坦白，但总能感觉到她还是做好了逃走的准备。昨天晚上克莱尔联系莉迪亚只有一个原因，那就是她看清了保罗的谎言，而自己一个人无法去面对。今天早上她自己也说了——她希望姐姐能够为她摆平一切。

那克莱尔现在会怎么做呢？莉迪亚也不在她身旁，没有人可以求救了。妈妈是靠不住的，哈克比也没用，亚当·奎因可能和保罗是一伙的。她现在也不能报警，因为她不知道哪些人和这个案子有关系。她可以靠她自己，但她自己又能怎么样呢？她不过是个被人哄得团团转的女人，连自己都管不好。

车速又减慢了。莉迪亚察觉到车已经驶离了沥青公路，开上了碎石小道。车突然碾到路上的一个坑，她一头撞在铁板上，前额的伤口又裂开了。她赶紧眨眨眼，以防血流到眼睛里。

她现在因为脑子里负面的想法而备受煎熬。但不一会儿，她停止了挣扎，想这些又有什么用呢？现在重要的不是她和克莱尔尚未和好的关系，而是生死。

她的生死。

一念之差就会没命。

随着刹车片摩擦的声音，车渐渐停了下来。保罗关掉了引擎。

她振作起来，等着保罗来开门。现在没人知道她在哪里，没人知道她失踪了，她知道，如果是克莱尔遇上这种情况，绝对没有可能生还。

两人之间的关系一直以来都是这样，在遇见保罗之前如此，就连在朱莉娅失踪前都是如此。

克莱尔自己作出决定，莉迪亚则总要帮她收拾烂摊子。

第十四章

保罗嘟地一声挂断了电话。克莱尔把座机放了回去，走到后阳台上坐下。她腿边放了一个笔记本和一支笔，本来是想写一些问题准备问保罗，但看出保罗什么都不愿意回答，她也就放弃了。每次他一打电话过来，听到克莱尔的声音后就挂断，二十分钟之后又打来一次。

目前为止，他已经打来三次，克莱尔就这样手足无措地浪费了一个小时。莉迪亚正面临着生命危险，能否生还就看克莱尔的。每次打通电话时，保罗都还在开车，她只能假设莉迪亚还被关在后备箱里。但她是否安然无恙还是未知，因为最终保罗总会到达他的目的地。

克莱尔不知道应该怎么办。她比较擅长在一瞬间不需要思考地做出反应，但制定策略不是她的强项。保罗看穿了这一切，在遇到保罗前，克莱尔一直都依靠着莉迪亚，在莉迪亚之前则有父亲一直帮她解决所有事情。

但现在没人能帮她。她想不到任何可以伸出援手的人，想到这里她感到非常悲哀，本来妈妈应该可以给她依靠，但海伦很早以前就摆明了态度，什么都不会管。过去将近十九年里，海伦一直隐瞒着莉迪亚和克莱尔。她本可以早早地让克莱尔从痛苦中解脱，但她没有这样做，可能是因为她不想面对她们崩溃的情绪。

克莱尔低头看着双脚之间的泥土，心里盲目地期待着自己突然一下就想到一个好办法。

她非常确定，保罗葬礼那天家里发生的那起盗窃未遂事件是保罗一手安排的，雇了几个人闯入他们邓伍迪的家里。他们肯定是在找那串车钥匙，梅休，诺兰，或者两人都是受议员约翰尼·杰克逊所托前来找车钥匙，难怪那天两个人一见面就像两只发情的猫一样眉来眼去。

那约翰尼·杰克逊到底是和保罗一伙的，还是来调查他的？

看来这个问题的答案就在钥匙扣的U盘里了。葬礼那天这个破U盘一直装在克莱尔包里。出门前她换下了保罗被杀那天背的包，只带了一个黑色的手包，懒得去地下室的储物间把保罗的车钥匙按他的分类挂好，就装在包里一起带走了。

所以现在，她想通了那些贼想找什么，但她根本不知道怎么把莉迪亚救出来。

“快想，”克莱尔对自己说，“你快想啊！”

在保罗告诉她怎么交接U盘之前大约还有一个小时。她心里的第一个念头就是打电话给亚当·奎因，让他把钥匙扣送回来，但如果保罗真的监听了这里所有的电话，他就知道U盘并没有被警察作为证物扣下来。

一旦他知道克莱尔手里没有U盘，就没必要再留着莉迪亚这个活口了。

克莱尔必须让保罗相信U盘在警察手里，这样才能拖延时间，但不知道能拖多久。她可以假装打电话给雷曼，甚至假装去了一趟警局，但总要向保罗交代为什么没有拿到U盘。

如果她一直没能拿到U盘，很有可能会激怒保罗，让莉迪亚受到更大的伤害。看过那些录像后，克莱尔很清楚保罗就算不把莉迪亚杀掉，也会让她生不如死。

保罗说自己只是负责销售录像，他说的是实话吗？鬼才会相信他。但至少知道自己老公不是那个面具男，她心里还是得到了一丝安慰。毕竟保罗左侧肩胛骨下面那颗痣说明了一切。可是有人把摄像头聚焦到女孩脸上，有人在房间里录制视频，见证了事态步步恶化。

那人肯定是保罗。富勒家的这栋房子是他的。他当时肯定在场。没有其他人会像他这样把房子收拾得井井有条。

也就是说保罗知道那个面具男是谁。那个恶毒的变态让无数家庭失去了女儿，做出如此令人发指的恶行，而保罗竟然是他的朋友或是伙伴。

克莱尔想到这一点，不由自主地感到一阵恶寒，全身颤抖。

难道保罗把有关面具男身份的证据存在那张U盘里了？克莱尔浑身冒着冷汗。保罗虽然说克莱尔现在脱离了危险，但如果保罗威胁面具男，说要曝光他的身份，那岂不是又把所有人都置于危险之中了？

然而，这又一次证明了保罗在对克莱尔说谎。

瑞克。

克莱尔可以向瑞克·巴特勒求救。他和莉迪亚在一起十三年，是一个机械工，看起来像是一个能在逆境中想出办法的人。根据保罗文件的记录，瑞克也曾是监狱的常客。

不行。克莱尔很了解莉迪亚，她肯定不想把瑞克牵扯进来。把瑞克扯进来就等于把小狄也扯进来了，这样保罗手上的人质就多出了两个。

克莱尔禁不住想，小狄就很像保罗的录像里的那些女孩。

她站了起来，觉得自己实在坐不住了。但她又不能回到屋里，在里面一举一动都会被保罗看到。或者其实根本没有什么监控，只是克莱尔还像以前一样容易被骗。她用手拍了拍屁股，抬头看着天，心里问自己保罗到底打算做什么，才让克莱尔陷入这般境地。但她更应该问自己，莉迪亚会打算做什么。

若是莉迪亚，会想知道更多。

克莱尔第一次打开车库门时，目光就被一排排录像带吸引住，但她知道里面肯定还有其他线索，能让她推测出保罗真正的目的。里面有几个金属架，上面放着各种电脑配件。角落处有一个大工作台，上面放着一个很大的显示器。而且电脑很有可能是联着网的。

她回到屋里，寻找着藏起来的摄像头——厨房里有一个，起居室里有一个，走廊尽头的架子上有一个，后面就是那个只能停一辆车的车库。

在那个车库里，有多少女人被残忍地杀害。而在那个房间里，无数女人被玷污的时候，有一个摄像机记录下了她们痛苦的每分每秒。

克莱尔打开车库门。里面血液留下的恶臭让她难以忍受，但她却对房间里的布景没有什么感觉。她早就习惯了这种暴力血腥的画面，可能这也解释了为什么保罗能够就那些录像侃侃而谈，就好像在说一个个坏掉的工具，而不是逝去的生命。在保罗变得习惯于看着别人死亡之前的那么多年里，有多少女人在这间房里被杀害？

他花了多少时间才爱上这种杀戮的快感？

克莱尔走进车库。她感觉一阵阴冷，便用手搓着手臂。突然她感到一阵强烈的不安，她的身体出于本能地排斥着这个房间里发生过的那些恶事。在这里，多少女人失去了生命。但远不止如此，随着她步步深入，她全身而退的可能就越来越小，随时有可能有人进来，随时有可能有人把门关上。

她转身看着空荡荡的走廊，心里满是电脑屏幕上面具男令人作呕的笑容。

突然，她亲眼看到了那副面具。

面具就挂在门边的一个挂钩上，眼睛和嘴巴上的拉链都开着。旁边的一个挂钩上则挂着一套橡胶内衣，挂钩下面的一个架子上放着一罐强生牌的婴儿爽身粉，还有一支润滑剂。克莱尔赶紧把头扭开，并排放着的这堆东西让她非常害怕。

门边的墙上除了这堆工具，就是几根塑料板条。她发现上面的金属挂钩上挂着视频里那些虐待工具：电棍、X 形的烙铁，还有那把砍刀。每样工具之间的间距完全相同，砍刀的刀刃亮得可以当镜子用，电棍充电器的电线绕着充电底座放好，一切让她感觉自己仿佛身处家里的车库。

正对着车库的金属门，克莱尔又看到了熟悉的“角斗士”工作台。门后安装了厚厚的泡沫绝缘板，整个房间保温效果很好，但空气中仍然有一股瘆人的寒意。她猜保罗肯定用喷涂泡沫对所有东西进行了绝缘处理，这就是保罗一贯的作风。

她翻开垂下的黑色幕布，打开车库门的时候可以把幕布拉起来，从街上就看不到房间里面了。一阵阵风把落叶从门缝里吹了进来，如果保罗在的话这种事根本不会发生。

不过也有可能这就是保罗精心布置的场景。克莱尔看的第一部录像里，房间地上有很多垃圾，但都不是真的垃圾。保罗把快餐袋和纸杯揉作一团扔在地上，但这里却没有任何油渍或是干掉的苏打饮料的痕迹。就连床垫上的血迹看起来都像假的，在电影里那个女孩一直都被拴在墙上，怎么会在床垫上留下血迹呢？

那堵墙。

那堵墙就在克莱尔面前不到十英尺的地方，暗红色的血迹浸满了水泥砖之间的缝隙。用来拴住手腕和脚踝的镣铐上没有用锁，只是用螺丝固定，因为距离够远，女孩不可能用一只手解开另一只手上的镣铐。克莱尔想伸手去拉铁链，但她停了下来。虽然这些道具看起来都像假的，但并不一定如此。地板上的血是真的。那股血腥味是仿造不了的，如果只是为了追求逼真的效果，没必要用真的血液。

克莱尔抬起脚，突然感觉脚尖上有什么黏稠的东西，原来是一不注意踩在了血迹上。她本以为自己会感到一阵厌恶，但此时的她已经麻木，没有任何感觉。

她走向电脑，运动鞋上的尼龙搭扣发出嗞嗞的响声。电脑的两个音箱仿佛两只鸟一样，分别立在显示器两端精致的架子上。音箱的外壳是白色的，正好和显示器的银色边框很配，和白色的功放一起组成了影音系统。

克莱尔把座椅斜了过来，以便自己能用余光观察到门外的情况。如果再有人来袭击她，这次她至少会提前发现。她敲了敲键盘，电脑没有反应，巨大的显示屏是苹果公司的，但和之前她见过的苹果电脑完全不同。克莱尔用手在显示器背后找电源键，她估计显示器旁边那个白色的圆筒就是电脑主机，于是便一直按着上面的按钮，直到音响里传来苹果电脑开机的声音，她又马上关掉了功放的音量。

电脑后面插着很多线路，很多白色的“雷电”接口与旁边铁架上的数个 20 TB 的硬盘相连接。她数了数，一共有十二个硬盘。要多少视频才能装满这十二个巨大的硬盘啊？

克莱尔不想去考虑这个问题，也不想站起来看这些铁架上有些什么设备。一台老式的苹果电脑，一堆五英寸软盘，一台用来复制录像带的翻印机，还有几个用来刻录录像带的外置磁盘驱动器。保罗很明显是在归档这个家庭产业的早期作品。

现在所有东西都和互联网相关。克莱尔曾看过一期美国公共广播公司推出的《前线》节目，里面讲了暗网上面巨大的非法市场。大多数人只是利用互联网来进行盗版影片和书籍的非法交易，但有一部分人会在网上倒卖毒品和儿童出演的色情电影。

克莱尔想起了以前保罗收到的那些美国运通黑卡的账单，他们过去从来不会谈起这些“神秘的交易”。保罗曾订过多少私人飞机，而自己从没坐过？曾在豪华酒店开过多少房间，而自己从没住过？原来她以为保罗的这些开销都是为了贿赂杰克逊议员，但现在看来不一定如此。她老公做什么都非常小心谨慎，他绝不会让别人怀疑他在自家后院绑架了那么多女孩。可能保罗订飞机、开房间，都是为了悄悄地转移这些女孩？

也有可能杰克逊议员也在这个产业中投入了大笔资金？

保罗父亲去世时，他还只是个少年，在另一个州的军校里住宿学习。保罗读书的这段时间，肯定有某个成年人接管了杰拉德·斯科特的生意。也就是说，杰克逊议员领着保罗走上了两条道路：一方面把他打造成一个合法的商人，另一方面则确保了他们的录像能继续制作。

他肯定也在销售方面出了力，因为这些录像里面有很大的利润。

克莱尔在各种场合见过保罗和约翰尼·杰克逊在一起，但从来没想过两人之间有这样的联系。他们是因为这些录像才故意隐藏两人的关系吗？还是为了方便在政府里拿项目？或者还有更加令人不安的原因，只是克莱尔还没有发觉？

因为在保罗身上，她总是会不断地发现令人不安的真相。每次她都以为自己查得清清楚楚，但保罗每次都能引着她走进另一个陷阱，让她越陷越深。

克莱尔暗自想，约翰尼·杰克逊有没有可能是那个面具男。但答案显而易见，他都七十多岁了，虽然以前身体非常壮实，但视频里的面具男明显年轻很多，应该和保罗一个年纪。他也有小肚腩，从肌肉模糊的线条可以看出肯定不常去健身房锻炼。

亚当·奎因身材就很好。虽然克莱尔没看见过，但是从他宽阔的肩膀和健壮的腹肌就能感受到。

这番推理可能说明了什么，但克莱尔还没想清楚。

电脑总算打开了，显示器上显示着桌面。就和保罗其他的电脑一样，所有文件夹都整齐地列在屏幕下方的工具栏里。她用鼠标一个一个地划着看。

原片。

成品。

已售录像。

她先不管这些文件夹，打开了火狐浏览器，搜索“达利尔·拉斯特尔+凶杀+加利福尼亚”。据哈克比治安官所说，这人就是绑架并杀害朱莉娅的凶手，至少联邦调查局前探员约翰尼·杰克逊议员是这么告诉他的。

雅虎网上弹出了几千条关于达利尔·拉斯特尔的链接。克莱尔打开了第一条，里面是“圣费尔南多谷阳光报社”的头条新闻，该新闻于达利尔·拉斯特尔被押送至死囚监狱时发表。新闻里放了三个女受害者的模糊图片，但没有提及拉斯特尔。克莱尔粗略地了解了一下加州关于死刑的法律，这才发现这篇新闻的亮点所在。

一位目击证人看到拉斯特尔在大街上绑架了一位女性，便马上打了 911 报警。那个女子最终获救了，警察在拉斯特尔的货车后箱里发现了他的“移动杀人小屋”：铁链、电棍、砍刀，各种施虐道具一应俱全。警方还搜到了一些录像带，内容都是戴着面具的拉斯特尔折磨并杀害女性。在那之后，警方在失踪人员名单里确认了新闻报道中的三名女性。

“乔安妮·丽贝卡·格林菲尔德，十七岁。维多利亚·凯瑟琳·马西，十九岁。丹尼丝·伊丽莎白·亚当斯，十六岁。”

克莱尔仔细地读出了这些女子的姓名和年龄，全都是一条条逝去的生命，值得被尊重和惋惜。

这些证实了身份的女性都生活在圣费尔南多谷附近。克莱尔连着看了好几条链接，终于，她找到了拉斯特尔的照片。萨姆·卡罗尔自杀时，卡尔·哈克比还没办法随时上网。就算他可以，他也不会马上上网搜索消息，确认一下从联邦调查局那边得到的消息是否属实，确认一下这个在加州落网的人，是不是录像带里杀害了朱莉娅·卡罗尔的那个人。

这也就是为什么哈克比怎么都想不到，虽然达利尔·拉斯特尔身材瘦高，但他是非裔美国人，留着一头紧实的爆炸头，壮硕的胸肌上有一个死亡天使的文身。

克莱尔心中最后的一丝希望也破灭了。不知为何，她希望视频里那个面具男不是保罗的父亲，谋杀朱莉娅的不是保罗的父亲，而是一个陌生人，只是碰巧长了一双眼神犀利的棕色眼睛，碰巧在脸的一侧有一道深色的疤痕。

为什么还要对保罗有所希望？为什么她不能接受，自己一直以来认识的保罗本性就是如此？自己过去为什么一直没发现？保罗是多好的一个人啊，什么都做得好，爱自己父母，从没说过自己童年很悲惨，从没说过自己曾受过虐，从没说过任何会把一个人变成恶魔的遭遇。

她看了看屏幕上的时间。再过八分钟保罗又要打电话来了。不知保罗知不知道自己现在在干什么，他总不可能随时都监视着富勒家里吧。他开车总是会安稳地把速度控制在限速以下，双手紧紧握着方向盘，尽量不要引起别人的注视，以免被高速公路的交警拦下来检查后箱。

莉迪亚肯定会搞出动静，克莱尔坚信姐姐只要一有机会绝对要大吼大叫。

而她只需要为姐姐制造这样一个机会。

她双手杵在办公桌上，看着工具栏里的一个个文件夹，把鼠标滑到写着“成品”的文件夹上点开。这次竟然不用输入密码，可能是因为只要是坐在这里用这台电脑的人，都知道这台电脑里存着什么。

她打开了“成品”文件夹，里面有几百个文件。

这些文件名后缀全都是“FCPX”。

克莱尔完全不知道这个后缀名是什么意思，但她觉得“FCPX”这个后缀肯定和保罗的那些建筑软件没有关系。她点了点最顶上的文件，上面显示最近打开时间是今天早上四点，也就是说，当警方在环线上找到安娜·基尔帕特里克的尸体时，保罗就坐在电脑前。

点开文件之后，屏幕上弹出了一个叫作“最终剪辑专家”的应用程序，这个软件是用巴克敏斯特·富勒的账号下载的。

屏幕上，保罗最近编辑过的几个文件马上就加载出来了。屏幕被分成三栏，左栏是文件列表，右栏是视频画面的缩略图，中间最大的那一栏只有一张图片：安娜·基尔帕特里克被拴在墙上的画面。

在主画面下方有一排编辑选项，屏幕最下方有几个长片段。克莱尔认为这些片段应该是出自安娜·基尔帕特里克系列的最后一盘录像，她只认出修正红眼和柔化线条的编辑选项，其他几个就不知道了。她随便点了几个，有加滤镜、加音乐、加文字的，还可以修正颜色、稳定画面、调整混响、修正音调，甚至还能在背景音中插入音效：下雨音效、车辆音效、森林音效、滴水音效。

和保罗生活中的其他东西一样，一切都在他的掌握之中。

这次和在家里看录像不一样，克莱尔可以用放大功能，拉近焦距。她仔细看着女孩的脸，心里确信这人就是安娜·基尔帕特里克。

而且她也明白了如果想要拉近焦距，根本就不需要人来手动操作摄像机。

电脑上的快进、回放、播放按钮和录像机上的基本一样。克莱尔点击了播放键开始播放视频。音箱的声音不大，但她还是听到了安娜的哭声。和前面的录像一样，面具男突然出现在镜头前，露出微笑，面具的拉链处可以看到他湿润的嘴唇。

克莱尔发现，这应该是编辑过的成品，保罗卖给客户的就是这个。她关掉了这个视频，返回到工具栏，打开了“原片”文件夹，上面显示最新的一部录像是昨天的。也就是说昨天半夜的时候保罗把录像拷了过来，当时克莱尔和莉迪亚正在邓伍迪的家里，翻阅着私人侦探为保罗整理的那些按颜色分类的文件。

正是那个时候她开始怀疑自己老公是个强奸犯，真是再巧不过了。

克莱尔打开了最新的那个文件，屏幕上还是分成三栏加上底部的编辑区。

她按下了播放键。

原片的开头和成品一样：先从远处拍摄安娜·基尔帕特里克被拴在墙上的场景，她紧闭着双眼，低垂着头，然后面具男走到镜头前，他的身材和肤色还是跟其他录像里一样，但还是能发现一些不同，他的皮肤更加紧致了，而且嘴唇也没有之前那么红。

音效和之前也有所不同。克莱尔发现原片还没有编辑过音轨，周围的背景音都还在，她听到了暖气机运转的声音，面具男的脚步、呼吸、清嗓子的声音。安娜听到他走进屋里，突然惊醒，睁开眼睛眨眼，在铁链上挣扎着。然而面具男没有理会她，只在桌上摆出了他的工具——电棍、砍刀、烙铁。烙铁“X”形的一端套着一个金属加热器，墙上的插座离桌子较远，他便接了一个插线板来给加热器供电。

面具男在手上挤了些润滑液，开始抚摸自己的身体。他又清了清嗓子。整个过程看起来很怪异，就好像例行公事一样，面具男仿佛在为新的一天的工作做着准备。

然而这些细节都不会被剪到成品里，都只是正式制作前的原片，都是一些被保罗剪掉的无关紧要的细节。

面具男突然转向镜头，吓得克莱尔差点跳起来。他把脸凑到镜头前，克莱尔认为这个动作应该是他们这个系列的一个标志，就好像米高梅电影开始之前的那只咆哮的狮子。面具男对着观众笑了笑，在拉链下咧开了嘴露出牙齿。接着，他朝着安娜走去。

安娜开始尖叫。

面具男等着安娜叫完。不一会儿，她的哭喊就仿佛渐弱的警笛声一样停了下来。

他走到安娜身前，用手指掰开了她腹部的一个伤口。安娜疼得大叫，男子又停了下来，但他也不是什么都不做。只见他下身的突起越来越明显，因为兴奋皮肤开始泛红。

“求你了，”安娜乞求道，“求你别这样。”

面具男把嘴凑到安娜耳边，对着她低声说了什么，安娜显得更加害怕了。

克莱尔马上坐直了，用鼠标点击回放，开大音量后点击了播放。

画面回到了安娜乞求的那一刻："求你别这样。"

男子凑到她耳边。克莱尔继续调大音量，贴到音箱前，就好像面具男贴着安娜的耳朵一样。

面具男用他那绵软的声音低声说："告诉我你想要。"

克莱尔僵住了，眼睛直勾勾地看着堆满各种老旧设备的铁架。突然她眼前一花，胸口一阵剧痛。

面具男重复道："告诉我你想……"

克莱尔马上按下暂停。这次她没有回放，而是点了放大镜，聚焦到面具男的背部。

在原片里，保罗还没有加上滤镜，也没有修音，更没有抹掉能够证明面具男身份的特征，比如这个凶手左侧肩胛骨下面的那三颗痣。

这时，厨房的电话响了起来。

克莱尔没有理会。

又一个电话打了进来。

一个接一个。

她站了起来走出车库，关上了车库门，径直走到厨房里接起电话。

"你骗我，"保罗说，"我让手下的人去查了警局从现场回收的证物，根本没有那串车钥匙。"

克莱尔只听到他说"手下的人"，和他一起的到底有多少人？梅休和诺兰难道只是冰山一角吗？

保罗接着说："克莱尔，车钥匙到底在哪里？"

"在我这儿呢，被我藏起来了。"

"藏在哪里？"

克莱尔踮起脚尖，把装着摄像头的空气清新剂转了过去，这样保罗就看不到她了。

"克莱尔？"

"我要走了。你每二十分钟给我发一张莉迪亚的照片，如果我看到她少了一根头发，我就把U盘里所有东西全都发到YouTube上。"

保罗嘲笑道："你根本就不会传视频。"

"难道我不会随便找个复印店，让里面的那些技术宅帮我传一下？"

保罗不说话了。克莱尔发现电话那头没有公路上的噪音，他已经停下了车。周围似乎有鞋子在沙石路面上摩擦的声音，估计他在走路。莉迪亚还在他的后备箱里吗？肯定在，因为保罗就希望用她来做谈判的筹码，杀了她就什么都没了。

突然，克莱尔灵光一闪。为什么保罗一开始要绑架莉迪亚？如果他真的在邓伍迪的房子里装了监控，他应该知道她们姐俩恢复联系也就不到一天前的事。撇开这个不谈，也只有克莱尔知道他的U盘在哪里，只有克莱尔能帮他找回来。

既然如此，他为什么不绑走克莱尔呢？

她心里很清楚，哪怕保罗只让她吃了一点点苦头，她也会告诉保罗U盘在亚当那里。但保罗没有抓她，他做了错误的选择，而他原来从不会出错。

“你听我说，”保罗又想说服克莱尔了，“我很需要U盘上的那些资料，那些东西不光对我，对我们两个都非常重要。”

“先发张莉迪亚的照片给我看，我先确定她没事再跟你谈。”

“我要是想伤害她，我可以砍她一千刀但不杀死她。”

他说这句话时，就和那天在小巷里对着克莱尔说话的语气一模一样，原片里他还没有把自己的声音编辑成别人的，也同样是这个语气。克莱尔心都跳到嗓子眼了，但她知道绝不能让保罗看出她有一丝恐惧。

她从这个错误的选择中看出了保罗的动机，无意间发现了他的弱点。就和往常一样，真相就摆在她的眼前。保罗一直说他很爱克莱尔，虽然打了她，但是没有用多少力。他派人在葬礼时闯进家里，这样就不会撞上克莱尔。他之所以做了错误的选择，是因为如果绑走克莱尔，就意味着要伤害她。

可能他会打克莱尔几拳，却不忍折磨她。

她对保罗说：“你向我保证，你跟那些视频没有任何关系。”

“绝对没有。”保罗对克莱尔的牵挂清晰可见，就仿佛一条连着两人的线，“我从没有伤害过那些女孩，我用生命发誓。”

他说得多么有说服力，多么可信，换作以前克莱尔肯定就相信他了。但她看过原片，录像里保罗没有编辑过声音和场景，没有用滤镜修改面具男的肤色，也没有修改他说话的声音，更没有狡猾地遮盖住那几颗痣，掩藏住面具男的真实身份。

克莱尔看过保罗在做建筑项目时小心翼翼地摆放工具的样子。她也记得保罗用手握住东西的样子，看过他左肩胛骨下那三颗痣的样子，每次用手轻抚他背部的时候都能摸到。

所以她非常清楚，面具男就是保罗。

克莱尔对他说：“发莉迪亚的照片给我。等我准备好了再给你指令。”

“克莱尔……”

克莱尔嘟地一声挂断了电话。

vi.

宝贝对不起，我知道我写的字很难看懂。我已经有一点轻微的中风了。现在还好，你不用担心。上次发作是我写完上一封信的时候，我躺在床上，想好了一系列计划，但第二天早上我却怎么都起不了床。我也只敢告诉你，我确实有些害怕（不过现在真的没事了）。当时我的右眼突然失明了一阵，手脚都动不了，但我还是挣扎着从床上爬起来。后来我给你妈妈打电话，祝她生日快乐时，她听我话都讲不清，就马上打电话叫了救护车过来。

医生告诉你妈妈说他很有经验，让她放心，他给我的诊断结果是什么 TIA，你妈妈一听就发火了（她最讨厌这些缩写）。她让那个医生说人话，他这才告诉我们 TIA 就是轻微中风的意思，也叫作短暂性脑缺血发作。

你妈妈还特别跟他确认了，这种中风会发作多次，这也就解释了为什么上周我总是感觉很虚弱，经常头晕。

其实上个月也是如此，我也只告诉你，我想起来之前去看本・卡尔维的时候我也说过一些奇怪的话，有些口齿不清。

可能这也解释了为什么本・卡尔维会告诉狱警不让我再去探监，还在苏斯博士的书上给我那样的留言。几年前他的母亲也遭遇过一场严重的中风，他对于中风的征兆肯定非常清楚。

生活中总会有一些出乎意料的善意。

你知道吗？最近很长一段时间，我都非常快乐。你的两个妹妹马上赶到我身边，家里所有人都在，仿佛回到了你失踪前的那种幸福生活。在过去将近六年的时间里，我们全家聚到一起时都会因为你的缺席而悲伤，但这次却没有。

但我们没有忘记你，宝贝，我们永远都不会忘了你。

当然了，中风也给了你妈妈一个责怪我的机会，叫我不要再捕风捉影了。确实，精神压力会导致中风，而且我一直血压都很高，但我觉得这次中风是我最近缺乏睡眠和锻炼导致的。我最近都没有去晨跑，晚上也睡不着，脑子里总是在想事情。我以前一直教育你们三个孩子，要想保持健康，睡觉和锻炼非常重要，而我自己却忘了这一点，非常惭愧。

不过从我出院之后，你妈妈每天都会在公寓里陪我，也算是不幸中的万幸吧。她会给我带饭，帮我洗澡。（虽然我可以自己洗澡，但有你妈妈这样的美人帮忙，何乐而不为呢？）每天她都重复着过去六年里跟我说过的话：你这个笨蛋，迟早要把自己害死。赶紧放弃了。你是我最爱的人，我不想看着你一步一步走向自杀。

说得好像我舍得了结自己的生命，与你们几个孩子阴阳相隔似的。

我心里知道你妈妈肯定不想听我跟他说保罗父亲的事。她每次听完我的推理，都会说我是盲目地做无用功，就像之前我去跟踪那个卖玉米饼的，还有不断地逼问南希·格里格斯，害得人家差点对我下了驱逐令。（她毕业时获得了学校的最高荣誉，找了个好工作，嫁了个好老公，还养了只英国小猎犬，我不记得之前跟你说过没有。）

所以我什么都没对你妈妈说，留她在我身旁为我做饭，为我洗澡，和我亲热，我不禁想，如果我能找到让哈克比治安官都信服的证据，今后我们一家的生活会有多美好。

我一定要把你妈妈赢回来，成为小辣椒心目中的父亲，让克莱尔相信和她在一起的男人都是渣男。我要再一次成为你们几个崇拜的对象——让你们知道一个优秀的丈夫和父亲应该是什么样，女儿们在以后找对象时要按照我这个标准来找，不要因为寂寞，就被那些乱七八糟的男人所诱惑。

等我处理好这一切之后，我的生命就会回归，我会珍藏一点一滴关于你的美好的记忆，我也会找个工作，照顾好我的家人，照顾那些小动物，我会找到正义，我会找到你，我会拥你入怀，最后我会温柔地将你埋葬。

我很明白找到切实可行的线索是什么感觉，现在我心里很清楚，我要借着这些线索把你失踪的整个案件抽丝剥茧。

我现在拥有的线索就这些：杰拉德·斯科特是个偷窥狂，到处偷看你这样的女孩子。他拍下了很多照片。这些照片一定被他藏到某处了。如果我们找到这些照片，如果其中有你的，那就是如山铁证，或许可以帮助我们查清楚不久前的三月那个晚上到底发生了什么。

我不确定保罗是否知道他父亲的偷窥癖，但至少我可以利用手上的信息把他从克莱尔身边赶走。

宝贝，我坚定地认为克莱尔跟保罗在一起不会有好下场。保罗内心深处一定有某处开始腐化了，终有一天，或早或晚，五年、十年，甚至二十年，他腐化的心会侵蚀他身边的所有人。

虽然我很爱你，但接下来我的目标就是要防止保罗这个腐朽的恶魔对你的两个妹妹伸出魔爪。

你还记得布伦特·洛克伍德吗？他是你真正意义上的“初恋”。当时你才十五岁，以前你喜欢的那些男孩都还没有太强的性别意识，不会对你有什么伤害，可以为了你装成某个你喜欢的乐队的粉丝。以前你和男孩子约会时，我都会开着小轿车去接你们，让男孩坐在后座。我会从后视镜里盯着他。每次他们拍我马屁，叫我卡罗尔医生，或者表现出对兽医学有什么兴趣时，我就会短促地哼一声。

但布伦特不一样。他当时十六岁，正是从男孩变成男人的时候，长出了喉结。总是穿着重水洗的牛仔裤，梳个高高的大背头，从背后看就像丹尼尔·布恩[①]似的。他跑来我们家，问我可不可以带你出去约会，他自己有辆车，可以单独开车带你出去，我必须要先好好盯着他的眼睛，确定他已经非常怕我了，否则我是绝不会同意的。

宝贝，可能说起来你不相信，我也曾是一个十六岁的男孩，我为什么想要车，就是因为可以单独和女孩待在车里。其实这种想法完全是可以理解的，甚至对于这个年龄的男孩来说是值得嘉奖的，但在我成为一个男人，一个父亲之后，我的看法完全改变了，尤其

---

① 丹尼尔·布恩（Daniel Boone），美国历史上最著名的拓荒者之一，其发型为白色的背头。

是有男孩来约你时。

我告诉他，让他去把头发剪了，找个工作，之后再来问我。

过了一周，他又来家里了。这次他把背头压扁，在麦当劳找了份工作。

你妈妈在旁边像个巫婆一样地坏笑，还告诉我下次要说清楚一些。

第一次和布伦特出去约会前，你在房间里鼓捣了几个小时。等你打开门出来时，我闻到了香水、发胶，还有其他一些陌生的脂粉味，我从未想过我会在自己女儿身上闻到这种味道。你那时很漂亮，真的很漂亮。我看向你的脸时，发现了很多让我不悦的东西——总觉得你涂了很多睫毛膏，画了重重的眼线，但其实你只是打了轻轻的一层眼影，衬托出你淡蓝色的眼睛。我不记得那天你穿了什么衣服，做的什么发型（这些是你妈妈的专长），但我记得当时心中那种快要窒息的感觉，就好像所有的肺泡都在慢慢破裂，把我的氧气一点点夺走，把我曾经那个会爬树、会在晨跑时跟着我的假小子夺走了。

现在我知道中风是什么感觉，虽然我只是轻微的，但我很肯定，在我看着布伦特·洛克伍德开车载着你走远时，我一定是心脏病发作了。我一直都很担心这个男孩，你的初恋会对你怎么样，却没想到以后还会有更多。看到你之后的那些男朋友，我反而还觉得这个开着三手小轿车，浑身炸薯条味的布伦特人挺好的。

为什么我现在会想起这个男孩呢？是因为我以为他是你第一个，也是最后一个男朋友？

其实，我是因为克莱尔的事才想起布伦特的。

保罗今晚给我打了电话，表示很关心我的身体状况。他很擅长寒暄，说的话也恰到好处，听起来一切都无可挑剔，但我知道他一定有什么问题。

他觉得我是个老古董，我也就顺水推舟，以便达到我的目的。你妈妈比较喜欢与人争执，脾气暴躁，保罗在她面前小心翼翼。而我就像个慈父一样，保持微笑，时不时和他交流眼神，装作相信了他伪装的外表。

我给他讲了布伦特·洛克伍德的故事，说他曾经为了约我失踪的大女儿出去玩，自己跑到家里来问我们可不可以。

正如我所料，保罗马上就向我道歉，后悔当初和克莱尔在一起时没有征求我的同意，他非常刻意地作出恰当的反应。如果当时他是当面，而不是在电话那头，我相信他肯定会给我跪下道歉。但他并非当面，也就是说他的这种感情和对我的敬意，完全是通过声音和话语表达出来的。

对了，还有他的表达方式。

你妈妈说过，保罗上辈子一定是生产甜甜圈的流水线，总会通过一些甜得让人发腻的方式来表达自己的感情。

电话里我对他笑了笑，说他已经是先斩后奏了，他也跟着我笑了起来，正如我所料。片刻过后，他把握住了恰当的时间，提出了另一个请求，希望能和克莱尔长久下去，我突然反应过来，电话那头的这个陌生人才和我女儿在一起几周时间，现在就想着要娶克莱尔了。

娶克莱尔。他原话就是这么说的，但保罗这样的男人是不会想要娶她的。他只是想占有、控制她，就像一个贪婪的巨人，把女人的每一块肉都吃掉，然后用她们的骨头剔牙。

对不起，宝贝。自你失踪之后我变得很多疑，总是感觉阴谋无处不在。我知道人心的险恶，除了你妈妈我谁都不信。

所以当时我清了清嗓子，装出痛心疾首的样子对他说，除非我查清楚朱莉娅的案子，我不能允许任何男人娶走我任何一个女儿，更别说出席婚礼了。

克莱尔跟你和小辣椒一样，冲动又固执。她也是我的宝贝女儿，永远都不会忤逆我。我很了解你的两个妹妹，要让她们忤逆我，伤我心，就跟让她们亲手断我手脚一样残忍，她们绝对是不愿意的。

我很清楚这一点，就好像我清楚地记得克莱尔的笑声，记得微笑和哭泣的样子，记得她用手搂着我的肩膀说爱我。

保罗心里也明白。

在告诉他我的难处之后，他很久没有说话。这人虽然狡猾，但还是太年轻。总有一天，他会成为掌握人性的高手，但两天以后我就要单独去找他，到时候就是我审问他了，除非他一五一十地回答我的问题，否则他哪儿都别想去。

第十五章

克莱尔双手紧握着方向盘，仿佛被恐惧掐住了咽喉。虽然一阵阵冷风从裂开的天窗灌进来，她还是满身大汗。她低头看着旁边座位上莉迪亚的手机，看着屏幕渐渐变暗。到目前为止，保罗一共发了三张莉迪亚的照片过来，每张都是从不同角度拍的。见她脸上没有新添伤痕，克莱尔也放心了一些。她虽然不相信保罗，但眼见为实，保罗没有伤害莉迪亚。

至少现在还没有。

她强迫自己不要去往坏的方面想，尽管她们之前一直渴望发现保罗的阴暗面。她只能寄希望于保罗是真的每二十分钟都会停下车，拍一张莉迪亚的照片，如果不是这样，这些照片就都是他一次性拍下的，莉迪亚现在可能已经死了。

她必须想个办法。保罗肯定已经有了打算，他做事总是快人一步。可能现在他已经有了对策，有可能已经开始实行。

有可能他在某处还有一套房产，她丈夫买东西都会买一个备用的。距他从雅典小镇开车出发已经有两个小时，他现在可能已经到了卡罗莱纳州，或者到了海边，或者到了亚拉巴马郊区的某个小镇。他的另一套房产可能也是用另一个假名买下的，布置了另一个杀人的房间，里面也有一个放满这些恶心录像的架子。

汗水从克莱尔背上滑过，她只好把天窗开大。现在才下午四点，太阳刚刚落到地平线。她不敢想起保罗，不敢想他正在对莉迪亚做什么。保罗总是说，真正厉害的人只有一个对手，那就是他自己。克莱尔还有一个小时来思考如何从亚当那里拿回 U 盘，如何交给保罗，同时还要把姐姐救出来。

然而现在，她一想到这个小时一过，自己就会和刚离开富勒家的时候一样无助，她就非常害怕。脑海里每分每秒都在想着之前阴魂不散的那些问题。她妈妈还是一如既往地靠不住。哈克比治安官也是个废物。雅各布 · 梅休可能是约翰尼 · 杰克逊议员的手下。弗雷德 · 诺兰和他一样，可能自己还另有打算。约翰尼 · 杰克逊议员是保罗的叔叔，有权有势，城府很深，在发布会上看到基尔帕特里克一家崩溃的样子也能装得像什么都不知道一样。亚当 · 奎因也不知是敌是友。

保罗，就是那个面具男。

保罗。

她简直无法相信。不，不能说无法相信。她亲眼看到了录像里自己老公站在那个女孩面前，只是她之前一直没有察觉罢了。

克莱尔竭力想着保罗的这些恶行。她知道肯定还有更多自己不知道的。还有其他用颜色分类的文件，有无数被他绑架、囚禁、折磨的少女的录像，而这一切只是为了他自己的快乐，还有那些令人发指的观众。

亚当 · 奎因是否是他的观众之一？还是积极参与到了拍摄过程中？莉迪亚说得对，克莱尔看人很不准。以前和亚当出轨不是因为想要深入了解他，只是因为无聊罢了。在她和保罗的生活中，亚当也算是一个常客。回顾那段时间，克莱尔这才明白，保罗一直在和他保持距离。虽然亚当时常出现，但没有走进他们的世界。

属于克莱尔和保罗的二人世界。

所以在那次圣诞节聚会之前，克莱尔从没关注过亚当。那晚亚当喝得烂醉，主动挑逗克莱尔，克莱尔倒也想看看亚当有什么套路。他人不错，或者说和保罗不一样，这正是克莱尔想要的。虽然他看似笨拙，但却有魅力，喜欢高尔夫，收集老式火车玩具，身上的木调香水味也还算好闻。

这就是克莱尔对他的全部认识了。

亚当告诉她，自己周一要做一个重要的演示，所以明天一早就要待在办公室里。奎因+斯科特公司在市中心的办公楼里有一间定制的播放厅，里面安装了电影院的座椅，还有穿着性感的年轻女孩会为客人端上茶饮和点心，他周一就在那里演示。

亚当一定会把U盘带在身上。里面文件太大，不能通过邮件发到别的地方。如果里面装的是工作文件，他一定会带去办公室里，为之后的演示做好准备。如果里面装的是罪证，他绝对会将U盘随身携带。

克莱尔还是认为后者可能性最大。保罗和亚当肯定有共同的生活圈。过去二十多年里，两人一直是最好的朋友，比认识克莱尔的时间都还久。如果保罗是在父母出车祸之后才找到父亲的那些录像，他一定会把这件事告诉亚当。那么他们有没有可能会一起计划着，把卖录像的生意做下去？两人一起看了那些录像后，会不会发现自己非但不讨厌，而且还很喜欢那些暴力的画面？

如果是这样，亚当肯定早就告诉保罗U盘在他手上了。那他为什么现在要保持沉默？难道是两人关系破裂了？还是亚当打算背叛他？

“想想，”克莱尔对自己说，“好好想想。”

但她没法思考，脑袋完全僵住了。

克莱尔拿起莉迪亚的手机。不需要解锁密码就能打开。要么是莉迪亚没有设置，要么是保罗为了克莱尔方便使用，破解了她的密码。她打开了最近查看的图片，莉迪亚躺在后备箱的照片便弹了出来。看到她嘴唇发白，克莱尔不禁想她怎么了，会不会缺氧？还是保罗故意想憋死她？

别抛弃我，小甜豆，别再抛弃我了。

克莱尔放下手机，这一次，她绝不会抛弃莉迪亚，再也不会了。

可能从一开始克莱尔的思路就错了。既然想不出自己的策略，还不如来想想保罗在打什么算盘。克莱尔非常擅长预测保罗的行为，至少每次他送的礼物和悄悄安排的旅行自己都能猜到。

他最主要的目标就是要取回U盘，有的是时间跟克莱尔耗。他肯定把莉迪亚关在某处，用她来要挟克莱尔。如果不是百分百确定能拿到U盘，他是不会杀掉莉迪亚的。

这么一想，克莱尔才算松了一口气，但她也很清楚，就算不杀掉她，保罗也有其他方式来折磨莉迪亚。

她不想去想这些。

保罗现在还对克莱尔有感情——因此，他对其他事物肯定也不是完全无感。他在克莱尔头下垫了一个枕头，帮她把婚戒戴回手上，帮她脱了鞋，给特斯拉充满电。这些事都要耽误保罗的时间，但他还是做了，也就是说他认为照顾好克莱尔很重要。他没有抱着莉迪亚就往外跑，而是冒着暴露的风险照顾了克莱尔。

也就是说克莱尔现在还是有优势在手。

她叹了口气，仿佛听到莉迪亚在耳边说："这他妈又有什么用？"

此时车上的导航系统提示她下个路口右转。听到有人告诉自己该怎么做，就算是电脑语音也让她感到一阵宽慰，但这种感觉稍纵即逝。以前在雅典小镇生活时，她每次做了错事就会手足无措。而现在，她不能去找妈妈，妈妈只会让克莱尔更加烦恼，然后自己又睡过去了。她也不能去报警，不知道警局里有没有保罗的眼线。也不能回邓伍迪的家里，可能诺兰正在找她……唯一的去处，只有莉迪亚的家了。

她开到半路才想到，也许去了莉迪亚家这个事才有转机。

她减慢车速，看了看周围的事物。之前一直盲目地跟着车载导航走，都没发现自己已经驶进了一个老旧的城郊社区。这里的房子不像新区那样整齐划一，这儿有猎人小屋，有荷兰风格的建筑，而莉迪亚家的砖房则是在一片农场里。

她之前在保罗的那些文件里看到过莉迪亚家的房子，所以不看导航也知道自己到了姐姐家。门前邮箱上模糊不清的黄色数字一看就是小孩画的。她在脑中想象着莉迪亚站在庭院里，看着孩子小心翼翼地把地址涂在信箱侧面。

行车道上停着莉迪亚的货车。而根据保罗的侦探报告，瑞克和莉迪亚在过去十年里都是邻居。看到门边的雕像，克莱尔便认出了瑞克的家。瑞克的货车现在正停在克莱尔在邓伍迪的房子外面，但他车库外还停着一辆老旧的科迈罗轿车。

她慢慢从两栋房前经过，认真地打量了一下。现在是周日傍晚，莉迪亚家里一片漆黑，而瑞克家里则开着几盏灯。在她想象中，瑞克·巴特勒这样的男人这时应该是在看橄榄球比赛，或者在读着一本翻烂了的《银河系漫游指南》。小狄应该是在朋友家里玩。按克莱尔所在网球队的那些女人所说，小孩子在离开房间的时候都不记得关灯。

克莱尔转进了下一个路口，只见前方是一条死胡同，尽头处则是一栋破破烂烂的小屋。她把车停好，走下了车，把莉迪亚的手机装在后裤兜里，再过九分钟保罗又该发照片过来了。保罗还是那么守时，要不就是他事先拍了照片，在手机上设置好了发送时间。

这个社区看起来很安全，她便打开汽车后箱把包放到里面。后箱里放着一把可折叠的雪铲，以前保罗在家里所有车上都放了一把，就连海伦的车上也有。雪铲突然弹开，嘭地一声非常响亮，克莱尔本以为会有居民拿着火把出来一探究竟，或者有人破口大骂，但一点动静都没有。

她环视着四周，往前经过四栋房子就是莉迪亚家，旁边挨着的就是瑞克家。莉迪亚家后院没有用栅栏封死，一长排树木将她家的后院和别人家的房子隔开。现在是下午四点半，太阳已经落下，克莱尔漫步在树木间，发现这里的人不会盯着后院以防有人闯进来，就算有人盯着她也没看到。天空乌云密布，可能不久后又要下雨，她闻到了空气中潮湿的味道。

克莱尔一手握住铁链围成的栅栏，打算从上面翻过去，但她一用力手下的金属杆就弯了，旁边的铁链也随着一起摇动。克莱尔用浑身力气把栅栏压弯，弯到她可以轻松地跨过。她看了看周围，莉迪亚家的后院很大，为了不让狗跑掉她肯定花了不少钱来建起这些围栏。

等把莉迪亚接回来之后，克莱尔会帮她修好这些被压弯的栏杆。

相比其他人家的后院，莉迪亚家的明显要整洁很多。排水沟很干净，就连白色的边框也是不久前才涂过漆的。克莱尔心想，一定是瑞克在照料这些事，因为隔壁瑞克家的房子也同样干净。

克莱尔一想到姐姐住在这里心里就很开心，虽然现在身处险境，但她还是能感到这个社区弥漫着幸福的气息，她仿佛看到了莉迪亚一家人开心地住在这里，对生活现状感到满足。莉迪亚在这里建起的可不止是一栋房子，而是平静的生活。

然而这种平静的生活被克莱尔全毁了。

突然，一个貌似厨房的房间里亮起了灯，克莱尔朝着她家宽敞的后阳台走去，上面放着些许桌椅，和一台用黑色帆布盖住的不锈钢烤架。

当她看到楼梯上的泛光灯，和地上低垂着的运动传感器时，她愣住了。她抬起头看着天空，只见天色渐渐暗了下来。她试探性地迈出一步，然后又一步。她每往前走一步都小心翼翼，但是当她爬上台阶时，户外的泛光灯没有亮起来。

透过洗碗池旁的大窗户，她看向厨房里。餐桌上铺满了纸张。旁边的一把座椅上放了一个袋子，里面全是穿旧了的网球鞋。冰箱上用五颜六色的吸铁贴着很多便利贴。水池里堆满了脏盘子。保罗肯定会说他们东西乱堆乱放，但克莱尔觉得这才有生活的气息。

后门上没有窗户。上面挂了两把大锁。底部开了一个大洞给狗狗进出。克莱尔悄悄搬过一把阿迪朗达克休闲椅把狗洞堵上。她读了保罗的侦探报告，里面说莉迪亚养了两条拉布拉多，但这已经是两个月前的信息了。她都不敢想象要是莉迪亚养了非常护家的牧羊犬或者斗牛犬会怎么样，这时只要有狗叫就会惊动瑞克，等他出来见到一个陌生女子拿着一把雪铲在他女朋友家后门转悠，肯定要盘问一番。

克莱尔掂量了一下手中的雪铲，虽然是铝制的，但是非常结实。她看了看瑞克家，确保没有人或狗在外面，才从台阶上走下来。她摸着潮湿的土地爬到后阳台的下方，下面空间很小，她不得不低着头缩着肩膀，否则就会撞到头顶的梁。当她不小心撞破一张蜘蛛网时，她吓得浑身直哆嗦，克莱尔很怕蜘蛛，身体不由得颤抖起来，但想起姐姐还生死未卜，又觉得自己未免太过娇气。

可想而知，阳台下方一片漆黑，特斯拉上有一支手电筒，但克莱尔不想折回去拿，她只能一直往前爬，手脚所及之处仿佛都是恐惧和悲伤的万丈深渊，只有向前的动力能够支撑着她。

克莱尔尽可能地往里爬，借着前方竖着的隔板中透过的一丝丝光线，她用手摸着身下的土地，当她摸到地上有一些压痕时，她便知道这就是她要找的位置。她拿起雪铲，对准那一块小小的土地插进去，挖出一勺土。

她慢慢地，悄悄地在阳台下方挖着，终于，她挖开了表层的泥土，插到了地下，似乎感觉铲子撞到了什么金属物。克莱尔把铲子扔在一旁，开始用手刨土，试着不去想泥土里有蜘蛛、蛇，或者是其他生物。突然，她指尖摸到了一个塑料袋的边缘，总算松了一口气，觉得自己完成了一个任务。她一把扯出那个塑料袋，扬起了很多尘土，呛得她一阵猛咳，打了个喷嚏，然后又咳了起来。

她终于拿到枪了。

之前，莉迪亚在车上告诉她家里阳台的楼梯下埋着一把枪，但现在克莱尔都不敢相信自己真的找到了。想到自己姐姐家里有把枪，她感觉非常震惊，为什么莉迪亚要买一把这么恐怖的玩意儿？

克莱尔现在又能用它做什么呢？

她掂量了一下这把左轮手枪的重量，隔着塑料袋感受着金属枪壳的冰凉。

她很讨厌枪，保罗是知道这一点的，也就是说他怎么都不会想到克莱尔有一天会从包里掏出一支枪，打爆他的脑袋。

这就是我的计划！

这句话仿佛幻灯片一样出现在克莱尔脑海中。

她早就想好了这个计划，正是这个想法激励着她朝着莉迪亚家赶去。在她被恐惧包围、想着保罗犯下的恶行时，这个想法在她脑海中萌芽。

“这就叫‘前摄干扰’，”如果保罗在，他肯定会对克莱尔这么说，“我们先产生的想法会阻碍我们产生新的想法。”

现在这个新的想法再清楚不过了，保罗就是个冷血杀手，傻子才相信他会放走莉迪亚，她知道得太多，却没什么留着的价值，脑袋上就像悬着一个计时器，倒数着她的生命。

所以克莱尔下一步的计划是：不管是谈判还是用手中的枪，克莱尔都要把U盘从亚当·奎因那里取回来。克莱尔亲眼见识过网球拍敲碎膝盖的威力，她根本无法想象子弹的威力有多大。

莉迪亚说得对，应该多收集信息，克莱尔现在必须查清楚U盘里到底有什么东西，对保罗如此重要。如果掌握了这条信息，胜利的天平就偏向了克莱尔这边。

她小心翼翼地把枪从塑料袋里取出，一股熟悉的金属气息扑鼻而来。两年前为了给保罗庆生，她带保罗去靶场玩。保罗似乎很开心，但只是因为克莱尔总算决定做一些自己舒适范围之外的事。最后克莱尔只在靶场里待了十分钟，那种手里握着杀人利器的感觉让她在停车场哭成了泪人。保罗一边笑一边安抚着她，觉得克莱尔很傻，克莱尔也知道自己犯傻了，但是当时是真的被吓坏了。

枪声很响。周围的所有事物都是那么陌生，那么危险。光是握着那把上了膛的格洛克枪，克莱尔当时就浑身颤抖。她生来就不是用枪的料，手上的劲太小，上膛都上不好。开枪后的后坐力更是吓人。她很怕自己手一抖没拿稳枪，不小心把自己或者别人打死了。怕弹出的子弹壳把自己烫伤。每次开枪之后她心中的恐惧就更多一些，不一会儿，她的手就抖得连扳机都扣不下去。

而这些都是事后的反应，在他们到达靶场前，保罗还找靶场老板要了一份所有武器的详细介绍，这让克莱尔很吃惊，还以为保罗什么都知道。靶场老板带他们来到陈列柜前，告诉他们可以按小时租用枪支：有手枪、左轮枪、几只步枪，而最吓人的是一把机关枪。

他们最后租了名气最大的格洛克手枪。这种手枪装的是九毫米口径子弹，需要手动上膛。而现在她手上的这把左轮枪，只需要把子弹放到弹夹里，合上弹夹，打开保险，扣下扳机即可。

当然了，最重要的还是要有子弹。

她仔细查看着莉迪亚的左轮枪，心想姐姐应该不会傻到把子弹也放在枪里，但她还是打开弹夹看了看，果然里面的五个槽位都空空如也。她在心里算了算自己钱包里还剩多少钱。现在可以去体育用品商店或者沃尔玛买几颗子弹，但她只能用现金，用信用卡的话会有交易记录。

突然，泛光灯亮了起来。

克莱尔吓了一跳，一头撞在阳台的台阶上，脑袋里嗡嗡作响。

瑞克·巴特勒弯下腰看着她说："你有什么事吗?"

克莱尔把枪藏到塑料袋里，试着从阳台下爬上来，但因为一只手拿着枪她爬不动。她把塑料袋扔到院子里，瑞克吓得后退了一步，仿佛克莱尔在对着他的脚泼硫酸似的。

"不好意思，"克莱尔每次遇到什么事都是先道歉，"我是克莱尔·斯科特，莉迪亚的……"

"妹妹对吧，"瑞克低头看着那把枪说，"我还以为她早把枪扔了。"

"嗯……"克莱尔拍了拍手上的灰，她试着表现出礼貌，因为海伦从小就是这样教她的，至少刚认识的时候要这样，"很高兴认识你。"

"我也是，"瑞克接着说，"但我还是想听你解释一下这是怎么回事。"

克莱尔点了点头，确实应该解释，但她不能把实情告诉他，所以她决定闭口不提。"不好意思。"她拿起枪，隔着塑料袋紧握着枪管。

"先别走，"瑞克喊道，他看出克莱尔想走，"莉迪亚人呢？"

就像往常一样，保罗总是那么守时，克莱尔感觉到裤子后兜里莉迪亚的手机震了一下，肯定是保罗发照片过来了。那她要拿给瑞克看吗？应不应该让他知道，这个他爱了十三年的女人现在遭遇了什么？

克莱尔说："我得走了。"

瑞克眯起眼睛狐疑地看着她，要么就是他洞察力太强，要么就是克莱尔太容易被看穿："你要不告诉我发生了什么，你今天就别走了。"

"我可是握着一把枪哦。"

"那你用它杀死我啊。"

两人一直瞪着对方，突然某处传来了一声狗叫。过了将近一分钟，克莱尔才说："对不起。"

"你嘴上这么说，但我不认为你真的有歉意。"

瑞克完全不知此时克莱尔心中有多少歉意。"我真的要走了。"

"你来这里就是为了拿那支没有子弹的枪？"瑞克摇了摇头，脸上没有了怒意，反而多了几分恐慌，"莉迪亚没事吧？"

"没事。"

"她是不是……"瑞克用手搓了搓下巴，"她是不是又'溜冰'[①]了？"

"溜冰？"克莱尔满脑子想的都是莉迪亚在冰面上滑倒摔跤的样子，过了片刻她才反应过来瑞克说的是什么，"是的，"要是换作莉

---

① 即吸食冰毒，吸毒人员用"冰壶"来吸食的方法叫作"溜冰"。

迪亚，她肯定宁愿撒这样的谎也不愿意说出真相，“她又溜冰了，喝了很多酒，然后就不停地嗑药。”

“为什么呢？”

在两人分开之前的六年里，克莱尔一直看着莉迪亚嗑药上瘾。“这还需要理由？”

瑞克非常沮丧，他自己也曾是个瘾君子，很清楚他们每次嗑药前都要找个借口。

“对不起，”克莱尔胸口仿佛压了一块大石，她的所作所为非常卑劣，不可原谅，瑞克脸上每一条皱纹都仿佛在表达着对克莱尔的愤怒和失望，“真的很抱歉。”

“不是你的错，”突然，他的音调变得很高，很多时候男人想要克制住情绪时就会发出这种尖锐的声音，“你为什么……”他清了清嗓子，“你要那把枪做什么？”

克莱尔慌忙地环视着后院，像是期待着一个合理的解释会从地里蹦出来一样。

“你是不是担心她回到家里做傻事？”

从瑞克警惕的声音里，能听出他心很痛。他仍然在努力地控制着自己的情绪，但已经热泪盈眶。他一看就非常温柔善良，克莱尔一直都希望莉迪亚能找到一个像瑞克这样的人。

但现在克莱尔伤了他的心。

瑞克问道：“她现在在哪里？我想看看她，跟她说说话。”

“我现在去帮她办戒毒所的手续，钱都由我来付，她现在要去新墨西哥州接受治疗。”克莱尔紧闭双唇，为什么要说新墨西哥州这种地方？

瑞克接着说："她是不是就在你车上？"

"救护车已经载着她去机场了，我去那边和她碰头。"克莱尔补充说道，"我一个人去就行了。她让我转告你，让你好好照顾小狄，她不想让你看到她现在的样子，你也知道她是个很好面子的人。"

瑞克慢慢点了点头："她都戒了那么久，怎么又复吸了？"

"对不起，"克莱尔已经词穷，她满脑子都是保罗撒过的谎，自己想不出新的借口，"真的很抱歉，"她不停地说着，"对不起。"

克莱尔也不知道说什么好，只是径直地朝着后院走去，为了让自己忘却心中的愧疚，她数着自己的步子，五步、十步……

走到第二十步时，瑞克叫住了她："等等。"

克莱尔肩膀突然耸立起来，在保罗面前她每次犯错都会得到原谅，所以她并不擅长隐藏自己的愧疚之情。

"枪留下再走。"

克莱尔转过身，瑞克正朝她走来。她脑海里第一个念头就是自己跑不过瑞克，随后又想到自己已经说不出其他谎言了。

她反问瑞克："凭什么？"

"你带不上飞机啊，你车停在飞机场，也不能把枪藏在车上。"他伸出手说，"我先保管着。"

克莱尔逼迫自己和他对视。瑞克浑身散发着一股汽车尾气的味道。隔着一件法兰绒衣服，可以看出他结实的肌肉。虽然他留了个小辫子，但男人味十足。他曾经坐过牢，看起来是那种什么事都可以自己搞定的人。克莱尔非常希望得到他的帮助，她这一生中的所有问题都是别人帮忙解决的。

这个想法暴露了她。

“到底怎么回事?”瑞克的神态完全变了，他现在看克莱尔的眼神也不一样，双手交叉抱在胸前，看得出他已经不相信克莱尔，“莉迪亚以前警告过我，说你非常会撒谎。”

“啊，这个……”克莱尔长长地叹了一口气，“通常是这样。”

“她还好吗?”

“我不知道。”克莱尔紧握着枪，她必须离开这里，如果再站在瑞克面前，她肯定会开口向他求救，让他接管一切，最终把他也害死，“你今晚就带着小狄走，别告诉我你们的去向。”

“什么?”

瑞克脸上露出了惊恐的神情。“快带她去安全的地方。”

“有事你就报警啊，”他又抬高了嗓门，但这次是因为害怕，“是不是出了什么事……”

“警察早就介入了，联邦调查局的也来了，其他人我不知道还有谁。”

瑞克大张着嘴，然后又闭了起来，又突然张开。

“对不起。”

“你别他妈光说对不起，你到底把她带哪里去了?”

克莱尔心想，只能把真相稍作修改告诉他了。“出事了，莉迪亚现在很危险。”

“你别吓我。”

“确实很吓人，”她握着瑞克的手臂，“不能报警，报警也没用，你快带着小狄离开这里。”

“小狄?!”他几乎是用吼叫的语气说道，“跟小狄又有什么关系？”

“你赶快带她走。”

“我知道。你现在告诉我为什么要带她走。”

“如果你想救莉迪亚，现在就把小狄照顾好，小狄是她唯一的牵挂。”

他抓住克莱尔的手，让她无法逃走：“我知道你俩以前的事。过去二十年你们连话都没说过，现在你突然关心起她女儿了？”

“莉迪亚是我姐姐，就算以前我心怀恨意，我也还是爱她的，”克莱尔低头看着他的手，“我得走了。”

瑞克没有放手：“要不我抓着你去警察局吧？”

“如果你带我去警察局莉迪亚就死定了，绑架她的人就会来找小狄。”

听到这里，瑞克松开了紧握的手，不是因为认同克莱尔说的话，只是被吓到了：“那我应该怎么办？你就告诉我……”

“你照顾好小狄就行了，我知道你爱莉迪亚，也知道你想做点什么，但她很爱小狄，你也应该知道小狄就是她的唯一。”

克莱尔挣开了瑞克的手。瑞克也没有轻易地松开。很明显他在纠结是要放她走还是不相信她说的话，但他也很爱小狄。从保罗的文件里，克莱尔得知小狄基本上是瑞克带大的。他相当于小狄的父亲，而任何一个父亲都不会让自己孩子受到伤害。

她加快速度，小跑着穿过后院，一步跳过了低垂的栅栏。虽然她一步步往前走着，但心里很想回到瑞克面前，希望瑞克能听她的话，把小狄带到安全的地方。但哪里才安全呢？保罗手上有那么多资源，约翰尼·杰克逊议员更是神通广大。

那她要不要折回去呢？瑞克爱着莉迪亚，是她的家人之一，甚至比克莱尔还亲近些，他一定会想办法救莉迪亚的。

但这样保罗就会杀了他。

克莱尔一边朝着车子跑去，一边从裤子后兜里掏出莉迪亚的手机。最新的这张照片上莉迪亚侧卧着，光线较之前更暗一些。她暗自祈祷这张照片是保罗刚刚拍的，而不是一个半小时前就准备好的。

克莱尔坐上车时，两边的街灯亮了起来。她把手枪塞到包里。不需要瑞克·巴特勒的帮助，有这把枪就能实施计划。先用它从亚当那里问出信息，再用它杀掉保罗，克莱尔在阳台下第一次摸到这把枪时就很确定了。现在她不能迟疑，不能再去考虑其他的选择，必须把计划贯彻下去，必须自己去和保罗对峙。凭她对保罗的了解，如果她再把别人牵扯进来，保罗会怒不可遏。

这件事也不能再让任何人知道了。

她发动了车，掉头之后开上主路。从莉迪亚家门前经过时，前排房间的灯都亮起来了。克莱尔期望着那是瑞克在帮小狄打包行李，正按照自己所说，把莉迪亚的女儿带到安全的地方去。

但这时，她又问自己，哪里才算安全。弗雷德·诺兰可以查阅瑞克的信用卡消费记录，可以追踪他的电话，可能用无人机、监控录像，或者调用任何政府用来监视嫌疑人的设备。

她摇了摇头，现在可不能想别的，必须一步步来。现在她拿到莉迪亚的枪，第一步已经完成。第二步就是去找亚当拿回 U 盘，待会儿找个公用电话打给他。今天是周六，他应该和老婆希拉待在家里，但现在街上还有公用电话吗？克莱尔可不敢用莉迪亚的手机给亚当打电话，《国土安全》[1] 的每一集她都看过，不会犯这种错误。或许诺兰，或者梅休，或者两人都在监听着亚当的手机，看克莱尔什么时候来电。

突然，车上的后视镜倒映出后方有蓝色的警灯在闪烁。克莱尔出于本能地减慢速度，给警车让路，但警车也随着她慢了下来。当她示意警车可以超车时，警车也示意她靠边停车。

“妈的！”克莱尔骂道，这里限速是35码，自己没注意开到了50码。

而且她身上还有把枪。

她现在还在保释期内。随身携带武器，而且体内可能还有药物残留。她基本上违反了保释条例上的每一条规定，包括故意回避执法人员的约见。

身后的警车打开了警笛。

克莱尔把车停到路边。她现在怎么办？现在他妈的能怎么办？

警车没有停在她车后，而是一把停到她前方，把前路堵住。

克莱尔握住换挡器，这时她可以倒车回去，踩一脚油门就跑，等旁边的警察反应过来，她早就在高速路上跑出去十英里了。

警察走下车，戴起帽子，调整了皮带的位置。

她抓起莉迪亚的手机，保罗应该知道怎么对付这种情况，但她现在没有保罗的电话，保罗是用加密电话和她联系的。

“妈的。”克莱尔又骂了一句。

---

① 《国土安全》（*Homeland*），是一部根据以色列剧集《战俘》改编，以反恐、悬疑为主题的美国电视剧。该剧由霍华德·戈登与亚历克斯·甘萨联手打造，克莱尔·丹尼斯领衔主演，讲述了中情局女特工卡丽·马蒂松在反恐行动中充满阴谋、戏剧性和冒险的故事。

可能保罗早就知道克莱尔在干什么，他早就说过自己在司法部门有人，只要打个电话，让警察拦住克莱尔，把她铐起来关到警车后座，直接带到保罗的藏身之处就可以了。

但警察没有走上前，只是站在警车旁和某人通电话。他们现在位于莉迪亚家附近的郊区，周围所有房子里都是一片漆黑。警察抬起头，确定路上没有其他车辆后，朝着克莱尔的特斯拉走去。

警察走到车前，用手上的婚戒敲了敲她的车窗，而这时她正在用莉迪亚的手机拨着号码。

“你好，哪位？”海伦每次接到未知来电时都是这种气喘吁吁的声音。心里想是不是朱莉娅打来的？是不是莉迪亚打来的？是不是又有什么坏消息了？

“妈，”克莱尔强忍着眼泪说，“妈，求你了，帮帮我。”

第十六章

莉迪亚根本没有机会从保罗手上逃走。她一直在等保罗把她弄出后备箱，但保罗只是隔一段时间就停下车，拍一张她的照片，然后又继续开车，往复不停。在莉迪亚晕过去之前，保罗一共停了五次车。

晕倒的第一个征兆就是感到头晕——并不是非常严重，而且还让她感觉有些飘飘欲仙，接连打了几个呵欠。闭上眼睛后，她感觉肌肉慢慢松弛下来，脸上露出了惬意的微笑。

这个后备箱不仅是隔音效果好。

她听到有一阵阵微弱的嘶嘶声，那是保罗在往后备箱里放一氧化二氮，也就是笑气。以前在牙医诊所拔智齿时医生给莉迪亚用过，之后几个月她都在怀念那种不可言说的兴奋感。

一氧化二氮不会让人彻底昏迷，所以莉迪亚对晕倒之后的事还有些许记忆。保罗打开后备箱时面露微笑，用一个黑色的头套蒙住她的头，把头套边缘紧紧贴在她脖子上。剪断了捆住她脚踝的束线带，把她扛出后备箱放到地上，推着她往前走。晃晃悠悠地穿过一片树林，听见些许鸟叫，呼吸着周围冰冷却新鲜的空气，踏着落叶向前走着。他们走了将近一个小时，保罗才停了下来。他推着莉迪亚的肩膀转过身，又继续推着她往前走。她爬了无数层台阶。她自己沉重的脚步仿佛枪声一样回荡在她脑海中。

就连保罗把她按在座椅上时，她耳边里都还回荡着脚步声。她现在完全恍惚了，但保罗还是没有冒任何风险。他先用束线带捆住莉迪亚一只脚踝，然后捆住另一边，再把她的腿绑在椅子上。随后用铁链拴住她的腰。这时才切断了束缚着她双手的束线带。

莉迪亚想挣扎。可能尝试过几次，但就算她之前盘算了几个小时，现在却连手都抬不起来，无法用虎口擒住保罗的脖子。

当保罗把她的手捆在扶手上时，她感觉束线带扎破了她的皮肤。

她摸着手指下的乙烯基塑料，腿被绑在冷冰冰的铁座椅上。她感到各种感官慢慢地恢复过来。她坐的是一把铁椅，非常牢固，莉迪亚试着前后挪动，但座椅纹丝不动，显然保罗把椅子腿固定在地上了。她往后仰了仰头，便碰到了身后冰冷、结实的墙壁，脑袋上的头套随着自己惊恐的呼吸上下抖动着。

这个椅子和之前的后备箱一样，都是保罗为囚禁别人准备好的。

莉迪亚看着眼前的黑色头套。料子是很厚的棉布，估计是用一件宽松的帽衫改成的。头套下沿有一根松紧拉绳，紧紧地勒住她的脖子。

电影里那些被头套套住脑袋的人还是能看到外面。要么是光线从头套下沿射进来，要么是材料太薄，隔着头套都能看到外面的广告牌或者夕阳之类能帮助确定自己方位的东西。

但现在这个棉布头套太厚，她什么都看不到，心想保罗肯定自己戴起来试过，看会不会透光，之后才用到别人身上的。

这个头套肯定还套过别人。莉迪亚闻到了一丝香水味。她自己不用香水，所以也分辨不出种类，但这种香得熏人的味道肯定是年轻女孩才会用的。

保罗把她从车上扛下来到现在过了多久？上次在牙医诊所接触笑气时，药效持续了约半个小时，但随后几天都还有轻微反应。而且那次牙医给她罩上了氧气罩，她清楚地记得医生不断调整着笑气的吸入量，以免让她完全醒来。也就是说他们离开车还没有多久，走过那片森林只花了半个小时不到，最多就走了几分钟，因为保罗把她绑在椅子上时，笑气的药效就过了。

莉迪亚拉扯着手上和脚踝的束线带，用尽了浑身力气，但结果只是她的手腕和脚踝蹭破了皮。

她静静听着房间里的声音。远处传来一声鸟鸣，屋外大风呼啸，偶尔还能听到风吹过树叶的声音。莉迪亚竖起耳朵听着，指望能发现一些不一样的声音，比如飞过头顶的飞机，旁边经过的汽车。

但什么都没有。

难道保罗还有一栋克莱尔不知道的山间小屋？他向克莱尔隐瞒了太多，但克莱尔还是知道他手上似乎有花不完的钱，全世界所有地方的房子他都买得起。

至于莉迪亚就一无所知了。自己甚至有可能像一只迷路的幼鸟，被保罗带着绕了一圈又一圈，回到了富勒家。

这时，莉迪亚又开始觉得不舒服。之前她吐了自己一身胆汁。现在尿意非常强烈，已经麻木不仁，感觉不到恐惧了。她只能寄希望于克莱尔不要莽撞行事，把事情搞砸，最后两人都被保罗杀了。

她多希望这次能有出乎意料的结果，但克莱尔是个很被动的人，而且很鲁莽，没办法跟保罗斗智斗勇。就这点来说，莉迪亚也斗不过保罗。他演了一出假死的好戏，一定是耗费了大量的时间和精力，而且还牵扯到警方、医护人员、法医、殡仪馆。他把警局和联邦调查局里的探员耍得团团转，有足够的时间想出对付他们的办法。

无论现在保罗在谋划什么。莉迪亚都无从知晓。她之前一方面寄希望于克莱尔，另一方面自己想出了个愚蠢的逃跑计划，却没想过为什么一开始保罗要抓她。莉迪亚对他有什么价值，为什么抓了她而不抓克莱尔？

这时，门开了。

有人走了进来，莉迪亚突然变得紧张。那人还站在门口，盯着她看，似乎在等着什么。

门关上了。

她垂着肩膀，头紧贴在身后的墙上。

保罗迈着轻轻的脚步走来，拿过一把办公椅，在克莱尔对面坐下，发出了微乎其微的一声叹息。

他问道："你害怕吗？"

莉迪亚紧紧咬着下唇，直到咬出血才松开。

"你苹果账户的密码是小狄的生日。"保罗用平时聊天的语气平静地说着，就好像两人正面对面坐着吃午饭。保罗靠在了椅背上，椅子嘎吱作响。他用膝盖顶着莉迪亚的膝盖内侧，把她的腿分开。"小莉，你害怕吗？"他又往外顶了顶她的腿。

莉迪亚的每一块肌肉都紧绷着，喘息的时候头套整个盖住了她的脸。这次，两人不像之前那样身处野外，还会有人过来救她。这次保罗精心准备，和莉迪亚在一间房子独处，把她绑在椅子上，分开她的双腿。保罗可以慢慢来，想做什么都可以。

保罗接着说："我在用你的'查找手机'应用监视着克莱尔的动向。"

莉迪亚紧闭双眼，在脑海中默背着宁静祷文[①]，但她连第一句都想不起来。她无法接受眼前这个无法改变的事实。现在她孤立无援，克莱尔也没办法来赶来，而保罗即将强奸她。

"克莱尔现在在你家里，你知道为什么她会去你家吗？"直到现在，保罗的声音里也没有一丝怒意，只有好奇，"她是想去警告瑞克吗？还是让他赶紧带着小狄躲起来？"

莉迪亚试着不去想他的问题，因为答案很明显：克莱尔并不是去她家里，而是去隔壁找瑞克求救。毁了莉迪亚一人的生活还不够，克莱尔还把她一家人都扯了进来。

保罗似乎看穿了她的想法："每年我都看着小狄越长越大。"他没等莉迪亚回应便接着说："再过两年，她就和朱莉娅一样大了。"

"求求你，"莉迪亚在心里默念着，"求你别说出那句话。"

保罗凑到莉迪亚耳边，莉迪亚隔着头套感觉到了他的呼吸："我都等不及想要尝尝她的滋味了。"

莉迪亚失声痛哭。

"小莉，你太放纵了。你总是那么放纵。"他用膝盖顶开莉迪亚

---

① 宁静祷文，是最早由神学家尼布尔所作的无名祈祷文。

的双腿，又让她把腿并拢，好像在和她玩耍似的，“我留在奥本大学就是为了你。当时本来可以去读麻省理工大学，但是为了你我留了下来，因为我想要朱莉娅·卡罗尔的妹妹做我女朋友。”

莉迪亚流下的眼泪浸湿了头套下沿的松紧带。

“我一直关注着你，天知道我关注你多久了。但你一直很邋遢，老是喝醉酒，你的寝室就像个猪圈似的。你从来不洗澡，最后还退学了。”保罗声音里充满了嫌弃，“我本来都要放弃你了，但那次克莱尔来看了你。你还记得吗？1996年秋天的时候。”

莉迪亚当然记得，克莱尔在那年的奥运会之后来学校里看了她，她穿了一件正面画着亚特兰大奥运会吉祥物依奇的T恤，莉迪亚都不好意思和她在一起。

保罗接着说：“当时克莱尔在学校里溜达的时候，浑身都散发着光芒。看得出能离开家她非常开心。”这时，说起克莱尔他的语气又变了：“就是那时我才决定还是要搞定朱莉娅·卡罗尔的妹妹，只是换一个罢了。”

莉迪亚没办法反驳，因为克莱尔确实是自己钻到了他的手心里。

但她还是对保罗说：“她背着你偷吃了。”

“我倒不觉得那叫偷吃，”保罗似乎毫不在意，“她随便和别人睡觉，那又怎样？我也到处睡别的女人，但我们都会回到彼此身边。”

莉迪亚很清楚保罗不止睡了别的女人，她见过那些按颜色分类的文件，见过富勒家车库里的谋杀现场，她知道某人坐在摄像机后，录下了无数女孩遭遇奸杀的时刻，她知道那人就是保罗。

他是不是要杀掉莉迪亚？是不是因为这个，他才要绑住莉迪亚，给她套上头套？

保罗说道："你知道吗，克莱尔最迷人的一点，就是我永远摸不透她。"他笑了起来，仿佛还很吃惊一样。"我从不知道她真正的想法，同样的事她永远不会做两次，她是个很冲动的人，急性子，有时疯狂，有时热情，还很有趣。她明确表示过在床上愿意尝试各种玩法，但有时表现得保守一些也很有情趣。"

莉迪亚摇着头，她不想听保罗说这些，完全忍不下去。

"每次我觉得已经制服了她，她又能搞出一点新点子来让我兴奋，"他又故作惊奇地笑了笑，"比如说，我有次在开会的时候电话响了，上面显示是从邓伍迪警局打来的。我想肯定是有什么事，就走到外面接了电话，结果是一条语音消息，问我有没有接到一个关在邓伍迪监狱里的犯人的电话，有意思吧？"

他顿了顿，显然他也知道莉迪亚不会回答他。

"是克莱尔给我打的电话，她说：'在干吗呢？'听起来和平时一样，好像要叫我在回家路上给她买点冰淇淋。但之前的语音信息里说她被抓起来了，我就告诉她：'刚才的录音信息说你被抓了。'她回答我：'是，大概一小时前。'我就问她：'你犯了什么事？'你猜她怎么说？"保罗又凑到莉迪亚跟前，他似乎还乐在其中，"她告诉我：'我去玩了男妓，最后付不出钱，他们报警把我抓了。'"

保罗的笑声中充满了欢喜，一边笑一边拍着膝盖。

他问莉迪亚："你敢信吗？"

莉迪亚肯定是相信的，但她现在被铁链拴在一栋偏远的小木屋里，头上还戴着头套，而不是和妹夫在烧烤架旁闲聊。"你到底想干吗?”

“你觉得呢?”他一脚塞到莉迪亚两腿之间，她被吓了一跳，尾椎骨直接撞在墙上，“你猜我是不是想要这样?”

莉迪亚大张着嘴，但她忍住没有喊出来。

“小莉?”

他还是用脚在莉迪亚腿上蹭，用鞋底分开她的双腿。

他说话的语气还是像聊天一样:“要我告诉你朱莉娅在哪里吗?”

保罗的脚越来越往里，她突然一下闭紧了嘴。

“小莉，你难道不想知道她在哪里吗?不想找到她的遗体吗?”

莉迪亚觉得自己耻骨旁边的皮肤在不断收缩着。

“告诉我，你想知道发生了什么。”

她竭力掩饰着自己的恐惧:“我知道发生了什么。”

“是，但你不知道后来的事。”

保罗的语气又变了，似乎很享受地看着莉迪亚羞耻地扭动着身体，他就像个恶魔一样，以莉迪亚的恐惧为食。莉迪亚突然回想起了上次保罗对她说的最后一句话:“告诉我你想要。”

她想到这里不禁打了个寒战。

“现在怕了吗，小莉?”他慢慢地收回了脚，莉迪亚总算松了一口气，但之后保罗便用手轻抚了她的胸脯。

莉迪亚试着甩开他的手。

他越来越用力，朝着莉迪亚的锁骨摸去，随后握住了她的手臂。他用拇指狠狠掐着莉迪亚的二头肌，她的骨头都快被捏折了。

“求你了,”莉迪亚忍不住说道，她看过保罗喜欢的那些录像，看过他强奸的那些女人的文件，“求你别这样。”

“那这样呢？”保罗一手抓住她的胸部。

莉迪亚失声尖叫，保罗的手就像一把钳子一样，越来越用力，手指深深地抠到她肉里。疼痛难以忍受，莉迪亚不禁大喊道：“求你了，别这样！”

保罗慢慢放开了她，五个手指慢慢松开。

莉迪亚大口喘着气，胸口的皮肤被保罗抠破，疼得她不停抽搐。

“喜欢吗？”

莉迪亚差点就晕了过去。虽然保罗松开了手，但保罗攥着她胸部的感觉还在。她喘不上气，头套套得太紧。这时，她感觉脖子被套住了，是保罗用手掐着她吗？是保罗在摸她吗？她左右摇头，想要从椅子上挣开，链条紧紧地缠着她腹部，但她还是试着站了起来。

咔哒！

她听到咔哒一声。

似乎是弹簧上下震动的声音。

是保罗在座椅上摇动的声音？难道他是自己在搞自己吗？

这时一阵尿味扑鼻而来，是莉迪亚自己尿裤子了？她在椅子上扭动着，这股恶臭难以忍耐，她紧紧地靠着椅子，后脑勺贴在墙上。

“呼吸，”保罗说，“深呼吸。”

咔哒，扑哧，咔哒。

她听出来这是喷雾剂的声音。开关上的弹簧咔哒作响。泵抽取液体发出扑哧的声音。随着咔哒一声，保罗松开了按着开关的手。

保罗说："你得深呼吸才行。"

突然，莉迪亚头上的头套湿了，紧紧地贴在她的口鼻上。

"这是我自创的水刑。"

莉迪亚用力地喘息着。头套上的液体是尿液，保罗在用尿喷她。想到这里莉迪亚马上偏过头，但保罗追着她的脸一直喷。莉迪亚往哪边扭头，保罗就从哪边喷。

"快，喘气。"保罗说。

莉迪亚大张着嘴，保罗调了瓶口的喷射模式，瓶子里喷出的水雾变成了水柱。潮湿的头套贴住了她的嘴唇，整个头套已经完全被尿液浸透，堵住了她的鼻孔。莉迪亚的幽闭恐惧症开始发作了，感觉自己就快窒息。随着她猛地吸进了一条水柱，她满嘴都是尿液，咳个不停。莉迪亚闭上了嘴，尿液流进了她的喉咙，堵住了她呼吸的管道。保罗还在按着喷雾，不管莉迪亚怎么转头都躲不过。他想让莉迪亚窒息，溺死在他的尿液里。

"莉迪亚。"

她的肺部已经开始麻痹，心脏不时绞痛着。

"莉迪亚，"保罗抬高了音量，"我不喷了，你别害怕。"

莉迪亚怎么能不怕。她吸不到氧气，完全不知所措，仿佛她的身体已经忘了如何呼吸。

保罗又喊道："莉迪亚。"

莉迪亚试着呼吸，但还是徒劳。她眼冒金星，感觉肺就快炸裂了。

"呼气啊，"保罗告诉她，"你只知道往里吸气。"

听他这么说莉迪亚吸得更猛了。保罗这个骗子，他一定在骗人！

“莉迪亚！”

莉迪亚快不行了。肌肉不能动弹。身体不听使唤。仿佛连心跳都停止了。

“莉迪亚！”

她眼前火星四溅。

“撑住了。”保罗朝着她肚子狠狠地打了一拳，仿佛要把那把铁座椅嵌进背后的墙里一样。

莉迪亚张开嘴，一股温暖潮湿的空气灌了进去。

空气，她终于吸到空气了，肺和大脑顿时得到了满足。她头很晕，肚子火辣辣地疼，一时没坐稳朝着椅子前方倒下。铁链卡住了她的肋骨，她一头撞到自己膝盖上，撞得鲜血直流，心都快跳出来了，肺疼得不行。

湿透的头套从她脸上垂下，充满尿味的空气涌入了她张开的口鼻。

保罗说：“想想一切的起因也挺有意思的，是吧？”

莉迪亚只顾着大口呼吸。现在的她已经毫无抵抗之力。保罗对着她喷了点尿她就举手投降了。

“你就快要自暴自弃了，”保罗推理着，“你总觉得自己很坚强，但其实不是，对吗？而吸毒会让你浑身舒畅，让你觉得自己无所不能，所以你吸毒上瘾了。但只要毒瘾一过，你又变回原来手无缚鸡之力的样子。”

莉迪亚把眼里的泪水挤出来。现在她一定要坚强起来，不能任保罗摆布。刚才他的操作太娴熟了，每一步都非常熟练。他绝不止是在镜头后面控制一下摄像机。

他肯定参与了拍摄。

保罗接着说："但朱莉娅却真的很有反抗精神。"

莉迪亚摇了摇头，心中暗暗乞求他不要再说。

"你也看过录像了。看到她怎么反抗了没，就算到最后也没放弃。"

她紧绷着身体，拉扯着束线带。

"你知道吗，你看她被杀的录像时，我也在看你。"保罗似乎非常得意，"我是不是很邪恶啊。"

束线带勒得她生疼。她能感觉到束线带上的锯齿在她的皮肤上划动着。

"当时我妈妈还帮着找过她，"保罗说，"她每天早上套上靴子穿过田野去找朱莉娅，看她会不会被溪水冲走了，还到处贴传单，我和我爸还挺震惊的。所有人都在找朱莉娅·卡罗尔，而妈妈却不知道她被关在家里的谷仓。"

莉迪亚还记得当时他们到田间和河边搜索，还记得那时全镇人都在帮忙，但没过两个星期就不理他们了。

"为了把她留给我，爸爸没有杀掉她。她活了十二天才死。应该说是吊着一口气撑了十二天。"他凑近莉迪亚，莉迪亚觉得他异常地兴奋，保罗接着说，"他们差一点就找到她了，莉迪亚。你知道吗，就差一点点。"

莉迪亚咬紧牙关。

"想知道和一个将死之人做爱是什么感觉吗？"

莉迪亚吼道：“你到底想干什么？”

“你自己知道。”

她知道接下来保罗要干什么。之所以带走她却放掉克莱尔，就是因为他还没有达到他的目的。

“动手吧！”莉迪亚对他说。保罗对莉迪亚为何要吸毒分析得很到位。他对一切都分析得很到位。莉迪亚不够坚强，没办法和他对抗，只能希望一切快点结束。“赶紧的。”

保罗又笑了起来，不是他对克莱尔的那种微笑。这种笑声是出于同情：“你真的觉得我想强奸你这种四十岁的胖女人？”

他的话刺痛了莉迪亚，她恨自己竟然会那么在意：“我他妈四十一了，你个蠢货。”

她鼓起勇气准备承受保罗的拳打脚踢或是喷尿，但这次，保罗的恶劣程度超出了她的想象。

他取下了莉迪亚的头套。

强烈的光线刺得莉迪亚睁不开眼。她把头扭朝一边，大口大口地呼吸着新鲜空气。

保罗说：“你总不能一直闭着眼吧。”

她微微睁开眼，让眼睛适应光亮。一睁开眼，她就看到自己的手紧握着椅子绿色的塑料扶手。然后她看到脚下的水泥地，揉皱的外卖盒，污迹斑斑的床垫。

莉迪亚抬头看向保罗，他正高举着手，仿佛一个刚刚完成演出的魔术师。

她被保罗耍了。

周围的各种声音都是从旁边电脑的音箱里传来的。落叶静静躺在车库的水泥地上。身后的砖墙沾满血迹。这里不是什么与世隔绝的林间小屋。

保罗把她带回了富勒家。

第十七章

“说说你和你老公的关系吧。”弗雷德·诺兰对克莱尔说。

克莱尔把头转开，不去看他那张趾高气扬的脸。两人现在在市中心联邦调查局外勤办公室的一间狭小的审讯室里。房间里放了一张简陋的塑料桌，克莱尔在桌下翘起二郎腿，双腿不自觉地抖着。审讯室里没有时钟，可能已经过去了几个小时。克莱尔虽然不知道具体时间，但她知道自己违背了与保罗的约定，几个小时前就该告诉保罗怎么把U盘拿回来了。

诺兰接着问：“他人好吗？是不是很浪漫？”

克莱尔没有回应，恐惧让她浑身难受。保罗也不再给她发莉迪亚的照片了，现在她完全无法掌控保罗的行踪。他是不是很焦急？很生气？他知不知道克莱尔和警方联系上了？会不会把气撒在莉迪亚身上？

诺兰说：“我总是想玩浪漫，但最后都会搞砸。误把郁金香当作玫瑰送人，看演出也买错票。”

这时克莱尔的胆汁涌入了嘴里，想起之前她亲眼见过的保罗的暴行。现在克莱尔失联了，保罗会怎样对待莉迪亚？

“克莱尔？”

她的眼眶变得湿润。莉迪亚，必须要把莉迪亚救出来。

“你别这样啊，”诺兰看着她看了一分钟，然后失望地长叹一口气，“你这是在自讨苦吃。”

克莱尔抬头看着天花板，不让眼泪掉下来。她把特斯拉停到联邦调查局停车场时，车上时钟显示下午 6:48。从那之后又过了多久？她甚至都不知道现在还是不是周日。

诺兰敲了敲桌子让她注意：“你和你老公结婚大概十九年了。给我介绍一下他。”

克莱尔眨了眨眼睛，收起了无用的眼泪。哭可没办法把莉迪亚救回来。她现在要怎么办？莉迪亚说过，她不是超级英雄，她们两个都不是。克莱尔看向房间里那面墙那么大的镜子，镜子里的她挂着重重的黑眼圈，满脸憔悴。之前保罗打了她一拳，将她击晕。

那他会对莉迪亚做什么呢？

“好吧。”诺兰继续想着办法引克莱尔开口，“那这样吧，他是猎鹰队还是勇士队[①]的球迷？喝咖啡加不加糖？”

克莱尔低下头看着桌子。她必须控制好自己，光知道害怕的话她永远没办法从这里走出去。诺兰现在装出一副和善的样子，没有因为克莱尔放他鸽子而拘留她，而是让她自觉自愿地跟着他来局里一趟。来到局里以后诺兰就开始和克莱尔说她的保释条例，但没有给她戴上手铐，除了说要打电话让保释官来检查她有没有吸毒之外，也没有用其他可怕的惩罚威胁她。

---

① 亚特兰大猎鹰队（Atlanta Falcons）是美国职业橄榄球联赛球队，亚特兰大勇士队（Atlanta Braves）是美国棒球大联盟球队。

那诺兰到底是好人，还是和保罗一伙儿的？

克莱尔试着控制住因为担心莉迪亚而产生的恐惧，专注于这个密不透风的房间里。诺兰没有提及任何关于U盘和富勒家的问题，也没有把她抓去小旅馆里严刑逼供，没有逼着她交代梅休或者亚当的事，也没有问她为何要在凄风苦雨的晚上看那些录像，而是在这里苦苦追问她的感情生活。

克莱尔问他："现在什么时间？"

诺兰回答道："时间是个相对的概念。"

克莱尔夸张地哼了一声，如果诺兰不放她走，她就打算在这里大吼大叫。她把莉迪亚的手机藏在内衣下面，在拨通了妈妈的电话之后她就关掉了手机。现在她没法给保罗打电话或者发消息，她也不记得律师的电话，刚刚才让瑞克带着小狄躲起来，现在也不能打给他。

在过去二十四年里，克莱尔从没有向海伦要求过什么，但现在为什么她会觉得联系海伦可能会有点用处？

"克莱尔？"

她总算看向了诺兰："你已经换了五种方式问我同一个问题了。"

"我是不是很幽默啊。"

"你还要我在这儿待多久？"

"你随时可以走。"他指了指房门，但两人心里都明白，如果她真走了诺兰就会联系她的保释官，因为诺兰确信她体内现在有药物残留。可能他还知道克莱尔车里现在有一支枪。克莱尔把左轮枪藏在驾驶座的车门里，她想这样至少比藏在后备箱里安全一些。

她说："我想上厕所。"

"我叫个女探员来带你去。"

克莱尔紧咬着牙齿。这已经是她第四次请求上厕所了。前三次那个女探员都带着她去旁边的残疾人卫生间，看着她上完厕所。

她问诺兰："你是怕我放水把自己冲走吗？"

"我是怕你衣服里装着药，你最近和你姐姐走得挺近。"

诺兰开始了他的套路，但克莱尔没有上钩。

"不管怎么样，叫个女探员来搜身还是比较明智的。"他沉默了一阵，克莱尔紧张得浑身冒汗。她不怕诺兰发现特斯拉里藏着的手枪，但莉迪亚的手机是她和保罗联系的唯一方式。

手机上没设密码。现在她耳边仿佛回荡着保罗以前说过的话，告诉她设置密码多么重要。

诺兰一掌拍在桌上："克莱尔，我跟你说，你最好配合一点，好好回答我的问题。"

"凭什么？"

"凭我是联邦调查局的。每次都是我们赢。"

"你每次都这么说，但我不觉得你知道自己说的话是什么意思。"

诺兰好像很赏识她这句话，点了点头说："还会套用伊尼戈·蒙托亚[①]的台词啊，不错不错。"

克莱尔看向镜子，不禁想到在镜子那头会有什么样的"大人物"在盯着他们。最有可能的就是约翰尼·杰克逊、雅各布·梅休

① 埃尼戈·蒙托亚是电影《公主新娘》中的角色。

警监，甚至有可能是保罗。她很相信保罗有胆量大摇大摆地走进联邦调查局的地盘，就为了看克莱尔的挣扎，可能警方还邀请了他呢。

诺兰问道："你认为你和你丈夫关系好吗?"

之前五次诺兰问她她都闭口不提，但这样好像没什么效果。克莱尔似乎有了一些妥协的意思："嗯，我觉得我们关系很好。"

"为什么呢?"

"因为我们在床上很和谐。"

诺兰有意只取字面意思。"我一直都想知道开兰博基尼是什么感觉，"他对克莱尔使了个眼色，"但我自己一直只能开福特的平托汽车。"

克莱尔从来都不喜欢这种自我贬低的男人，她仍看着那面双向透明的镜子："保罗有个好朋友叫约翰尼·杰克逊，你认识吗?"

"那个议员?"诺兰把椅子转了过来，"当然认识，他很有名啊。"

"他帮了保罗很多。"

"是吗?"

"嗯，"她盯着镜子说，"他为'奎因+斯科特'公司揽了几十个亿的政府项目，你知道吗?"

"有所耳闻。"

克莱尔把视线投向诺兰："你想知道他和保罗的关系吗?"

"好呀。"诺兰的语气没有任何变化，"就从这讲起吧。"

她仔细地看着诺兰，但读不懂他的心思，他现在害怕吗?还是渴望听下去? "上世纪九十年代时，约翰尼也是联邦调查局的探员。”

“我知道。”

克莱尔还想让他继续说下去：“然后呢？”

“他是我们这里有史以来最差的探员。”

“我在他的官方资料里可没看出来。”

诺兰耸了耸肩，似乎并不担心约翰尼·杰克逊从镜子里冲出来用手掐死他。

克莱尔接着说：“他一直陪着基尔帕特里克一家出席各种新闻发布会。”

“我的意思是，作为探员他很差劲，但作为政客就不一样了。”

克莱尔仍读不出他在想什么：“听起来你好像不太喜欢他。”

诺兰双手紧扣放在桌上：“虽然看起来你开始配合我的工作了，但回顾一下我们的对话，我怎么觉得我俩反过来了，现在是你在审问我啊。”

“以后你肯定会成为一个好侦探的。”

“希望吧，”他笑了笑，“关于联邦调查局，我有些话要告诉你。”

“你要说每次都是你们赢吗？”

“这是当然，就是这样。我们确实要抓恐怖分子、绑架犯、抢银行的、恋童癖之类的变态，但是，我们每天最基本的工作，其实是去调查那些不合常理的事，你知道吗？”

克莱尔没有回答他。看得出这番话他早对别人讲过。

诺兰接着讲：“当地警察每次一发现这种不合常理的案件，只要没办法破案就会来找我们，我们看了之后就会判断这个案子有没有疑点。通常来说只要我们觉得这个案子有蹊跷，那么其中绝不止一个疑点，而是很多疑点交错在一起。”他伸出食指。“疑点一：你老公从他的公司里挪用了三百万美元。只用了三百万，这就很奇怪了，因为你家非常阔绰，对吧？”

克莱尔点了点头。

“疑点二，”他伸出第二个指头，“保罗和奎因是大学同学。也是室友，后来去读研也还在一起，你们结婚的时候奎因还是伴郎，之后他们才建立了公司，没错吧？”

克莱尔又点点头。

“然而可疑的地方就在于二十一年来，两人交情那么好，奎因发现保罗挪用公款，挪用了两人一起建立的公司的钱，他不去找保罗说：‘嘿，你他妈怎么回事？’而是直接来找联邦调查局。”

听他这么一说克莱尔也觉得很可疑，但她只是说：“确实。”

诺兰伸出第三个指头：“疑点三，奎因没有去警局报警，直接来找的联邦调查局。”

“你们不是有分管金融案件的部门吗？”

“看来你看过我们的网站啊。”诺兰很满意地说，“但我问你啊，如果你二十一年来最好的朋友从你们富得流油的公司里偷了微不足道的三百万，你会用这种最极端的方法来惩罚他吗？”

诺兰的问题让克莱尔有了新的思路：亚当直接找联邦调查局举报保罗，就说明两人不和，所以亚当·奎因要么对那些录像完全不知情，要么他就是想直接弄死保罗。

她问诺兰：“那你们是怎么处理的？”

“什么意思？”

“你们受理了亚当·奎因的案子，肯定去找过‘奎因+斯科特’公司的会计。然后才发现钱是被保罗偷走的。然后呢？”

“我逮捕了他啊。”

“在哪里？”

“在哪里？”诺兰重复了她的问题，“问得真有意思。”

“我是不是很幽默啊。”克莱尔学着他说。

诺兰又笑了起来，看来他很享受这个过程：“我在他富丽堂皇的办公室里逮捕了他，亲手给他戴上的手铐，押着他从公司大厅走出去。”

“看来出乎了他的意料，”克莱尔很清楚当保罗被打得措手不及时会怎么做，“你们搜了他的电脑没有？”

“又是一个好问题。”

“你有你的疑点，我问我的问题。”

他用手指敲了敲桌面：“嗯，我们搜了他的电脑。”

克莱尔点了点头，但此时诺兰肯定不知道她在想什么。如果亚当知道录像的事，那么警察来的时候保罗肯定会确保电脑里没有存录像，然后栽赃嫁祸给亚当。诺兰刚刚的这番话强有力地证明了亚当和保罗不是一伙儿的。

“好了，”诺兰对克莱尔说，“我说完了，该你说了吧。”

两人目光相接，但这次没有了敌意，只有热诚的希望。

弗雷德·诺兰值得信任吗？他是联邦调查局的人。但话又说回来，约翰尼·杰克逊也和联邦调查局有关系。可能刚才诺兰是故意说了杰克逊的坏话，好让克莱尔放下戒心，用一点点信息从克莱尔这里套取更多。但也有可能诺兰说的都是实话，保罗以前总是说克莱尔从不相信别人，总是保留着几分。

她问："你想知道什么？"

诺兰露出了笑容："保罗死的时候有没有给你什么东西？"

答案就是那把车钥匙。她松了一口气，差点没笑起来。两人的对话总算指向了那把车钥匙。

克莱尔开始装傻："你这句话是不是有点性暗示的意味啊？我和他之前在巷子里……"

"不是不是，"克莱尔这么一问，显然让诺兰不知所措了，"当然不是，我只是想知道他有没有……给你什么东西，什么都可以，不管大小……"

她突然站了起来："你好猥琐啊！"

"等等，"诺兰也站了起来，"我不是在耍流氓。"

克莱尔引用了金妮奶奶的金句："你这就叫欲盖弥彰！"

"你先坐下，"诺兰严肃了起来，话语里没有任何轻浮的语气，"请坐。"

克莱尔坐回椅子上，腰板挺得直直的，似乎感觉到自己在两人的交锋中占了上风。诺兰现在只有跟她摊牌，而且还没等诺兰开口，她就知道他第一句话要说什么。

他说："保罗还活着。"

克莱尔问道："诈尸了？"

"不是，"诺兰捋了捋他的领带，"保罗一直没死。"

克莱尔整张脸都扭曲了起来，竭力做出难以置信的表情。

"你老公还活着。"

"诺兰探员，请你别鬼扯了。"她不屑地说道，"虽然我知道你不是什么好人，但没想到你那么残忍。”

“对不起，”他摊开双手，表示自己是无辜的，“我跟你说实话，你老公确实还活着。”

克莱尔试着做出惊讶的表情，但也不能太过。她把头偏朝一边，只要做出冷漠的样子就不会错：“我不信。”

“真的没骗你，”诺兰说，“当时是我们帮他演了一出假死的戏。”

克莱尔仍没有转过头。她必须提醒自己，不能表现出对保罗的罪行很清楚：“你的意思是说联邦调查局为了那三百万的案子，帮我老公演了一出戏？”

“不是，我之前跟你说的都是实话。亚当放弃了对保罗挪用公款的指控，两人最后决定私了。但我们在调查这起案件的时候发现了别的东西，比挪用公款的疑点多太多了。”诺兰没有告诉克莱尔他们的发现，“我们现在知道保罗手上有我们想要的东西，一些很关键的信息。如果有人知道他还活着，他就会面临生命危险，我们必须保证他活下去，让他在法庭上作证。”

克莱尔突然感觉脸颊湿润了，她哭了起来，但为什么要哭呢？

诺兰接着说：“他和一些坏事扯上了关系，被很危险的人盯上了。”

她用手摸着自己的脸，确定脸上的水真的是眼泪。怎么可能呢？

“他要求加入证人保护计划，”诺兰顿了顿，等着克莱尔作出反应，但见克莱尔不打算开口，他又继续说，“我的上司觉得他可能想跑路，所以我们提前了他的假死。那天我们开车送他去找你，在他身上安了血包——就是那种装着假血的塑料包——告诉他我们会在巷子里安排他的假死。”

克莱尔难以置信地看着自己湿润的指尖。她不可能是因为保罗才哭的，自己又不蠢。难道她是因为自己而哭？还是莉迪亚？还是绝不会来帮她的妈妈？

她抬头看着诺兰。诺兰没有说话。克莱尔这时得说点什么，问个问题或者给点什么反应。

她说：“你们知道那天保罗要来找我吗？知道我会看到这一幕吗？”

“计划里是这么说的，”这次换诺兰挪开视线了，“他要求让你看到这一幕。”

克莱尔的手又开始颤抖。她很怀念以前自己从不会因为愤怒或恐惧，仇恨或背叛而气得发抖，不会像现在这样：“那些医护人员也是……”

“是我们的便衣探员，雷曼警探也是其中一员。”

“殡仪馆的人呢？”

“这些做生意的，只要告诉他们国税局会来查他们的税务，他们什么都会配合。”

“他们还问我想不想最后看尸体一眼。”

“保罗告诉他们你决不会的。”

她攥紧了拳头，为什么保罗那么了解她：“如果他说错了，我就是要看遗体呢？”

“怎么可能像电视剧里那样。我们最多给你隔着屏幕看一看，把尸体放在另一个房间里，安上摄像头就可以了。”

克莱尔摇着头，她根本想不到这场戏演得这么真实，所有人都在帮保罗，都在帮他安排一个没有克莱尔的新生活。

“很抱歉……”诺兰把手伸进口袋，拿出一块手帕给克莱尔。她抬起头看着那块叠得整整齐齐的白手帕，有一个角上还绣着他名字的缩写。

她说出了一直想对保罗说的话：“我亲眼看着他死的。就在我怀里。感觉得到他皮肤变得冰凉。”

“在那种情境下，你会有各种各样的幻觉。”

“幻觉？我都看到他在飙血了。”

“嗯，我们在他身上绑了两个血包，估计只用一个就够了。”

“那把刀呢……”

“刀也是假的。伸缩的那种。血包只要轻轻一压就会破开。”

“那个杀人犯呢？”蛇形文身男的样子浮现在克莱尔眼前，“他看起来很像那么回事。”

“嗯，那人确实是个坏人。是我们的一个秘密线人，倒卖毒品的小喽啰，只要能让他不坐牢他干什么都愿意。”

克莱尔想起当时蛇形文身男差点一刀砍在她头上，她把手放在那个位置。

“对不起，他可能演得有点过了。但当时是保罗先不按剧本演的，我们的人也被他激怒了。最后保罗像忍者神龟一样和他打斗的那一段可不是我们安排的。”

克莱尔拿起手帕，用边角擦了擦眼眶下的眼泪。她还在流泪。简直想不通为什么，她又没有感觉难过，为什么要哭呢？

诺兰说：“救护车载着保罗，开到我们大楼的停车场。按约定他那时本应该把我们要的东西交出来，但是出乎我们的意料，那东西竟然不见了。”说到这里明显听得出诺兰很生气。“他告诉我那东西就在他车里。我和他便什么都没做，等到半夜才出来，一边沿着街走一边商量下一步怎么办，你老公说了一堆他长远的打算。然后等我们找到他的车后，他在储物箱里翻了半天，我心里想他是不是在搞什么鬼，是不是把我当傻子一样耍？不一会儿他就告诉我找到了。他真的是个混蛋，下了车让我把手伸出来，我还真像个傻孩子一样，伸出手以为他要给我一块糖，结果那混蛋朝着我脸上就是一拳。”

克莱尔这时注意到了他眼睛周围还有一圈黄紫色的淤青。

“对，就是这儿，”诺兰指了指他的眼睛，“把我当沙袋一样打。我眼前一花，再睁开眼时就看到那家伙像个小娘们似的一溜烟跑了。跑到转角的时候还朝我这样。”他模仿着保罗的样子，翘起两个大拇指，挤出一丝假笑，“等我从街边爬起来，跑到他转过的那个街角时，他早就不见了。”虽然他很生气，但能看出还是有些佩服保罗，“不得不说，虽然我不是为了这个事要把他找回来，但这件事坚定了我的决心，我一定，一定要找到你老公。”

克莱尔摇了摇头。这说不通啊。保罗主动要求加入证人保护计划？他决不会让别人掌控他的人生。签了计划以后，警方不会让他继续做建筑师，不会让他，或者他的作品被人关注。联邦调查局这边肯定有什么他想要的东西。一定有什么细节克莱尔没有注意到，可能就是某句话，就能让她解开整个谜题。

诺兰接着说：“虽然我之前是有点混蛋，但还是麻烦你能不能告诉我，你知道你老公除了工作还做些什么吗？”

“你是说挪用公款的事？”

“不，不管这个事了。我之前不是说这案子已经结了嘛，我想了解一下其他方面。”

克莱尔狐疑地看着他。如果这时外面有人怀疑克莱尔知道那些录像的事，怎么可能还坐得住？但诺兰还是没有提及录像，只是说保罗认识了一些坏人，做了些坏事。

克莱尔问：“他是不是还干了什么？”

“对你来说还是不要知道的好，”诺兰说，“看得出他是想瞒着你，就当作是他对你的爱吧。你手在抖，眼睛里都是疑惑。但我希望你明白，你曾经爱的那个男人，你心中的那个老公已经死了。可能他一直以来都是一个假象。”

他说的克莱尔都知道，但她还是问：“为什么这么说？”

“当时马歇尔事务所为我们的证人保护计划提供了服务，派出了心理医生为保罗诊断。他们要收集每个加入计划的人的信息，以便日后对他的行为进行预测。”

克莱尔心想，可能请一群心理医生来都摸不透他老公的心思。“然后呢？”

“结果发现他可能是非暴力边缘性心理变态。”

非暴力，看来心理医生诊断错了。“边缘性？”克莱尔问道。为什么她那么在意这个词，是因为她希望保罗不是个彻头彻尾的疯子，还会爱她吗？

诺兰解释道：“相当于他有双重人格。表面上他是一个成功人士，迎娶了美丽的妻子，住着价值百万的豪宅，但真实的他就没那么好了。”

“没那么好，”克莱尔重复道，这也太低估他变态的程度了，“你刚才说医生认为他不会有暴力行为是吗？”

“他们是这么说，但我被他揍过，肯定不会这么认为。”

“如果他是坏人，你为什么要帮他？”

“因为真实的保罗·斯科特知道那些坏人的身份，而那些坏人都应该被抓起来关很多年。”诺兰转过身看着镜子，“我能告诉你的就那么多，都是实话。我们的体制就是这样的。你犯了罪，如果能为我们提供线索，让我们抓到更大的罪犯，我们就放了你。相信我，那些坏人做的事比保罗坏多了。”

克莱尔低头看着双手，心想保罗真是够聪明，不仅用视频剪辑技术骗了克莱尔，连联邦调查局都骗了。他们肯定在他的工作电脑上找到了那些录像，而保罗当着他们的面伪造了面具男的身份，换取自由。

“你说他申请加入证人保护计划，那么他就打算这样离开我了？”她不仅向诺兰发问，最终也会问自己这个问题。

“很遗憾是这样，但你要相信我，身边没有他更好。”

“亚当·奎因知道保罗其他的那些事吗？知道那些坏人是谁吗？”

“不知道。我们好好地审问了他，他确实不知道。”诺兰似乎看出了她心里很痛苦，“我理解你为什么会出轨了，保罗确实配不上你。”

克莱尔也这么想，但她还是发现诺兰对她说了谎：“如果保罗打算逃离这里，为什么你会觉得他在巷子里给了我什么东西？”

“可能是他的备用计划？”诺兰推测道，“他也拿不准能不能从我这里占到便宜。”

“我就有话直说了啊，”克莱尔重新回顾了诺兰刚才说的话，让他从克莱尔的角度来看，“你发现保罗做了很坏的事，比挪用公款都严重。他告诉你他知道那些坏人的身份。你说他带着你去他车上看所谓的证据，我推测可能是照片、文件，或者电脑文档之类的，比如存在光碟、硬盘上面的文件？肯定是小到可以放进储物箱里的东西吧？肯定是在我们走进巷子前可以悄悄递给我的东西，对吧？”

诺兰无所谓地耸了耸肩，但克莱尔现在能看出他慢慢开始紧张了。

“你还说如果坏人知道他要把他们供出去，保罗就会有生命危险。”

“对。”

“所以你就占了上风啊。保罗更需要你一些，因为你的目的是破案，保罗的目的是保命。你说他有生命危险，而你是唯一能保护他的人。那么他为什么还有事瞒着你？”

诺兰把目光从镜子上移开，但其实他还不如看着镜子。

克莱尔现在试着从另一个角度来看这个事件——从保罗的角度来看。

他躲过了诺兰，但他还没有逃到一个没有引渡条例的岛国。克莱尔相信保罗肯定还藏着一笔钱，可能早就在新家的车库里买好了“角斗士”牌的柜子。打电话时他确实说时间来不及了，但没有说为什么现在还待在这里。虽然联邦调查局现在找不到他，但就像莉迪亚经常说的那样，那又怎样呢？他是自由身，不需要加入证人保护计划，不需要靠联邦调查局，没有任何需求。

除了那个 U 盘。

突然，外面有人用拳头捶了一下薄弱的木门："克莱尔！"

克莱尔听出门外这个愤怒的人就是她的律师，人称"上校"的温·华莱士。

"克莱尔！"温试着扭了扭门把手，但门被锁上了，"你他妈什么都别说啊。"

诺兰对克莱尔说："你可以选择不要他做法律顾问。"

"这样你好继续骗我？"

"克莱尔！"温吼道。

克莱尔站起身对诺兰说："你问错问题了，弗雷德。"

温在门外用肩撞门，发出了一声巨响。

诺兰说："那你说我应该怎么问。"

"保罗没有给你任何你想要的信息，也就是说他现在很安全。他现在本应该在某个海滩上度假，但为什么还留在这里？"

诺兰突然被问得手足无措，就像一条脖子被蜜蜂蜇了的狗。"你见到他了？"

克莱尔打开房门。

温·华莱士冲了进来："这是什么情况？"

诺兰刚想站起来，但温拦住了他，逼问道："你他妈是谁？告诉我你的工号，还有你上司是谁？"

"克莱尔，"诺兰试着留住她，"别走。"

克莱尔大摇大摆地走了出去，从内衣里掏出莉迪亚的手机，金属外壳都被她捂热了。她按着手机上的按键，盯着屏幕，心中暗自期盼着保罗的消息。

“小甜豆？”

克莱尔转过身，还以为自己出现幻觉了：“妈？”

海伦看到她，眼泪都快出来了。“我们绕着整个州跑了大半圈，就是打听不到你在哪里。”她用手捧着克莱尔的脸，“你没事吧？”

克莱尔浑身颤抖，她不能自已，感觉自己置身风暴中央，所有东西都向她狂风暴雨般袭来。

“跟我来。”妈妈拉住她的手，沿着走廊走出去。她们没有等电梯，海伦带着她走了楼梯。克莱尔一边走一边看了看手机，这里信号很强，但是保罗没有打电话过来，也没有留言。只有一条信息，是在克莱尔关机后两分钟收到的。里面是一张莉迪亚的照片，她仍躺在后备箱里，脸上没有新添伤口或淤青，但一直闭着眼。她为什么闭着眼呢？

海伦对她说：“我们再走远点。”

克莱尔把电话放到裤子后兜里，心想莉迪亚一定是在保罗拍照时眨眼了，或者是觉得很累，也有可能是觉得阳光太刺眼。不，不可能，照片里光线很暗，但莉迪亚的表现却正好相反。克莱尔决不能让保罗得逞，她要给他制造麻烦，莉迪亚一定也是这么做的。

克莱尔脚下一软，差点没站稳。海伦扶着她又爬了两层楼，终于看到了大厅的指示牌。但她们没有走进写着“大厅”的那扇门，而是走向了旁边的紧急出口。

外面的阳光不算刺眼，但克莱尔还是抬起手挡在眼睛上方。她四下扫视着，发现她们站在桃树街和亚历山大街的拐角处。街上车辆正在越来越多。

她问海伦：“现在几点了？”

“凌晨五点半。”

克莱尔靠在身后的墙上。她在这栋楼里待了大概十二个小时，其间，保罗对莉迪亚做了什么？

“克莱尔？”

她在等着母亲发问，等着母亲向她要一个解释，为什么要去找律师来联邦调查局救她。

但海伦轻抚着她的脸颊说：“我能帮你做点什么吗？”

顿时，克莱尔感动得无话可说。上次有人这样如此真诚，如此单纯地给她帮助，仿佛是几十年前的事。

“宝贝，”海伦对她说，“什么事都会有办法的。”

虽然克莱尔不认同，但还是点了点头。

海伦捋着她的头发：“带你回家，好吗？给你煮了汤，喝完就睡一觉，起来我们再说。如果不想去也随便你，宝贝。只要你需要，我就在你身边。”

克莱尔感觉自己快撑不住了。她挣开了妈妈爱抚的手掌，因为如果这样下去她肯定会投入妈妈的怀抱，把所有事都告诉她。

“小甜豆？”海伦把手放在她背上安抚着她，“我能帮你做些什么？”

克莱尔本想告诉她不用她帮忙，但她突然止住了，因为前方五十英尺的位置走来了一个非常眼熟的人。

那人便是哈维·法尔克警探，之前在邓伍迪警局见过。梅休当时叫他帮忙把硬盘连接到电脑上，让他和克莱尔看看保罗剪辑过的那些录像。

哈维靠着栏杆站着。他的外套没有扣起来，露出了腰间的配枪，他可不羞于向别人展示。只见他径直朝着克莱尔走来，浓密的小胡子下露出了笑容。

“克莱尔？”海伦似乎比克莱尔还紧张，她之前也见过这个人，“这人是谁……”

“特斯拉停在地下停车场第三层，”她从口袋里掏出车钥匙，“请帮我把车开到万豪酒店的访客停车场。然后把停车票放在座椅上，把车钥匙藏到大厅的停车付款机背后就可以了。”

海伦竟然什么都没问就答应了：“还有什么需要我做的？”

“没有了。”

走之前她捏了捏克莱尔的手。

克莱尔看着她走进联邦调查局的大楼之后才放心。克莱尔沿着街走去，走到街角的时候尽量不抬头看。她低着头穿过街道，躲开了一辆黄色出租车，走向桃树街西边，朝着市中心走去。这时她才敢转过身看一看。

哈维离她三十码远，双手摆臂朝着她跑来。风吹开了他的外套，黑色的枪在白色衬衣的衬托下泛着寒光。

克莱尔也加快了步伐，调整着呼吸，尽量把心率控制在较低的水平，然后又回过头看看。

哈维离她还有二十码。

这时莉迪亚的电话响了。克莱尔一边小跑，一边从裤子后兜里掏出电话，只见屏幕上显示“未知来电”。

电话那头保罗说：“在联邦调查局好玩吗？”

“莉迪亚没事吧？”

“我也不确定呢。”

克莱尔又穿过一条街。一辆路过的车在她面前几英寸处停住，差点撞到她，司机打开窗子便破口大骂。她问保罗："你还想不想要你的U盘了?"

"莉迪亚没事。你跟联邦调查局说了什么?"

"我什么都没说，所以才一直被关着啊。"克莱尔转过头，只见哈维跟上来了，最多还有十五码，"我被梅休的一个手下跟踪了。"

"甩掉他啊。"

克莱尔挂断了电话，一路小跑着穿过了街道。这一片她很熟，因为他们一家刚搬到亚特兰大的时候，她曾在熨斗大厦上班。她非常痛恨那份工作。每天吃午饭都要走很远，下午上班都会迟到，还要给上司吃点豆腐，以便早点下班。

她又跑了起来，但身后的哈维越来越近了。他身高腿长，迟早会追上她。

她转进了春天街，吸了一口气准备加速。等她跑到下一个转角时，哈维才刚刚绕过大楼转进来，克莱尔又沿着旁边的小巷跑了一半，转过头一看发现哈维还没有跟上，便开始欣喜地计划着逃跑路线。距万豪酒店最短的路线就是穿过南方公司的侧门，在她面前有六扇玻璃门，远端还有一扇巨大的旋转门。她推了推第一扇门，发现被锁上了，她便一扇一扇地尝试着。这时还是不见哈维的身影，但他肯定也在竭力地跑着。她不断地尝试着，恨自己为什么不直接走旋转门。想到这里她便马不停蹄地跑进了旋转门的开口，用力推着旋转的隔板，门里的电机都被她搞出了摩擦的声音。

大厅的入口处有几个玻璃栅栏，柜台后面睡眼惺忪的门卫正对着她微笑。看来他目睹了克莱尔不断试错的过程。

“不好意思，”克莱尔提高了几个八度说话，装出一副可怜兮兮的样子，“虽然很冒昧，但请问可以让我用一下卫生间吗？”

门卫笑道：“当然可以了。”他弯下腰，在桌子底下鼓捣了一阵后，打开了一个栅栏。“直走穿过对着桃树街西的大厅，厕所就在右手边。”

“太感谢了！”克莱尔激动地穿过栅栏，往身后一看，哈维从侧门前跑过。

还没等她开心两秒，哈维便退了回来。

克莱尔一个箭步冲进了观光电梯，她低头观察着楼下的哈维。他朝着入口走来，推了推锁住的门，可以看出他已经气喘吁吁，在玻璃门上呼出了一层雾气。他马上用袖子擦了擦玻璃，然后揉了揉眼睛，巡视着整个大厅。

那个门卫走上前对他说了什么。

克莱尔紧紧靠着电梯门。

只见哈维推了一把玻璃门便放弃了，但他还没有走，而是朝着旋转门走去。克莱尔紧张了起来，她本想告诉门卫哈维在尾随她，但哈维肯定会亮明身份。现在她可以从前门跑，回到主街上。

或者就好好待在这里。

哈维并没有走进旋转门，还站在门外，眼睛盯着右边看。看来桃树街西上似乎发生了什么事。

克莱尔屏息凝神地看着，但哈维却朝着大街跑去了。

她松了一口气，离开了观光电梯，朝着玻璃栅栏走去，对那个门卫说：“谢谢你。”

门卫轻轻点了一下帽子：“祝你生活愉快。”

克莱尔推开了门，知道自己现在仍不安全。她回到了春天街上，向左一转朝着威廉姆斯街跑去，双脚重重地踏在破旧的人行道上。天空中飘着毛毛雨，她一边跑一边四下巡视着，想弄清楚现在的方位。老在街上跑也行不通，一定要找个藏身之处。但现在太早了，咖啡店都还没开门。

这时莉迪亚的电话响了，克莱尔接电话的同时也没有慢下脚步："干吗？"

保罗又来电了："左转，去凯悦酒店。"

克莱尔没有挂断电话，向左边转去，远远地看到了凯悦酒店的位置。已经跑了很久，她现在膝盖很痛，双腿酸软。以前她都是在跑步机上跑，没有在破旧的水泥道路上一会儿上坡又一会儿下坡。汗水从她头上顺着后背流下，腰被牛仔裤磨得生疼。她一边跑，一边手上还攥着莉迪亚的手机，保罗是怎么追踪到她的？难道是哈维给他报的信？是想把她骗到之前安排好的地方，一举把她抓获吗？

凯悦酒店的服务员一看到克莱尔跑过来就为她打开了门。虽然什么都没说，但那个服务员肯定觉得很奇怪，一个穿着牛仔裤和低领T恤的成年女性，竟然会在早上六点像这样在街上跑。

走进凯悦酒店以后，克莱尔放慢了脚步，跟随指示牌找到了女厕所。她推开门走进去，检查了一个个隔间，确保空无一人。

她走进最后一个隔间锁上了门，在马桶上坐下，气喘吁吁地说："把电话给莉迪亚。"

"让你听听她的叫声吧？"

克莱尔捂住了嘴，保罗做了什么？十二个小时，足够他带着莉迪亚逃到西礁岛、新奥尔良或者里士满之类的地方。他可能早就鞭打、折磨了莉迪亚，然后……

克莱尔不敢想这个“然后”。

保罗问：“你在听吗？”

她心里很明白自己丈夫会做出些什么事，但还是强忍着撕心裂肺的痛楚说：“你说过你不会伤害她的。”

“你还说你会回我电话呢。”

“你信不信我把你U盘扔到卡车下碾碎掉！”

保罗很清楚克莱尔有可能这么做，她有时候就是会蠢到自断后路。

他问道：“U盘在哪里？”

克莱尔竭力思索着一个她很熟悉但保罗没去过的地方：“在中央大道的富国银行里。”

“什么？”他似乎有些担心，“克莱尔，那边可不安全啊。”

“你还会担心我的安全？”

“你小心一点，”保罗警告道，“银行具体位置在哪里？”

“就在邮政总部附近，”克莱尔之前为了给动物保护协会寄东西去过几次那个邮局，“我现在就去拿，我们约个地方见面吧……”

“现在六点都不到，银行九点才开门。”

克莱尔等他继续说。

“你现在先别过去。你开着特斯拉在那边停太久，肯定有人会来劫车的。”克莱尔仿佛听到了保罗的脑袋里正打着算盘，“先待在酒店里吧，八点半的时候再开车去哈普威尔，等到达的时候银行就快开门了。”

“好。”

“你回来的时候肯定会堵车，你走 75 号州际公路然后等我电话。”

克莱尔觉得保罗好像什么都知道，便不打算问他怎么知道自己的位置：“诺兰把你做的那些事都告诉我了。”

“哦，是吗？”

克莱尔也没有细说，但两人都明白，诺兰所知道的，肯定都是保罗故意展现给他的。“他说你想加入证人保护计划。”

“不可能的。”

“他说你要求假死的时候要我亲眼看着你。”

保罗沉默了片刻：“必须要做得真实啊。你也知道我肯定得回来找你的。”

克莱尔没有回答。

保罗接着说：“我会摆平一切的，以前不都是这样嘛。”

克莱尔哽咽了一下，她受不了保罗这种温柔的安抚。其实时至今日，克莱尔心里还有那么一丝微弱的期待，希望保罗能够摆平一切。

但弗雷德·诺兰说得对，她曾经认识的那个保罗已经死了。而现在电话那头的陌生人只是假冒的保罗，或者说这才是真实的保罗·斯科特。她曾经的丈夫、挚友、爱人，一直都是他的假象而已，真正的保罗只会在戴上黑色皮面具的时候出现。

她说：“让莉迪亚接电话。”

“等一会儿，”保罗答应道，“你手机快没电了，你从家里带了充电器吗？”

“还有百分之三十呢。”

保罗说：“你去买个充电器吧。对了，特斯拉也需要充电，桃树街中段有一个充电站，我早在车上下好了应用，方便你……”

“把电话给莉迪亚。”

“你确定吗？”

“让我姐姐接电话！”

电话那头沙沙作响，话筒里传来一阵回声。

“醒醒，”保罗说道，“你妹妹找你。”

克莱尔紧咬着牙齿，保罗仿佛在对一个小孩说话一样。“莉迪亚？”克莱尔喊道，“莉迪亚？”

莉迪亚没有说话。

“求你说话啊，莉迪亚，求你了。”

“克莱尔。”莉迪亚的声音非常无力，毫无生气，仿佛被人用手从嘴里伸到胸口，捏住了心脏一样。

“小莉，”克莱尔说，“再坚持一下，我会努力来救你的。”

“太迟了……”莉迪亚嘟囔道。

“不迟，我这就把 U 盘交给保罗，他就会放你走了。”克莱尔说了谎，其实两人心里都明白。她哭得很伤心，靠着墙才站得住，“再坚持一会儿，我不会抛弃你的，我发誓，再也不会了。”

“我原谅你啦，克莱尔。”

“现在不要说了。”克莱尔哭得弯下了腰，眼泪滴落在地板上，“等我们见面的时候你再原谅我，好吗？等一切都结束了再说。”

“不管你以前做了什么，我都原谅你了。”

“小辣椒，求你了，我一定会救你的，会解决所有问题。”

“没关系啦，”莉迪亚对她说，“反正我已经死了。”

第十八章

保罗挂了电话，把电话放在桌上的黑色头套边，露出了笑容。莉迪亚转过头，不去看他手中的电话，反正自己也拿不到。但是旁边的黑头套迟早还是会套在她头上的。那个喷雾瓶已经喷空了三次，而保罗却在不断喝着过滤水，积攒尿液来装满喷雾瓶。

等他准备好了，他还要当着莉迪亚的面把喷雾装满，然后给她套上头套，开始往上面喷。莉迪亚只要一有昏迷的迹象，他就会用电棍、皮带，或拳打脚踢来让她清醒，直到她又开始大口呼吸为止。

然后一切又周而复始。

他说："听起来克莱尔还挺不错的，是吧？"

莉迪亚把目光从头套上移开。旁边的工作台上有一台电脑，和保罗车库里那台一样。铁架子，老电脑，在过去十三个小时里，莉迪亚几乎记住了这里的所有东西。每三十分钟保罗就会对她施刑，每次保罗用尿液呛她时，她只能靠在心里默念这里的每样东西才能保持正常的心智。

苹果电脑、撞针式打印机、五英寸软盘、复印机、光盘刻录机。

"莉迪亚，你肯定很想知道那个U盘里到底有什么吧，那可是我的‘免罪金牌’啊。”

苹果电脑、撞针式打印机、五英寸软盘、复印机、光盘刻录机。

“弗雷德·诺兰、梅休、约翰尼都想要那个 U 盘，很多人都想。神奇吧，所有人都想要我的东西，我保罗·斯科特也有这天。”他顿了顿，“你呢，小莉，我这儿有没有什么你想要的?”

苹果电脑、撞针式打印机、五英寸软盘、复印机、光盘刻录机。

“想不想要羟考酮?”

他这个问题惊醒了麻木的莉迪亚，她嘴里仿佛都能尝到苦苦的药片了。

保罗拿出药瓶在她面前摇了几下。“我在你包里找到的，我猜你是从克莱尔那里偷来的吧。”他在莉迪亚对面坐下，把药瓶放在膝盖上，“你总是偷她的东西。”

莉迪亚看着药瓶，看到了生命的终结。她虽然告诉克莱尔自己已经死了，但体内还是有那么一丝生机。如果她屈服于自己的欲望，如果她吃下那瓶羟考酮，一切就结束了。

“真有意思，”保罗双手抱在胸前说，“你刚刚一直像头母猪一样尖叫求饶，然而现在问你要不要羟考酮你就不说话了？不要吗?”

莉迪亚努力回忆着羟考酮带来的快感。她以前读过文章，说如果特别想吃什么东西，只要一直想，你就不会再想吃了，这样会让你的身体觉得已经吃过。但这个方法对莉迪亚来说从来没奏效过，不管她是想吃甜甜圈，还是汉堡、薯条，或者——苹果电脑、撞针式打印机、五英寸软盘、复印机、光盘刻录机。

“虽然我可以撬开你的嘴让你吃下去，但这样有什么意思呢？”他用膝盖顶开了莉迪亚的腿，“我想把药塞到别的地方，让药很快就进入你的代谢系统。”他做了个深呼吸，然后说，“我在想这样好不好玩？要不要把这一瓶药全都捅进你的大屁股里？”

莉迪亚脑袋一片空白。再这样下去，保罗一逼她，她就会害怕会崩溃，然后完全没有反应。

保罗的手摸着她的大腿，手指向里面摸去：“难道你不想从痛苦中解脱吗？”

莉迪亚累得喊不动了，她只希望一切快点结束——拳打脚踢、耳光、电击、烙铁、砍刀……她看过录像里那个面具男用那些工具干了什么，她看过保罗的爸爸如何对待朱莉娅，也亲身体验了保罗的初步虐待。她现在很确定保罗绝不是被动地参与到电影的录制中。

他很享受这个过程，不管他装得多嫌弃莉迪亚，看见她受苦时他还是很兴奋的。每次保罗靠近她向她施压时，莉迪亚都能看到他下身的突起。

莉迪亚只能祈祷，等到保罗真的强奸她时，自己已经死了。

“有办法啦！”保罗一把抓起放在腿上的药瓶，放在旁边放工具的桌子上，“你肯定会喜欢的。”

苹果电脑、撞针式打印机、五英寸软盘、复印机、光盘刻录机。

见他走到电脑旁边的铁架前，莉迪亚突然开始慌了。不是因为害怕他又想出什么新点子来折磨她，而是怕他把架子上东西的顺序打乱。

苹果电脑、撞针式打印机、五英寸软盘、复印机、光盘刻录机。

一定要是这个顺序，不能乱。

保罗拿来一个垫脚凳。

莉迪亚感到一阵宽慰，差点哭了出来。保罗够到架子顶层，越过了那些设备，越过了软盘，顺序不会被打乱了。他从上面拿来一堆笔记本，当他把这些笔记本翻开给莉迪亚看时，她心中的宽慰便消失了。

这些笔记本是她父亲的。

保罗说："你父母很喜欢写信啊。"说罢，他又在莉迪亚对面坐下，把笔记本放在腿上，顶上放着一叠自己从未见过的信件。保罗拿起信封向她展示着。

那是海伦的字迹——方方正正，非常明晰，熟悉得让她伤感。

"可怜的莉迪亚啊，这些年里你妈妈给你写了多少信啊，你知道吗?"他摇着头说，"你当然不知道。我答应海伦会把这些信给你的，但你又居无定所，流落街头，关在戒毒所的时候本想给你，我还没去找你你就自己出来了。"他把信撒在地上，"每次海伦问我有没有你的消息，我都会觉得很愧疚，因为我不得不告诉她你还是那个肥猪，那个只知道吸毒的废物。"

但保罗的话起了反作用，海伦原来给她写了那么多信，那一叠至少有几十封，妈妈还关心着她，还没有放弃她。

"如果能在小狄身边，海伦一定会是个好奶奶。"

小狄，莉迪亚已经想不起她的脸。在保罗用电棒电击她那一刻，她就忘了小狄的模样。

“我在想等到小狄也失踪的时候，她还会不会表现得像当初朱莉娅失踪时那样。”保罗抬起头看着莉迪亚，“你肯定不知道这些事。但在朱莉娅失踪后，克莱尔就孤身一人了。”

莉迪亚其实记得，她自己也经历过那段时光。

“每天晚上，可怜的克莱尔一个人孤苦伶仃地待在林荫大道的房子里，听着你们废物一样的妈妈躲在卧室里哭。但从没人管过克莱尔，没人知道她每晚睡前会不会流泪，不是吗？你忙着在外面鬼混，小莉。这就是为什么她会对我死心塌地，她那么爱我就是因为你们谁都没有关心过她。”

苹果电脑、撞针式打印机、五英寸软盘、复印机、光盘刻录机。

“还有这些，”他举起了一个老萨姆的笔记本，“你爸也不管克莱尔，他写的这些信都是给朱莉娅的。克莱尔读了大部分，特别是你爸爸在她上大学之前写的那些，你想想她看到这些信是什么感受。她妈妈快成了个离不开床的酒鬼，她爸爸每天花几个小时给死去的女儿写信，而还活着的女儿就站在他面前。”

莉迪亚摇着头，实情一定不是保罗说的这样——至少不是完全一样。毕竟海伦最终还是战胜了抑郁症，老萨姆也对克莱尔尽心尽力，带她去逛街、看电影、看博物馆。

“所以你爸爸得了中风之后克莱尔不想去看他也是可以理解的吧，”保罗随手翻阅着她父亲的笔记本，“我还是劝她去，告诉她如果不去肯定会后悔的。她也听我话，她总是听我话。但有意思的是我还挺喜欢你爸爸的，他让我想起我父亲。”

莉迪亚紧闭着嘴，竭力遏制着怒吼的欲望。

“你对父母都不太了解，是吧？有时候父母真的是非常自私。比如说我觉得我和我爸关系挺好的，结果他背着我就占有了朱莉娅。”保罗抬起了头，视线从笔记本上移开，显然他很喜欢看到莉迪亚惊讶的样子，“不得不说，我很生气。当时我刚放春假回家，你家姐姐就被挂在了谷仓里，已经被他玩得差不多了。”

莉迪亚闭上眼，心里默念着苹果电脑……然后是什么？她不想抬头看柜子，她要自己想起来，苹果电脑。

保罗接着说：“萨姆很聪明，比所有人想的都要聪明。他本来这辈子都找不到朱莉娅在哪里了，只有我知道，但他却找到了我。他知道我爸做的那些事，知道我也有所牵连，你听他说过吗？”

莉迪亚似乎已经对这一连串的意外麻木了。

“他约我去他的公寓，觉得自己可以把我耍得团团转。但我在跟他见面之前先做了些侦查工作，”他高高举起老萨姆的笔记本，好像举着奖杯似的，“要我说，如果你打算和别人斗，就不能暴露你的战术。”

莉迪亚紧握着扶手：“你他妈给我闭嘴！”

保罗笑道：“总算有点反抗精神了嘛。”

“你对我爸爸做了什么？”

“你应该知道我做了什么啊，”保罗草草翻着那一堆笔记本，打开看了看每本的第一页，似乎在找什么，“我按他说的时间去了他家，倒了两杯酒，像两个成年男人一样聊天。你爸不是很喜欢这样吗？总是要摆明我和他到底谁是男人、谁是小孩。”

听到这句话时，父亲的声音出现在了莉迪亚脑海里。

“萨姆喝的是伏特加，他说自己只有在社交场所才喝酒。但我们都知道他每晚都是靠酒精才能入睡。和海伦一样，可怜的克莱尔一个人坐在房间里难受，想着为什么家里没人注意到她还活着。”

莉迪亚咽了咽口水，尝到了保罗的尿骚味。

“可能是伏特加酒劲太大，他没尝出我在里面放了安眠药。”

莉迪亚想闭上眼睛，试图屏蔽保罗的声音，但她做不到。

“我看着他的头越垂越低，”保罗模仿着她父亲渐渐睡着又惊醒的样子，“我把随身带来的床单扭成长布条，把他绑了起来。他完全动弹不得，我绑他的时候很怕把他弄死，那样就没办法好好玩一玩了。”

莉迪亚死命地盯着他。

保罗靠在靠背上，双腿对她敞开，莉迪亚努力不去看他裆部，她知道保罗想让她看什么。“给你个建议，用床单绑人是不会有痕迹的，验尸官看不出来，当然你要很仔细地把床单叠好。我就是这样做的，因为我有足够的时间可以和你爸独处。莉迪亚，接下来的话你好好听着：我有非常、非常充足的时间和你爸独处。”

莉迪亚思绪完全乱了，她无法承受保罗对她说的这些话。

“萨姆醒过来以后，我们一起看了录像。你知道是什么录像吧？就是朱莉娅的。”保罗搓了搓脸颊，他的胡须慢慢长了出来，“我本想和你爸看完每一部录像，但我担心隔壁邻居听到他的惨叫。”保罗补充道，“虽然他晚上也会乱叫，但我还是很担心。”

莉迪亚听着自己持续的呼吸声，在脑海里把保罗说的话想了又想，才听明白。保罗给她父亲下了药，逼着他看自己大女儿被残忍地杀害的录像。

“最后我纠结了一下，要不要告诉他我和我爸最后把朱莉娅的尸体扔在了哪里。反正事已至此也不怕了，对吧？他心里肯定也知道自己活不了多久了。”保罗无所谓地耸耸肩，“我还是应该告诉他一下吧，毕竟那么多年以后还有人在追问这个问题，萨姆饱受折磨就是为了查清楚朱莉娅在哪里。我虽然知道答案，但还是没敢告诉他。”

莉迪亚知道自己这时应该对他生气。应该想办法杀了他。但她动弹不得。肺里全是他的尿液。胃也胀得不行。身体因为疼痛而变得麻木。手臂上有被他电击的伤痕。额头上的伤口又挣开了。嘴唇裂成了两半。两肋疼痛难忍，她感觉自己的肋骨仿佛变成了一把把刀，刺在自己的肌肤上。

他接着说：“我给他用了耐波他，你知道是什么吧？兽医都用耐波他来帮小动物从痛苦中解脱出来，而他看完录像之后已经非常痛苦了。”这时保罗找到了他要找的东西。“给。”他翻开那一页让莉迪亚看，只见纸张被撕掉了一半，“眼熟吗？”

老萨姆的遗书就写在一张被撕掉一半的纸上，莉迪亚脑海中浮现出他颤颤巍巍的笔迹：

致我美丽的女儿们——我全心全意地爱着你们。爸爸

保罗接着说：“我当时给你们留的那一段很感人吧，你说呢？”保罗把笔记本放回腿上。“那一段我是为克莱尔选的，真的，我觉得那句话就是老萨姆专门给她写的。他说‘漂亮的女儿们’，你就没漂亮过，朱莉娅的话我有时候还会去看看她，现在已经不漂亮了，几年来看着她慢慢腐化真的很伤感。我上次去看她的时候，她

已经是一堆腐朽的白骨，只有脏兮兮的金发和她戴的那些蠢得要死的手链还保持原样。你还有印象吗？”

她的手链，朱莉娅总是把链子戴在左手，在头上扎一个黑色的大蝴蝶结，以前她还会偷穿莉迪亚的牛津鞋，说这一套她穿起来比较好看。

突然莉迪亚嘴里分泌了很多唾液，她试着吞咽下去，但随着喉咙一阵抽搐她咳个不停。

“你难道不想知道朱莉娅现在在哪里吗？”保罗问道，“就是这个问题让你们一家的生活支离破碎。不是她的失踪，也不是她九死一生，而是这种未知，朱莉娅在哪里？我们女儿在哪里？这种未知拖垮了你们一家。虽然金妮那个老太婆总是装出一副事情过了就过了的样子，但她也被折磨得不轻。”

莉迪亚似乎又游离在昏迷边缘，反正听他说什么也没有意义了，自己不需要再知道什么。小狄和瑞克还爱着她，海伦没有放弃她，她也原谅了克莱尔。两天前如果有人对她说，她只有一点点时间来料理未了之事，她可能还会非常惊恐。但真的到了这一刻，只有家人才是她的牵挂。

“我有时候还会去看看朱莉娅，”保罗一边说着一边观察着莉迪亚的表情，“你的遗愿难道不是搞清楚朱莉娅在哪里吗？”

苹果电脑、撞针式打印机、五英寸软盘、复印机、光盘刻录机。

“我从你爸的日记里选了一些，给你读几段吧。然后在……”他看了看表，“二十二分钟后，我就继续给你用水刑，怎么样？”

苹果电脑、撞针式打印机、五英寸软盘、复印机、光盘刻录机。

保罗把腿上的笔记本放到其他本子上面，开始大声地读着：“我记得我和你妈妈第一次在雪天带你外出。我们把你捧在手里，你就是上天给我们的礼物。我们用围巾在你头上围了好几圈，只把你粉色的小鼻子露在外面。”

这是父亲的语气。保罗认识她们父亲，和他在一起待了挺长时间——包括他生命中最后几小时——他很会模仿父亲通常说话时那种温柔的语气。

“当时我们是要带你去看金妮奶奶，当然你妈妈是不太想出门的。”

“给我吧。”莉迪亚突然说。

保罗抬起头问：“给你什么？”

“羟考酮。”

“好的，”保罗把笔记本扔在地上，扭开了喷雾的瓶盖，“但你要表现好我才给你。”

第十九章

克莱尔坐在马桶上，手肘杵着膝盖，双手掩面。她大哭了一场，感觉身体都哭干了，心每跳一下都费劲，一阵一阵的绞痛随着缓慢的心跳传遍全身，随着脉搏，她在脑海里默念着莉迪亚的名字。

莉迪亚。

莉迪亚。

莉迪亚已经放弃挣扎了。从她的声音里就能听出来，没有任何语调，仿佛在宣告一切的完结和她的投降。保罗究竟对她做了什么，让她觉得自己已经死了？

而思考这个问题，只会让克莱尔陷入更深的绝望中。

她头靠着墙，闭着眼睛，累得头晕眼花。毫不夸张地说，她也绝望到想要放弃了，这种放弃的欲望充斥着她身体的每一寸。口干舌燥，眼冒金星，耳边不时传来音调很高的啸叫声。在审讯室里她睡了会儿吗？被保罗打晕之后那段时间算不算休息？

她只知道自己已经二十四小时没合眼，上次吃的东西还是昨天早上莉迪亚给她做的鸡蛋饼。两个半小时过后，她就要去哈普威尔的银行——去干什么呢？U 盘还在亚当那里，克莱尔要找的人是他。“奎因+斯科特”公司大楼离这里有十个街区，再过几个小时，亚当就要过去做演示，克莱尔得去公司等他，而不是坐在凯悦酒店的马桶上。

然而克莱尔仍不知所措，心里非常拒绝再陷入这个熟悉的死循环：梅休、诺兰、杰克逊议员、那把枪。

她要怎么用那把枪呢？之前的坚定早就烟消云散，克莱尔现在握着那把左轮枪，再也没有刚在莉迪亚家拿到时的那种决绝。她真的敢对保罗开枪吗？或者说，不仅真的对保罗开枪，而且击中他。她不是安妮·奥克利[①]，必须离保罗足够近才能打中，但太近枪又会被保罗夺走。

到那时她没有了子弹，只能用枪砸他的头。

突然，厕所的门开了。克莱尔下意识地站了起来，脚后跟踩在马桶上。门外传来一阵绵软的脚步声，听起来是软底鞋踩在陶瓷地砖上发出的。是哈维吗？克莱尔认为他这种男人的脚步声应该更坚实有力一些。旁边几个隔间的门一个接一个地被推开，不一会儿，克莱尔面前的门也被拉动了。

她认出了门外的那双鞋。一双棕色的休闲鞋，在一堆堆书本中走动很方便。还有那条浅色的短裤，从来不会粘上旧杂志和书封上的灰尘。

“妈妈。”克莱尔打开了门，“你来这儿干吗？怎么找到我的？”

“我绕着这栋楼跑了一圈，甩掉了那个跟踪你的人。”

“你干吗了？”

---

① 安妮·奥克利（Annie Oakley，1860—1926），美国女神枪手，传奇式人物。

“我看到有人在后面跟踪你。我就绕到这栋楼的另一侧，拍了拍手吸引他的注意，然后……”海伦扶着门，满脸通红，上气不接下气地说，“然后保安放我进来，我穿过了大厅。侧门的保安告诉我你刚走。你跑太快了，我差点没跟上，但外面的服务员告诉我你在这里。”

克莱尔难以置信地看着她。海伦穿着一件蓝色的奇克思衬衫，脖子上还戴了一条重重的项链。她此时应该在图书馆组织签售活动，而不是在亚特兰大市中心的大街小巷乱跑，甩掉后面跟踪的人。

克莱尔摇了摇头，但只是因为她不知道海伦要干什么。

“我知道有人起诉保罗挪用公款，”她顿了顿，好像在等着克莱尔反驳她，“那个叫诺兰的探员昨天下午来家里了，他前脚走，雅各布·梅休警监后脚就来。”

“保罗确实挪用公款了，”克莱尔觉得很开心，总算把真相告诉了母亲，哪怕只是冰山一角，“保罗从公司挪用了三百万美元的公款。”

海伦似乎很震惊，三百万美元对她来说可不是小数字。“那你得赶紧把钱还回去。搬来和我住吧，可以去艺校找个教书的工作。”

克莱尔笑了出来，海伦把事情说得太简单了。

海伦紧闭双唇。很显然她想知道发生了什么，但她只是说：“你想一个人静静吗？还是需要我帮忙？告诉我要怎么做吧。”

“我也不知道，”克莱尔承认道，这也是一个真相，“两个小时后我就要去哈普威尔了。”

海伦没有多问，只是说：“好的，还有呢？”

"我还要给特斯拉充电，还要找一个苹果手机的充电器。"

"我包里有一个，"海伦拉开了自己棕色的皮包，包带上还绣着一朵花，"你脸色好差，多久没吃东西了？"

两天前莉迪亚也这么问过。姐姐照顾了她，现在姐姐却成了保罗的俘虏，他的筹码，他的受害者。

"宝贝？"海伦把充电器递给她，"去大厅弄点吃的吧。"

克莱尔跟着妈妈走出了厕所，和从联邦调查局离开时一模一样。海伦带着她一路走到大厅。见旁边有几张沙发和垫得很软的座椅，克莱尔就近找了一个瘫坐在上面。

海伦说："你就在这儿等我，我去餐厅找点吃的。"

克莱尔头靠在沙发上。她必须离开海伦，莉迪亚就是因为她才陷入了麻烦，不能再让海伦重蹈莉迪亚的覆辙，她必须想办法让大家都解脱出来。保罗肯定会要求去一个偏远的地方见面，克莱尔则应该提议去别的地方，去一个有其他人的地方，比如商场之类的。克莱尔非常熟悉菲普斯广场里那些高档商店。她脑海中浮现出自己拿着一堆衣服从萨克斯百货中走过。每件她都要试穿一下，因为有的牌子的衣服尺码比较小，也有可能是克莱尔长胖了，现在她不会像以前一样，每天打几个小时网球。她想去看看普拉达新出的包，但包的陈列柜离香水区太近，而她对香水过敏。

"宝贝？"

克莱尔抬起头，周围的光线和场景又变回到凯悦酒店中。海伦坐在她旁边的沙发上，手里拿着一本厚厚的书，用手指戳了戳座椅。

她对克莱尔说："你睡了一个半小时，我没叫醒你。"

“什么?”克莱尔惊恐地坐了起来。她环视着大厅，周围的人越来越多。前台挤满了人，拖着行李箱在地毯上走来走去。她仔细看着人群中的每一张脸，没有发现雅各布·梅休和哈维·法尔克的身影。

“你说两小时之后过去啊，”海伦把那本书放到包里，“我帮你手机充了电，特斯拉在桃树街中心大道上充电。你的包在你旁边，我把车钥匙放在有拉链的那个兜里，里面还有换洗的内衣。”说罢，她指了指面前的咖啡桌，“赶紧趁热吃点。你要吃东西，吃了就舒服了。”

克莱尔看了看桌上，她妈妈给她买了一大杯咖啡和一些鸡肉饼。

“慢慢吃，还来得及。”

妈妈说得对，她得吃点高卡路里的东西。咖啡她还喝得下去，但食物就有点难以下咽了。她打开塑料封口，海伦往里倒了些牛奶，咖啡渐渐变白，调成了克莱尔最爱喝的口味。

这时，海伦拿出一张餐巾纸放到克莱尔膝盖上：“你知道那把左轮枪要装 0.38 毫米口径的特制子弹吧?”

克莱尔啜了一口咖啡。妈妈开过她的特斯拉，肯定看到门边的手枪了。

“我把枪放你包里了。车停在街上，把枪放在车里不太安全。我在市中心找不到卖子弹的地方，不然我就帮你买来了。”

克莱尔放下杯子，打开了装着鸡肉饼的袋子，好让自己有点事做。她本以为鸡肉饼的味道会让她难以下咽，但她饿得不行，便大口大口吃了起来。

海伦说："哈克比跟我打了电话，我知道你看过那些录像了。"

克莱尔吞下了一大块鸡肉饼。之前在富勒家后院吼得太厉害，现在喉咙还生疼："朱莉娅的事你一直瞒着我。"

"不是瞒着你，是要保护你。"

"我有权知道这些事。"

"你是我女儿，我是你妈妈，"海伦坚定地说，"我只是尽了我的义务而已，不会为此道歉。"

克莱尔本想尖酸地说她总算想起自己作为母亲的义务，但还是忍住了。

海伦问她："是莉迪亚给你看的吗？"

"不是。"她不想再让姐姐被责备，"我在网上找到之后给她看的。"她突然想起了自己用莉迪亚的手机给海伦打过电话，海伦见过那个陌生的号码，"我拿了她的手机。我的上次被贼抢了，当时又正好需要，我就拿了她的。"

海伦没有要求她进一步解释，可能是因为在照顾女儿们长大的过程中，她早已调查了很多次所谓的失窃事件。只问了她："你现在好点没？"

"好多了，谢谢你。"她不敢再直视海伦，便看向母亲身后。她不能把莉迪亚的事告诉她，但可以说说小狄。现在海伦当奶奶了，有个漂亮又有教养的小孙女，现在被藏在一个保罗永远找不到的地方。

但这也就是说，现在克莱尔也不能让海伦去看她。

海伦说："今天早些时候，我和温在找你，我当时想起以前你爸爸对我说过的话。"她紧握住放在腿上的包。"他说就算在同一个家中，每个孩子眼中的父母都是不一样的。”

关于家庭，海伦远比克莱尔想的要投入。克莱尔心中产生了深深的愧疚感。

海伦接着说：“朱莉娅小的时候，家里只有我们三个，我还觉得我是个很好的母亲。”说罢，她笑了笑，想起那段回忆她就很开心。“然后小辣椒出生了，给我们带来了不少麻烦，但我也很享受那些酸甜苦辣，她总是喜欢和人作对，性子倔，老是和朱莉娅争吵。”

克莱尔点点头。她还记得自己两个姐姐吵得面红耳赤的样子。两人性格太过相似，只要在一起几个小时就要吵架。

“然后就是你，”海伦甜美地笑着，“和你两个姐姐比起来，你听话多了，总是安安静静，生性乖巧，我和你爸爸总会用一整晚时间来说你是多么不同。你爸爸说：‘你确定医院没给我们抱错孩子？我们得去镇上的监狱看看，说不定我们的亲生女儿因为聚众闹事被拘留了呢。’”

克莱尔笑了，爸爸最喜欢开这样的玩笑。

“你观察着一切。注意到了一切。”海伦摇着头说，“你坐在儿童椅上，眼睛总是跟着我转。你总是对这个世界那么好奇，对所有人都很关注——就是因为你这样的性格脾气，和对一切事物的热情，我很担心你会走丢。所以我才会去哪里都带着你，记得吗？”

克莱尔本不记得，但海伦一说她就想起来了。妈妈带着她去过亚特兰大美术馆，去看过木偶戏，甚至还去参加过很无聊的陶艺课。

只有她们母女两人。小辣椒不会来打翻她用粘土精心制作的小碗，朱莉娅也不会在看《潘奇和朱迪》[1] 时批判剧中的家族结构不合理。

海伦接着说："在你生命的前十三年中，我一直都是个称职的母亲，而后面的五年里我确实很差劲，之后的每天，我都在试着变回你眼中曾经的那个好妈妈。"

过去二十年里，克莱尔既没有回避也没有主动去找海伦聊这个话题，但她知道如果现在打开话匣子，自己肯定会崩溃。

所以她换了个话题："你觉得保罗怎么样？"

海伦搓着手指上的戒指。看来保罗说错了。克莱尔之所以会有这样的习惯，是因为看妈妈做过太多次了。

她说："不用顾虑我的感受，我想听你说实话。"

海伦没有遮遮掩掩："我跟你爸说过，保罗就像个寄居蟹，属于食腐动物。自己没有办法建立栖息之地，所以到处游走，等找到别人丢弃的甲壳就会寄居进去。"

关于这一点，克莱尔比任何人都清楚。保罗寄生在她的生活中。他们一家沉浸在悲伤中，抛弃了原来的生活，保罗便乘虚而入。

她对海伦说："我要在半小时内赶到哈普威尔那边，去小矮人餐馆旁边的一个银行。我要装出一副一直在那里的样子，但我得先到别的地方去。"

"哪个银行？"

---

① 《潘奇与朱迪》，独幕歌剧，被称为英国唯一的现代歌剧，作于 1966 至 1967 年，改编自英国的传统木偶剧。

“富国银行。”克莱尔又咬了一口鸡肉饼，看得出妈妈迫切地想知道更多，“他们一直在跟踪我。我不能直接去哈普威尔，不能让他们知道我真实的去处。”

“那你把电话给我，我开车去哈普威尔。最好是开特斯拉去。可能跟踪你的人也盯上了你的车。”

对了，问题就出在那部手机啊。克莱尔怎么那么蠢？保罗知道她在联邦调查局，知道她在街上的具体位置，告诉她左转跑去宾馆里。他肯定是在用“搜索我的 iPhone”跟踪着她，因为他确定克莱尔不管去哪里都不敢和莉迪亚断了联系。

她告诉妈妈：“但是电话响了我就得接，必须是我的声音啊。”

“用呼叫转移啊。”海伦指了指宾馆的礼品店，“这里有卖预付费手机的，你可以买一部，或者直接用我的电话。”

克莱尔目瞪口呆，海伦仅仅花了不到一分钟就解决了克莱尔最棘手的一个问题。

“给，”海伦从包里掏出车钥匙，还有一张浅蓝色的停车券，“你先拿着，我去帮你看手机。

克莱尔拿过钥匙。妈妈不愧是图书管理员，早在停车券后面写上了车停在哪一层的哪一个车位。

她看着海伦和店里的销售员说着话，那人给她展示了不同款式的手机。克莱尔不禁在想，眼前这个为人自信、办事干练的人是谁，瞬间她发现了，这就是朱莉娅失踪前的海伦·卡罗尔啊。

或者说这就是从失去朱莉娅的痛苦中走出来、回到克莱尔身边的海伦·卡罗尔。之前她一接到克莱尔的电话就找了温·华莱士，花了一整晚时间搜寻克莱尔的踪影，把她从弗雷德·诺兰手中解救出来，干扰了哈维·法尔克，帮助克莱尔脱身。而现在她正坐在酒店大厅里，尽其所能帮助克莱尔。

克莱尔也希望妈妈能帮她解决其他的一些问题，但她想不出一套合理的说辞来掩盖事情的真相，她也知道海伦一直在压抑着自己的好奇心。她都不敢相信妈妈原来那么睿智，甚至还帮她找了子弹。保罗听了肯定会大吃一惊。

但这个想法很快就被克莱尔否决了。现在不像以前，保罗下班回到家里，克莱尔把发生的故事讲给他听。两人再也不会有这样的机会了。

“搞定。”海伦已经从盒子里掏出了手机，“电只充了一半，但我可以给你个车载充电器，那个柜员人真好，还送了我一张优惠券，你可以免费使用三十分钟。他们现在正在搞买一送一的活动。”海伦在克莱尔身边坐下，她和克莱尔一样，只要一紧张就会一直喋喋不休，“我用现金付的款。可能是有点多疑了吧，但如果联邦调查局在追踪你，可能也会盯上我的。哦，对了。”她从包里掏出一叠纸币，“你睡觉的时候我在自动取款机取了钱，有五百美元，你先拿着。”

“我会还给你的，”克莱尔接过钱，塞进钱包里，“你为我做了这么多，我都不敢相信。”

“嗯，我只是希望你知道，看你卷入那么恐怖的事情我有多害怕，”虽然海伦脸上还带着微笑，但她眼中早已泛着泪光，“上一次这种事发生在我孩子身上时，我很害怕，辜负了家里所有人，辜负了你爸、你还有莉迪亚。我再也不要这样了。所以就算代价是要进监狱，我也愿意为你这样做。”

克莱尔这才意识到海伦以为现在的问题就是贪污公款的案子。联邦调查局和警察局问了她很多问题。诺兰审问了克莱尔二十四个小时。现在克莱尔又让她去哈普威尔。她肯定觉得自己明白了事情的全貌，但其实她对真相一无所知。

海伦拿起莉迪亚的手机："那个店员人还挺好，教我要怎么设置。"

克莱尔拿过手机："要输密码啊。"她怕海伦看到保罗发来的莉迪亚躺在后备箱里的照片，便侧身拿着手机。她删掉照片，假装在屏幕上输入密码，然后才把手机还给海伦，看她一脸新奇地捣鼓着手机上的程序。

海伦输入了一次性手机的号码，退出了菜单。"嘿，你看。"她把屏幕转向克莱尔，"看到顶部那个箭头指着手机的小图标没？意思就是呼叫转移设置成功了。"她好像非常满意，"这小玩意儿还真不错。"

看到那个图标克莱尔还是不放心："你打个电话试试看能用了吗。"

海伦从包里掏出苹果手机，在最近通话中翻出莉迪亚的电话。两人都静静等着。几秒过后，一次性手机响了起来。

海伦挂断了电话。"以前我给我妈打电话她都会骂我，说'电话太没人情味啦，怎么不写信呢？'然后我又会怪你，怎么不给我打电话，发邮件干什么。我其他朋友也会怪他们的孙子孙女，给他们发一些看都看不懂的信息。真是每代人都会有稀奇古怪的需求。"

"妈，我爱你。"

"我也爱你啊，小甜豆。"她收拾了咖啡桌上克莱尔吃剩的东西，想要表现得随意一些。但她的手却不停地颤抖，眼里泪水还在打转。看得出她心里非常矛盾，但要为克莱尔竭尽全力的决心也一样坚定。“我得走了。等会儿我要在银行里待多久？”

克莱尔也不知道从银行保险柜里取东西要多久：“至少半小时吧。”

“然后呢？”

“你走75号州际公路去银行，后续的事我电话告诉你。”她回想着保罗说的话，“小心点，那边不太安全，特别是你还开着特斯拉。”

“停车场有银行的保安啦，”海伦用微微颤抖的手轻抚着克莱尔的脸颊，“等我们忙完这件事以后好好吃顿饭。还要喝酒，喝很多酒。”

“好的。”

克莱尔低头看着表，她不想目送海伦离开。亚当·奎因说他今早一来就要做演示，办公室九点开门，也就是说她得在半小时内穿过十个街区赶到那边。

她背起包，把一次性电话塞进裤子后兜，一口喝光了咖啡，朝着厕所走去。现在她的精神面貌没比在审讯室的镜子里看到的好多少，头发全部贴在头皮上，衣服也皱巴巴的。她跑步穿过了整个城市，可能身上都散发出了汗臭味。

脸颊上的伤口还隐隐作痛，眼睛周围的黑眼圈已经变成了一大块淤青。克莱尔摸了摸自己的皮肤，心想着保罗也打了莉迪亚，打破了她的额头，打肿了她的眼睛，肯定还对她做了其他事，才让莉迪亚放弃挣扎，才让她相信不管克莱尔怎么努力，她也活不下去了。

“莉迪亚，你不会死的。”克莱尔不觉喊出了这句话，为自己也为莉迪亚，“我绝不会再抛弃你。”

克莱尔打开水龙头，她可不能这副样子去见亚当·奎因。如果亚当·奎因不是和保罗一伙的，只要克莱尔别像个流浪汉一样去找他，他还是很有可能会帮克莱尔的。她洗了把脸，然后不管不顾地在厕所里洗了个澡，海伦给她带来的高腰内裤把她肚脐都遮住了，但现在她也没办法挑剔什么。

她用水打湿头发，全部往后一梳，用手指将头发轻轻卷起吹干。包里还装了些化妆品，粉底、遮瑕膏、眼影、刷子、散粉、睫毛膏和眼线笔等等。用手指往眼眶上涂遮瑕膏时她疼得不行，但这点痛苦无疑是值得的，她正慢慢变回自己光彩照人的模样。

刚才一个半小时的小憩，可能比这只九十美元的遮瑕膏更有效。她觉得自己清醒多了，想起了自己之前让诺兰思考的问题：为什么保罗还没逃走？

肯定是为了那个U盘，克莱尔还没有自恋到觉得保罗是为了她才留下来的。保罗刚逃脱牢狱之灾，现在就算冒风险，也要拿到那个U盘。而他对克莱尔说了那么多甜言蜜语，就是为了把她留在身边，这样才是最有效的方法。

如果保罗告诉克莱尔他还爱她，算一种利诱，那莉迪亚就是他威逼的手段。

诺兰认为，保罗会把关于面具男身份的证据交给他们。但克莱尔很清楚，保罗不会交出这种不利于自己的证据。所以这说明了什么呢？那个U盘上到底有什么信息，重要到保罗宁愿冒进监狱的风险也要拿到手？

“他的客户名单。”克莱尔对着镜中自己的倒影说，只有这样一切才说得通。昨天保罗在电话里说，他接受家里的这个生意，就是为了攒学费。先不说他多少年前就毕业了，他的这些客户为了看这些录像，到底给了他多少钱？他的客户名单上又有多少人？

杰拉德·斯科特自二十四年前就开始干这行。车库里至少有一百多盘录像带。铁架上的那些设备说明他有不同的刻录方式，用软盘来装照片，用 DVD 光盘装录像，用苹果电脑来把剪辑过的录像发到网上。这个生意肯定做到了其他国家，克莱尔跟着保罗去过无数次德国和荷兰。保罗说白天他是去开会，但克莱尔也不知道他究竟去做了什么。

干这一行的绝不止保罗一个人，但依克莱尔对保罗的认识来说，保罗绝对是其中的佼佼者。他会把这种理念推销到全球各地，以高价售出，掌控着市场的方方面面。

只要掌握着客户名单，保罗在世界任何一个地方都可以开展业务。

突然，厕所门开了。两个女孩走了进来。她们有说有笑，手里拿着多糖加冰的大杯星巴克饮料。

克莱尔放干了水池里的水，看了看自己的妆容。在某个角度下还是看得出她眼周的淤青，不过随便找个什么借口就可以了。亚当在葬礼上见过她，他知道克莱尔的脸颊在巷子里被弄破了。

这时大厅里全是等着吃早餐的旅客。克莱尔在人群中找寻着雅各布·梅休和哈维·法尔克的身影，但似乎他们都不在。电影里联邦调查局的特工都会戴小型耳机，所以她特别观察了周围这些男人的耳朵。然后她也留意了周围的女人，因为联邦调查局里也有女探员。见周围这些人都大腹便便，不像是联邦调查局的人，克莱尔才确定了他们应该都只是商人或旅客。

她清醒的大脑马上得出了一个结论：现在没有人来凯悦酒店找她，也就是说保罗没有向警察通知克莱尔的位置，这也就意味着雅各布·梅休以及联邦调查局跟保罗不是一伙的。可想而知，他也没有和约翰尼·杰克逊合作。

可能吧。

她瞟了一眼窗外，原先的薄雾现在已经变成绵绵细雨。她上到二楼准备走天桥，这十个街区里有十八栋建筑，每栋建筑互相连通，为顾客提供了便利，不必在炎炎夏日走到室外晒太阳。

其中有两座天桥是由“奎因+斯科特”公司设计的。保罗曾带着克莱尔参观过这十八栋建筑，坐着电梯跑上跑下，走过这些四面被玻璃围住的天桥，跨过下方拥挤的市中心街道。他一边走还会一边给克莱尔讲建筑细节，讲为了新建这些建筑，这里原来的楼房全都被拆了。他们参观的最后一站便是凯悦酒店的天桥。当时因为施工而没有开放，两人便铺开毯子坐下，吃着巧克力蛋糕，喝着香槟。地平线上太阳刚刚落下，酒店的游泳池在余晖里泛着金光。

克莱尔把目光从游泳池移开，她穿过天桥来到了万豪酒店。街上堵得水泄不通，上班族慢慢涌入桃树街中心办公区域，整个区域共有十四栋不同的大楼，里面既有大企业的办公室，也有很多购物区。克莱尔扭着脑袋四下寻找着戴耳机的男人，或者是梅休、哈维、诺兰或其他会对她构成威胁的人。如果这些人都不是保罗的同伙，那么他们来找克莱尔肯定各有理由，她可不能再耽误十二个小时了，莉迪亚还在等她。

也不能说莉迪亚在等她，因为莉迪亚早已放弃了。

克莱尔在扶梯上一路往下小跑，朝着下一座天桥赶去，她不能任由自己幻想莉迪亚遭遇了什么。她总算取得了进展，这才是最重要的。所以现在她要专注于当前的目标，从亚当手上拿回U盘。她不断提醒着自己，诺兰在审问她的时候曾透露，他们检查过保罗的电脑。

一开始是亚当去联邦调查局报的案，他肯定知道警察要把保罗的办公室和电脑搜查一番。所以说，如果亚当参与了录像的制作和销售，不管保罗偷了他多少钱，他都不可能蠢到去报警，更别说找联邦调查局了。

当她走到连接着美国商品批发中心[①]最后一栋大楼和博物馆大厦之间的天桥时，顿时感觉松了一口气。只要从这里走到大街上，再走一小段路，就能赶到世纪公园大道上的奥林匹克大厦。

克莱尔沿着挡雨棚一路狂奔。以前她每隔几周就会开车到城里找保罗吃一次午饭，她包里还装着“奎因+斯科特”公司的工牌，进入大厅时一刷就可以打开门禁。他们公司在大厦顶楼，俯瞰二十一亩的整个世纪公园，这里曾是奥运会的举办场地。当时奥组委为了筹资，向市民开放有偿刻字服务，可以在公园走道的墙砖上刻下自己的名字。克莱尔的父亲送她的最后几件礼物之一，就是把她的名字刻到了其中的一块砖上，当时他也给朱莉娅和莉迪亚一人买了

① 美国商品批发中心（AmericasMart）是全美最大的家居用品和工艺礼品及饰品展示交易中心，位于亚特兰大市中心，有四栋常年展示交易大楼，大楼与大楼之间通过天桥相互联通。

一块。

以前克莱尔带保罗来看过那几块墙砖。她不禁想，保罗会不会站在顶层的办公室，俯瞰着公园露出笑容。

克莱尔乘电梯来到了“奎因+斯科特”公司所在楼层。现在是早上9:05，办公室里的秘书和职员还有十分钟才开始工作，但他们已经忙做一团，手里端着咖啡，嘴里嚼着甜甜圈跑来跑去。

看到克莱尔时，所有人都停了下来。

他们露出了些许尴尬的表情，有人在紧张地偷瞄着她。克莱尔还不太明白他们为何这样，片刻之后她才反应过来。上次见到这些职员时，她正站在她丈夫的棺材前。

“斯科特夫人?”一个接待员从办公室前的柜台后走了出来。整个公司的建筑风格是开放式的，所到之处皆由缎纱和白色的木料装饰，向外看去，没有任何东西拦住视线，公园美景尽收眼底。

克莱尔现在所站的这个地方，就是当年公司搬迁到这个宽敞的新家时，亚当和保罗延续大学的传统，吃着咸菜和披萨庆祝的位置。

“斯科特夫人?”接待员又喊了她一声。这个女孩年轻貌美，一头金发，恰好是保罗喜欢的那一型。她可能正走着克莱尔的老路，不过现在还无法分辨眼前的保罗是真实的还是伪善的。

克莱尔说，“我来找亚当。”

“我帮您打电话给他。”说罢，那个女孩便拿起柜台上的电话，她的裙子紧紧地裹住臀部，屈膝的时候左脚俏皮地抬了起来，“里边有个演示……”

“我自己去找他吧。”克莱尔等不及了。她朝着敞开着门的办公室走去，所有人的眼光都跟随着她的脚步。她走过长长的走廊，旁边是助手们奢华的办公室。播放厅正对着会议室，下方就是世纪公园。保罗以前给克莱尔讲过他们第一次来这个空荡荡的顶楼时的想法，他们要先用价值数百万美金的景观震惊顾客，然后带他们去播放厅，再让他们为公司的成就折服。

播放大厅。保罗是这么称呼这个房间的。克莱尔看到门上的标牌才想起来。她门都没敲就走了进去。

亚当正坐在旋转座椅上，屏幕上正在播放一个枯燥乏味的演示。克莱尔看到一串数字，和一些市长鼓吹亚特兰大的话，说什么亚特兰大的游客数即将超过拉斯维加斯。

“克莱尔？”亚当打开了灯，他关上房门握住克莱尔的手，“出什么事了？”

克莱尔低头看着两人的手。每次和别的男人有身体接触时，她都会在心里掂量，这个人可不可信。

她对亚当说，“打扰你了。”

“没事，你过来我很开心，”他指了指旁边的椅子，但克莱尔没有坐下，“那张纸条是我不对，我不该恐吓你。你要知道，我怎么都不会去找律师来处理这个事的。我确实需要那些文件，但我不该表现得像个流氓似的。”

克莱尔也不知道应该作何反应，只是变得警觉了起来。保罗演技非常好，那亚当呢？虽然诺兰声称亚当什么都招了，但诺兰是个大骗子，这些人说起谎来都比克莱尔厉害。

她对亚当说：“我知道保罗挪用公款的事了。”

亚当皱起了眉：“怪我，这是我和他的事，不该把你扯进来的。”

“那为什么你不找他解决呢?”

亚当摇了摇头:“现在不重要了，我只希望你能原谅我。”

“别这样说。”克莱尔握住他的手，慢慢轻抚着，仿佛按了一个开关，亚当马上就变得非常温和。

克莱尔说:“亚当，告诉我，我想知道究竟发生了什么。”

“我和保罗很早就有不和了，可能也有我的责任吧，我也是真的疯了才跟你搞在一起。”他安抚着克莱尔，“我不是说跟你在一起不快乐，但确实不应该。我很爱希拉，我也知道你爱保罗。”

“确实，”克莱尔承认道，“你也很关心保罗吧，毕竟认识二十一年了。”

亚当又沉默了。克莱尔用手捧住他的脸颊，让他抬起头，“告诉我吧。”

他摇了摇头，对克莱尔说:“你也知道他心理有问题吧，有时抑郁症会发作。”

克莱尔曾一直认为保罗是他见过的情绪最稳定的人。她猜测道:“可能是从他爸那里得来的。”

亚当没有反驳她。“最近他好像病得不轻，大概有一两年的样子了。从我俩成为最好的朋友以来，这还是头一次。他虽然不会和我走得太近，但这次不一样，让我很伤心。”亚当确实看起来很难受，“我没有忍住。但我现在知道我不该去找联邦调查局，你要相信我，我当时有了这个念头就去找了心理医生，但我不知为何还是去报警了。”

这时克莱尔才想起来，以前为什么觉得和亚当·奎因不会长久，就是因为他太喜欢聊自己的情绪了。

他接着说："我不仅是因为钱的问题跟他怄气。除了他多变的性格、暴脾气、控制欲以外，还有一个更要命的原因——我从来都不想激化我俩的矛盾。但是当那个联邦调查局的混蛋给他戴上手铐，带着他走出办公室的时候，我总算知道为什么了。我从没见过他那种愤怒的表情，就好像变了一个人似的。"

克莱尔知道保罗愤怒的时候会干出什么事，幸好当时保罗被手铐铐住了。"你最后撤回了控告，是保罗把钱还回来了吗？"

"没有，"他躲开了克莱尔的眼神，"我自己垫的钱。"

克莱尔一定是听错了，她不自觉地重复了一遍奎因的话："你垫了钱？"

"保罗知道我俩的事，三次都知道。"

三次。

克莱尔和亚当做过三次：一次在圣诞聚会，一次在高尔夫比赛，还有一次在公司走廊的厕所里，当时保罗正在楼下等他们一起吃午饭。

弗雷德·诺兰的第一个疑点解开了。亚当每和克莱尔做一次，保罗就从公司拿走一百万美元。

"对不起。"亚当说道。

克莱尔觉得自己真蠢，但不过是因为后悔为什么自己没想到这一点。保罗和亚当都是视财如命的人啊。"他通过挪用公款引起你的注意，但这个数目又不值得去报警。然而你报警了，你找了联邦调查局。"

亚当怯懦地点点头说："希拉逼我报警的。我当时很生气，为什么要报警？事情越来越严重，警察来拘留了他，搜了他的办公室，然后……”他声音突然变小了，“最后倒成了我求着他原谅我。我这样做确实不对，但我们是合伙人啊，总得想办法重新一起做生意嘛，所以……”

“你就替他垫付了三百万美元的公款。”克莱尔心情非常复杂，“那么这样说来，我还是个价格不菲的妓女咯。”

“嘿……别这么说。”

“我是来拿回那个U盘的，上次放在信箱里的那个。”

“好的。”亚当走到投影仪下，旁边放着他敞开的公文包。见亚当那么直爽地答应了她，她这才相信亚当作为保罗最好的朋友，一直都不知道他背后干的那些勾当。鉴于现在这个情况，应该说保罗是他过去最好的朋友吧。

亚当拿出那串车钥匙，“我已经拷贝好需要的文件了，你还要我帮你……”

克莱尔一把拿过U盘：“我要用一下保罗办公室的电脑。”

“好的，我带你……”

“我知道在哪里。”

克莱尔走在过道上，手里紧紧攥着U盘。她确信自己已经拿到保罗的客户名单了。但诺兰说的话还盘旋在她脑海中：凡事都要先验证。

保罗的办公室里一片漆黑。椅子塞在桌子下面，吸墨纸上很干净，旁边也没有废纸，订书机和铅笔盒并排放在台灯旁边。任谁看了都会觉得这个办公室非常干净。但克莱尔不这么认为。

她坐在保罗的椅子上，见他的苹果电脑还开着，她就把U盘插到了背面的插口。保罗的账号还没有注销，她脑海中浮现出弗雷德·诺兰来找保罗的画面，告诉他是时候演一出假死的好戏了，而保罗别无他法只能站起来跟他走。

而他还是有时间以最完美的角度把椅子塞回桌子下方。

克莱尔双击了U盘的图标，打开后里面有两个文件夹，一个是亚当的“在建项目”文件夹，另一个则是U盘驱动程序。她打开了驱动程序的文件夹，扫视着每一个文件，这些文件的名字看起来都和电脑技术相关，后缀也都是“exe”。她又看了看时间，发现两天前保罗在“假死”之前储存过几个文件。

她直接滑到文件夹底部，找到保罗保存的最后一个名为“FFN. exe”的文件夹。两天前的那个晚上，克莱尔在车库里插入过这个U盘，检查里面有没有录像，但那时她还不知道保罗更为隐秘和腐朽的一面。而现在她知道要透过表面看本质，也知道文件夹是不需要后缀名的。

“FFN”，弗雷德·F. 诺兰，克莱尔在诺兰的手帕上见过这个缩写。

她打开文件夹。

输入密码的对话框弹了出来。

克莱尔盯着屏幕思考着，直到对话框的颜色慢慢变淡。之前她能猜出保罗的密码，是因为她很了解她的丈夫。而现在这个密码则是由那个她从未见识过的、在电影里戴着面具奸杀年轻女子的保罗设置的。也正是这个人勒索了自己最好的朋友三百万美元，因为他睡了自己老婆。还是这个人发现了父亲藏起来的录像，并把这个生意越做越大。

保罗肯定也是用富勒家的那台录像机看的这些录像。克莱尔幻想着年少的保罗第一次尴尬地坐在电视前，看着已故的父亲犯下的罪行。他会不会感到震惊？或是恶心？她希望当时的保罗非常愤怒，非常抗拒。可是时间一长，现实所迫，保罗不仅倒卖这些录像，而且亲自出马，延续了父亲的生意。

但那之后不到六年，他就在数学实验室遇见了克莱尔。他当然知道克莱尔是谁，知道她姐姐是谁，肯定翻来覆去看过很多次朱莉娅的录像，几十次，甚至几百次。

克莱尔在键盘上输入“03041991”。出乎她意料的是，这一次她竟然没有紧张得颤抖。

不用加上其他元素，不会是什么单词的缩写。就是 1991 年 3 月 4 日。她姐姐消失的那天，这一切开始的那天。

她按下“确认”，缓冲的小圆圈开始旋转。

文件夹打开了，里面出现了一串文件。

这些文件的后缀名是“xls”——都是 Excel 表格。

一共十六份。

她点开了第一张表格，里面共有五栏：姓名、邮箱、地址、银行账号信息、入会时间。

入会时间。

克莱尔向下拉动表格，里面一共有五十个名字，有几个的入会时间是三十年前，客户来自于不同国家，有德国、瑞士、新西兰，还有几个地址在迪拜。

克莱尔的推理是对的，保罗需要他的客户名单。那么梅休也在找这份名单吗？他是不是想接手保罗的生意？抑或是约翰尼・杰克逊派警察来帮他侄子收拾这个烂摊子?

克莱尔关掉了这个文件，打开了所有表格，依次看每个客户的名字，她之前就因为没有详尽地观察付出过代价。

每张表格上有五十个客户，一共十六张表。也就是说全世界有八百个男人，花钱来看保罗残忍冷血的奸杀录像。

如果在车库的时候克莱尔打开了U盘上的所有文件就好了。但话又说回来，那时的她肯定猜不出这个密码，因为当时她还以为丈夫只是个被动的观众，而非这一切的积极主事者。

克莱尔把鼠标滑到了最后一个文件，但这个命名为“JJ”的文件实际上是一个伪装的文件夹。

如果“FNF”文件夹里的东西是诺兰想要的，那么“JJ”文件夹里的东西肯定对约翰尼·杰克逊非常重要。

克莱尔打开了这个文件夹，里面有一堆没有后缀名的文件。她把鼠标滑到屏幕最右边的一栏。

类型：JPEG图片。

克莱尔点开了第一个文件，里面的内容让她瞠目结舌。

第一张是黑白照片。约翰尼·杰克逊站在保罗儿时家中的谷仓里，和一具倒挂在房梁上的尸体合照。那个女孩被捆绑得像只鹿一样，两只脚踝被绳子绑在一起，绳子上的倒刺插入了女孩的皮肤。一个屠宰场用的大铁钩把女孩钩住，她双手垂在地上，一条长长的伤口从头贯穿到脚。而约翰尼·杰克逊就站在旁边，一手拿着一把锋利的猎刀，一手夹着一支香烟。他一丝不挂，身体正面全是黑色的血液，流到了他竖直的下体。

克莱尔点开了第二个文件。又是另一个男人和另一具尸体的黑白照片，同样非常血腥。克莱尔没有认出图片中的人，她便打开了一个又一个文件。终于，她在一张照片中发现了自己早就应该想到的一个人。

卡尔·哈克比治安官。

这张照片是用柯达彩色胶卷拍摄的。哈克比留着整整齐齐的小胡子，露出了令人作呕的笑容，他也是浑身赤裸，只戴着他的牛仔帽，穿着一双靴子。他胸口有被血溅到的痕迹，下体浓密的毛上也沾满了干结的血液。旁边的女孩也像其他人一样被捆绑着吊了起来，但这不是其他人，克莱尔马上就注意到女孩绵软无力的手上戴着的银黑色手镯。

那女孩就是朱莉娅。

她姐姐美丽的金发拖在肮脏的地板上，高高的颧骨上有几条伤口，她的胸部被切了下来，腹部被人用刀剖开，肠子从里面掉了出来，像一条围巾一样紧紧缠绕在她的脖子上。

而那把砍刀仍然插在她体内。

年仅十五岁的保罗就站在哈克比对面。他穿着一条重水洗牛仔裤，一件蓬松的红色短袖，留着乱糟糟的头发，戴着一副厚重的眼镜。

他对着镜头前的那个男人伸出了两个大拇指。

克莱尔关掉图片，望向窗外。天空像是破了个洞，在公园上方降下了瓢泼大雨，密集的乌云遮天蔽日，她听着雨水不断打在窗户上的声音。

她心中曾暗自希望莉迪亚不会受到不可挽回的伤害，因为保罗还是希望能哄克莱尔开心，只有这个念头才能让她稍微平静。理由其实很简单：很明显，保罗已经让莉迪亚吓破胆了，也让她吃了苦头，但他绝不可能真的伤害她。十八年前他就有机会这么做，接下来那么多年里也一直派人去跟踪莉迪亚。如果想下手他随时都有机会，但他一直没有，无非就是因为他对克莱尔的爱。

那他为什么爱克莱尔呢？因为她漂亮？聪明？俏皮？

只是因为她蠢罢了。

莉迪亚说得对，自己已经没救了。

第二十章

保罗一边打电话一边在房间里踱步。他嘴里说着话，但似乎都是胡言乱语。其实这个时候，莉迪亚已经什么都听不懂了。

她感觉得到身上的痛苦，但早已不在意；她心里充满恐惧，但也已不再重要。这种恐惧就好像在结痂下化脓的伤口，莉迪亚知道伤口在哪里，甚至只要轻轻一碰就会绽开，但就算如此她也不再去担心。

所有念头都在她脑海里一闪而过，只有一个事实一直在萦绕：她似乎都忘了嗑药是一件多么美妙的事。头套上的尿骚味已经散去，她又可以呼吸了。房间里的色彩是多么绚烂。苹果电脑、撞针式打印机、五英寸软盘、复印机、光盘刻录机。这些东西仿佛都在熠熠生辉。

保罗在电话里说："不，约翰尼，听我说，这事你得听我的。"

约翰尼，苹果核约翰尼①。约翰尼夹玉米但我不在乎。

不对，儿歌里唱的是吉米。

---

① 苹果核约翰尼（Johnny Appleseed）是美国西进运动中的一名传奇人物，本名是 John Chapman。他在苹果的种植和传播过程中起到了很重要的作用，并且对于自然保护运动的推动做出了很大贡献。

吉米夹玉米但我不在乎。

不对，是吉米掰玉米[1]。

但她真的在乎对错吗？

莉迪亚脑海中浮现出小狄一边看《芝麻街》[2] 一边跟着唱儿歌的画面，但似乎不太合理。小狄特别怕里面那只大鸟。可能是克莱尔小时候唱的吧。克莱尔有一个洋娃娃，每次一拉上面的线它就会说"是恶魔驱使我"。克莱尔把线弄断了。莉迪亚火冒三丈，因为那个娃娃以前是她的。克莱尔曾和她的朋友塔米去桑博餐厅吃饭。

是去的桑博餐厅吗？

莉迪亚之前也去过那个地方。菜单上画着一个黑人小孩绕着树跑，身后有一只老虎在追他，追着追着就变成了一块黄油。

煎饼。

她回想起了父亲做的煎饼的味道。只有在圣诞节的早晨，海伦才会让萨姆进厨房。做好早餐之后，萨姆要孩子们把早餐全部吃完才可以拆开礼物，他似乎很享受逗弄孩子们的感觉。

"莉迪亚？"

莉迪亚把头扭到一边。闭上眼之后天旋地转，舌尖泛着甜味。

"噢，莉迪亚？"

保罗挂断了电话，变着调子地喊她。他手握着撬棍站在莉迪亚面前。昨天克莱尔把撬棍放在了餐桌上。是昨天吗？还是上周？

他掂量着撬棍的重量，看着锤头，另一边则是巨大的刨子。

---

① 出自美国著名儿歌《吉米掰玉米》（*Jimmy Crack Corn*）。

② 《芝麻街》是美国公共广播公司（PBS）制作播出的儿童教育电视节目，于 1969 年 11 月 10 日在全国教育电视台（PBS 的前身）上首次播出。

“我发现这根撬棍还挺有用的，是吗？”

莉迪亚心里暗骂：“畜生。”

“看着！”保罗把撬棍扛在肩上，就好像扛着棒球棍一样，用刨子那一头朝着莉迪亚打来。

但没打中。

他是故意的吗？

莉迪亚感觉到撬棍在她面前划过空气，一股金属和汗水混杂在一起的味道扑面而来。是克莱尔的汗？还是保罗的汗？保罗现在已经不出汗了。莉迪亚只在之前保罗满脸淫笑地站在她面前时看到了他出汗。

莉迪亚眨了眨眼睛。

保罗不见了。不，他在电脑旁边坐下了。电脑显示屏很大，莉迪亚隐约看到他在看一张地图，但离得太远，看不出上面的地名。保罗脸都贴到了屏幕上，追踪着克莱尔的踪迹，此时她应该是在去银行的路上，因为保罗曾告诉她克莱尔把U盘藏到了银行的保险柜里。莉迪亚本想告诉他克莱尔肯定没去银行，但她嘴唇肿得张不开，就好像挂着两个巨大的气球。每次想张开嘴，这两个气球就越发沉重。

但她不能告诉保罗。她很清楚克莱尔一定在谋划着什么，在和保罗斗智斗勇，在想办法来救自己。克莱尔之前在电话里说这件事交给她了，告诉莉迪亚要坚持住，她不会再抛弃莉迪亚了，不是吗？但是亚当·奎因还拿着U盘，那么克莱尔现在去银行干什么呢？

“U盘在亚当·奎因那里。”莉迪亚对保罗说，但这些话只能盘旋在她脑海中。之前因为好不容易说出了些让保罗讨厌的内容，被他用胶布封住了嘴巴。

克莱尔现在恨死你了，她只相信我，再也不会跟你走了。

我们永远永远永远都不会在一起了。[①]

泰勒·斯威夫特的歌。小狄在发现前男友希思·卡迈克尔出轨之后不知道放过多少次这首歌。

这次，我告诉你……

"莉迪亚?"保罗站在她身边。莉迪亚看向电脑屏幕。他什么时候走过来的?他一直在看电脑屏幕，说了几句什么克莱尔从银行出来了。他怎么可能突然从电脑旁边闪到莉迪亚身边站着?

她想转过头问问保罗。转头时眼前的画面仿佛停滞了一样。这时她耳边传来史蒂夫·奥斯汀演的《无敌金刚》中那种机器合成的声音。

咔咔咔咔……

保罗不见了。

他站在推车边，把旧的东西换掉。他的动作是那么缓慢却又不拖泥带水，就好像《红鼻子驯鹿鲁道夫》[②] 里那种定格画面一样，每动一下就会发出"咔咔咔"的声音。

克莱尔很讨厌代表圣诞节的鲁道夫，它的动作总是每一毫秒就会停顿一下，非常诡异。朱莉娅每年都要带着她们一起看这部电影，克莱尔每次都会像个受惊的小洋娃娃一样蜷缩在莉迪亚怀里，

---

① 出自歌手泰勒·斯威夫特的歌曲 *We are never ever getting back together*。

② 由拉里·罗默、持永只仁执导的电影，于 1964 年 12 月 6 日上映。

而莉迪亚每次都会和朱莉娅一起笑她。其实她看到鲁道夫自己心里也会发毛。

保罗对她说："你可要做好准备了哦。"

他似乎要有什么大动作了。莉迪亚感觉已经结痂的伤口开始发痒。她摇了摇头，忍住不去抓挠伤口，不能让痂皮掉下来。她只得紧盯着保罗的手上僵硬的动作，看他一次又一次地整理着推车上的物件。

这时，莉迪亚又开始在心里默念一段新的"咒语"：

带刺的铁丝、撬棍、长长的锁链、巨大的钩子、尖锐的猎刀。

刹那间，她似乎明白了一切。

一切就快结束了。

第二十一章

克莱尔背靠着办公楼前的商店坐下，她对面就是费普斯广场。她坐的这个位置正好可以看到大楼的前后门，只要有人进来她就可以看到。现在这家小商店只有她一个顾客，收银员正安静地坐在电脑前工作。她拿出一次性电话，海伦从 75 号州际公路出发已经有十分钟了。

保罗还没有联系她。

她设想了无数种保罗还没有打电话过来的荒唐原因。可能保罗正开车过来。可能他早就杀了莉迪亚。可能就要赶过来把克莱尔也杀了。可能他跟踪了海伦，抓了她再去金妮奶奶家，最后再把小狄也找出来。

可能保罗早就做好了打算，要把克莱尔一家赶尽杀绝。而克莱尔只是他周密计划的第一步。追求她，娶她，装出愿意让克莱尔幸福的样子，装出自己也幸福的样子。

谎言环环相扣，无穷无尽。

这些谎言就像被保罗挂在墙上的手雷一样，克莱尔在墙外一直等着。终有一天手榴弹把墙炸倒，真相才出现在她面前。

那些照片的威力相当于一千颗手雷，核爆般的爆炸让克莱尔坠入未曾想到的黑暗当中。

姐姐的尸体被捆绑着吊起，十五岁的保罗站在一旁癫狂地笑着。他伸出两个拇指，和他打倒诺兰逃之夭夭时的动作一样。

克莱尔看着一次性手机，空白的屏幕上倒映着她的脸。她竭力思索着会不会因为其他不那么可怕的原因，她才没有接到保罗的电话。比如呼叫转移失效了。比如梅休联系了通讯公司的人，告诉保罗克莱尔买了一部一次性手机。比如亚当其实和保罗是一伙儿的，他把克莱尔的情况告诉了保罗，让他的手下继续跟踪克莱尔。

而这些原因也一样让人心神不宁，因为全都和保罗相关。

克莱尔用手摸着自己的包，摸到莉迪亚的左轮手枪，这才安心了一些。至少自己做对了一件事。她很轻易就买到了子弹，这条街上有一家卖枪的商店，什么都没问就卖了一盒中空弹给她。

办公楼前的这家商店不仅提供打印服务，还可以按小时出租电脑。她本想撩一撩那个书呆子模样的店员，但现在她太过紧张，只能从刚才海伦给的钱里抽出 250 美元来拜托他帮忙。她粗略地和店员介绍了一下情况——她要在 YouTube 上发一些东西，不是视频，只是一些图片和表格而已，而且一定要保证成功发上去，因为有人会试图把这些东西销毁。

那个店员打断了克莱尔，告诉她发照片不应该用 YouTube，要用 Dropbox 这种在线储存的软件。这时，克莱尔把包挎到肩上。男孩看到了里面的枪和子弹马上就会意了，告诉她应该要用 Tor①，她

---

① Tor（The Onion Router）是一种第二代洋葱路由（onion routing）技术，用户通过 Tor 可以在因特网上进行匿名交流。

得再付 100 美元。

克莱尔隐约记得在《时代》杂志上见过这个 Tor。好像是一个非法的文件传输网站，和暗网有些关系，传输过程没有任何记录，无法被追踪。可能保罗也在用 Tor 传输他的录像，而不是用邮箱来发超大附件。他可以给客户发一串非常复杂的网站链接，只有输入了正确的字母和数字组成的密码才能打开。

她手上有那些客户的邮箱，要不要把保罗的表格和照片都发给客户呢？

“弄好了，”那个呆呆的店员站在克莱尔面前，双手紧握着放在皱巴巴的长裤上，“你把 U 盘插上去，把你要传的东西拖到网页上就可以了。”

克莱尔看着他的名牌说：“谢谢你，凯斯。”

他对克莱尔笑了笑便回到了柜台后面。

克莱尔鼓起勇气。她坐在电脑面前，一边按着店员教她的步骤操作，一边瞟着大楼的入口和出口。店里很冷，但克莱尔浑身冒汗。她的手虽然不再发抖，但她能感到身体内一阵阵的颤动，就好像有一根音叉在敲击她的骨头。在上传保罗的文件之前她又确认了一次门口有没有人，随后便把那些图片放在最上面，这样别人一打开就能看到约翰尼·杰克逊。利用这样的方法可以吸引更多人看。

她随即打开了凯斯为她设置好的邮件传输软件，申请了一个新的邮箱，可以定时发送邮件。

她敲着键盘：

我是克莱尔·卡罗尔·斯科特。朱莉娅·卡罗尔和莉迪亚·德尔加多生前是我的姐姐。

写到这里，她不禁感到愧疚，觉得自己背叛了莉迪亚。莉迪亚还活着。必须要让她活下去。

克莱尔按下退格键，把最后一句话删除了。

我上传了国会议员约翰尼·杰克逊参与色情录像录制过程的证据。

她斟酌着屏幕上的文字，又感觉不是很贴切。他犯下的罪行远不止是录制色情录像，更有绑架、强奸、谋杀。但她又担心写得太长别人不愿意看。她准备把这些内容发送到所有在网上公开了联系方式的媒体及政府有关部门。当然运营这些官方网站的人有可能只是一些年轻的实习生，他们不知道约翰尼·杰克逊是谁，或者他们从小就一直使用邮件，会习惯性地忽略这种匿名邮件，特别是从Tor上发送过来的。

克莱尔重新打开了一个网页，在韦斯特利学校的家长教师协会的网页上找到了佩内洛普·沃德的邮箱。这个让莉迪亚恨得牙痒痒的人果然如克莱尔所想，是一个非常虚伪的人。她给出了布兰奇·沃德竞选检举委员会的邮箱地址：intern@ WeWantWard. com。从网站的名字可以看出，这个组织是一个政治行动委员会，也就是说他们会竭尽全力去搜集竞争对手的黑料。

这时，一次性电话响了起来。

克莱尔朝着商店的储物间走去，打开了后门。外面仍下着瓢泼大雨，阴风怒号，一阵阵冷空气灌进了小小的储物间，她希望这样的背景音能让保罗相信她正开着车行驶在75号州际公路上。

她接起电话：“保罗？”

“你拿到U盘没？”

“拿到了，把电话给莉迪亚。”

保罗没有说话，但克莱尔能察觉出他松了一口气。“你看了U盘里有什么吗？”

“当然看了啊，我用银行的电脑看的。”克莱尔愤怒地嘲讽道，“赶紧的，把电话给莉迪亚。”

保罗还是像之前一样，克莱尔听到免提打开的声音。

她喊道：“莉迪亚？”见莉迪亚没有回答，她又喊：“莉迪亚？”

电话那头传来了一阵响亮又绝望的呻吟。

保罗说：“她现在似乎不太想说话。”

克莱尔头靠着身后的墙，眼睛看着天花板，不让眼泪流下来。看来保罗真的伤害了莉迪亚，克莱尔心里一直有一丝侥幸心理，希望莉迪亚不要受伤，就像过去那么多年里希望能找回朱莉娅一样。想到这里，她羞愧难当，脸涨得通红。

“克莱尔？”

“我们在商场见面吧，就在费普斯广场，你多久能过来？”

“那可不行，”保罗说，“要不我们在莉迪亚家见？”

克莱尔的眼泪夺眶而出：“你把小狄绑走了？”

“目前还没有，但我知道你去过她家里，警告了她那个乡巴佬男朋友。那男的带着小狄逃到了伯顿湖边的一个钓鱼小屋里。你到现在都不知道我是无所不知的吗？”

但他不知道克莱尔有一支枪，也不知道克莱尔在办公楼前的商店里做了什么。

他接着说：“你开车回沃特金斯维尔吧。我们在我爸妈的房子那里见面。”

听到这里，她的心便沉重了起来。她亲眼见过保罗在富勒家是怎么折磨那些被他抓起来的女孩。

“你还在听吗？”

克莱尔努力地从嘴里蹦出了几个字：“现在路上很堵啊。我可能要开几个小时才能到。”

“最多一个半小时。”

“我知道你一直在追踪我的手机。你自己看看地图上的小蓝点在哪里。要堵多久都不知道。”

“克莱尔，我们离目的地的距离差不多。为莉迪亚想想吧，你难道不怕我等烦了直接撕票？”

克莱尔挂断了电话，低头看着自己的手臂。雨从门缝里飘了进来，打湿了她的袖子。

商店门前有两个顾客，一男一女，都很年轻，都穿着牛仔裤和帽衫，都没戴耳机。克莱尔仔细看着两人的脸，那女人把头扭朝一边，那男的却在对她笑。

得赶快走了。她坐回电脑前，所有的文件都已经传输完毕，她点开了链接，检查一下一切是否正常。周围的人看不到屏幕，但她点开文件，确认约翰尼·杰克逊的照片已经被传到服务器上时，心跳得七上八下。

要不要直接把这张照片留在显示器上？应不应该告诉凯斯，他在不知情的情况下帮克莱尔做了什么？

但克莱尔已经伤害了太多人。她关掉了照片，没有时间再去润色她的邮件，只是随便再打了几行字便把 Tor 的链接复制到了邮件里，又检查了一次发送时间。

两个小时以后，所有网民都会知道保罗·斯科特和他的同伙犯下的罪行。都会知道这种杀戮的欲望是他叔叔和他父亲传下来的。都会看到他们将近一千个顾客的邮箱地址、真实身份和所在位置。都会看到过去四十年里那么多年轻女孩被残忍绑架和杀害的照片。都会知道卡尔·哈克比治安官和约翰尼·杰克逊利用公职身份隐瞒着这一切。

但现在一切即将浮出水面。

她拔下 U 盘，确认自己没有不小心在电脑桌面上留下备份，便把 U 盘装回包里。从店里离开时，她还对着凯斯挥了挥手。外面还下着大雨，克莱尔淋着雨便往外走，等她坐上海伦的福特车时，她已经浑身湿透。

克莱尔打开雨刮器，把车从停车场开出来。安全地离开了桃树街之后她拨通了海伦的电话。

海伦听起来很紧张："怎么样？"

"我没事。"她现在也能像保罗一样自如地撒谎了，"你现在继续往雅典小镇开，我大概在你前面二十分钟的路程，你慢慢开就好了，绝对不要超过限速。"

"那我是要开回家吗？"

"不，不要回家。把车停在市中心卖玉米饼的摊位，然后步行去弗林女士家里，把手机留在车上，也不要向任何人透露你的行踪。"这时，克莱尔想起了那些定时发送的邮件，她妈妈也是收件人之一，如果她看到那些邮件岂不是会非常心痛，"我给你发了个邮件，大概等你到弗林女士家的时候就会收到。你可以看，但是不要打开下面的链接。如果三个小时后我没有联系你，你就把这封邮件发给你在《亚特兰大杂志》工作的朋友，就是写书的那个。”

“她已经退休了啊。”

“但她肯定有关系啊。妈妈，这封邮件非常重要。一定要发给她，让她打开下面的链接，但你自己不要看。”

显然海伦被她吓着了，但她只说了一句：“克莱尔。”

“不要相信哈克比治安官，朱莉娅的事他一直都在撒谎。”

“我看过录像带了，”海伦顿了顿，然后接着说，“就是因为我看过，所以我一直不想让你看。”

克莱尔觉得自己反正也不会再受伤了，便问海伦：“怎么呢？”

“是我发现你爸爸的尸体的……”她沉默了片刻，这是一段痛苦的回忆，“他坐在椅子上握着遥控器。电视还开着。我想看看他在放什么，所以……”

她又沉默了。

两人都知道萨姆生前看到的最后一幕是什么，但只有克莱尔猜到是保罗给他播放的。就是这个录像让她父亲决定自杀的吗？还是保罗也“帮”了她父亲一把？

海伦接着说：“已经过去很久了，录像里那个男人早死了。”

克莱尔本想开口告诉妈妈事实恰好相反，但等她妈妈自己打开邮件，便什么都知道了。“那你知道那人死了，心里会好受一些吗？”

海伦没有回答。她一直都很反对判处死刑，但克莱尔很确定，她妈妈一定会希望看到政府把杀害朱莉娅的凶手处死。

克莱尔说：“一定不要去找哈克比，好吗？你稍后就懂为什么了。你现在要相信我，他不是好人。”

“小甜豆，我今天一直都相信你啊，放心吧。”

就在此时，克莱尔又想到了小狄。海伦现在当外婆了，她应该知道这个消息。但克莱尔知道一告诉她就停不下来了。海伦一定想知道更多，她会想见小狄，和她说话，抚摸她，拥抱她，她会想知道为什么克莱尔一直不告诉她自己有个外孙女。然后她就会问起莉迪亚。

“宝贝？”海伦问道，“还有什么事吗？”

“妈，我爱你。”

“我也爱你。”

克莱尔挂断了电话，把电话扔到副驾驶座。她双手紧握着方向盘，盯着仪表板上的时钟尖叫了整整一分钟，宣泄着自己没能在父亲葬礼上表达的痛苦和绝望。

“好了，”她对自己说，“没事了。”

这样的愤怒对她有好处，能给她力量去完成必须做的事。她要杀掉保罗，因为他把朱莉娅的录像放给父亲看，因为他伤害了家里的所有人。

豆大的雨点打在挡风玻璃上，模糊了克莱尔的视线，但她仍在向前开着，现在她唯一能战胜保罗的方法就是出其不意。只是她还没有想好怎么出其不意。她有一支枪，有可以把保罗打穿的中空弹。

她还记得很久以前她带着保罗去靶场的时候，靶场老板说的第一句话就是如果不是想杀人，千万不要把枪口对人。

现在克莱尔巴不得赶紧扣下扳机，只是她不知道怎么找到机会。有可能她会比保罗先到富勒家。可以把妈妈的车停在房子旁边的树林里，然后步行到后门。那附近有很多地方可以给她藏身：躲在某个卧室里，躲在过道里，或者躲在车库里。

除非他已经在家里。除非他又骗了克莱尔，其实他一直都在富勒家。

她一直都怀疑保罗另有别的房子，但或许富勒家就是保罗的藏身之地。他就喜欢所有东西都维持原样，总是循规蹈矩，吃饭用专门的碗，喝咖啡用专门的杯子。要不是克莱尔有意见，他巴不得每天都穿那一套黑色西服。他不能乱了规矩，不能接受陌生感。

突然，仪表盘里传来一阵警报声，克莱尔不知道这个声音是什么意思。她减慢了车速，这个时候发动机可千万不能出问题。她疯了似的在仪表盘上寻找着警报灯在哪里，但她只看到提示油量过低的黄灯在闪烁着。

“别啊，别啊，别这样。”特斯拉从来都不用加油。以前保罗每个星期六都会帮她把宝马的油加满。她除了去加油站买无糖可乐，自己似乎都不记得什么时候还去过加油站。

她看了看路上的指示牌，距雅典小镇还有四十五分钟路程。又开过了几个路口她才终于看到了加油站的标志。

最后她几乎是靠车的惯性滑进加油站。这时雨虽然停了，但天上仍然乌云密布，天气也渐渐转凉。之前在办公楼前的商店她就花光了海伦给的现金，她也不知道这辆福特车要加多少油，只能把剩余的四十美元递给收银员，然后祈祷一切顺利。

等克莱尔回到车上时，旁边有一对年轻夫妇站在一辆破旧的小轿车前。他们好像在因为钱的事争吵，克莱尔一边给福特加着油，一边装作没有看到。以前她和保罗从不会因为钱吵架，因为保罗很富有。他们刚认识的时候还偶尔会争吵，大多是因为保罗为她付出得过了头。只要她有需求，保罗都能满足。过去这些年里她的朋友总是说：保罗什么都安排好了。

突然，油枪咔的一声坏了。

“妈的！”汽油溅得她满手都是，散发着一股恶心的气味。她想起保罗在海伦的后备箱里也放了同样的急救包，便打开了后备箱，拿出一个背包，从里面找到一包湿纸巾。包里还装着一把剪刀，但克莱尔用牙齿就把包装袋咬开了。她一边擦拭着手上的汽油，一边看着后备箱里乱七八糟的东西。

刚结婚的时候，保罗总是做噩梦。只有那时克莱尔才看到保罗害怕时是什么样子。

不，不该这么说，保罗不是害怕，他是心里有阴影。

他不常做噩梦，大概每年两三次，但保罗总会尖叫着醒来，挥舞着手脚，大口大口地喘息着，因为在梦里他被火活活烧死了，就像那场车祸中自己丧命的母亲一样。

克莱尔清点了后备箱里的物品。

紧急信号弹、背包、一盒防水火柴、一个能装四加仑的汽油瓶。

保罗还真是什么都安排好了。

现在轮到克莱尔来安排他了。

第二十二章

克莱尔抵达雅典小镇中心区时，这边还没有下雨。呼啸的狂风席卷着街头。课间休息时外出吃午饭的学生都裹紧了围巾戴着帽子，一路小跑着赶在大雨降临前回到教室里。地平线上一片黑暗，厚重的乌云正从亚特兰大一路飘来。

克莱尔之前已给海伦打过电话，看自己还有多少时间。她妈妈现在到了温德附近，离克莱尔还有三十分钟路程，而 78 号国道上的一起车祸又为她争取了十分钟。幸好海伦及时告诉了她这个消息，否则保罗打电话来问她为什么停下来不动时，克莱尔还真不知道怎么解释。

她沿着昨天和莉迪亚一起去沃特金斯维尔的路开着，差点错过了转向保罗家的路口。她开得很慢，因为现在要提防的可不止雅各布・梅休或者哈维・法尔克那样的家伙。卡尔・哈克比仍然是县治安官，他手下肯定有人，只是不知道他手下的人会站在法律准绳的哪一边。

哈克比也对富勒家发生过的那些事一清二楚。

克莱尔很清楚，她不能把车随便停在路上，于是她开下公路，把车停到茂密的树林里。轮子碾在坑坑洼洼的土地上，颠簸得非常厉害。两个倒车镜都扣到了门上。当她从一棵松树下开过时，树枝刮掉了车顶的漆，发出尖锐的摩擦声。她尽可能地朝树林深处开去，开到一个车门都打不开的地方，从车窗里爬了出来，然后探头进去把左轮枪拿了出来。

不知怎的，此时这把枪变得更加沉重，也更加致命。

她把子弹盒打开放在车顶上，一颗一颗地拿起子弹，仔细地塞进枪膛里。

"这颗是朱莉娅的。"塞进第一颗的时候她说，"这颗是爸爸的。然后妈妈的。莉迪亚的。"

手心只剩最后一颗子弹，克莱尔仔细端详着，这一颗比其他的都要沉重——闪闪发亮的黄铜，漆黑的弹头，只要打中身体就会炸开。

"这颗是给保罗的。"她用沙哑的声音绝望地说道。

最后一颗子弹是为她老公报仇的，为她早已逝去的保罗，为那个第一次被父亲带去谷仓的保罗。为那个告诉克莱尔自己童年很幸福的保罗。为那个站在婚礼殿堂上郑重承诺要珍爱、呵护克莱尔一辈子的保罗。为那个坚定地牵着她的手、在巷子里假装死去的保罗。

但这次，就不是假装死去了。

克莱尔把弹夹塞回枪里。她检查了一番，用手向前举着枪，手指扣住扳机，练习用拇指把保险打开的动作。

她的计划如下：先往富勒家的房子里倒汽油——但只能倒在卧室、前阳台和浴室里，她知道保罗肯定把莉迪亚关在车库里，必须要远离那个位置。然后点燃汽油，让保罗闻到烧焦的味道或者听到燃烧的声音。他肯定会被吓死，火是他唯一害怕的东西。等他从房子里跑出来，克莱尔就在门口等着他，一共打他五枪，为那五个人报仇。

然后再冲进房子里把莉迪亚救出来。

这个计划风险很大，甚至都有些异想天开了，克莱尔早已意识到这一点。她也知道自己真的在玩火，但除此之外她也想不出什么办法，能让保罗从家里跑出来，一时间毫无防备，给克莱尔足够的时间来行动。

她也知道一切就是在电光石火之间，如果拖得太久，她也对自己是否真的能扣下扳机没有信心。

克莱尔和保罗不一样，不能在轻描淡写之间夺走他人性命，就算对方是个人性泯灭的畜生也做不到。

她把枪别到背后，枪管不算长，但是枪膛卡在她的尾椎骨上。她便把枪往屁股中间挪了挪，但感觉更奇怪，最后放到腰骶部才觉得舒服。妈妈给她带来的宽松内裤包住了枪膛。枪管正好卡在她的股沟里，虽然有点不太自在，但身上也没有比较深的口袋可以把枪装好，如果枪被保罗看到就完蛋了。

她打开后备箱，取出一个背包，拉开拉链后在里面摸索着应急毯。这种毯子压缩起来很小，但是摊开以后却有一张斗篷那么大。信号弹上放着一盒防水火柴，在背包底部放着一本平装本的书：

《雪莱诗词全集》。

正如海伦曾说的那样，除了诗人之外，世上还有很多默默无名却敢于伸张正义的人。

克莱尔把这些东西全都用毯子包好，然后打开四桶水。虽然身上的T恤在雨中奔跑时已经湿透，她还是用水浇湿了身体。她顿时感到一阵透心凉，但还是要确保头部和背部，还有衣袖上的每一寸都被水浸透，然后把剩下的水都浇到牛仔裤的裤腿上。

随后她一手抓起毯子，一手提起四加仑的油桶。

克莱尔深一步浅一步地穿过树林，汽油在塑料桶里咣当作响。树冠下似乎弥漫着永不消散的一层雾气，她听到远处传来一阵雷鸣，似乎在呼应着她接下来的计划。克莱尔继续前进着，天色渐渐变黑，但她还是能看到前方有一辆灰蓝色的雪佛兰轿车停在一排树后面。

克莱尔放下了手中的毯子和油桶。她害怕保罗或者他的同伙坐在车里，便掏出背后的左轮枪，打开保险，小心地朝前走去。

车上空无一人。

她关上了保险，把枪塞回牛仔裤里。可能是因为自己的惯性心理，她似乎觉得枪塞在裤子里的不适感已经不见了。

克莱尔用手摸了摸引擎盖。发动机是冷的。可能保罗自克莱尔走后就一直待在富勒家的房子里。

为什么他哪里都不去呢？治安官会为他保驾护航的啊。

她捡起毯子和油桶，继续朝着房子走去。前方树木茂密，她生怕自己走错了方向，但几步之后房子的绿顶便出现在她的眼前。她弯着腰继续走着，只见所有窗户仍被老旧的隔板封住。但她还是小心为好，尽量压低身子。这些隔板中间有微小的缝隙，可以看到外面的行车道，估计其他的窗户也一样。

雨脚如麻，杂草丛生的后院里还来不及浸透，脚下的枯草被克莱尔踩得咔咔作响。一阵大风吹过原来那座阴森的谷仓所在的空地，秋千随风慢慢摇动着发出声响。她清出一片空地，用脚把高高的杂草踩平，好让她把毯子和里面的东西摊开。

她仔细观察着后院。之前被她和莉迪亚撬开的那片厨房门隔板靠在房子的侧面，而她们离开的时候是把那块隔板放平在地上的。估计是保罗来收拾了一下，可能房子里也被他打扫过了，也有可能他没有收起散落一地的餐具，这样有人进来的话就会发出声响。

比起自己怎么混进房子里，她更担心怎么把保罗从里面骗出来。

她在汽油桶旁边蹲下，拧下桶盖。先从厨房旁边的小阳台开始倒油，把油灌进房屋外围的木隔板。克莱尔非常小心，确保汽油流进了隔板间的缝隙里。每次穿过窗户前，她都会抬高油桶，一边尽可能浸湿隔板，一边又确保自己不发出太大的响动。

她走到阳台前的台阶时，心脏突突地跳着，生怕脚步声会被保罗听到。她一直盯着车库，尽量不让自己去想保罗和莉迪亚正待在里面。金属卷帘门仍然被从外侧锁住，铁扣还搭在上面。可见莉迪亚还被关在里面，关在保罗杀人的小屋里。

克莱尔转过身。她悄悄地绕着房子走了半圈，检查自己是否把油都灌到了被木板封住的窗户下沿。随后她又从房子左侧开始，把汽油倒在前庭、卧室和浴室边。现在只有厨房和车库没有倒上油了。

第一步：完成。

克莱尔走回毯子旁，跪在地上。她浑身冒汗，却双手冰凉，手指失去了知觉。在把雪莱诗集拆散之前，她在心里默默向作为图书管理员的妈妈说了声对不起。她把撕下的纸张搓成条，绑在一起做成一根绳，拧开油桶上的喷嘴，把纸绳塞到桶里，留了六英尺长的一段在外面。

第二步：就绪。

背包里有两发长长的信号弹。克莱尔一手握住一个，朝着房前走去。她站在缝纫室下方，身后是空空如也的街道。在加油站的时候，她看了信号弹的使用说明：就和点火柴一样，取下盖子之后，用砂纸摩擦信号弹顶部即可。

克莱尔取下塑料盖，看了看这栋房子。就是现在了。现在她还来得及收手，走回车里，给华盛顿的联邦调查局总部、国土安全局、特工部门、佐治亚调查局打电话。

但他们赶到这边要几个小时？

保罗还要和姐姐在房子里独处几个小时？

克莱尔拿着信号弹的顶部用力一擦，自己被吓得往后一跳。她没想到那么快就烧了起来，火星散落在她脚边，喷出的火焰噼里啪啦，好像开到最大的水龙头一样。想到自己正在做的事，她就忍不住发抖。她本以为还有时间，但看到火焰烧得那么旺，点燃了地上的汽油，橙红色的火舌点燃了房屋的边缘，她便放下了信号弹，心悬到嗓子眼，知道自己只能动作快点。箭在弦上不得不发了。

克莱尔沿着房屋的侧面一路小跑，在主卧一侧点燃了另一个信号弹。只听“咻”的一声，一阵热浪扑面而来，火焰沿着汽油点燃了窗户上的隔板。

克莱尔身边一片火热，但她却不停地颤抖着。她跑回自己的东西旁边，把皱巴巴的毯子披在肩膀上，勉强遮住上半身。她抬起头看着天空，只见风云骤变，先前的水雾已经变成大滴的雨点落下。

克莱尔看了看房屋侧面，确认一下雨水有没有把火淋熄。白色的烟雾盘旋上升，火红的火舌从隔板中间喷了出来。

第三步：正在进行。

克莱尔提起油桶，朝着后阳台走去。她沿着楼梯走了十英尺，放下油桶，掏出了左轮枪，把枪握在身侧，枪口指着地板。

她在等候。

突然风向变了。一阵烟雾灌到她脸上。白色的烟雾也变得焦黑。克莱尔不知道这是什么情况，只记得以前在电视剧里看到过，烟雾的颜色一变就要出大事。但她也读过一篇文章，说烟雾的颜色取决于可燃物的种类。

是不是烧着了什么？克莱尔已经看不见明火，只有一团不断上升的黑烟，此时她正等候着保罗一路尖叫着从房里跑出来。

时间一分一秒过去，她握紧了手中的枪；一分钟，又一分钟，她听到血液在耳朵里流动的声音，心脏仿佛快要跳出来了。

但什么都没发生。

“妈的！”她低声骂了一句。怎么火不见了？这点雨连草地都淋不湿，怎么可能浇灭一整栋着火的房子？但现在连信号弹上的火焰都被淋灭了。

她紧盯着后门，朝着房屋侧面倒退了几步，隔板下黑烟不断冒出，整栋房子仿佛一座煤窑。房间里着火了没？这些木边框又老旧又干燥，墙里的木螺栓都已经有六十多年的历史了，克莱尔看过成百上千张住宅楼墙壁的建筑草图：外侧装有木边框，中间用单薄的木隔板加固，在两个木螺栓中间塞了厚实的绝缘石膏夹板。整面墙壁的厚度至少有六英寸，材料大多都是木头，都被汽油浸透了，为什么火焰还没有烧到房间里？

一定是因为绝缘材料。

保罗换掉了所有窗户，他肯定把墙里的石膏板取了下来，换上了新的防火材料。因为不管克莱尔在盘算什么，保罗肯定比她多算了六步。

“该死！”她骂道。

现在怎么办？

她提起了油桶，里面还有一点点汽油，大部分都被纸绳吸收了。她现在只有一个后备计划：点燃纸绳，把油桶扔到房顶上。

然后呢？如果也没烧起来怎么办？只把房子点着一半的目的就是逼保罗从后门跑路。如果他听到房顶有声音，他可能就直接从前门甚至车库里出来了。或者以为是树枝落到房顶，或者忙着折磨莉迪亚，根本没听到声音。

克莱尔放下了汽油桶，掏出翻盖手机，找出巴克敏斯特·富勒家的电话拨了出去。

厨房里的电话响了起来，听起来就好像一根刺扎在耳朵里似的。她一边用枪管不断拍着大腿，一边听着电话铃的响声。一声、两声、三声……昨天这个时候，克莱尔还像个听话的小孩一样，坐在后阳台上等保罗每二十分钟给她打电话，通知她莉迪亚是死是活。

电话响了第五声，保罗终于接了：“喂？”

“是我。”克莱尔控制着自己的声音。隔着厨房破碎的门，她看到了保罗。他背对着她，房间里没有起烟，也没有任何着火的迹象。保罗脱下了红色的衬衣，肩胛骨把单薄的T恤绷得紧紧的。

保罗说："你打我这个电话干吗？"

"莉迪亚在哪里？"

"你一直问你姐姐，我都听烦了。"

突然风向变了回来，一阵烟灌进了克莱尔的眼中："我看到没有剪辑过的视频了。"

保罗没有作声，只是抬起头看着天花板。是不是他也闻到了烟味？

"我都知道了，保罗。"

"你觉得你知道什么了？"他把电话线拉长了些，走到走廊上看了看。

突如其来的光亮吸引了克莱尔的注意。一股火焰沿着浴室的天花板烧了下来。她转过头看向保罗，电话线不够长，他还站在厨房里。"我知道你就是那个面具男。"

保罗还是没有回答。

克莱尔看着那道细细的火焰慢慢变成一股猛火。整个浴室的天花板被烧得漆黑。木边框上也堆满了焦炭。"我知道那个 U 盘里装着约翰尼·杰克逊的照片，你想拿回客户名单，继续经营你的生意。"

"你在哪里？"

看着火焰蹿上了浴室窗户的隔板，克莱尔心头一阵激动。

"克莱尔？"

保罗仍没有说话，还是站在阳台上抬头看着天花板。烟雾从房顶渐渐滚下，但保罗没有一丝惊恐，只是感到非常讶异："你干了什么？"

克莱尔丢掉了电话，手上还握着那把左轮枪。保罗低头看着她的手，看到她握着的枪。现在克莱尔该把枪举起，用枪管对准他，打开保险。她必须动作快点，别再缩手缩脚，在保罗走过来之前就扣下扳机。

保罗沿着那三级台阶走下。克莱尔还记得他在家里下楼梯的样子，记得他早晨微笑着告诉她今天有多漂亮，记得他亲吻自己脸颊，记得打开药柜就看到他留下的便签，记得他上班时发短信逗她笑。

保罗问道："是你把房子点着的吗？"他似乎有些难以置信，但却暗自欣喜，就像之前克莱尔打电话让他去交保释金的时候。

"克莱尔？"

克莱尔无法动弹。眼前这个人是她丈夫，是保罗。

"你哪里搞来的枪？"他低头看着克莱尔手里的左轮，脸上的神情不是担心，更多却是惊喜，"克莱尔？"

不行，克莱尔不能忘了自己的计划。现在火势正猛，她手上还握着左轮枪。她得打开保险，把枪对准保罗的脸，扣下扳机，一下、两下、三下……

"莉迪亚没事的。"保罗已经站到她的身前，她都闻到了保罗身上浓重的汗味。他胡子没刮，取下了厚重的眼镜。透过保罗白色的T恤，他的轮廓若隐若现。

她亲过他的身体，用手指把玩过他的胸毛。

保罗转过头看向房子："火烧得很快啊。"

"你不是很怕火吗？"

"只在有可能被烧到的时候会害怕。"保罗没有明说，现在他站在室外，下着大雨，周围这几亩地都可以随他逃走，“听我说，火一会儿就会灭了。你赶紧把U盘给我，我马上就走，你就可以进去给莉迪亚松绑了。”他又露出了那种甜蜜却有些不自然的笑容，告诉克莱尔他会解决一切，“你自己去看，我没有伤害她。我向你保证过的，我对你从不食言。”

克莱尔说：“我以为……”

保罗看着她的眼睛说：“你以为什么?”

“我以为是我选择了你的。”

“当然是啊，”保罗用手轻抚着她的脸颊，“我们选择了彼此。”

克莱尔突然把他吻住，深深的一吻。保罗舒服地哼了一声。两人舌尖相碰时保罗屏住了呼吸，双手颤抖着捧住克莱尔的脸。她感觉到保罗的心跳，感觉和从前一模一样，克莱尔这才明白了，保罗原来一直都在骗她。

她打开保险，扣下了扳机。

空气中回荡着一声巨响。

一股热血溅得克莱尔满脖子都是。

保罗惨叫着跪倒在地，声音是那样痛苦，那样恐惧。他捂着被空心弹打得残缺不全的膝盖，脚踝也被打裂，白骨、韧带和软骨像沾着鲜血的破布一样摊在外面。

克莱尔对他说：“这枪是为我打的。”

说罢，她把手枪插回牛仔裤后面，一把抓起毯子就往房子里冲。

但走了几步便停了下来。

大火已经吞噬了房屋的左侧。火焰正沿着厨房的墙壁攀爬，天花板上火星四溅，烧得玻璃四分五裂，电话线也受热熔化，地毯上一片焦黑。飘出的烟雾像是一团白色的棉花盘旋在空中，橙红色的火焰填满了整间书房，现在正朝着走廊蔓延开来。

朝着车库而去。

一切都晚了，她进不了车库了。现在进去救莉迪亚就是疯了。她会死，两人都会死。

克莱尔深吸一口气，朝着房子里冲了进去。

第二十三章

“车库里还有人！”见明亮的火焰蹿进了走廊，莉迪亚在椅子上无力地挣扎着，“救命！”

她听见了刚才的枪声，听到了男人的惨叫。

“是保罗吧，”她暗自祈求着，“老天，被打倒的人是保罗吧。”

“我在这里！”莉迪亚大喊着。被绑在椅子上的她听到电话铃和枪声，又重拾了希望。

“救命！”

外面的人知道这里着火了吗？当务之急是进来救人，难道警察在忙着逮捕保罗？他出去的时候没有关门，火焰就在莉迪亚面前，她看着零星的火花穿过墙壁，变成熊熊大火。地毯被引燃了，天花板上的石膏夹板慢慢熔化，烟雾和灼热的空气从狭窄的走廊里灌了进来，莉迪亚的手脚和脸颊被烤得滚烫。

“救命！”她大声呼救。火势迅猛地蔓延着。外面的人不知道房子里还有人吗？难道他们看不到屋顶上燃起的大火？

“我在这儿！”她叫道，“车库里有人！”

莉迪亚在重重捆绑下做着无用的挣扎。经历了那么多折磨，她不想就这样死了。她还想再见瑞克一次。还想再抱抱小狄。还要告诉克莱尔自己真的原谅她了。还要对妈妈说声我爱你，告诉她父亲不是自杀，是保罗害死了他，父亲爱着家里的每一个人……

“求求你们啦！”她喊得太大声，嗓子痛得快说不出话，“救命啊！”

突然，走廊尽头出现了一个人影。

“这里！”她喊道，“我在这里！”

那个人朝她走来，越来越近。

“救命！”莉迪亚向那人呼救着，“救救我！”

克莱尔。

进来的人是克莱尔。

“不要，不要，不要！”莉迪亚很震惊，怎么会是克莱尔？警察呢？克莱尔做了什么？

“莉迪亚！”只见她用毯子裹着头，弓着腰绕开头上的烟雾，朝莉迪亚跑来。身后的墙壁和天花板都烧了起来。

怎么会是克莱尔？火警呢？警察呢？

莉迪亚疯了似的盯着门口，希望能有一群穿着防火服，戴着头盔和氧气瓶，拿着斧头的男人冲进来。

但她身后空无一人。只有克莱尔。又冲动又愚蠢的克莱尔。

“你做了什么？”莉迪亚尖叫道，“克莱尔！”

“没事了，”她大声回答着，“我马上来救你。”

“我的天呐！”莉迪亚眼睁睁地看着火焰烧掉了墙上的漆，烟雾灌满了整个车库，“其他人呢？”

克莱尔拿起桌上的刀，砍断了所有束线带。

“快走啊！”莉迪亚一把把她推开，“我被拴在墙上了！你赶紧走!”

克莱尔走到椅子后面，似乎在拧什么东西。只见所有链子像皮带一样脱落了下来。

莉迪亚瞠目结舌，刹那间僵在原地。她自由了。被束缚了二十四小时之后，她终于重获自由了。

可以自由地葬身火海了。

“快走!”克莱尔朝着敞开的门走去，但火焰早就把路封死了。墙上的石膏板全被熔化。地毯仿佛一条卷起的舌头。

“不!”莉迪亚大叫道，“妈的，不要啊!”好不容易才熬过了保罗的折磨，好不容易才看到逃生的希望，她不要就这样死了。

“过来搭把手!”克莱尔撞向卷帘门。莉迪亚的耳膜仿佛要被尖锐的撞击声刺破。就在克莱尔又一次撞向卷帘门时，莉迪亚一把拉住了她。

“你在干吗呢?”莉迪亚吼道，“我们快完了!”

克莱尔一把甩开了她的手，跑到木质书架旁，把所有录像扫到地上，用力把架子上的木板从支架上掰下来。

“克莱尔!”莉迪亚不断地朝她喊，克莱尔仿佛疯了似的，“克莱尔!别弄了!”

只见克莱尔抄起卷帘门边的撬棍，高高挥起朝着墙壁砸去。撬棍上的锤头在墙上砸开了一个洞，卡在了石膏板里。她把撬棍拔出来后，又挥舞起来。

石膏板。

莉迪亚待在原地，看着克莱尔一锤一锤地砸向墙壁。原来这堵水泥墙和房间里其他东西一样，都是为了录像才弄成这副模样。其实整堵墙都由石膏板和木框架组成，在木框架外只有一层边框，边框外就是真正的自由。

莉迪亚夺过克莱尔手中的撬棍。力量充满了她身上的每一块肌肉，她高高举起这根十磅重的金属撬棍，朝着墙壁全力挥去。撬棍在她手里仿佛一把锤子似的，一锤一锤把石膏板打穿，泡沫材料仿佛雪花一样从墙壁中飘出。莉迪亚又抡起撬棍，只见墙内的泡沫材料一露出来就熔化了，她这一棒仿佛打在一坨黄油里似的。

克莱尔对她喊道："你用手啊！"

两人一把一把地把墙里熔化的泡沫掏出来。莉迪亚的手指都被烧伤了。不一会儿，泡沫逐渐液化，发出一股非常强烈的化学品的气味，熏得两人一阵猛咳。车库里的烟雾非常浓密，莉迪亚已经看不见自己的手伸到哪里了。火焰朝着她们这边袭来，高温灼伤了莉迪亚的背。她奋力地刨着墙里熔化了的绝缘材料，但似乎来不及了，这个过程太花时间了。

"让开！"莉迪亚往后退了几步，助跑之后朝着墙壁撞去，肩膀狠狠地撞在外层的木边框上。她重复着这个动作，对准了木头支架，对墙的外侧奋力冲击。

这时，莉迪亚又退了几步准备再一次冲撞。

克莱尔对她喊道："这样没用啊！"

其实是有用的。

撞击的时候莉迪亚能感觉到外墙因为自己的冲击而破裂。她又一次助跑。只见晨曦从破裂的木墙中射进了车库。

莉迪亚全力撞向墙壁，把墙壁撞得凹了进去。但她肩膀被墙中间的结构撞了个正着，手臂无力地拖在身体侧面。手不能用了她就用脚，燃烧着体内的每一丝能量，终于木头支架的钉子脱落了。室内的烟雾开始朝着屋外涌动。莉迪亚转过身寻找着克莱尔。

“过来帮我一下！”只见克莱尔双手捧着录像带，火焰就在她身边，火光映照在她身上，“我们得把这些录像带出去！”

莉迪亚一把揪住妹妹的衣领，把她推到墙上狭窄的裂缝前。但她手上捧着录像带没办法钻过去。莉迪亚见状一巴掌打掉了她手中的录像带，又一次推着克莱尔往外走。突然她脚下一滑，原来鞋底已经熔化，和水泥地粘在了一起。在莉迪亚的最后一推之后，克莱尔从墙缝中“飞”了出去。莉迪亚紧随其后。两人硬生生地摔在行车道上。

四周的新鲜空气让莉迪亚的身体很不适应。她的锁骨狠狠地撞在地面上，仿佛有一把刀插入了她的喉咙。她在地上痛苦地翻滚着，急切地呼吸着空气。

那些录像带被莉迪亚一巴掌打了出来，四散在她身边。她现在浑身哪里都疼。

“快点！”克莱尔跪了起来，把手伸向车库里，想多拿出几盘录像带。突然她一只袖子着了火，她用力甩掉火焰之后又继续往里够。莉迪亚本想推她一把，但左手完全使不上力。当她用右手撑着自己站起来时，肩膀处传来了钻心的疼痛。她一把抓住克莱尔的衣服，想要把她拉开。

“不行！”克莱尔仍在往外拿录像带，“我们要留住这些录像。”她双手捧着，就像两人小时候堆沙堡一样，“小莉，快来帮我啊。”

莉迪亚在克莱尔身边跪下，但她只能看见眼前几英寸的范围。烟雾填满了墙缝。热气令人窒息，似乎有什么东西落在莉迪亚头上，她本以为是火花，但其实是雨水。

“只有几盘在里面了！”克莱尔还在努力着，“把这些拿远点！”

莉迪亚用她还能动的右手把录像带全部扔到行车道上。录像带的数目惊人。她看着每一盘上面贴着的日期，这些日期就是那些女孩失踪的日子，是她们的家人莫名其妙就失去了自己的姐妹或女儿的日子。

火焰从墙缝中喷涌而出，克莱尔往后一倒，脸上沾满了焦炭。终于，大火吞噬了整个车库。莉迪亚揪着克莱尔的领子，把她拖到离房子很远的地方。克莱尔跌跌撞撞地站起来，熔化的鞋子从脚上脱落，她一头撞进了莉迪亚的怀里，把莉迪亚的肩膀撞得生疼。但这点疼痛还不算什么，她时不时的咳嗽才仿佛要把她的身体撕裂。她弓着腰，吐出了一摊黑水，嘴里满是尿骚味和焦炭的味道。

“小莉。”克莱尔抚摸着她的背。

莉迪亚大张着嘴，随着胃里的一阵抽搐她又吐出一摊黑水。幸好这一下就全吐出来了。她擦了擦嘴站起来，突然而来的头晕让她赶紧闭上了双眼。

“莉迪亚，看着我。”

莉迪亚逼迫着自己睁开眼睛。只见克莱尔背对车库站着，身后是正在肆虐的火焰和烟雾，但克莱尔却没有理会这一切，只是专注地看着莉迪亚。她一脸心痛的表情，用手指摸了摸莉迪亚受伤的嘴唇。

可想而知，妹妹看到了自己脸上的淤青、伤痕和被电焦了的疤痕。

克莱尔问：“保罗怎么你了？”

“我还好……”莉迪亚也只能这样告诉她。

“他到底怎么你了?”克莱尔浑身颤抖着,滴下的泪珠在她漆黑的脸上画出两道白色的痕迹,“他保证不会伤害你的!他保证过的!”

莉迪亚摇了摇头,但她知道自己不能这么做了,刚才经历的那些都不重要了,什么都不重要了。

“老子要杀了他!”克莱尔光着脚,恶狠狠地朝着屋后走去。

莉迪亚跟着她,尽可能用力地扶住她脱臼的左手。她每走一步锁骨就会撞一下她的喉咙。她感觉身上每个关节处都积满了沙石。落下的雨水把她脸上的焦炭溶成一团团的黑泥。

克莱尔就走在她前面,身后别着一把左轮手枪。那把枪莉迪亚很眼熟,但克莱尔的动作却是她前所未见的,拔枪、上膛、瞄准,一气呵成。

保罗挣扎着朝房子外爬了约有二十英尺,在草地上留下了暗红色的血迹。他的左膝已经血肉模糊,脚踝也被打得稀碎,小腿根部完全变形,在火光的照耀下能看到他外露的骨头和肌腱。

克莱尔用枪指着他的脸:“你个死骗子!”

保罗仍在往前爬着,用手肘和手掌支撑着身体朝远离火焰的方向爬去。

克莱尔拿着枪跟着他往前走:“你说过你不会伤害她的。”

保罗摇了摇头,继续向前爬去。

“你向我保证过的。”

终于,他抬起了头。

“你保证过的!”克莱尔说着,声音里透露着她的愤怒和绝望。

保罗费力地耸耸肩：“我至少没强奸她。”

克莱尔扣下了扳机。

莉迪亚吓得失声尖叫。枪声震耳欲聋，子弹击穿了保罗脖子的侧面。他用手捂住伤口，躺在地上打滚，鲜血从他指缝间涌出。

“天啊！”莉迪亚大吸一口气，满脑子只有这句话，“天啊！”

“克莱尔，”保罗呜咽着，“叫救护车来。”。

克莱尔用枪口指着他的头，面无表情地低头看着他：“你这个谎话连篇的废物。”

“别开枪！”就在克莱尔扣下扳机的一瞬间，莉迪亚抓住了她的手。子弹偏离了目标。握着克莱尔的手，莉迪亚也感受到了后坐力。

克莱尔又一次瞄准了保罗。

“别这样，”莉迪亚压住了她的手，“你看着我。”

克莱尔紧握着枪，怒目圆瞪。她仿佛置身于一片危机四伏的黑暗中，只有杀了保罗才能逃离。

“你看着我，”莉迪亚重复道，“他知道朱莉娅的遗体在哪里。”

她的视线仍然死死地盯着保罗。

“克莱尔，”莉迪亚一字一句地说，“保罗知道朱莉娅的遗体在哪儿。”

克莱尔摇了摇头。

“他告诉我的，”莉迪亚说，“在车库里时他告诉我朱莉娅的尸体就在附近，他时不时还会去她那里看看。”

克莱尔摇着头说：“他骗你的。”

这时保罗开口了：“我说的是真的，我知道她在哪里。”

克莱尔正准备把枪对准他的脑袋，莉迪亚拦住了她："你先让我试试，好吗？我跟他说，求你了，求你了。"

她妥协了，慢慢地放下了紧绷的手臂。

莉迪亚强忍着疼痛蹲下，同时紧盯着妹妹。蹲下时疼痛难忍，每动一下肩膀就好像被一把尖刀刺入。她擦了擦眉毛上的汗，低头看着保罗问："朱莉娅在哪里？"

保罗没有看她，现在他只想和克莱尔说话。"求你了，"他乞求道，"帮我叫救护车。"

克莱尔无情地摇了摇头。

莉迪亚说："你告诉我们朱莉娅在哪里，我们就帮你叫救护车。"

保罗瞥了莉迪亚一眼。绵延不绝的雨水不断拍打着他的脸，流进他脸上的伤口里。

"叫救护车，"保罗重复着，"求你了。"

求你了。这句话莉迪亚在车库里说了多少次？保罗多少次都对她的恳求一笑而过？

保罗喊道："克莱尔……"

"朱莉娅到底在哪里？"莉迪亚问他，"你说她就在附近。是不是在沃特金斯维尔？还是在雅典小镇？"

保罗没有理会她："克莱尔，求你了，你得救救我啊，这可不是闹着玩的。"

克莱尔随意地把枪拿在身侧，回头看着房子，看着熊熊大火。她紧闭着双唇，眼眶仍然湿润着。她就快撑不住了，只是莉迪亚没看出来。

莉迪亚又转过头看着保罗。“告诉我啊。”她努力不让保罗觉得自己像是在求他一样，“你说你知道她在哪里的，还去看过她的尸体。”

她已经是一堆腐朽的白骨，只有脏兮兮的金发和她戴的那些蠢得要死的手链还保持原样。

“克莱尔?”保罗流了很多血，皮肤寡白，“克莱尔，求你了，你看着我。”

莉迪亚可没时间跟他耗，伸出手捅进保罗血肉模糊的膝盖里。

保罗的尖叫声响彻四周。莉迪亚也没有松手。她继续用力，直到指甲已经刮到他的骨头。

她逼问道：“告诉我朱莉娅在哪里!”

保罗紧咬着牙关，从牙缝里喘着气。

“朱莉娅在哪里?”

保罗突然翻起了白眼，身体开始不停抽搐。莉迪亚这才把手抽了回来。

他急切地呼吸着，胆汁混着鲜血从他嘴角流下。他脸紧贴着地面，胸口随着呼吸上下起伏，声音听起来就像快要窒息一般。突然，他哭了起来。

不，他没有哭。

他在笑。

“你就是没种，”保罗咧开嘴，露出沾满鲜血的白牙，“你这个没用的臭肥婆。”

莉迪亚又把手指插进了他膝盖里，摸到了他残缺的骨头，还有随之活动的关节。随着一阵惊声尖叫之后保罗失声了，他大张着嘴，气流仍然在他声带里震动着，但发不出任何声音。

不久之后，他就要心跳紊乱，膀胱失禁，肠道穿孔，慢慢失去意识。

莉迪亚非常清楚这个过程，在车库里保罗已经让她经历过一次了。

保罗又开始不停抽搐。他双臂僵直，紧紧地捂着脖子上的伤口。一滴一滴的鲜血从他指缝中流出。

克莱尔对莉迪亚说："我车上有急救箱。我们可以帮他包扎一下脖子，让他多疼一会儿再死。"她仿佛在和莉迪亚聊天一般，像极了保罗在车库里说话的样子。"或者把他活活烧死吧，油桶里还有点油。"

莉迪亚非常清楚克莱尔没有开玩笑。她已经给了他两枪。如果没有莉迪亚，保罗早被她杀了。现在她想折磨保罗，活活把他烧死。

莉迪亚自己在干什么呢？她低头看着自己的手，手指完全插进保罗的左膝里。随着保罗的抽搐，她的心也一起颤抖着。

抖到灵魂深处。

她逼着自己把手抽出来。让保罗从痛苦中解脱是她这辈子最不情愿做的事。但是，不管保罗·斯科特怎么害过她和她的家人，莉迪亚不愿意变成他的样子，也不会让妹妹做出这种事。

"保罗，告诉我她在哪里。"莉迪亚试着去唤起保罗所剩无几的良知，"你也知道自己就快死了，只是时间问题而已。告诉我朱莉娅在哪里，死之前至少做一件好事吧。"

保罗嘴里血流如注，他对克莱尔说："我真的爱过你。"

莉迪亚追问着："朱莉娅呢？"

保罗直勾勾地看着克莱尔："我这辈子只在你身上做过好事。"

克莱尔仍紧闭双唇，用枪口不断拍着她的大腿。

他接着说："求求你了，最后再看我一眼。"

克莱尔摇摇头，看向房子后面的田野。

"你知道我是爱你的，你是我身体里唯一没有扭曲的一部分。"

克莱尔一个劲地摇着头。她哭了出来。尽管站在雨中，莉迪亚仍能看到泪水从她脸上滑落。

"我从没想过要丢下你，"保罗随着她失声痛哭，"我爱你，克莱尔，我发誓，我都是将死之人了。"

这次，克莱尔总算低下头看向她丈夫。她大张着嘴，但只是呼吸着，什么也没说。她眼神游弋着，好像不太认识眼前这个人似的。

她现在看到的是原来的保罗吗？那个刚刚毕业，毫无安全感，只求能被克莱尔爱上的男人？还是那个录下这些录像的凶手？那个把困扰着克莱尔一家人的秘密隐藏了二十四年的人？

保罗爬向克莱尔。"求你了，我都快死了，最后爱我一次吧。"

克莱尔虽然摇着头，但莉迪亚看得出她已经有些动摇。

保罗也发现了，他继续恳求道："求你了。"

克莱尔带着一丝不甘愿慢慢地跪在他身边。她把枪放到草地上，抚摸着保罗的手，似乎在帮他止血，想让他活下来。

保罗咳了几声，鲜血从嘴里喷出。他用力地捂住脖子上的伤口："我爱你，不管发生什么你一定要知道我是爱你的。"

克莱尔忍住眼泪，轻抚着他的脸颊，撩开挡住他眼睛的头发，挤出一丝笑容对他说："你个蠢货，我知道你把朱莉娅扔到井里了。"

保罗的表情非常复杂。要不是莉迪亚在旁边仔细盯着，可能都不会发现他曾有一丝震惊。他欣喜地说："天啊，你总是那么聪明。"

"是啊，我一直都聪明。"克莱尔仍靠在他身边。莉迪亚本以为克莱尔会吻他，但克莱尔却一把将保罗捂着伤口的手拉开。保罗竭力反抗着，想止住涌出的血，但克莱尔一直紧握着他的手，把他的手掰到背上。保罗已经无力挣扎，止不住流出的血，止不住克莱尔。克莱尔骑坐在他腰上，按住他的双手，盯着他的眼睛，享受着保罗变化的表情——从难以置信，到瑟瑟发抖，到绝望至极。保罗的心突突地跳着，每跳一下脖子的伤口里就会涌出一股新鲜的动脉血。看着他大张着嘴，雨水灌进他喉咙里，看着喷涌而出的血液变成一股细流，看着他的手渐渐失去力气，肌肉渐渐松弛，身体渐渐瘫软。除了粗重的喘气声和嘴里吐出的红色泡沫，保罗已经没有任何活人的迹象，就算到这时克莱尔也没有转移视线。

"我看清你了，"她对保罗说，"我可算是看清你了。"

莉迪亚看得瞠目结舌，不敢相信眼前发生的一切，不敢相信妹妹的所作所为。目睹这一切之后，她们怎么可能从中恢复过来，克莱尔永远都不可能忘记。

"过来。"克莱尔对莉迪亚说着。她站了起来，把手上的血擦在牛仔裤上，就像刚从花园里干完活回来一样。

莉迪亚仍愣在原地。她看着保罗，嘴里已经没有呼吸时吐出的泡沫，他黑色的眼球里还倒映着燃烧的房子。

一滴雨水滴落在他的眼球上。他没有眨眼。

“小莉。”

莉迪亚转过脸去。克莱尔还在后院里。雨开始下大了，但克莱尔似乎没有发现。她踢倒了疯长的杂草，一路走了出来。

“来吧，”她喊道，“过来帮我一把。”

莉迪亚不知怎的竟然成功站了起来。她还没从震惊中缓过来，只有一个理由支持着她顶着浑身的疼痛，一步一步向前走着。她问克莱尔：“你在干吗呢？”

“后院里肯定有口井！”雨声太大，克莱尔要抬高音量莉迪亚才能听见。她光着脚踩倒四周的杂草，在地上画出一个圆圈。“我看过税务单，这栋房子是用的城市供水。”她的兴奋之情不言而喻，说话时气喘吁吁，就像小时候跟莉迪亚吐槽学校里讨人厌的女孩一样，“我很多年前给保罗画过一幅画。我们第一次约会的时候他给了我一张这个后院的照片，说自己很喜欢这里的景观，让他想起家乡和父母，还有在农场长大的日子。那张照片里有一个谷仓，小莉，一个很阴森的大谷仓，谷仓旁边有一口有盖的水井。我当时花了几天，几个星期琢磨，应该用什么颜色来画那口井。我才不信我能忘掉那口该死的井！”

莉迪亚拨开身前的杂草。她想相信克莱尔，希望她所说是真的。但事情会那么单纯吗？朱莉娅真的就在这里？

“我这次肯定是对的。”克莱尔踩了踩秋千下方的土地，“房间里所有东西都是按原样布置的，所有东西都是。如果不是为了隐藏罪证，他为什么要拆掉谷仓？如果井里什么都没有，他干吗要把井填了？我一提起那口井，他的表情你也看到了。朱莉娅一定在里面，小辣椒，她一定在井里。”

他们差一点就找到她了，莉迪亚。你知道吗，就差一点点。

莉迪亚也跟着克莱尔一起踢倒周围潮湿的杂草。这时风向突变。一时间她一张嘴只能呼吸到浓密的烟雾。她转过身看向房子，火势仍然不减，但或许由于下雨的缘故，火焰还没有蔓延到后院里。

“小莉！”克莱尔站在秋千下，用脚跟狠狠跺着脚下的土地，每跺一下就传来一阵空荡的回音。

克莱尔跪了下来，开始用手刨土。莉迪亚在她身边蹲下，用尚能活动的右手感觉着土地下方妹妹发现的东西。她摸到了一块厚重的木板，约有一英寸厚三英尺宽。

“肯定是这里，”克莱尔说，“就在这儿。”

莉迪亚抓起一把土。她的手指流着血。之前掏墙缝里的泡沫时被灼伤长起水泡，但她仍在挖着。

终于，克莱尔刨开了表层的土。她把手指塞到木板下方，像举重运动员一样蹲下，脖子上青筋暴起，使劲浑身力气想把木板拖走。

但木板纹丝不动。

“妈的！”克莱尔又试了一次，手臂因为用力过猛开始发抖。莉迪亚想帮她一把，但是自己的手根本不听使唤。雨天对两人也非常不利，所有东西淋雨以后都变得更重了。

克莱尔手指一滑，整个人往后倒在了草地上。“操！”她一边骂着，一边用手撑着站了起来。

“试试能不能推开。”莉迪亚用脚抵住木板，克莱尔也上前帮忙，使出浑身解数用掌心向前推。

莉迪亚脚下一滑，急忙用右手撑住。她推得太用力，感觉腿都快不是自己的了。

终于，两人把这块沉重的木板推动了几英寸。

“再用力点！”克莱尔喊道。

莉迪亚也不知道自己还有没有力气推，但两人还是再次尝试着。这次克莱尔站在莉迪亚身边用脚抵着木板，只见木板挪动了一英寸又一英寸。两人一起推着，身上的疼痛让她们齐齐惨叫。终于在两人的努力下，木板挪动了足够的距离，她们可以把腿伸进木板和地面的缝隙之间。

泥土和沙石掉入了井里。雨水噼里啪啦打在井水上。两人一起望向深不见底的漆黑水井。

“妈的！”克莱尔的骂声回荡在井里，“这得有多深啊？”

“要电筒才看得清。”

“我车里有一个。”

莉迪亚看着妹妹光着脚就朝着车冲去。她摆动着双臂，弯腰通过了一棵倒下的树。她一心只想着往前跑，都没有留意自己经过的地方有什么东西。

她跨过了保罗。她不仅眼睁睁地看着保罗死去，还因为他的死感到开心，就像蜜蜂采到花蜜一样。

但这一切也许都不重要。也许保罗的死正是克莱尔想要看到的。也许莉迪亚也不该因为两人对保罗做的事而耿耿于怀。她应该想想以前保罗是怎么对她们的。

想想她们的父亲、母亲，想想克莱尔和朱莉娅。

莉迪亚低头看着漆黑的井里。她认真地听着雨水和井底的水碰撞的声音。但雨脚如麻，她无法从中听出某一滴过了多久才滴到井底。

她在地上找了块小石子扔到了井里，然后默数了 4 秒之后听到了水花溅起的声音。

4 秒内这颗石头下落了几米？莉迪亚弯腰把手伸进井里，摸了摸边上粗糙的砖块，告诉自己里面没有蜘蛛。水井四周的砖块并不平整，她一摸就有碎石掉落，只要仔细摸索，一定可以找到站得住脚的地方。她把手伸向更深的地方，前前后后地摸着，里面的石头似乎很干燥，手指还摸到一条植物蔓藤。

但质感如此细腻，恐怕不是蔓藤。那种轻薄的触感应该是金属。难道是一串手链？还是一串项链？

莉迪亚小心翼翼地沿着砖墙把那条链子拉起。突然她感觉阻力变大，一定是链子被什么东西卡住了，但她又没法把两只手都伸到井里。她望向身后，克莱尔正从远处拿着手电筒跑来。她赤脚穿过了小树林，肯定会被划开几个口子，只是现在太冷她感觉不到。

莉迪亚吃力地哼了一声，又往里够了一点，手指顺着链子摸索着。她似乎摸到了一块坚硬的金属片，感觉像是一枚卡在墙上的硬币，而且应该是椭圆形而不是圆形。她用大拇指绕着铁片光滑的边缘摸了一圈，谨慎地捏住这个硬币状的东西，上下轻微地撬动着，不一会儿便把它从墙缝中拿了出来。于是，她把链子缠在手指上，从井里拿了出来。

她低头看着手里的这串项链。金色的心形吊坠上刻着一个弯弯曲曲的字母“L”。一看就是中学时候某个亲过你一口的男孩，觉得你们的关系进展顺利便送你一个这样的定情信物。

莉迪亚想不起那个男孩的名字了，但肯定是朱莉娅失踪那天从她的首饰盒里偷的。

克莱尔走过来说："这是你的项链。"

莉迪亚用手指把玩着这串廉价的项链。以前还以为挺值钱。现在想想可能是那个男生在本·富兰克林超市花五块钱买的。

克莱尔席地而坐，关掉了手电筒，一路小跑过来她现在气喘吁吁。而一想到接下来两人要做的事，莉迪亚就喘得比克莱尔更厉害。微弱的日光从浓密的烟雾中穿过，周围空气冰冷刺骨，两人呼出的气在项链的吊坠上结成了小水珠。

终于到了这一刻。二十四年的渴望、找寻、求知而不知，终于就将在这一刻完结，但两人这时却只能淋着雨呆坐在地上。

克莱尔说："你还记得吗，以前朱莉娅洗澡的时候总是会唱邦乔维[①]的歌。"

莉迪亚笑了笑："老是唱那首《死或生》嘛。"

"每次看电影都是她一个人吃完爆米花的。"

"还爱吃甘草糖。"

"喜欢腊肠犬。"

两人同时露出了嫌弃的表情。

克莱尔说："她以前那个男朋友好恶心啊，留着个背头那个，叫什么布伦特·洛克哈特？"

---

① 邦乔维（Bon Jovi），是一支当代美国摇滚乐队。乐手在少年时期即开始接触摇滚乐，1983 年组建同名乐队，逐渐占据市场。以主流硬摇滚、金属摇滚见长。

“洛克伍德，”莉迪亚还记得，“被爸爸吓得去麦当劳打工了。”

“后来一来家里就浑身烤牛肉味。”

莉迪亚笑了起来。朱莉娅是个素食主义者，当时她被洛克伍德恶心到了。“他俩一周之后就分手了。”

“但他还是抓过朱莉娅的胸了。”

莉迪亚抬起头问：“她告诉你的？”

“我在楼上偷听的。”

“你一直都这么八卦。”

“我又没到处跟别人说。”

“你这不就跟我说了。”

两人低下头看着吊坠，背面的金色已经褪去。“之前在电话里我是认真的，我原谅你啦。”

克莱尔抹掉眼前的雨水，似乎自己还无法原谅自己：“我发了一封邮件……”

“待会儿再说。”

还有太多重要的事要做。莉迪亚要带小狄来见这个神经兮兮的小姨。要听瑞克和海伦一起说电子书害人不浅。想要抱抱女儿。想看看自己所有的猫猫狗狗，还有家里的每一个人。

克莱尔说：“爸爸后半生唯一的愿望就是找到她。”

“来吧，就是现在了。”

克莱尔打开了手电筒，光束照亮了井底。只见一具尸体躺在浅浅的积水中，皮肤早已溃烂，但因为没有日照，骨头还没有白化。

吊坠、金色长发、银色手镯。

朱莉娅。

第二十四章

克莱尔躺在朱莉娅以前的床上，旁边躺着朱莉娅以前最喜欢的填充玩具比格斯先生。她们三姐妹小时候可没少欺负这只老旧的长毛狗玩具。里面的填充物被洗澡水弄湿过。朱莉娅以前偷用过她俩的书和帽子，作为报复，她们把比格斯先生的脚泡到饮料里，把它的鼻子烧掉一段，里面的棉花都被扯成了棉絮。

莉迪亚也没比这条玩具狗看起来好多少。自那天之后六个星期，她烧焦的头发终于长了出来，脸上却仍然挂着黑黄色的淤青。割伤和烧伤的地方才刚刚结痂。骨折的眉骨仍然非常红肿。左手还要两个星期才能恢复正常，但她已经可以单手熟练地做很多事了，包括收拾朱莉娅以前的衣物。

两人现在在林荫大道的家里。海伦在厨房准备午饭。克莱尔本应该帮莉迪亚一起收拾朱莉娅的东西，但她很自然地就像以前一样，把所有事情交给老姐去做了。

“你看那时候她多苗条！”莉迪亚摊开一条朱莉娅以前穿的约达西牌牛仔裤。她用手在裤腰上比画着，牛仔裤的裤腰特别窄。“我以前还借过这条裤子，”她惊讶地说道，“我记得她死的那个时候我还很胖啊，怎么穿得进去。”

她死的时候。

现在她们改口了——不再说朱莉娅“失踪”或是“消失”的时候，因为法医的基因检测证实了她们心中一直的想法：朱莉娅·卡罗尔去世了。

上周她们把朱莉娅安葬在父亲的坟墓旁边，只是举办了一个小小的葬礼。只有克莱尔、海伦、莉迪亚和金妮奶奶参加，葬礼上金妮奶奶一直跟莉迪亚说在她印象里，莉迪亚还是和以前一样漂亮，莉迪亚听得都快抓狂了。下葬之后她们把金妮奶奶送回家，随后瑞克带着小狄去林荫大道看了她们。当时距圣诞节只有一周，圣诞树下摆满了礼物。他们围坐在长餐桌边，吃炸鸡喝冰茶，聊着那些陈年旧事，诸如每次喝冰茶时萨姆都要唱歌，朱莉娅第一次钢琴独奏会忘记了谱子。他们也会聊小狄的事，毕竟他们错失了小狄生命中的前十七年，而小狄又是那么健谈有趣，是个聪明伶俐的小美人。看得出她很有个性，但在克莱尔眼里她像极了朱莉娅，每次看到她心跳都会漏掉一拍。

“嘿，懒鬼。”莉迪亚把一个抽屉放在床边，里面全是朱莉娅的袜子，“快来帮忙。”

克莱尔故意慢悠悠地整理着袜子，好让莉迪亚看不顺眼，然后直接抢过去自己做了。朱莉娅以前最喜欢粉红爱心、红唇、小狗之类充满少女心的图案，送给别人应该还能有用。她们打算把姐姐的这些衣物捐赠给以前朱莉娅做义工的那家救济站，而正是在那家救济站，杰拉德·斯科特盯上了她。

保罗也参与其中，从谷仓里那张照片就能看出姐姐的死与他有关。

莉迪亚把保罗在车库里说的话全都告诉了她们。现在她们知道老萨姆的“自杀”是保罗一手制造的，知道老萨姆的那些笔记本，知道海伦给莉迪亚写的信都被保罗扣了下来，知道保罗计划在小狄十九岁时将她绑架。说着说着，克莱尔有时就会扮演海伦的角色，不再追问细节，因为她也不想知道更多，知道真相和一直蒙在鼓里其实没有什么差别。

只不过是徒增一些伤害罢了。

保罗一直都是个暴力的变态。他是施虐狂。是杀人犯。警方调查了他用颜色分类的那些文档，确定了他就是一个连环强奸犯。从他地下室的资料里，联邦调查局找到了很多海外账户，里面有全世界客户为他支付的数亿美元。果然，克莱尔猜中了保罗的运作模式，在德国、法国、埃及、澳大利亚、爱尔兰、印度和土耳其等国，还有其他的面具男。

她丈夫犯下的罪行已经累积到让克莱尔麻木的程度，就算查出再多她也不会再感到沉重。

“这是你的吧。”莉迪亚手上拿着一件T恤，正面印着“放轻松”三个大黑字，衣领还被裁剪成霹雳舞的风格。

克莱尔说：“以前我穿这件衣服的时候，下面会搭一条超酷的彩色裤袜。”

“那条裤袜是我的，小鬼。”

莉迪亚把T恤朝着克莱尔扔去。克莱尔一把接住，在身前举起。衣服质量很好，估计现在也还能穿。

“你之后怎么办，有打算吗？”

克莱尔耸了耸肩。很多人问过她这个问题，以后怎么办？她现在和海伦住在一起，主要是因为这里不像邓伍迪，邻居们不会在媒体面前乱说话。要是在邓伍迪有人遇到或是远远看到克莱尔都会马上联系媒体。网球队里那几个女的在镜头前一说起克莱尔就哭得伤心欲绝，但上镜前头发和妆容倒是做得非常精致，就连阿利森·亨德里克森也加入其中。不过她们倒是没在电视里明显地调侃之前克莱尔把队友膝盖打碎的暴力行径。

其实这个事一直都只有克莱尔自己津津乐道。

莉迪亚对她说："你喜欢艺术啊，在学校里当老师挺不错的。"

"韦恩说我没事的。"克莱尔在床上躺下，看着天花板上比利·伊多尔[①]的海报。

"你总得找个工作嘛。"

"也是。"保罗的资产被冻结了，邓伍迪的房子也被扣押。温·华莱士跟她解释，说要分清保罗的非法所得和合法收入可能要好几年，而且光手续费就要好几百万。

当然，保罗在成家立业之前就想好了对策。

克莱尔告诉莉迪亚："保罗买的人寿保险是'奎因+斯科特'公司支付的，而且可以无条件执行，文书都很齐全，我什么时候想兑现都可以。"

莉迪亚看着她："你可以兑现保罗的人寿险？"

"有什么不可以的，他就是死在我手上的。"

"克莱尔！"莉迪亚呵斥道，因为克莱尔可不能随便拿自己杀人

---

① 比利·伊多尔（Billy Idol），1955 年出生于英国，最初作为著名的朋克乐队 Generation X 的主唱出名，但他最大的成功还是在他开始个人音乐生涯后。在美国，他拥有大批少年追随者。

免罪的事开玩笑。

就她所知，克莱尔现在当然已经完全脱罪了。莉迪亚不愿意拿这事吹嘘，她也不会让克莱尔拿这事吹嘘。但是克莱尔是监狱的常客了，她知道被抓去警察局之后一直不说话警察也拿她没办法。她就一直在审讯室里一言不发，然后温·华莱士就来佐治亚州调查局的地方办事处帮她，为她的纵火和杀人提供了一个法律上完全合情合理的辩护词。

幸好有温，如果被判谋杀罪克莱尔这辈子估计就在监狱里了。

但温·华莱士开着他的奔驰，接着克莱尔就扬长而去。

火是保罗点的，克莱尔出于自我防卫向保罗开了枪。

莉迪亚是唯一的目击证人，但她对审讯官说自己当时昏迷了，完全不知道发生了什么。

当天下着瓢泼大雨，消防员忙着扑灭富勒家里的余火，现场没有留下什么证据能够戳穿克莱尔的说辞。当然，大家的关注点不在克莱尔的罪行上，她之前发送的定时邮件中的 Tor 链接已经造成了一定的轰动。《红黑报》最先挖掘到了这则猛料，《亚特兰大日报》也作了相关报道，然后这条链接就在各大博客和全国性的报纸上传开了，传播如此迅猛，她再也不担心这条匿名邮件会被人忽略。

她最后悔的就是公布了哈克比治安官的名字，因为根据目击证人所说，卡尔·哈克比治安官坐在电脑前打开克莱尔的邮件后，马上紧抓着胸口，由于急性心脏病发作而去世。

八十一岁高龄的他刚刚还清买豪宅的房贷，享受儿孙绕膝的幸福，夏天钓鱼，冬天去海滩，不受任何阻碍地享受着自己各种扭曲的乐趣。

但从克莱尔的角度来说，哈克比治安官更应该被判谋杀罪。

“嘿，”莉迪亚朝着克莱尔扔出一双袜子，“你好好考虑了心理咨询的事吗？”

“去找个房间里贴着拉斯普金的海报，胡子长到膝盖的神棍看看？”

“你说的怕是吓唬小孩的那种人。”

克莱尔大笑起来。音响里放着朱莉娅床下的鞋盒里靛蓝女孩的CD。“等我想想吧……”她知道心理咨询师给出的十二步戒毒法对莉迪亚来说非常重要。如果不是看了咨询师，莉迪亚现在肯定还蜷在角落里犯毒瘾，而不是站在这里叠朱莉娅的衣服。

但正如克莱尔向法院指定的心理医生治疗师所说的，她是个急性子，然而正因为她的这种急性子，两人才能顺利找到朱莉娅。当然，也有可能克莱尔以后会去找一个专业的心理医生，来好好治一下她易怒的毛病，而且肯定得下很大功夫。不过就现在而言，她凭着暴脾气刚刚把她们两个从生死边缘拉回来，一定不会愿意改的。

其实谁又愿意呢？

莉迪亚问她：“看新闻了吗？”

“什么新闻？”克莱尔问道。最近新闻太多，根本看不过来。

“梅休和另外那个警探的保释申请被驳回了。”

“另外那个叫法尔克。”克莱尔告诉她。但她不太明白为什么警方要抓着哈维·法尔克不放。不可否认，他确实不是个称职的警察，但他和亚当·奎因一样，对保罗的那些非法交易完全不知情。华盛顿方面派来了几个高官，把梅休和他抓起来好好地审问了三个星期，至少弗雷德·诺兰是这么告诉克莱尔的。

克莱尔能相信弗雷德·诺兰吗？她的后半生还能相信任何男人吗？瑞克人不错，莉迪亚也终于同意和他住在一起，在她养伤的这段时间里一直是瑞克在照顾她。

但是谁又说得清呢？

克莱尔也无数次这样对待过保罗。倒不是她觉得瑞克人不好，只是她以前也以为保罗是个好人罢了。

现在她至少弄清雅各布·梅休是好人还是坏人了。警方突击检查了他家，搜了他的电脑，保罗拍的录像几乎全在里面，还有一大堆来自国外的。

关于这个案件的规模，克莱尔的判断是正确的。联邦调查局和国际刑警组织正在根据在梅休的电脑、保罗的U盘和车库的录像带里的内容，确认了世界上来自几百个家庭的几百个被害者的身份，终有一天，她们能找到回家的路。

基尔帕特里克、欧玛利、范迪克、戴希曼、阿卜杜拉、卡帕迪亚斯……克莱尔每次都会大声读出新闻里每一个被害者的姓名，因为以前大家打开报纸，看到朱莉娅的名字都视而不见，让她非常痛心。

国会议员约翰尼·杰克逊的名字传遍了千家万户。所有报纸、网页、新闻报道、杂志仍在把他参与暴力色情影片制作与销售的事件放在首页。诺兰偷偷告诉克莱尔，约翰尼·杰克逊签订了认罪协议，逃脱了死刑的判罚。但条件是他要协助美国司法部和国际刑警组织，在世界各地的法庭出庭作证，提供保罗的生意的各项细节。比起被监狱的医生绑在病床上注射安乐死的药物，他还是比较愿意配合警方调查。

克莱尔听后感到非常失望。她本想坐在旁听席看佐治亚法院判处约翰尼·杰克逊死刑，看他抽搐、呜咽、痛哭的样子。

她很清楚亲眼见证坏人走向灭亡的那种感觉，感受他们渐渐加剧的恐慌，看着他们慢慢意识到自己无能为力，眼中的绝望满溢而出。当着他们的面，把他们生前能听到的最后的话告诉他们：你早已看透他们的一切，了解他们的点点滴滴，对他们的所作所为感到恶心，对他们毫无爱意，你永远不会也从未忘记。你永远不会也从未原谅他们。最终活下来的是你，而且以后会活得越来越好。

想到这里，克莱尔觉得自己可能确实需要赶快去看心理医生了。

“我的天呐，”莉迪亚一把抢过克莱尔手中的袜子，自己叠了起来，“你在发什么呆？”

“弗雷德·诺兰问我能不能和他约会。”

“你他妈在逗我吧？

克莱尔把手中的袜子扔掉：“他看起来很像喜欢那种暴力黄片的人，但最后只有他一个人是清白的，真是奇怪。”

“你不是真想和他约会吧？”

克莱尔耸耸肩。虽然诺兰是个混蛋，但至少克莱尔还是有兴趣了解他。

“我的天啊。”

“我的天啊！”克莱尔学着莉迪亚的语气说。

海伦敲了敲开着的门：“你俩是在拌嘴吗？”

“不是，妈妈。”两人齐声回答道。

海伦惬意地笑了起来，克莱尔只在小时候见过她这样的笑容。

现在就算媒体堵在门口，海伦·卡罗尔也终于可以心平气和地应对。她从床上堆着的袜子里拿起一只，袜口上画着两条正在接吻的小狗，找到另一只后，她把那双袜子叠好。他们一家人都不会把袜子卷在一起，只是把同样的两只叠在一起放进抽屉，觉得这样就不会乱了。

莉迪亚说："妈妈，能问你件事吗？"

"怎么了？"

莉迪亚犹豫了片刻。毕竟两人分开了那么久，有些话不好开口。克莱尔也发现莉迪亚和妈妈相处时没有以前那么自在。

海伦对她说："没事的，宝贝，有什么话你就说。"

虽然莉迪亚还是面露难色，但她问道："为什么你都知道朱莉娅再也不会回来了，但还是留着她的东西？"

"你还真把我问住了。"海伦捋了捋朱莉娅的被子，在床边坐下。她环视着房间。淡紫色的墙壁上贴着摇滚明星的海报，衣柜的镜子上贴着很多拍立得的照片。似乎一切都和朱莉娅刚去读大学时一模一样，就连那盏丑极了的台灯也没动过，大家都知道海伦很讨厌那盏台灯。

海伦告诉她："以前我不动她的房间，随时准备好让她回来住，是为了让你爸高兴。"海伦把手搭在克莱尔的脚踝上。"可能在我发现她已经死了之后，我自己也喜欢上来她房间里坐坐。我们找不到她的尸体，没办法给她扫墓。"她引用了金妮奶奶爱说的一句话，"我想只有这里可以让我寄托哀思吧。"

克莱尔哽咽了一下："朱莉娅肯定也希望你这样做。"

"是吧，我也觉得。"

莉迪亚在海伦身边坐下，三个人都泣不成声。自从那天她们看到井里的尸体之后便一直这样，仿佛心里被掏空了一块。只有时间能够抚平她们的伤口。

莉迪亚对海伦说："我们找到她了。带她回来了。"

"嗯，是的。"海伦点了点头。

"这就是老爸一直以来想要的。"

"不对!"海伦捏了捏克莱尔的腿，另一只手捋着莉迪亚耳朵后面的头发。

这一大家子总算团圆了，萨姆和朱莉娅也肯定回来了。

"我们现在这个样子，"海伦说道，"才是你爸一直想要的。"

vii.

我记得你十二岁时突然不让我牵你的手。当时我正走路送你去参加珍妮·汤普森的生日聚会。虽然已经入秋，但那个周六仍然非常炎热，阳光火辣辣地烤着我们的背。你穿了一双新鞋，鞋跟拖在地上咔咔作响，身上那条没有肩带的裙子看起来太过成熟。但我转念一想，这似乎和你的年龄没什么不太相符。你突然长大了，再也不会像小时候那样，用瘦弱纤细的手脚推翻桌上的书，再也不会因为偷吃蛋糕发出窃笑。你烫卷了金色的头发，闪亮的蓝眼睛看什么都带着怀疑。每次我扯你的马尾或者挠你的膝盖时，你也不会像以前那样被我一逗就笑。

而那天，你没有扎马尾，倒是穿上了及膝的长袜。

走到街角时，我下意识地想牵你的手。

“爸！”你对我翻了个白眼，声音不再稚嫩。我第一次发现你已经不再是那个小女孩，而在慢慢变成一个女人。

爸。

你也不再叫我“爹地”。

爸。

我知道这意味着什么。你再也不会牵我的手，再也不会坐在我腿上，再也不会在我走进家门时用手搂住我脖子，也不会踩在我鞋上，跟我在厨房里跳舞。从今往后，我就变成了你的提款机，送你去朋友家的司机，检查你生物作业的老师，在你大学录取通知书上签字的负责人。

而我仍然记得在你录取通知书上签字的那一刻。我坐在餐桌旁，拿起一旁空空如也的陶瓷小茶杯，装模作样地抿了一口。而你却在一旁抱着比格斯先生，兴高采烈地跟我分享你那天做了什么。

可怜的比格斯先生也历经磨难。你长水痘时抱着它玩，把饮料倒在它身上，还随手把它扔进垃圾桶。你还用屁股坐它，一不小心还用卷发器把它给烫焦了，不知道为什么，你小妹妹也非常不待见它。

你在房间里收拾着去大学的行李。我问你："宝贝，你不带比格斯先生去学校了吗?"

你抬起头看着我，旁边的旅行箱里塞满了露脐 T 恤、热裤、化妆品，还有一盒卫生棉条，当时我们都装作没看见。

爸。

和在街角把我的手甩开时一样，你厌恶地喊了我一声。

在那之后我们的身体接触都是那么的不经意——比如我同意你去见一个我不喜欢的男生，一起去看演唱会，或者看电影，我把车钥匙和钱给你时，你匆匆地抱了我一下。

如果你没有在十九岁就离开这个世界——如果你活了下来——你会不会和那个男孩结婚？会不会伤他的心？会不会让我抱孙子？抱曾孙子？还有一起在你家迎接圣诞节的早晨。在周日一起吃晚饭。生日时给我寄画着爱心的卡片。一起度假。一起对你妈发牢骚。一起爱着她。照顾你的侄子侄女。有时也会叨扰你妹妹们。使唤她们做事。打起电话来有时聊个没完。有时一个电话也没有。时常吵吵闹闹。然后又和好如初。所有的事情你们都会叫上我，你半夜会打电话给我，问我孩子得喉炎或者麻疹时怎么办，为什么他老是哭，你会对我说："爹地，你怎么看?""爹地，她为什么要做这种事?""爹地，我需要你。"

爹地。

有一天我在家里找到了你做的剪贴簿，看到你过去十五年里和妹妹们对婚姻的幻想。里面画着美丽的婚纱和好吃的蛋糕，帅气的新郎和优雅的新娘，就像卢克和劳拉，查尔斯王子和戴安娜王妃一样，你会嫁给帕特里克·斯威兹①、乔治·迈克尔②或者是保罗·麦卡特尼③（你妹妹们都觉得保罗·麦卡特尼比你老太多）。

昨晚，我梦见出席你的婚礼——虽然这一幕永远都不会出现。

在红毯那头等你的人是谁？很可惜，不是你在迎新典礼上认识的那个毛手毛脚的小伙子，也不是那个规划好了今后十年的医学预科生。我倒觉得很可能是那个懒懒散散，留着一头长发，还振振有词地说自己在干着"大事业"的小伙子。

不过，既然这场婚礼是我的幻想，我希望在你生命中那么重要的一天，那小子能把胡子刮干净，头发梳整齐，站在牧师旁边略有

---

① 帕特里克·斯威兹（Patrick Swayze，1952—2009），生于得克萨斯州休斯敦，演员。1985 年以迷你电视影集《南北乱世情》受到瞩目；1987 年以歌舞片《辣身舞》大展才华，获金球奖最佳男主角提名；1990 年以《人鬼情未了》创造出个人的演艺高峰。

② 乔治·迈克尔（George Michael，1963—2016），原名乔治斯·基里亚科斯·帕纳约托，1963 年 6 月 25 日出生于英国伦敦北部，英籍希腊裔创作歌手。

③ 詹姆斯·保罗·麦卡特尼（James Paul McCartney），1942 年出生于英格兰利物浦，英国音乐家、创作歌手及作曲家，前披头士乐队成员。

些紧张，如我所想的那样望着你，眼神中充满了温柔和爱意，却也有一丝敬畏。

我和那个臭小子肯定都在想：朱莉娅怎么就作了这样的选择？

音乐响起，婚礼开始，来宾们都站了起来，感叹着你的美貌和气质。我俩站在圣坛前几英尺的位置，突然，我想牵起你的手，拉着你沿着红毯跑回去。我想劝你再等一年，先和他同居以后再决定，当然，你金妮奶奶肯定会在背后到处嚼舌根。你可以去巴黎读书，研究伏尔泰。可以去纽约，看遍百老汇的每一场表演。搬回你原来住的房间，里面有你贴的明星海报，有比格斯先生，有你在旧货市场买的那盏台灯，你妈觉得那灯太丑了，希望你带着它一起去上大学。

但就算在梦里，我也知道不能太勉强你，否则你会背道而驰，就如同你出生，就如同你过世。

所以，在幻想的婚礼中，我只是静静站在你身边强忍着眼泪，送你走向不存在的未来生活。你妈妈坐在第一排，等着我坐回去。两个妹妹站在神父身边面对着新郎，看着你们浪漫的爱情，又惊又喜又自豪，但想到即将改变的生活，又觉得惴惴不安。她们是你的伴娘，为谁穿哪条裙子争了很久。两人昂首挺胸，那么美丽动人，却想赶快脱掉紧绷的裙子和磨脚的高跟鞋。

你抱住我的手臂，握住我的手——是那样紧，每次横穿马路，每次看恐怖片，每次你告诉我你会常伴我左右，每次对我说你爱我的时候，你也会这样握住我的手。

你抬起头看着我，让我突然不知所措。仿佛一瞬间，你就奇迹般地长大了，长成了一个美丽的女人。和你妈妈一模一样，却又那么特别。你会有些想法，我永远无法知道。你会有一些欲求，我永远无法理解。你的一些朋友，我也永远不会见到。你的一些热情，我永远无法体会。你会有自己的生活。你会面对一个崭新的世界。

你面带微笑，捏了捏我的手，就算这只是一场梦，我也明白：不管你经历了什么，不管你被人带走时忍受了多少恐惧与折磨，你永远都是我的小美人。